MARIE MERBURG

Sommerflimmern

Weitere Titel der Autorin:

Wellenglitzern
Inselleuchten
Ostseeträume
Ostseefunkeln
Strandkorbzauber

Über die Autorin:

Marie Merburg wurde am 7.7.1977 in Mühlacker in Süddeutschland geboren. Nach dem Studium in Stuttgart zog sie mit ihrer Familie in die Nähe von Heilbronn, wo sie auch heute noch lebt. Für ihre Romane *Wellenglitzern*, *Inselleuchten* und *Sommerflimmern* hat sie sich die deutsche Ostseeküste als Schauplatz ausgesucht, weil sie von der Landschaft und den Menschen dort fasziniert ist.
Unter dem Namen Janine Wilk schreibt die Autorin auch erfolgreich Kinder- und Jugendbücher.

Marie Merburg

Sommerflimmern

Ostsee-Roman

Lübbe

NACHHALTIG PRODUZIERT

Die Bastei Lübbe AG verfolgt eine nachhaltige Buchproduktion. Wir verwenden Papiere aus nachhaltiger Forstwirtschaft und verzichten darauf, Bücher einzeln in Folie zu verpacken. Wir stellen unsere Bücher in Deutschland und Europa (EU) her und arbeiten mit den Druckereien kontinuierlich an einer positiven Ökobilanz.

FSC www.fsc.org MIX Papier | Fördert gute Waldnutzung FSC® C014496

Originalausgabe

Dieses Werk wurde vermittelt durch die Michael Meller Literary Agency GmbH, München

Bei Fragen zur Produktsicherheit wenden Sie sich bitte an:
Produktsicherheit@bastei-luebbe.de

Textredaktion: Stefanie Kruschandl
Lektorat: Karin Schmidt
Titelillustration: © Shutterstock: Eisfrei | Sundra | PhuuchaayHYBRID | OLIVER-stockphoto; © Plainpicture /Elektrons 08
Umschlaggestaltung: Kirstin Osenau
Satz: two-up, Düsseldorf
Gesetzt aus der Garamond
Druck und Verarbeitung: GGP Media GmbH, Pößneck
ISBN 978-3-404-17750-9

9 11 12 10 8

Sie finden uns im Internet unter luebbe.de
Bitte beachten Sie auch: lesejury.de

1. Kapitel

In meinem Laden ›Schönheit kommt von Rügen‹ ließ sich ungefähr so selten ein Kunde blicken, wie der Halleysche Komet die Erde passierte. Ich war schon derart an das Alleinsein gewöhnt, dass ich mich in meinem Verkaufsraum zuweilen verhielt wie in meinem eigenen Wohnzimmer. Vor einer Stunde hatte ich mir hinter dem Tresen beispielsweise die Fußnägel lackiert. Wäre ein Kunde gekommen, hätte er mich mit hochgerollten Hosenbeinen und babyblauen Zehenspreizern zwischen den Fußzehen erwischt. Somit hatte ich dem Leben eine Steilvorlage für eine echt peinliche Situation geliefert – und was hatte es daraus gemacht? Nix. Ich hatte meine Fußnägel völlig ungestört in der Farbe ›Honolulu-Pink‹ lackieren können.

Ich stieß frustriert die Luft aus und stellte noch einen ›Sommer-Special‹-Korb zusammen. In meinem Laden verkaufte ich handgesiedete Seifen und Bio-Kosmetikprodukte aus Rügener Manufakturen. Die ›Sommer-Special‹-Körbe, mit denen ich die Touristen anzulocken versuchte, enthielten zum Beispiel Bio-Sonnenmilch, ein modernes Strandtuch aus fair gehandelter Bio-Baumwolle und eine handgesiedete Seife mit sommerlichem Kokos-Ananas-Duft.

Dieser Laden war schon immer mein Traum gewesen, und ich hatte nicht nur all meine Ersparnisse investiert, sondern auch einen Kredit aufnehmen müssen. Doch all meine Leidenschaft, die Risikobereitschaft und die vielen Arbeitsstunden zahlten sich offenbar nicht aus. Dabei brachte ich eigentlich die besten Voraussetzungen mit: ein abgeschlossenes BWL-Studium und eine Zusatzausbildung als Kosmetikerin mit einer Spezialisierung auf natürliche Produkte. Allerdings hätte ich kein Studium benötigt, um zu erkennen, wo das eigentliche Problem lag: Ich hatte meinen Laden unbedingt in Sellin eröffnen wollen, da die Touristen in Massen zu der berühmten Seebrücke strömten. Doch aufgrund meines knapp bemessenen Startkapitals hatte ich mir leider keine Geschäftsräume in der belebten Wilhelmstraße leisten können. Bedauerlicherweise auch nicht in der näheren Umgebung. Mein Laden war so weit von den üblichen Laufwegen entfernt, dass sich kaum Touristen hierher verirrten. Dabei hatte der Makler mir damals versichert, es wäre ein aufstrebendes Viertel, und schon bald würden sich Galerien und Modelabels in der Gegend niederlassen. Von wegen! Nach mir hatte lediglich ein thailändischer Schnellimbiss mit Lieferservice aufgemacht.

Das Glockenspiel über der Tür ertönte, und sofort richtete ich mich kerzengerade auf. Zwei Frauen traten ein. Ihre schlichten Blusen waren bis obenhin zugeknöpft, ihre dunkelbraunen Röcke reichten bis zu den Waden, und jede von ihnen trug ein Buch mit der Aufschrift ›Der wahre Glaube – Die Kinder des natürlichen Odems‹ wie den heiligen Gral vor sich her. Ach du meine Güte, die beiden kamen garantiert von irgendeiner obskuren Sekte! Schon überlegte ich, wie ich die zwei so schnell wie möglich loswerden konnte, doch dann bremste ich mich. Die beiden waren schließlich in meinem Laden und somit potentielle Kundinnen. Diese Chance durfte ich mir nicht entgehen lassen!

»Einen schönen guten Morgen«, begrüßte ich sie freundlich. »Kann ich Ihnen behilflich sein?«

Mein strahlendes Lächeln prallte an ihren ernsten Mienen ab wie ein Glitzerflummi an einer Betonwand.

»Haben Sie in letzter Zeit mal über Ihr Leben nachgedacht?«, fragte mich die ältere Frau, die offenbar die Wortführerin war, mit Grabesstimme.

Ich nickte eifrig. »Habe ich. Zum Beispiel wie dankbar ich dafür bin, dass es in meinem Leben dieses grandiose und rein biologische Stutenmilch-Shampoo gibt.« Ich eilte um den Tresen herum und hielt den beiden eine Shampoo-Flasche vor die Nase. »Es ist für alle Haartypen geeignet.«

»Aber wir …«, wollte die Frau mich unterbrechen.

Doch ich fuhr ungerührt fort: »Für Kopfhaut und Haar ist es wichtig, möglichst schonende Tenside zu verwenden, die nicht reizen oder austrocknen. Dafür ist dieses Shampoo ideal. Wenn Ihre Kopfhaut gesund ist, werden Ihre Haare automatisch glänzend und wunderbar seidig nachwachsen.«

Die ältere Frau hob herrisch die Hand. »Hören Sie, wir haben wirklich kein Interesse an Schönheitsprodukten! Wir wollten eigentlich …«

»Das sollten Sie aber!«, fiel ich ihr verzweifelt ins Wort.

Ich dachte an den Ratgeber ›Verkaufen Sie. Jedem. Alles.‹, den ich kürzlich gelesen hatte. Er riet dazu, sich in die Bedürfnisse der Kundschaft einzufühlen – und genau das würde ich jetzt tun.

»Gerade bei Ihrer missionarischen Tätigkeit müssen Sie auch ein wenig an Ihr Aussehen denken, werte Damen! Meinen Sie nicht, dass die Leute offener für ein Gespräch wären, wenn Sie optisch einen ansprechenderen Eindruck machen würden?«

Die Jüngere der beiden Frauen nickte. »Das habe ich mich auch schon gefragt.« Sie streckte zaghaft die Hand aus und griff nach dem Shampoo.

»Judith!«, zischte die ältere Frau streng.

»Aber ihr Argument ist einleuchtend, Erika. Überall werden

wir hinausgeworfen, oder die Haustüren werden uns vor der Nase zugeschlagen. Vielleicht könnten wir unserer Sache besser dienen, wenn wir nicht herumlaufen würden wie zwei Vogelscheuchen.«

»Eitelkeit ist eine Sünde, Judith!«, wies Erika sie zurecht, entriss ihr das Shampoo und stellte es auf den Tresen.

Sie strich sich über ihre gestärkte Bluse und hielt mir ihr obskures Buch direkt vors Gesicht. »Wir sind hier, um mit Ihnen über unsere Glaubensgemeinschaft ›Die Kinder des natürlichen Odems‹ zu reden!«

»Und ich bin hier, um meine Bio-Produkte zu verkaufen!«, konterte ich. Meine kämpferische Herangehensweise überraschte mich selbst. Die ›Kinder des natürlichen Odems‹ hatten anscheinend meinen Widerspruchsgeist zum Leben erweckt.

Wir maßen uns aus zusammengekniffenen Augen. Zwei Frauen mit einem erklärten Ziel. Ich deutete auf meine handgesiedeten Seifen. Sie waren meine Passion und mein ganzer Stolz. Die Seifen gab es in den unterschiedlichsten Duftrichtungen, und ich hatte sie in Rügen-typische Formen gegossen. Manche sahen aus wie eine Möwe oder ein Schiff, andere wie eine Muschel oder ein Leuchtturm. Im Inneren der durchscheinenden Seifen befanden sich entweder kleine Bernsteinbrocken oder getrocknete Wiesenblumen, die ich selbst gesammelt hatte. Eine meiner wenigen Kundinnen hatte mal gesagt, dass die dekorativen Seifen eigentlich viel zu schade zum Benutzen waren.

»Diese handgesiedeten Seifen machen nicht nur sauber, sondern pflegen gleichzeitig ihre Haut, versorgen sie mit wichtigen Nährstoffen und duften traumhaft. Ich kann mir nicht vorstellen, dass Ihr Glaube so etwas verbietet.«

»Doch«, beharrte die ältere Frau und presste die Lippen zusammen.

Ich seufzte auf. Das führte wohl zu nichts. Ich würde den beiden überhaupt nichts verkaufen.

Meine Kontrahentin schien meine Schwäche zu wittern. »Vielleicht können wir uns zu einem Gespräch irgendwo hinsetzen?«, fragte sie mit einem listigen Lächeln. »Wir erzählen Ihnen, wie Sie Ihre Seele vor der ewigen Verdammnis retten können, und Sie erfahren ein wenig mehr über unsere Sek... äh ... Glaubensgemeinschaft.«

Bloß nicht! Ich schüttelte vehement den Kopf. »Das geht leider nicht, weil ...« Ich stockte und suchte fieberhaft nach einer Ausrede. Eigentlich war ich ein höflicher Mensch, und es widerstrebte mir zutiefst, andere Menschen vor den Kopf zu stoßen oder anzulügen. Aber auch meine Gutmütigkeit kannte Grenzen, und ich wollte mich nur ungern einer Gehirnwäsche unterziehen lassen.

»Weil ich schon Mitglied einer anderen Glaubensgemeinschaft bin«, schwindelte ich aus dem Stegreif. »Nämlich bei der ›Gemeinde der absolut sicheren Seelenerlösung‹.«

Sie wirkte irritiert. »Von dieser Gemeinde habe ich noch nie gehört. Welche Glaubensgrundsätze verfolgt sie?«

Ach, verflixt! Hätte sie es nicht auf sich beruhen lassen und einfach gehen können? Jetzt war meine Fantasie gefragt!

»Wir sind ... äh ... Anhänger sämtlicher Hauptreligionen.« Ich fuhr mir mit der Zunge über die Lippen und kratzte mich am Hinterkopf, um etwas Zeit fürs innere Brainstorming zu gewinnen. »Bei all den vielen Göttern und Propheten, die gemeinhin angebetet werden, glauben wir vorsichtshalber mal an alle. Immerhin geht es um unsere unsterbliche Seele, und da will man doch nicht das Risiko eingehen, aufs falsche Pferd zu setzen.«

Sie wurde blass um die Nasenspitze. »Das kann doch nicht Ihr Ernst sein!«

Das war es natürlich nicht, aber ich fand Gefallen an meiner Idee. »Vielleicht wollen Sie einmal einen Blick in unsere Infobroschüre ›Mit Vollgas ab ins Paradies!‹ werfen?«

»Mit Sicherheit nicht!«, rief sie entsetzt.

Die beiden wandten sich fluchtartig Richtung Tür. Ich startete einen letzten verzweifelten Verkaufsversuch und rief ihnen hinterher: »Ich weiß zwar nicht genau, was mit ›Kinder des natürlichen Odems‹ gemeint ist, aber ich hätte auch noch ein gutes biologisches Mundwasser im Angebot ...«

Doch schon waren sie weg, und ich stellte unverrichteter Dinge das Stutenmilch-Shampoo zurück ins Regal. Das war mal wieder ein absoluter Fehlschlag gewesen! Ich ließ mich auf meinen Stuhl hinter dem Tresen sinken und fuhr mir über die brennenden Augen.

Im Grunde war es Ironie des Schicksals: Obwohl ich auf einer Insel lebte, auf der so viele Menschen Urlaub machten und ihre Freizeit genossen, fühlte ich mich chronisch erschöpft und überarbeitet. Keine Ahnung, wann ich das letzte Mal einen Tag am Strand verbracht und mich dem süßen Nichtstun hingegeben hatte. Um meinen Laden halten zu können und etwas Geld in die Kasse zu spülen, hatte ich mir zwei Nebenjobs zulegen müssen: Jeden Tag um die Mittagszeit, wenn mein Geschäft geschlossen war, bot ich Wellness-Behandlungen im Schlosshotel meiner Freundin Jule an. Und abends, nach Ladenschluss, besuchte ich noch Stammkundinnen mit meinem mobilen Kosmetikstudio. Nur durch mein hohes Arbeitspensum gelang es mir, einigermaßen in den schwarzen Zahlen zu bleiben. Doch wie lange sollte das noch so weitergehen?

Mein Handy klingelte und riss mich aus den trüben Gedanken. Meine große Schwester Jutta war am Apparat.

»Hallo, Schwesterherz!«, grüßte ich sie. »Wie geht's?«

»Frag nicht, Ariane!«, stöhnte sie. »Gerade war Mama hier und wollte mir eine ihrer japanischen Schlafmasken aufschwatzen. Sie meinte, ich würde schließlich schon stramm auf die vierzig zugehen, und die ersten Falten wären nicht zu übersehen.« Sie stieß ein entrüstetes Schnauben aus.

Ich konnte mir ein Grinsen nicht verkneifen. Unsere Mutter war in ihrer Jugend eine Dorfschönheit gewesen und legte noch heute viel Wert auf ihr Aussehen. Ihr Ziel war es, die Welt zu einem schöneren Ort zu machen – indem sie andere Menschen über ihre optischen Defizite aufklärte und ihnen Vorschläge unterbreitete, diese zu beheben. Allerdings war ihr über die Jahre hinweg aufgefallen, dass nicht jeder auf ihre Ratschläge positiv reagierte, sodass mittlerweile nur noch Familienmitglieder in den Genuss der Verschönerungstipps kamen. Ihr liebstes Opfer war natürlich ich, das ehemalige Pummelchen der Familie. Dass es heute zur Abwechslung einmal Jutta getroffen hatte, erfüllte mich – bei aller Liebe zu meiner Schwester – mit ein klein wenig Schadenfreude.

»Mit meinem Fräulein Tochter habe ich auch mal wieder Ärger«, fuhr Jutta fort, sich zu beschweren. »Leonie ist gestern Abend eine halbe Stunde zu spät nach Hause gekommen, und jetzt ist sie sauer, weil ich ihr zur Strafe eine Woche Hausarrest verpasst habe.«

»Mhm«, kommentierte ich wortkarg.

War diese Strafe nicht etwas übertrieben? Immerhin war meine Nichte schon siebzehn Jahre alt und eine halbstündige Verspätung wirklich kein Drama. Aber da ich selbst noch kinderlos war, behielt ich meine Meinung lieber für mich. Dabei konnte ich mich noch gut daran erinnern, dass Jutta in Leonies Alter die Ausgehzeit um weit mehr als eine halbe Stunde überschritten hatte.

»Ich rufe wegen Jules Hochzeit an. Gestern Abend hatte ich nämlich eine großartige Idee, Ariane!«

Unsere Freundin Jule würde schon bald ihren Verlobten Markus heiraten, und bis dahin gab es noch unglaublich viel zu organisieren. Es war meine Aufgabe, das Brautpaar dabei tatkräftig zu unterstützen, denn zu meiner Freude und Überraschung hatte Jule mich gefragt, ob ich ihre Trauzeugin sein wollte. Wir beide hatten allerdings auch schon Einiges gemeinsam durchgestanden. Jule war im April letzten Jahres nach Rügen gekommen und hatte bei Markus eine Stelle als Hotelmanagerin angenommen. Es hatte nicht lange gedauert, bis die beiden das marode Schlosshotel auf Vordermann gebracht und sich dabei rettungslos ineinander verliebt hatten.

Im Hintergrund hörte ich meinen vierjährigen Neffen Jonas lautstark brüllen: »MAMAAA! Spielen. Ich will spielen.«

Meine Schwester antwortete mit ihrer pädagogisch wertvollen Stimme: »Sofort, mein Schatz! Lass mich bitte noch kurz mit deiner Tante telefonieren, ja?«

»Und was ist nun die großartige Idee?«, hakte ich nach.

»Statt auf der Schlosstreppe sollten wir die Zeremonie im Schlosspark abhalten. Unten, auf dem Anlegesteg. Das wäre die perfekte Kulisse! Blauer Himmel, das Wasser des Jasmunder Boddens, das Schilfgras am Ufer und Schiffe, die im Hintergrund vorbeifahren.«

Juttas Vorschlag gefiel mir auf Anhieb. »Das wäre bestimmt sehr romantisch«, murmelte ich, während ich mir in Gedanken schon die Hochzeitszeremonie unter einem Rundbogen aus roten Rosen ausmalte. »Aber ob Jule das genauso sieht?«

»Wir bringen sie nachher einfach zum Steg und stellen die Hochzeit nach«, schlug Jutta vor. »Damit werden wir sie überzeugen. Was hältst du davon?«

Ich gab mich geschlagen. »Okay! Ich habe heute in der Mittagspause zwar keine Kundentermine im Schloss, aber ich wollte im Wellnessraum ohnehin meine Vorräte für die Behandlungen aufstocken. Ich hole dich dann nachher mit dem Auto ab.«

»MAMAAA!«, brüllte Jonas, dieses Mal so laut, dass ich mich reflexartig vom Handy wegdrehte. »SPIELEN!«

»Dann bis später!«, konnte Jutta mir gerade noch zurufen, dann brach die Verbindung ab. Offenbar hatte mein Neffe das Telefonat eigenhändig beendet, weil er nicht mehr hatte warten wollen.

Ich schrieb Jule schnell eine Nachricht, dass sie sich nachher eine halbe Stunde für uns freihalten sollte. Dann setzte ich mich hinter den Verkaufstresen.

Darauf lagen einige Brautkataloge, mein Trauzeugen-Hochzeitsplaner und ein Poesie-Album, das ich schon vorab für die Hochzeitsgäste besorgt hatte.

Es war bereits das vierte Mal, dass ich bei einer Hochzeit die Trauzeugin sein durfte, und so langsam hatte ich wirklich Übung darin. Dabei war ich selbst von einer Heirat so weit entfernt wie eine Waldameise von einem eigenen Facebook-Account. Vor einem Jahr war meine letzte Beziehung in die Brüche gegangen, und seither hatte es in meinem Leben keinen Mann mehr gegeben. Doch das störte mich nicht. Über Langeweile konnte ich mich jedenfalls nicht beklagen.

*

Zwei Stunden später standen wir zu dritt am Anlegesteg, der an den Park des Schlosshotels grenzte, und meine Schwester mimte die Pfarrerin.

»… und so frage ich dich, Jule Seidel, willst du den hier anwesenden Markus von Kronlitz«, dabei deutete sie grinsend auf mich, »zu deinem rechtmäßigen Ehemann nehmen? Ihn lieben und beglücken, ihm nach einem harten Arbeitstag den Nacken kraulen und ihn zur Sau machen, wenn er es verdient hat? So antworte mit Ja.«

Jule ergriff meine Hände, drückte sie an ihre Brust und hauchte im besten Scarlett-O'Hara-Stil: »Oh ja, das will ich!«

Die Sonne stand hoch am Himmel, und die drückende Augusthitze machte uns allen zu schaffen. Selbst die Vögel hatten das Tschilpen eingestellt und dösten auf den Ästen im Schatten der Baumkronen. Es war einer der wenigen Tage auf Rügen, an denen es absolut windstill war. Die Wasseroberfläche des Jasmunder Boddens kräuselte sich nicht einmal und lag spiegelglatt vor uns.

Ich zog eine Grimasse. »Ist das nicht ein wenig übertrieben, Jule? Willst du wirklich auf diese Weise dein Jawort geben? Obwohl ich nur Markus' Double bin, finde ich das ziemlich schwülstig und abschreckend.«

Jule ließ meine Hände los und machte ein enttäuschtes Gesicht. »Ich möchte Markus nur zeigen, dass ich unbedingt für den Rest meines Lebens mit ihm zusammen sein will.«

»Ich glaube, das weiß er auch ohne dramatische Geste«, beruhigte ich sie.

»Ariane, gibst du mir mal meine Schuhe?«, bat mich unsere selbsternannte Frau Pfarrerin. Jutta stieg von der Kiste herunter, schob den Träger ihres geblümten Sommerkleids hoch und nahm ihre Sandalen von mir entgegen. Bei dieser Hitze beneidete ich meine Schwester um ihre moderne Kurzhaarfrisur. Unter meinen langen blonden Haaren herrschte gerade ein schlimmer Hitzestau. Bestimmt war mein Gesicht schon rot wie eine Erdbeere.

Meine Schwester stemmte die Hände in die Taille und warf einen Blick in die Runde – auf das ruhige Wasser, das hohe Schilf, den leicht sandigen Uferbereich und die alten Bäume des angrenzenden Schlossparks. »Ich finde diese Location um einiges romantischer als die Treppe am Schlosseingang. Was denkt ihr?«

Ich nickte zustimmend. »Wir könnten am Steg einen Rundbogen aufstellen und ihn mit roten Rosen schmücken.«

Jule nagte nachdenklich an ihrer Unterlippe. »Aber der Anlegesteg ist ziemlich schmal. Was ist, wenn mich in meinem Brautkleid ein Windstoß erfasst und ich im Bodden lande?«

Zugegeben, auch ich hatte sofort Internet-Videos vor Augen, in denen Brautpaare ein unfreiwilliges Bad in einem Pool oder Teich nahmen. Trotzdem winkte ich ab. »Quatsch! Seit du stillst, hast du einen riesigen Busen. Der erhöht deine Schwerkraft.«

Der Rest von Jule war allerdings so klein und zierlich wie vor ihrer Schwangerschaft. Das Baby war vor ein paar Monaten bei der Geburt einfach aus ihr herausgeploppt, und schon war sie wieder schlank gewesen. So etwas fand ich zutiefst ungerecht. Ich kämpfte permanent mit meinem Gewicht, dabei war ich nicht einmal schwanger. Jules und Markus' Tochter hieß Katharina und hielt die frischgebackenen Eltern ziemlich auf Trab. Sie hatte beeindruckend kräftige Lungen und konnte so laut schreien, dass sogar ein Schwarm Möwen neidisch geworden wäre. Markus nannte Katharina liebevoll seine ›kleine Heulboje‹.

Ich bückte mich, um meinen Hochzeitsplaner, den ich auf dem Steg abgelegt hatte, aufzuheben. »Du kannst es dir ja noch mal durch den Kopf gehen lassen!«

Obwohl ich in meinem Job als Trauzeugin schon Routine hatte, war er dieses Mal mit deutlich mehr Arbeit verbunden als normalerweise. Da Jule mit dem Baby und dem Schlosshotel schon genug am Hals hatte, war sie darauf angewiesen, dass ich sie bei den Hochzeitsvorbereitungen entlastete. Ich konnte nur hoffen, dass ich Jules Hochzeit nicht ruinierte, weil ich irgendetwas enorm Wichtiges vergessen hatte!

Wir verließen den Anlegesteg und machten uns auf den Rückweg zum Schloss. Jule hielt sich einen Mini-Ventilator vors Gesicht und ließ sich ihre braunen Locken aus der schweißnassen Stirn pusten, während ihre Riesendogge Muffin treu neben ihr herlief. Der feinkörnige Kiesweg knirschte unter unseren Füßen, und ich beförderte einen Kieselstein in eine meiner hellblauen Sommersandalen. Autsch, das piekte! Dabei fiel mir auf, dass meine Schuhe auch schon bessere Tage gesehen hatten. Ich musste mir dringend neue kaufen. Nur wann? Kurz vor dem Morgengrauen? Oder um Mitternacht? Ich konnte mich wirklich glücklich schätzen, dass es momentan in meinem Leben keinen Mann gab, der sich über meine ausgebuchten Tage beschweren konnte. Neue Sandalen konnte ich mir notfalls übers Internet besorgen, aber ein eingeschnappter Freund, dem es an weiblicher Zuwendung fehlte, war nicht so einfach zufriedenzustellen.

»Wegen der Band aus Glowe beim Polterabend«, wechselte Jule nun das Thema. »Seid ihr sicher, dass die gut ist? Wir könnten auch einen DJ organisieren.«

Oh weh! Dazu würde ich mich lieber nicht äußern. Ich warf meiner Schwester einen auffordernden Blick zu.

»Quatsch, ihr braucht keinen DJ!«, widersprach Jutta sofort. »Die ›Fischköppe‹ sind super. Ich habe sie schon oft gehört. Du wirst sie l-i-e-b-e-n, Jule.«

Mir entwich ein sarkastisches Schnauben. Jutta hatte die Band deshalb so oft gehört, weil ihr Mann Mattes der Schlagzeuger war und die ›Fischköppe‹ jeden Sonntagabend in ihrem Schuppen probten. Sie zeichneten sich in erster Linie durch ihre absolute Unbekanntheit aus, was wohl auch der Grund dafür war, dass Jule und Markus noch nichts von ihnen gehört hatten. Bisher hatten die ›Fischköppe‹ nur einen einzigen Auftritt auf dem sechzigsten Geburtstag meines Vaters absolviert. Allerdings war das schon ein paar Jahre her, und es bestand immerhin die Möglichkeit, dass sie in der Zwischenzeit besser geworden waren. Ich schätzte die musikalischen Ambitionen der fünf Familienväter jedoch eher gering ein. Wahrscheinlich dienten die Bandproben hauptsächlich als Vorwand zum gemeinsamen Bierkonsum. Jutta hatte kürzlich den Posten der Bandmanagerin übernommen und versuchte nun unermüdlich, den Jungs einen Gig zu verschaffen. Ich hatte nicht gewagt, ihr in den Rücken zu fallen, als sie Jule die ›Fischköppe‹ für den Polterabend aufgeschwatzt hatte. Leider war mir noch immer nicht ganz klar, wem meine Solidarität in dieser Sache gelten sollte: meiner Schwester oder meiner besten Freundin?

Jule ließ das Thema zum Glück auf sich beruhen, denn wir hatten den Parkplatz des Hotels erreicht. Das Schloss war recht klein geraten, und die Bezeichnung ›Schlösschen‹ traf es wohl eher. Trotzdem wirkte es mit seinen vier Türmen und der mit Efeu bewachsenen dunkelroten Fassade einladend und romantisch. Deswegen hatte Jule letztes Jahr auch die Idee gehabt, sich bei der Inneneinrichtung und beim Marketing an Verliebte und Frischvermählte zu richten. Das Konzept schien aufzugehen, denn über leere Zimmer konnten sich Jule und Markus nicht beschweren. Gerade stiegen wieder ein paar Neuankömmlinge aus einem Kleinbus, der um diese Jahreszeit täglich Gäste vom Bahnhof zum Hotel chauffierte. Der beleibte Fahrer schleppte schnaufend das Gepäck die Eingangstreppe hinauf, und zwei

Ehepaare um die sechzig folgten ihm mit verzückten »Oh, ist das schön hier!«-Ausrufen.

»Chefin?« Kevin trat aus der Eingangstür und winkte Jule aufgeregt zu. Er war der Rezeptionist des Hotels und noch so jung, dass er nicht einmal regelmäßigen Bartwuchs hatte.

Markus und Jule hatten ihn eingestellt, weil er nach der Schule auf der Insel keine Ausbildungsstelle gefunden hatte. Seither versuchte Jule vergeblich, ihm seinen Jugendslang abzugewöhnen und ihn für das Hotelgewerbe zu erwärmen.

»Chefin, der PC an der Rezeption ist futsch!«, rief er ihr über den Parkplatz zu. »Ich war gerade a-f-b und hab wohl eine falsche Taste gedrückt. Die alte Mühle will nicht mehr. Ausgerechnet jetzt, wo die neuen Touris sich wie die Heringe vor meiner Theke aufreihen.«

Ich sah Jule fragend an. »A-f-b?«

»Away from brain«, übersetzte sie seufzend. »Will heißen: Kevin war mal wieder nicht ganz bei der Sache.«

Sie hob ihre Stimme und rief ihm zu: »Ich komme! Und vergiss nicht, die Gäste höflich und respektvoll zu behandeln.«

»Ey, Chefin, ich bin immer krass höfli…« Kevin verstummte und wandte sich zackig um. Offenbar gab es drinnen irgendwelche Probleme, denn er warf die Hände in die Höhe, fluchte »Oh Scheiße!« und verschwand im Foyer.

»Die Arbeit ruft!«, stellte Jule seufzend fest. Sie fuhr sich müde über die Augen. Momentan sah meine Freundin nicht gerade aus wie das blühende Leben. Aber litten nicht alle frischgebackenen Eltern an chronischem Schlafmangel?

Ich umarmte sie zum Abschied. »Ich hoffe, es ist nichts Schlimmes passiert!«

Sie winkte ab. »Ach, seit ich Mutter geworden bin, sehe ich solche Dinge viel entspannter. Ich hoffe nur, bei meiner Schwiegermutter und Katharina ist alles in Ordnung.« Jule blickte besorgt zum dritten Stock hinauf, in dem sich ihre Privaträume befanden. »Immer wenn Adelheid sich um die Kleine kümmert, mache ich mir Sorgen. Einerseits um Adelheid, weil Babysitten in ihrem Alter ziemlich anstrengend sein kann. Andererseits habe ich Angst um Katharina. Was ist, wenn Adelheid sie vor lauter Patiencelegen einfach vergisst?«

»Den beiden geht es bestimmt großartig«, versuchte ich sie aufzumuntern.

Wir verabschiedeten uns hastig voneinander, denn auch ich wollte unbedingt wieder zurück nach Sellin in mein Geschäft. Die Wahrscheinlichkeit, dass tatsächlich ein Kunde vor meiner Ladentür stand, war zwar äußerst gering, aber es kam mir unprofessionell vor, wenn ich die Öffnungszeiten nicht einhielt. Erst einmal musste ich meine Schwester allerdings zurück ins Dorf in ihre Pension fahren.

Die Sonne hatte meinen alten Fiat Panda in einen Backofen verwandelt, und ich drückte verzweifelt an der Lüftung herum. Doch die Luft, die aus den angestaubten Schlitzen strömte, schien das Auto nur noch mehr aufzuheizen.

Erst jetzt fiel mir auf, dass Jutta außergewöhnlich still geworden war. Sie hatte die Arme vor der Brust verschränkt und starrte finster aus dem geöffneten Beifahrerfenster.

»Hast du etwas?«

Die Antwort war ein schlechtgelauntes Brummen.

Ich zog die Augenbrauen in die Höhe. »Welche Laus ist dir denn plötzlich über die Leber gelaufen?«

»Das ist doch wohl die Höhe!«, platzte es aus Jutta heraus. »Hast du die beiden älteren Ehepaare gesehen, die vorhin im Schloss angekommen sind? Das waren die Hansens und die Kowalskis aus Bremen.«

Juttas Miene nach zu urteilen, hätte mir diese Information etwas sagen müssen.

»Sind die wichtig? Muss man die kennen?«

Ich setzte den Blinker und bog am Ende der Zufahrtsstraße in Richtung Glowe ab.

»Das sind Stammkunden von uns«, fauchte sie. »Die beiden Ehepaare kommen seit über zehn Jahren jeden Sommer.« Sie rang die Hände und betonte noch einmal nachdrücklich: »Zu uns *in die Pension*, Ariane!«

»Oh.« Nun verstand ich ihre Aufregung. Leider fielen mir auf die Schnelle keine hilfreichen oder aufmunternden Worte ein.

Doch Jutta hatte sich ohnehin in Rage geredet. »Zum Glück haben mich die Hansens und die Kowalskis nicht gesehen. Gott, wäre das peinlich gewesen!« Sie stutzte und runzelte die Stirn. »Oder hätte ich sie vielleicht begrüßen sollen? Um sie mit ihrem Verrat zu konfrontieren? Die vier haben mir ständig versichert, dass sie sich das ganze Jahr über auf ihren Urlaub in unserer Pension freuen. Weil es bei uns so gemütlich und familiär wäre.« Sie stieß ein abfälliges Schnauben aus. »Und jetzt verbringen sie ihren Urlaub plötzlich in diesem Bonzenschuppen!«

Ich unterdrückte ein Seufzen. Das Schlosshotel war mit Sicherheit kein ›Bonzenschuppen‹. Ein Großteil der eleganten Einrichtung stammte von Ebay oder vom Flohmarkt, und im letzten Winter war Jule einem Nervenzusammenbruch nahe gewesen, weil mehrfach die altersschwache Heizung ausgefallen war.

Jutta kniff wütend die Augen zusammen. »Jule und Markus nehmen uns die Gäste weg! Dabei sind wir darauf angewiesen, dass die Pension in der Hochsaison ausgebucht ist, weil wir sonst nicht über den Winter kommen. Wir sind einfache Leute vom Dorf, Ariane!« Ihre Stimme zitterte vor Empörung. »Mattes und ich müssen eine Familie ernähren und schuften jeden Tag wie verrückt. Schließlich haben wir auch noch den Fahrradverleih und den Pferdestall.«

»Das weiß ich doch«, sagte ich in beruhigendem Tonfall. »Aber Markus und Jule müssen jetzt auch eine Familie ernähren, schon vergessen? Der Unterhalt für das Schloss verschlingt Unsummen. Außerdem haben sie bestimmt nicht versucht, dir deine Gäste abspenstig zu machen.«

Jutta knirschte mit den Zähnen. So aufbrausend und unversöhnlich kannte ich meine Schwester überhaupt nicht. Normalerweise war sie sanftmütig, ausgeglichen und zu allen Leuten freundlich. Wenn ich eine Charakterschwäche von ihr hätte benennen müssen, dann vielleicht, dass sie einen Hang zum Tratschen besaß und Geheimnisse bei ihr sehr schlecht aufgehoben waren.

»Bisher hast du dich noch nie an dem Schlosshotel gestört«, bemerkte ich.

»Weil ich bis eben dachte, dass wir einen völlig anderen Kundenstamm bedienen. Aber da habe ich mich wohl geirrt. Wir sind Konkurrenten!«

Meine Schwester sorgte sich offenbar ernsthaft um ihre Existenz. Wenn es um ihren Mann und ihre zwei Kinder ging, verstand sie keinen Spaß.

Sie fuhr abrupt in ihrem Sitz herum und deutete mit dem Zeigefinger auf mich. »Und deswegen darfst du auch nicht mehr für sie arbeiten, Ariane! Du bist großartig in deinem Job, und die Leute lieben dich. Durch dich bekommt das Schlosshotel *noch* bessere Bewertungen und zieht somit *noch* mehr Gäste an. Gäste, die eigentlich zu uns in die Pension kommen sollten.«

Mir fiel fast die Kinnlade herab. Ich sollte nicht mehr im

Schloss arbeiten? Für einen Moment wandte ich meinen Blick von der Straße ab und starrte Jutta fassungslos an.

»Ich brauche das Geld, das ich dort verdiene! Und zwar dringend.«

Tatsächlich hatte meine Schwester diesen Punkt im Eifer des Gefechts wohl übersehen. »Mist, stimmt ja!«

Sie verfiel in brütendes Schweigen, und ich entspannte mich wieder ein wenig, während ich die Hauptstraße unseres Dorfs entlangfuhr. Vorbei an der kleinen Bäckerei, den Gästehäusern und der Touristeninformation. Zwischen den Häuserreihen zu unserer Rechten konnte man ab und zu die Strandpromenade und die Hochwasserschutzdüne hervorblitzen sehen. Statt zu arbeiten, wäre ich jetzt lieber an den Strand gegangen, um mich mit einem Bad in der Ostsee abzukühlen.

»Ariane, ich habe eine Idee!« Jutta richtete sich so hastig auf, dass ihr Sicherheitsgurt einrastete. »Mattes wollte schon immer eine Wellness-Abteilung in unserer Pension haben. Schon seit Jahren liegt er mir damit in den Ohren, dass man das heutzutage anbieten muss. Die Leute wollen offenbar diesen ganzen Firlefanz wie Hot-Stone-Massagen, Heilkreideanwendungen und Gesichtsbehandlungen. Deshalb betreust du ab sofort exklusiv unsere Gäste und verdienst bei uns dein Geld! Damit ist allen geholfen. Super, oder?«

Das konnte doch nicht ihr Ernst sein? Es musste an der Augusthitze liegen. Bestimmt hatte Jutta vorhin bei der Hochzeitsprobe einen Sonnenstich bekommen!

»Aber … aber ihr habt doch gar keinen Platz dafür«, wandte ich ein.

»Quatsch!« Sie winkte ab. »Natürlich haben wir Platz. Wir quartieren dich einfach in unserem Kellerraum mit der kleinen Sauna ein. Der ist perfekt!«

»Die Sauna, in der ihr eure Weihnachtsdekoration aufbewahrt?«, entgegnete ich ungläubig.

Na großartig! Das wurde ja immer besser. Doch meine Schwester steigerte sich immer mehr in ihre Schnapsidee hinein und war nicht mehr zu bremsen.

Bis ich vor ihrer Pension ›De Rügenruh‹ zum Stehen kam, hatte sie schon einen groben Zeitplan für eine notdürftige Renovierung und die Einweihungsfeier aufgestellt. Wie hatte mein Leben in nur fünf Minuten Autofahrt eine derart katastrophale Wendung nehmen können?

Irgendwann gab ich mir einen Ruck und unterbrach Juttas Wortstrom: »Ich kann meine Arbeit im Schlosshotel nicht einfach hinschmeißen! Jule ist meine beste Freundin.«

Für den Raum, in dem ich die Hotelgäste behandelte, musste ich nicht einmal Miete zahlen, und der Verdienst ging zu hundert Prozent an mich. Ohne Jules Hilfe hätte ich schon letztes Jahr Insolvenz anmelden müssen, weil ich mit meinem Laden in Sellin immer noch viel zu wenig verdiente, um über die Runden zu kommen.

»Und du«, sie hob ihren Zeigefinger und deutete auf mich, »bist meine *Schwester*. Die Familie muss zusammenhalten, Ariane! Blut ist dicker als Wasser. Du willst doch nicht, dass wir in den Ruin getrieben werden und deine Patenkinder hungern müssen, oder?«

Ich stieß einen tiefen Seufzer aus und fuhr mir über die Augen. »Nein, natürlich möchte ich das nicht.«

In diesem Moment wurde die Haustür aufgerissen und meine siebzehnjährige Nichte Leonie trat mit genervter Miene heraus. »Na endlich!«, rief sie. »Das hat ja ewig gedauert.«

Das herzzerreißende Geheul meines Neffen Jonas, der gerade vier Jahre alt geworden war, drang aus dem Inneren des Hauses zu uns. In knappen Shorts und Spaghetti-Top stapfte Leonie durch den Garten. Rosen, Margeriten und Hortensien rahmten den Kiesweg ein, und im Schatten eines Kirschbaums stand ein blau-weiß gestreifter Strandkorb, der zum Ausruhen einlud.

Trotz Juttas jüngster Beobachtung glaubte ich nicht, dass das Schlosshotel in direkter Konkurrenz zur Pension stand. Das gemütliche Bauernhaus mit dem Reetdach und den weißen Sprossenfenstern hatte seinen ganz eigenen Charme und lockte eher bodenständige Gäste an, die Ruhe und Erholung in der Natur suchten. Nur Jonas' Geschrei im Hintergrund strafte den Namen der Pension Lügen.

Leonie beugte sich durch das geöffnete Fenster zu uns in den Wagen. »Ich habe es satt, auf den kleinen Butterkeks-Fresser aufzupassen!«, verkündete sie. »Das war das letzte Mal. Jonas nervt total.«

Eilig schnallte Jutta sich ab. »Was ist denn passiert? Ist Jonas verletzt?«

Leonie schnaubte auf. »Der Quälgeist schreit nur, weil ich ihm nicht erlaubt habe, Cola zu trinken. Du hättest ihm mal eine bessere Erziehung zukommen lassen sollen, Mama. So wie mir!«

Ich biss mir auf die Unterlippe, um nicht loszulachen. Ganz unrecht hatte Leonie mit ihrem Vorwurf allerdings nicht, denn als späten Nachzügler verhätschelte meine Schwester ihren Sohn tatsächlich. Voller Sorge stieß Jutta nun die Autotür auf, und Leonie musste beiseitespringen.

»Jonas weint doch nicht so schrecklich wegen einer Cola«, blaffte sie ihre Tochter an. »Bestimmt warst du wieder gemein zu ihm.«

Ohne ein Wort des Abschieds rannte meine Schwester zur Haustür, wie magisch angezogen vom Gebrüll ihres Kindes.

Immerhin war mein Jobwechsel damit fürs Erste vergessen. Insgeheim hoffte ich, dass Juttas gesunder Menschenverstand sich wieder einschalten würde und sie diesen Plan nicht mehr so ernst nahm, wenn sie erst mal eine Nacht darüber geschlafen hatte. Bestimmt rief sie mich morgen an, um zu erklären, dass sie überreagiert hatte und die bodenständigen Pensionsgäste höchstwahrscheinlich auch nicht für meine ›Firlefanz‹-Behandlungen, wie Jutta sie vorhin genannt hatte, Schlange stehen würden.

Leonie starrte ihrer Mutter kopfschüttelnd hinterher. »Immer geht es um Jonas. Was hat die kleine Kröte nur, was ich nicht habe?«

»Putzige Pausbäckchen, ein Lächeln mit einer Zahnlücke und viel Charme«, beantwortete ich ihre Frage grinsend. »Immerhin sagt er deiner Mutter mehrmals am Tag, wie lieb er sie hat.«

Leonie dachte einen Moment nach, dann schüttelte sie den Kopf. »Nein, das kann ich nicht machen. Dann wäre mein Ruf als coolste Siebzehnjährige des Dorfs komplett ruiniert. Liebesbezeugungen für Mama gibt es nur an Geburtstagen, an Weihnachten und am Krankenbett.«

In gespielter Ernsthaftigkeit nickte ich. »Das Leben als Teenager ist wirklich anstrengend. So viele Regeln, die es zu beachten gilt!«

Ich warf einen Blick auf meine Uhr. Wenn ich noch rechtzeitig mein Geschäft aufmachen wollte, musste ich dringend weiter und auf dem Weg nach Sellin ein paar Tempolimits überschreiten.

Ich ließ den Motor an und winkte Leonie zu. »Bis dann, liebste Nichte!«

»Moment!« Sie beugte sich wieder durchs Autofenster zu mir herein. »Du weißt doch, dass ich bald die Führerscheinprüfung mache, Tantchen. Für begleitetes Fahren ab 17.«

»Ja, und?«

»Bis dahin muss ich dringend das seitliche Einparken üben«, sagte Leonie mit gesenkter Stimme, als wäre ihr das schrecklich peinlich. »Könntest du mir dabei helfen?«

Ich stöhnte innerlich auf. Hatte es heute eigentlich jeder auf mich abgesehen? Natürlich wollte ich meiner Nichte helfen, aber ich wusste kaum noch, wo mir der Kopf stand.

»Dein Vater kann doch mit dir üben«, wandte ich ein. »Oder deine Mutter …«

Sie winkte ab. »Mit Papa habe ich es schon auf dem großen Parkplatz vor dem Supermarkt versucht. Das war eine Katastrophe! Einzuparken ist seiner Meinung nach das Leichteste der Welt, und sogar ein Schimpanse könnte das schaffen. Und mit Mama würde es garantiert noch schlimmer werden. Du bist meine letzte Hoffnung. Biiitte, Ariane!« Sie zog eine Schnute. »Du bist meine allerliebste Tante, und du weißt doch, wie sehr ich dich mag.«

Oha, eine Liebesbezeugung! Dabei hatte ich nicht einmal Geburtstag.

»Na schön!«, gab ich nach. »Vielleicht können wir uns Sonntagnachmittag treffen.«

Dabei waren meine Sonntage eigentlich auch schon verplant, weil ich da die Buchhaltung machte und Seifen für den Laden herstellte. Aber für eine Fahrstunde mit meiner Nichte konnte ich bestimmt etwas Zeit erübrigen.

Leonie strahlte. »Du bist die Beste!«

»Ja, ja!« Ich zwinkerte ihr zum Abschied zu und gab Gas.

Leonie hatte ihre Beharrlichkeit eindeutig von Jutta geerbt. Die beiden schafften es immer wieder, mich zu bequatschen.

2. Kapitel

Eine Spur zu schnell fuhr ich über die Hauptstraße des Dorfs, als ich links von mir eine alte Dame mit Strohhut wahrnahm. Behangen mit zwei Einkaufstüten lief sie langsam vorwärts und schien mit jedem weiteren Schritt zu kämpfen. Erst auf den zweiten Blick erkannte ich, dass die Bezeichnung ›Dame‹ in diesem Fall nicht ganz zutreffend war, denn es handelte sich um Trudi.

Trudi Linnemann war klein, äußerst schrullig, steinalt, und ich kannte sie schon, seit ich in die Windeln gemacht hatte. Sie war wie eine Großmutter für mich, und ich liebte sie auch genauso – gerade wegen ihrer eigenwilligen Art und der rauen Schale, unter der ein riesengroßes Herz steckte. Durch den Hut, den sie sich wahrscheinlich zum Schutz vor der Sonne aufgesetzt hatte, war ihr Gesicht kaum zu sehen. Warum war Trudi denn ausgerechnet während der größten Hitze einkaufen gegangen, um Himmels willen?

Ich nahm den Fuß vom Gas und warf einen Blick in den Rückspiegel. Trudis kleiner werdende Gestalt schwankte unter der Last der Tüten, und ich hielt erschrocken den Atem an, als sie einen Schritt zur Seite stolperte.

»Ach, scheiß drauf!«, murmelte ich. Dann öffnete ich eben zu spät meinen Laden, na und?

Ich wendete, fuhr zurück und hielt direkt neben Trudi am Straßenrand. »Soll ich dich heimfahren?«

Trudi wandte sich mir zu, und ihre Augen weiteten sich vor Erleichterung. »Ariane, Kindchen, dich schickt der Himmel!«

Eigentlich hätte ihr faltiges Gesicht unter dem Strohhut von der Hitze gerötet sein müssen, doch stattdessen waren ihre Wangen kalkweiß, und selbst ihre Lippen hatten jegliche Farbe verloren. Das allein erfüllte mich schon mit Sorge, doch noch mehr erschreckte mich ihre dankbare Reaktion. In Trudis Augen gehörte es zum guten Stil einer alten Rügenerin, ruppig und rebellisch zu sein. Normalerweise hätte sie mich mindestens fünf Minuten flehen und betteln lassen müssen, bis sie mir den *Gefallen* tat, sie heimfahren zu dürfen.

Ich verstaute ihre Taschen im Kofferraum, bevor ich Trudi die Tür öffnete und ihr auf den Beifahrersitz half. Ihre Finger zitterten in meiner Hand, und ihr knochiger Unterarm fühlte sich kalt an. Die Witwe machte ein großes Geheimnis um ihr wahres Alter, aber ich schätzte sie auf Mitte oder Ende achtzig. Auf alle Fälle war sie viel zu alt, um sich an einem Tag wie heute einen Marsch durchs Dorf zuzumuten.

»Soll ich dich lieber zum Arzt fahren, Trudi?«

»Quatsch!«, entgegnete sie brüsk. »Ich brauch keinen Quacksalber, der mir sagt, dass ich zu alt zum Leben bin. Ich weiß selbst, dass ich schon mit einem Fuß im Grab stehe, vielen Dank auch!«

Ächzend ließ sie sich in den Sitz zurücksinken. »Mir ist nur ein wenig schwindlig. Daheim trink ich einen kräftigen Schluck Likör und leg mich kurz hin. Das wird schon wieder!«

»Wenn du meinst …«

Es war schwer, Trudi zu widersprechen. Sie war so etwas wie die Dorfälteste in Glowe, und gemäß diesem Status verteilte sie auch großzügig ihre Lebensweisheiten. Gerne ungefragt, obwohl das nicht jeder positiv aufnahm. Wie alle wirklich guten Ratschläge waren auch die von Trudi unbequem und das Äquivalent zu einer Ohrfeige, mit der man nicht gerechnet hatte.

Trotzdem war ich kurz in Versuchung, sie gegen ihren Willen zu unserem Dorfarzt Dr. Theis zu bringen. Aber das hätte Trudi mir wohl den Rest ihres Lebens übelgenommen. Außerdem konnte ich die alte Frau schlecht mit Gewalt in die Praxis zerren.

Resigniert setzte ich mich wieder hinters Steuer. Bis zu Trudis Wohnung in einem älteren Mehrfamilienhaus waren es nur ein paar Minuten. Während ich losfuhr, beobachtete ich sie aus den Augenwinkeln. Irgendetwas war heute anders an Trudi, doch es dauerte einen Moment, bis mir der Grund dafür auffiel.

»Du hast gar keine Watte in den Ohren«, bemerkte ich überrascht.

Trudi litt seit Jahren unter einer chronischen Ohrentzündung und gab dem ständigen Wind auf Rügen die Schuld. Ich konnte mich nicht erinnern, wann ich sie zuletzt ohne die rosafarbene Watte im Ohr gesehen hatte.

»Kein Wind.« Sie atmete schwer. »Der Wind ist weg.«

»Stimmt, das ist mir vorhin am Jasmunder Bodden auch schon aufgefallen.«

Obwohl Trudi ansonsten selbst die leichteste Meeresbrise verflucht hatte, schien sie dieser Umstand nicht zu freuen.

»Dafür trägst du aber einen schicken Strohhut«, sagte ich und versuchte, so unbeschwert wie möglich zu klingen. »Hast du den einer Touristin geklaut?«

Sie winkte schlaff ab. »Den hat mir meine Nachbarin Elfriede geliehen. Die alte Schreckschraube meinte, dass ich sonst einen Sonnenstich kriege.« Sie nahm ihn ab und kratzte sich am Hinterkopf. »Das Ding piekst.«

Ich konnte mir einen Tadel nicht verkneifen. »Warum gehst du auch ausgerechnet während der schlimmsten Hitze einkaufen?«

»Weil ich versprochen habe, für Oles neue Segelschüler ›Gestowte Wruken‹ zu kochen. Anscheinend lieben die Touristen meine regionalen Gerichte. Seit ich vor zwei Jahren zum ersten Mal für Oles Schüler gekocht habe, bittet mich der Junge immer wieder darum.«

Das konnte ich gut verstehen. Allein beim Gedanken an ihren leckeren Steckrüben-Eintopf mit dem selbstgemachten Brot lief mir das Wasser im Mund zusammen. Trudi hatte eine Schwäche für Ole und konnte ihm einfach nichts abschlagen. Obwohl der ›Junge‹ immerhin schon über fünfzig und inzwischen mit Jules Schwester Sophie verheiratet war.

»Und wenn ich einkaufen gehe«, fuhr sie fort, »dann tue ich das immer um diese Zeit, weil … weil ich das eben schon immer so mache.«

Ich erwiderte nichts, obwohl mir mehrere Gegenargumente auf der Zunge lagen. Zum Beispiel, dass Ole ihr die Zutaten bestimmt auch gerne besorgt hätte. Oder dass Gewohnheiten der eigenen Gesundheit zuliebe manchmal geändert werden mussten. Doch ich wollte Trudi nicht zu einer Diskussion herausfordern.

»Irgendwann musst du mir mal zeigen, wie du ›Gestowte Wruken‹ kochst! Niemand macht den Eintopf so lecker wie du, Trudi.«

Ein Anflug von Stolz zeichnete sich auf ihrem Gesicht ab. »Weil ich ihn nach dem Rezept meiner Urgroßmutter mache. Es ist ein Familiengeheimnis, das immer von der Mutter auf die Tochter vererbt wird, und irgendwann einmal werde ich meiner …« Sie stockte.

Anstatt ihren Satz zu beenden, presste Trudi ihre Lippen zusammen und blickte traurig aus dem Fenster.

Ich hielt vor dem gelben Mehrfamilienhaus und schaltete

den Motor ab. Trudi wandte sich mir wieder zu und lächelte gezwungen.

Sie hob ihre Hand und tätschelte meine Wange. »Wenn ich das Geheimrezept eines Tages jemandem verrate, dann dir, mein Kindchen.«

Ehe ich etwas erwidern konnte, weiteten sich Trudis hellblaue Augen. Ihre Hand rutschte von meiner Wange ab, sie stieß ein schmerzerfülltes Wimmern aus und fasste sich an die linke Brust. Ein unsäglicher Schreck lag in ihrem Blick.

»Trudi!«, rief ich alarmiert.

Sie atmete nur noch stoßweise, und ihre Augenlider begannen zu flattern. Für einen Augenblick war ich wie erstarrt, ehe mein Verstand wieder die Führung übernahm. Mit fahrigen Fingern griff ich nach meinem Handy und wählte die Nummer des Notrufs. Jede meiner Bewegungen kam mir zu langsam vor, und das Tuten des Freizeichens schien sich unerträglich in die Länge zu ziehen. Als endlich jemand abnahm, brüllte ich panisch: »Wir brauchen einen Notarzt. Schnell!«

In diesem Moment sackte Trudi in sich zusammen.

*

Ich tigerte im Wartebereich der Notaufnahme auf und ab. In unregelmäßigen Abständen eilten Schwestern an mir vorbei, ohne mir Beachtung zu schenken. Nur der junge Pfleger, der hinter dem Tresen der Anmeldung saß, warf mir ab und an ein hilfloses Lächeln zu. In den letzten vierzig Minuten hatte ich ihn schon ein halbes dutzend Mal gefragt, wie es um Trudi stand. Seine Antwort war stets die gleiche gewesen: »Bitte warten Sie, bis ein Arzt mit Ihnen spricht!«

Ich zwang mich dazu, an einem der großen Fenster stehen

zu bleiben und tief durchzuatmen. Eine Kälte, die tief aus meinem Inneren zu kommen schien, ließ mich frösteln, und ich schlang die Arme um meinen Oberkörper. Ein Leben ohne Trudi konnte und wollte ich mir nicht vorstellen. Bilder unserer gemeinsamen Erlebnisse, die bis in meine früheste Kindheit zurückreichten, blitzten in meinem Kopf auf: Trudi, die in der Küche meiner Eltern saß und mir mit einem verschwörerischen Augenzwinkern ein Karamellbonbon zusteckte, obwohl meine Mutter mir Süßigkeiten verboten hatte. Oder unsere gemeinsamen Ausflüge mit dem Schiff auf die Insel Hiddensee. Im Sommer hatten wir oft Wettkämpfe ausgetragen, wer von uns am weitesten Kirschkerne über die Reling ins Meer spucken konnte, und nur weil ich ein Kind gewesen war, hätte Trudi mich niemals gewinnen lassen. Seit ich zurückdenken konnte, hatte sie mich ernstgenommen und mir ein Gefühl der Wichtigkeit und Stärke vermittelt. Ein dicker Kloß bildete sich in meinem Hals, und ich presste die Handballen auf meine brennenden Augen. Noch war die Zeit für Tränen nicht gekommen!

Ich war so aufgewühlt und konfus, dass ich kaum einen klaren Gedanken fassen konnte. Musste ich nicht irgendjemand informieren, was geschehen war? Zum Beispiel Trudis Familie? Ich griff nach meinem Handy und starrte auf das Display. Ich hatte keine Ahnung, wen ich anrufen sollte. Trudis Mann war schon vor vielen Jahren gestorben, aber ich erinnerte mich dunkel daran, dass sie noch einen Sohn oder eine Tochter hatte. Doch Trudi sprach so gut wie nie über ihre Familie und machte deutlich klar, dass dieses Thema niemanden etwas anging.

»Angehörige von Gertrude Linnemann?«

Ich wandte mich vom Fenster ab und entdeckte einen Arzt um die fünfzig, der sich suchend unter den Wartenden umsah.

»Ja, hier!«

Ich hastete auf ihn zu. »Ich bin Ariane Hildebrandt. Wie geht es Trudi? War es ein Herzinfarkt? Wird sie durchkommen?«, bombardierte ich ihn umgehend mit Fragen.

»Sind Sie mit Frau Linnemann verwandt?« Er musterte mich kritisch, als würde er nach äußeren Ähnlichkeiten suchen. »Wenn nicht, darf ich Ihnen bedauerlicherweise keine Auskunft über den Gesundheitszustand der Patientin geben.«

Ich wusste, dass die Wahrheit uns nicht weiterbringen würde, denn mit echten Verwandten konnte Trudi im Moment nicht aufwarten. Deshalb hielt ich seinem fragenden Blick so gut wie möglich stand.

»Ja, ich bin die Enkelin.« Das schlechte Gewissen, das in meiner Stimme mitschwang, strafte mich Lügen.

Zu meinem Erstaunen glaubte der Arzt mir jedoch.

»Ich bin Doktor Bloch«, stellte er sich vor und wies mit der Hand auf zwei freie Stühle, die etwas abseits standen. »Vielleicht sollten wir uns einen Moment setzen, Frau Hildebrandt.«

Ich bekam ein flaues Gefühl in der Magengrube. Das konnte nichts Gutes bedeuten. Um mir zu sagen, dass es Trudi wieder gut ging und ich sie gleich mitnehmen konnte, hätte ein Gespräch im Stehen sicherlich ausgereicht. Mit zittrigen Knien folgte ich ihm und ließ mich auf den Stuhl sinken.

Doktor Bloch räusperte sich. »Leider muss ich Ihnen sagen, dass Ihre Großmutter einen schweren Herzinfarkt hatte. Ein Thrombus hat ein Herzkranzgefäß verstopft, doch wir konnten Frau Linnemann stabilisieren. Ihr Herz ist nicht in allerbestem Zustand, was mit ihren achtundneunzig Jahren jedoch nicht verwunderlich ist.«

Ach du lieber Himmel, Trudi war schon achtundneunzig Jahre alt? Keiner im Dorf konnte sich noch genau an ihr wahres Alter erinnern, denn schon seit ewigen Zeiten feierte sie offiziell ihren siebzigsten Geburtstag, und ihre Altersgenossen waren mittlerweile alle unter der Erde. So fit wie Trudi bisher gewesen war, hätte ich niemals geglaubt, dass sie schon auf die hundert zuging.

Doktor Bloch blätterte in Trudis Krankenakte herum. »Nimmt Ihre Großmutter Medikamente?«, fragte er. »Heparin? Betablocker oder ACE-Hemmer?«

»Nicht, dass ich wüsste«, antwortete ich unsicher. Wahrscheinlich hielt er mich für die schlechteste Enkelin auf der Insel, weil ich darüber nicht Bescheid wusste. Deshalb fügte ich hinzu: »Großmutter weigert sich, zu einem Arzt zu gehen, weil sie sie alle für Quacksalber hält.«

»Das ist mir bekannt.« Zum ersten Mal zeigte sich ein leichtes Lächeln auf Doktor Blochs Miene. »Frau Linnemann war kurz bei Bewusstsein und meinte, dass ich meine Quacksalberfinger von ihr nehmen und gefälligst einer Frau in meinem Alter die Brust abhören sollte. Gut zu wissen, dass ich das nicht persönlich nehmen muss.«

Das war typisch Trudi! Ich lachte auf, doch es hörte sich eher wie ein hysterisches Schluchzen an.

Doktor Blochs Miene verfinsterte sich wieder. »Wir dürfen keine Zeit verlieren, Frau Hildebrandt. Ihre Großmutter benötigt dringend eine Bypass-Operation.«

Er erklärte mir den Ablauf der OP und warf mit medizinischem Kauderwelsch um sich, sodass ich Mühe hatte, ihm zu folgen. Es blieb lediglich bei mir hängen, dass der Eingriff in Trudis Alter und bei ihrem schwachen Herzen unglaublich riskant sein würde. Doch ohne die Operation würde sie die Nacht voraussichtlich nicht überleben.

Am Ende hielt Doktor Bloch mir einen Zettel hin. »Da Ihre Großmutter momentan nicht ansprechbar ist, muss ich Sie als

Angehörige darum bitten, mir die Einwilligung zur Operation zu geben. Unterschreiben Sie das bitte, Frau Hildebrandt?«

Schockiert starrte ich ihn an. Ich sollte diese Entscheidung fällen? Das hatte ich nun von meiner Lüge. Jetzt bereute ich, dass ich nicht wenigstens meine Mutter oder Trudis Freundin und Vertraute Nane angerufen hatte. Doch auch sie wären keine nächsten Verwandten gewesen.

Zaghaft nahm ich das Formular und den Kugelschreiber von Doktor Bloch entgegen. Er blieb abwartend neben mir sitzen. Was sollte ich nur tun?, dachte ich panisch. Aber eigentlich war die Antwort klar: Ich wollte, dass Trudi weiterlebte, und laut ihrem Arzt war die OP unumgänglich. Deshalb nickte ich mechanisch, unterschrieb die Erklärung und gab sie ihm zurück. Wenn ich dafür in den Knast kommen würde, aber Trudi überlebte, war es mir das wert.

»Darf ich sie vorher noch einmal sehen?«, bat ich ihn. »Falls sie …« Meine Stimme brach, und ich schluckte schwer, ehe ich von Neuem begann: »Falls sie stirbt, möchte ich mich von ihr verabschieden.«

»Natürlich!« Doktor Bloch tätschelte meine Hand. »Aber seien Sie bitte nicht enttäuscht, wenn ihre Großmutter nicht auf Sie reagiert.«

Er führte mich zu ihr, und einige Minuten später stand ich keimfrei und in grünen Klinikklamotten neben Trudis Bett. Sie war an unzählige Monitore und Geräte angeschlossen, und eine Sauerstoffmaske verdeckte einen Teil ihres Gesichts. Ich streichelte ihren Arm, vorsichtig darauf bedacht, keinen der Infusionsschläuche zu berühren.

»Auch wenn du mich nicht hören kannst«, flüsterte ich, »möchte ich dir sagen, dass ich dich unglaublich lieb habe, Trudi. Du bist uns allen sehr wichtig, und ich bin dir ungeheuer dankbar, dass du mich mein ganzes Leben …« Ich hielt mitten im Satz inne, denn Trudis Augenlider begannen zu flattern.

Sie blinzelte und drehte den Kopf in meine Richtung. Schwerfällig hob sie eine Hand und gab mir ein Zeichen, die Sauerstoffmaske beiseitezuschieben. Da ich nicht wusste, ob das erlaubt war, sah ich mich nach einer Schwester um, aber leider vergeblich. Wahrscheinlich wollten sie mir ein paar Minuten allein mit meiner ›Großmutter‹ geben.

Deutlich genervt wiederholte Trudi die Handbewegung, und ich gab seufzend nach.

»Heb dir … die schwülstigen Worte für die … Grabrede auf«, sagte sie schwer atmend.

»Okay!« Ich lächelte unter Tränen. »Bitte, tu mir den Gefallen und kämpfe, ja? Du darfst nicht aufgeben!«

Sie nickte knapp.

»Astrid«, keuchte sie angestrengt. »Ruf Astrid für mich an!«

Ich runzelte die Stirn, da ich nur eine Astrid kannte – eine junge Kindergärtnerin aus Sassnitz. Unwahrscheinlich, dass Trudi ausgerechnet sie meinte. »Welche Astrid denn?«

»Meine … meine Tochter. Sie wohnt auf … Usedom.«

Trudis Augenlider flatterten erneut, und ich drückte alarmiert ihre Hand.

»Den Nachnamen, Trudi«, rief ich. »Du musst mir ihren Nachnamen sagen!«

Sie hörte mich nicht mehr, denn sie war schon wieder weggedämmert.

3. Kapitel

Doktor Bloch schickte mich nach Hause und versicherte mir, dass mich eine Schwester auf dem Handy anrufen würde, sobald Trudi die Operation überstanden hatte. Auch wenn alles gut ging, durfte Trudi erst wieder am nächsten Tag Besuch empfangen, und bis dahin sollte ich eine Tasche mit dem Notwendigsten für sie packen.

Wie in Trance verließ ich die Klinik und nahm prompt einem anderen Auto die Vorfahrt, als ich aus dem Parkplatz fuhr.

Das alles kam mir so surreal vor. Noch vor wenigen Stunden war es mir unglaublich wichtig gewesen, mein Geschäft rechtzeitig zu öffnen, und jetzt bangte ich plötzlich um Trudis Leben. Man rotierte im Alltagstrott, schmiedete Pläne, dachte an scheinbar wichtige Dinge – alles in der irrigen Vorstellung, man hätte das Leben unter Kontrolle. Auch mir selbst konnte jeden Moment etwas zustoßen, oder nicht? Schon sah ich meine Familie und das halbe Dorf in Trauerkleidung an meinem Grab stehen. Ich schluckte. Mit einem Mal kam mir mein Leben ziemlich leer vor. Was würde nach meinem Tod von mir übrig bleiben? Da war kein Freund oder Ehemann, der einen Funken meiner Liebe für immer in seinem Herzen tragen würde, und es gab keine Kinder, die ein Teil von mir waren. Im Grunde würde ich nur einen Berg an unerledigter Arbeit, einen verschuldeten Laden für Bio-Kosmetik und ein Paar abgetragene Sommersandalen hinterlassen. War das nicht ein bisschen … mau?

Ich schob meine düsteren Grübeleien beiseite, denn es gab wichtigere Dinge, um die ich mich kümmern musste.

Da ich nach wie vor die Einzige war, die von Trudis Herzinfarkt wusste, musste ich nun endlich die anderen informieren. Leider lag es mir nicht besonders, schlechte Nachrichten zu überbringen. Meistens redete ich so lange um den heißen Brei herum, dass mein Gegenüber das Gefühl bekam, er müsste bei einer Runde ›Tabu‹ den Lösungsbegriff erraten.

Aber wen sollte ich anrufen? Trudis Freundin Nane war ebenfalls nicht mehr die Jüngste, und ich wollte nicht für den zweiten Herzinfarkt an diesem Tag verantwortlich sein. Deshalb entschied ich mich, ihren Sohn Ole über die Freisprechanlage anzurufen. Männer waren ohnehin die besseren Empfänger, wenn es um schlechte Nachrichten ging. Bei ihnen musste man nicht mit Weinkrämpfen oder lebensbedrohlichen Schockzuständen rechnen. Bis das männliche Gehirn die beunruhigenden Informationen an die rudimentär ausgeprägte Gefühlszentrale weitergeleitet hatte, war die betreffende Situation oft schon vorbei. Außerdem war Ole Segellehrer, und ihn konnte so schnell nichts aus der Fassung bringen. Er war nicht einmal ausgeflippt, als seine ehemalige Schülerin und jetzige Frau Sophie eine seiner Jollen im Breeger Bodden versenkt hatte.

Zum Glück ging Ole sofort ans Telefon, und ich berichtete ihm – für meine Verhältnisse relativ offen und zügig – die Einzelheiten. Außerdem bat ich ihn, es seiner Mutter Nane und allen anderen so schonend wie möglich beizubringen. Trotz seiner ruhigen, ausgeglichenen Art wirkte Ole ziemlich erschüttert. Vor allem, als ich ihm erzählte, dass Trudi wegen der Zutaten für seinen Eintopf in der Mittagshitze einkaufen gegangen war.

»Das wollte ich wirklich nicht, Ariane«, beteuerte er. »Ich

hätte sofort alles für sie besorgt. Sie hätte nur ein Wort sagen müssen.«

»Du weißt doch, wie stolz und stur Trudi ist«, versuchte ich, ihn zu beruhigen. »Bitte mach dir keine Vorwürfe!«

»Das ist leider nicht so einfach«, murmelte er.

In gedrückter Stimmung verabschiedeten wir uns voneinander, doch dann fiel mir in letzter Sekunde noch etwas ein. »Kannst du Nane bitte nach Trudis Tochter Astrid fragen?«, bat ich ihn. »Vielleicht weiß sie ihre Telefonnummer oder wenigstens ihren Nachnamen.«

Gleich nachdem ich Trudis Krankenzimmer verlassen hatte, hatte ich auf meinem Handy nach einer Astrid Linnemann auf Usedom gesucht, doch leider keinen Eintrag gefunden. Sie schien ihren Mädchennamen nicht mehr zu tragen oder lebte inzwischen woanders.

»Astrid … Astrid …«, wiederholte Ole nachdenklich. »Ich erinnere mich dunkel an sie.«

»Du kennst Trudis Tochter?«, fragte ich. Vielleicht konnte ich Astrid schneller über den Notfall informieren, als ich gedacht hatte.

»Das würde ich nicht sagen«, wiegelte Ole ab. »Ich war noch ein kleiner Stöpke, als Trudis Tochter die Insel verlassen hat. Aber meine Mutter hat manchmal den Versuch unternommen, mit Trudi über sie zu sprechen. Offenbar sind Astrid und Trudi im Streit auseinandergegangen. Aber selbst mit Nane wollte Trudi nicht darüber reden. Für sie war das Thema wohl erledigt.«

»Und ist Astrid jemals wieder nach Rügen gekommen?«

»Ich glaube nicht. Aber ich melde mich bei dir, sobald ich etwas Neues erfahre, okay?«

»Danke, Ole!«

Ich legte auf. Mittlerweile hatte ich unser Dorf erreicht. Die Touristen strömten gerade mit ihren Luftmatratzen, Kühltaschen und Handtüchern vom Strand zu ihren Autos, um zurück zu ihren Ferienunterkünften zu fahren und Abendbrot zu essen. Mit einem mulmigen Gefühl in der Magengrube passierte ich die Stelle, an der ich vor einigen Stunden Trudi eingesammelt hatte. Ich hatte geglaubt, sie gut zu kennen, aber dass sie sich mit ihrer Tochter derart zerstritten hatte, schockierte mich. Was mochte zwischen Mutter und Tochter nur vorgefallen sein?

*

Von einer inneren Unruhe getrieben, fuhr ich weiter und ließ Glowe hinter mir. Kurz vor Juliusruh stellte ich mein Auto auf einem der Parkplätze im Kiefernwäldchen ab und griff nach der Sporttasche, die ich für solche Fälle auf dem Rücksitz deponiert hatte. Zum Glück hatte ich heute einen Sommerrock an, sodass ich problemlos in meine Sporthose schlüpfen konnte, ehe ich den Rock abstreifte. Dann wechselte ich die Sandalen gegen meine Joggingschuhe aus und machte mich auf in Richtung Strand.

Mit fünfzehn Jahren hatte ich mit dem Laufen begonnen und zu meiner Überraschung nach den ersten kräftezehrenden Trainingseinheiten Gefallen daran gefunden. Bis zu diesem Zeitpunkt war ich überzeugt gewesen, unsportlich zu sein, denn ich war ziemlich dick. Zum Leidwesen meiner Mutter hatte ich seit meiner frühesten Kindheit mit meinem Gewicht zu kämpfen, und es war immer schlimmer geworden, je mehr Verbote und Diäten sie mir verordnet hatte. Angefangen hatte es mit ein bisschen Babyspeck, in der Grundschule war ich schon ziemlich pummelig gewesen, und den traurigen Höhepunkt hatte ich mit Beginn der Teenagerzeit erreicht. Doch das Laufen hatte alles verändert und war fast zu einer Sucht für mich geworden. Obwohl die Pfunde gepurzelt waren und ich mittlerweile durchtrainiert war, hatte ich immer noch keine Modelmaße, aber an guten Tagen mochte ich meine weiblichen Rundungen und fühlte mich wohl in meinem Körper. In den Augen meiner Mutter, die heute noch in ihr Hochzeitskleid Kleidergröße 34/36 passte, blieb ich allerdings das kleine Moppelchen mit den ständigen Gewichtsproblemen.

Ich beschleunigte meine Schritte, als das Meer zwischen den Kieferbäumen aufblitzte und mich eine salzige Brise streifte. In solchen Momenten hatte ich das Gefühl, die Ostsee würde mich zu sich rufen.

Das Fremdenverkehrsamt hatte einmal damit geworben, dass man nirgends auf Rügen mehr als sechs Kilometer vom Wasser entfernt ist. Dazu rechnete man natürlich auch die Bodden, doch deren Wasser war vom matschigen Untergrund oft trüb und schlammig. Aber vor allen Dingen besaßen die Bodden nicht die Lebendigkeit und Wildheit des offenen Meers. Das Farbenspiel der Ostsee war unerschöpflich und änderte sich von Tag zu Tag: ein intensives Azurblau mit karibischem Türkis im Sonnenschein, geheimnisvolles Blassblau bei Nebel bis hin zum düsteren Graublau bei Sturm. Heute begrüßte mich das Meer in einem mystischen Blauviolett, da die Sonne sich schon dem Horizont zuneigte. Der Rhythmus der Wellen, die ans Ufer schwappten, wirkte langsam und träge, als wäre auch die See erschöpft von der Hitze des Tages. Einen Moment blieb ich stehen, um die Weite und Freiheit in mich aufzunehmen. Luftige Wolkenberge türmten sich über dem Meer auf, und im Licht der Abendsonne formten sie sich zu einem rosa- und goldschimmernden Wolkenschloss. Zum ersten Mal seit Stunden konnte ich wieder freier atmen, und die angespannten Muskeln in meinem Nacken lockerten sich.

»Tach schön, Ariane!«, grüßte mich ein älterer Herr und tippte sich an seine ausgeblichene Kapitänsmütze.

Ich brauchte einen Moment, um ihn als den Ehemann einer Freundin meiner Tante zu identifizieren. Allerdings kannten wir uns nur flüchtig.

»Hallo, Arne!«, entgegnete ich lächelnd.

Doch Arne suchte offenbar auch Ruhe und Entspannung, denn er lief gemessenen Schrittes weiter, ohne einen Gesprächsversuch zu unternehmen, wofür ich dankbar war.

Nach ein paar Dehnübungen begann ich am Wassersaum entlangzulaufen und wartete auf den Augenblick, an dem mein Kopf sich leerte. Ich wollte nicht mehr an Trudi und die gerade stattfindende Operation denken. Oder an meine Schwester mit ihrer bescheuerten Idee, dass ich im Hotel kündigen sollte. Oder an Geldprobleme, Verpflichtungen, anstrengende Kunden und To-do-Listen für Jules Hochzeit. Und auch nicht an die seltsame Leere, die ich vorhin empfunden hatte.

Ein paar Möwen, die den Strand nach Essbarem absuchten, hüpften erschrocken beiseite, als ich mich ihnen näherte. Meine Schuhe hinterließen Abdrücke auf dem feuchten Ufersand, mein Atem passte sich meinem Tempo an, und der Wind strich über meine erhitzte Haut. Immer wenn ich lief, schien ich mit Rügen eins zu werden.

*

Ich schaute kurz zu Hause bei meinen Eltern vorbei, um zu duschen und mich umzuziehen. Die körperliche Anstrengung hatte eine angenehme Schwere in meinen Gliedern hinterlassen. Am liebsten hätte ich mich erschöpft ins Bett fallen lassen. Doch vorher musste ich noch zu Trudis Wohnung, ihre Tasche für die Klinik packen und nach einem Adressbuch suchen. Ole hatte sich bisher nicht bei mir gemeldet und demzufolge wohl nichts über Astrid herausgefunden. Zum Glück hatte ich im Krankenhaus noch daran gedacht, Trudis Hausschlüssel aus ihrer Handtasche mitzunehmen. Da ich seit dem Mittag nichts mehr gegessen hatte, steckte ich mir im Gehen schnell eine Banane ein und aß sie während der Fahrt.

Als ich in dem Mehrfamilienhaus Trudis Wohnungstür aufschloss und das Licht im Flur anknipste, kam ich mir wie eine Einbrecherin vor. Trudis Nachbarin Elfriede, die normalerweise hinter ihrer Tür lauerte und jeden Neuankömmling abpasste, hatte mich überraschenderweise nicht bemerkt. Das lag wohl daran, dass sie sich gerade eine abendliche Musikshow ansah und ihr Fernseher alle Nebengeräusche im Umkreis von fünf Kilometern übertönte. Was die Lautstärke betraf, machte es wohl keinen Unterschied, ob man neben einer schwerhörigen Rentnerin oder einem musikbegeisterten Teenager wohnte.

Ich schloss die Tür hinter mir und ging zielstrebig in Trudis Schlafzimmer. Schnell hatte ich ein paar Nachthemden, Unterwäsche und einen Morgenmantel gefunden. In dem kleinen Badezimmer packte ich einfach alles ein, was herumstand, und zum Abschluss steckte ich noch ein paar Hauspuschen in die Tasche.

Ich stützte die Hände in die Taille und sah mich um. Nun kam der schwierigere und deutlich unangenehmere Teil: Ich musste nach einem Adressbuch oder etwas Ähnlichem suchen, um Astrids Nummer herauszubekommen. Ich zog die Schublade des wackligen Telefontischchens auf, doch es enthielt nichts außer einem Notizblock mit Kugelschreiber und einem

Telefonbuch. Notgedrungen wühlte ich mich weiter durch Trudis Habseligkeiten. Es war erstaunlich, wie viel Zeugs so eine Eiche-rustikal-Wohnzimmerschrankwand aufnehmen konnte. Sie war befüllt mit Platten uralter Schlagersongs des ostdeutschen Labels *Amiga*, unter anderem von Frank Schöbel, Manfred Krug und Helga Hahnemann. Vor meinem inneren Auge sah ich wieder das Fernsehballett von ›Ein Kessel Buntes‹ in pinkfarbenen Glitzerkostümen herumtanzen. Im nächsten Fach stieß ich auf unzählige Postkarten, Wanderführer und ein großes Osterei zum Befüllen, in dem sich zu meiner Enttäuschung jedoch kein versteckter Schatz, sondern nur eine Sammlung Knöpfe befand. Ein abgenutztes gelbes Minol-Pirol-Männchen, das Maskottchen des damals einzigen staatlichen Tankstellenbetreibers, zauberte mir sofort ein Lächeln ins Gesicht, und ich sagte in die Stille hinein: »Stets dienstbereit zu ihrem Wohl ist immer der Minol-Pirol.«

Mein Vater hatte den uralten Werbespruch umgedichtet und sagte heute noch zuweilen, bevor er in die Kneipe verschwand: »Stets dienstbereit zu meinem Wohl ist ein Gläschen Alkohol.«

Endlich entdeckte ich einige Fotoalben, die feinsäuberlich mit Jahreszahlen versehen waren. Ehe ich das erste Album aufschlug, betete ich darum, dass Trudi in jüngeren Jahren keine Vorliebe für Nacktaufnahmen gehabt hatte, doch meine Sorge war zum Glück unbegründet.

Es war befremdlich, auf den Schwarzweiß-Aufnahmen eine blutjunge Trudi zu sehen, die nicht mehr viel mit der alten Frau von heute gemeinsam hatte. Sie war mit ihrem hageren Körper und der etwas zu langen Nase nicht unbedingt eine Schönheit gewesen, aber das Blitzen in ihren Augen und ihr strahlendes Lächeln erzählten von ihrer Lebensfreude. Es folgte ein Foto, auf dem sich Trudi mit einem kugelrunden Schwangerschaftsbauch hatte ablichten lassen, und danach kamen die ersten Babyfotos. Erst jetzt tauchte ein Hochzeitsfoto auf, auf dem Trudi ein schlichtes weißes Kleid trug. Ihr Mann Walther blickte so verliebt auf sie hinunter, dass sich mein Herz zusammenzog. Ich wusste, dass die beiden erst nach der Geburt ihres Kindes geheiratet hatten, obwohl Walther Trudi schon vorher unzählige Anträge gemacht hatte. Auf den Fotos war unverkennbar, dass die junge Familie überglücklich gewesen war. Doch dann hatte Trudi eine Doppelseite frei gelassen, und ich starrte irritiert auf den leeren schwarzen Pappkarton.

Als ich weiterblätterte, war auf keinem der Fotos mehr ein Kind zu sehen. Das Ehepaar wurde älter, doch ihre Fröhlichkeit und Unbeschwertheit waren verschwunden. Ein ungutes Gefühl breitete sich in mir aus. Hatten die beiden ihr erstes Kind etwa verloren? Aber weshalb hatte Trudi nie davon erzählt?

Erst im nächsten Album schien sich das Leben der Familie wieder zum Positiven zu wenden. Auf einem Gartenfest winkte eine erneut schwangere Trudi fröhlich in die Kamera, und eine Seite weiter lag sie mit einem Baby im Arm im Krankenbett. Daneben stand in schwungvoller Schrift: ›Unser kleines Wunder Astrid!‹

Ich schluckte gerührt. Dabei hatte ich überhaupt kein Recht, sentimental zu werden. Schließlich steckte ich gerade wie eine skrupellose Schnüfflerin meine Nase in Trudis Privatangelegenheiten. Wahrscheinlich hatte sie mir aus gutem Grund nie davon berichtet. Trudi hatte die Vergangenheit offenbar in ihrem Herzen eingeschlossen wie die Familienalben in ihrem Wohnzimmerschrank.

Im dritten Album sah ich Astrid aufwachsen, und im vierten war sie zu einer jungen Frau herangereift. Mit ihren hellen Haaren und dem runden Gesicht war sie eindeutig nach ihrem

Vater geraten, doch auch in ihren Augen funkelte die Lebenslust, die mir bei Trudi aufgefallen war. Auf einem Foto hatten die beiden wohl gerade gestritten, denn Mutter und Tochter verschränkten in genau der gleichen Weise die Arme vor der Brust und blickten mit verkniffenem Mund in die Kamera. Ich musste grinsen. Wäre der Altersunterschied nicht gewesen, hätte man die beiden für beleidigte Schwestern halten können.

Doch dann war Astrid auf keinem der folgenden Bilder mehr zu sehen. Ich nahm an, dass es in dieser Zeit zum Bruch zwischen Eltern und Tochter gekommen war. Nach Astrids Verschwinden hatte offenbar auch die Lust am Fotografieren nachgelassen, denn die Bilder wurden weniger, und die meisten davon waren reine Landschaftsaufnahmen. Das änderte sich jedoch schlagartig mit dem Auftauchen eines etwa fünfjährigen Jungen. Er hatte einen dunklen Lockenkopf, stand mit einer Schippe in der Hand am Strand und war splitterfasernackt. Daneben stand: ›Unser Enkel David, Sommer 1985‹.

Mein Herzschlag beschleunigte sich. War das vielleicht eine neue Spur? Schließlich konnte dieser Junge nur Astrids Sohn sein.

Es folgten unzählige weitere Fotos von David, doch alle schienen im selben Sommer aufgenommen worden zu sein. Offenbar war jeder gemeinsame Moment vom morgendlichen Aufstehen bis zum Schlafengehen festgehalten worden. Sicher, der kleine David war putzig, aber mir das immer gleiche Motiv anzusehen langweilte mich ein wenig. David beim Essen, David beim Ballspielen, David auf dem Sofa in Trudis Wohnzimmer, David beim Zähneputzen. Dann ging mir endlich ein Licht auf. Trudi und ihr Mann hatten diese vielen Fotos aus einem einzigen Grund gemacht – weil sie in diesem Sommer glücklich gewesen waren.

Das letzte Foto zeigte den kleinen David neben einem Koffer im Flur. Er schlang seine pummeligen Arme um den Hals seiner Großmutter und drückte ihr einen innigen Kuss auf die Wange. Trudi versuchte für die Kamera zu lächeln, doch Tränen funkelten in ihren Augen.

Es folgten keine weiteren Bilder, als hätte Trudis Leben in jenem Sommer einfach aufgehört.

Beklommen fragte ich mich, ob es in den vergangenen sechsunddreißig Jahren nichts mehr gegeben hatte, das ihr wichtig gewesen war. Aber weshalb hatte sie dann nicht Fotos von Astrid oder David eingerahmt und an die Wand gehängt, wenn ihr Herz derart an ihnen hing? Wäre der Anblick zu schmerzhaft für sie gewesen?

Müde fuhr ich mir über die Augen. Mittlerweile war es schon kurz nach zehn Uhr abends. Ob es ein gutes oder eher ein schlechtes Zeichen war, dass ich bisher noch nichts vom Krankenhaus gehört hatte?

Auf alle Fälle war ich mit meiner Suche nach Trudis Tochter keinen Schritt weitergekommen. Für heute war es wohl an der Zeit heimzufahren. Seufzend wollte ich das Album zuklappen, als ein Babyfoto, das nicht eingeklebt geworden war, herausfiel. Ich drehte es um. In einer mir fremden Handschrift, die ich aufgrund der eckigen Buchstaben einem Mann zugeordnet hätte, stand auf der Rückseite: ›Constanze Marie Novak, 06.07.1985, Geburtsgewicht 2954 Gramm‹.

Ich stutzte. Das Baby war in jenem Sommer geboren worden, als David bei Trudi zu Besuch gewesen war. Ob das nur ein Zufall war? Oder steckte vielleicht mehr dahinter? Nachdenklich nagte ich an meiner Unterlippe. Außerdem hatte Trudi das Foto von Constanze Novak in ihrem Familienalbum aufbewahrt. Meine persönliche Ersatz-Großmutter hatte es allerdings nicht für nötig befunden, ein Babyfoto von mir dort aufzuheben. Oder von Ole Jansen, dabei war er immerhin ihr Patensohn. Nein, diese Alben waren ausschließlich Trudis Familie vorbehalten. War Astrid womöglich nicht nur die Mutter von David, sondern auch von Constanze Novak?

Wahrscheinlich war es völlig idiotisch, einen Zusammenhang zwischen den beiden Kindern herzustellen, doch es war nun mal die einzige Spur, die ich hatte. Außerdem hatte ich nichts zu verlieren, oder?

Kurzerhand rief ich bei der Auskunft an und bat um die Nummer einer Astrid Novak auf Usedom. Mir blieb für einen Moment die Spucke weg, als die Frau am anderen Ende der Leitung mich fragte, ob sie mich mit Astrid Novak verbinden sollte. Reflexartig nickte ich, ehe ich hastig nachschob: »Ja! Ja, bitte verbinden Sie mich.«

Es klingelte, und ich hielt gespannt die Luft an.

»David Novak, guten Abend!«

Die Stimme klang so tief und männlich, dass ich sie beim besten Willen nicht mit dem nackten kleinen Jungen vom Strand in Verbindung bringen konnte. Auch der freundliche Tonfall, in dem David Novak sich gemeldet hatte, überraschte mich. Wäre ich um diese Uhrzeit von einer fremden Nummer angerufen worden, hätte ich bestimmt misstrauischer reagiert.

»Hallo, ist jemand dran?«, hakte er nach.

»Ja.« Ich räusperte mich. »Tut mir leid, dass ich so spät anrufe. Es geht um Trudi Linnemann, Ihre Großmutter. Könnte ich vielleicht mit Astrid Novak sprechen?«

Er sog scharf die Luft ein, und für einen Moment herrschte Schweigen. »Warum? Was wollen Sie von meiner Mutter?« David Novaks Stimmungswechsel war unüberhörbar. Jegliche Freundlichkeit war schlagartig aus seiner Stimme verschwunden.

»Ich bin Ariane«, stellte ich mich in höflichem Tonfall vor, um das Eis zu brechen. »Ariane Hildebrandt aus Glowe. Ich stehe Trudi sehr nahe. Sie ist fast wie eine Großmutter für mich.«

»Aha«, gab er wortkarg zurück.

Auch ich machte eine kurze Pause, denn nun kam ich leider zu dem Teil mit den schlechten Nachrichten.

»Trudi geht es gesundheitlich nicht gut. Sie musste heute überraschend ins Krankenhaus. Aber ihre Operation wird bestimmt gut verlaufen«, versicherte ich ihm, »also machen Sie sich bitte keine allzu großen Sorgen. Gerade in solch schweren Zeiten muss man optimistisch bleiben.«

»Was für eine Operation?«, entgegnete Trudis Enkel irritiert. »Könnten Sie sich bitte etwas deutlicher ausdrücken, Frau Hildebrandt?«

Ich stöhnte innerlich auf. In meinem Eifer, es so schonend wie möglich zu formulieren, hatte ich versehentlich das Wichtigste weglassen. Mein Mund fühlte sich trocken an, und hinter meinen Schläfen begann es zu pochen.

»Trudi hatte einen sehr schweren Herzinfarkt. Sie wird gerade operiert, und ...« Ich stockte und kämpfte mit den Tränen. »Es ist nicht sicher, ob sie die Nacht überstehen wird. Es tut mir leid, dass ich Ihnen das sagen muss, Herr Novak.«

Zitternd holte ich Luft. Ich musste optimistisch bleiben! Alles würde gut werden!

Es war plötzlich still in der Leitung.

»Herr Novak, sind Sie noch da?«, fragte ich. »Geht es Ihnen gut?«

»Ja«, sagte er knapp. »Alles in Ordnung.«

Er atmete tief durch. »Und was wollen Sie nun von meiner Mutter, Frau Hildebrandt?«

Mir blieb der Mund offen stehen. Ich war außerstande, ein

Wort hervorzubringen. Gerade hatte ich ihm gesagt, dass seine Großmutter die Nacht vielleicht nicht überleben würde, und ihn interessierte lediglich die Frage, was ich von seiner Mutter wollte? Meine Sorge wandelte sich schlagartig in Wut.

»Das können Sie sich doch wohl denken«, zischte ich. »Trudi hat nach ihrer Tochter gefragt und mich kurz vor der OP mit letzter Kraft gebeten, Astrid anzurufen. Unter diesen Umständen ist es doch wohl das Mindeste, dass Trudis Tochter nach Bergen ins Krankenhaus kommt. Astrid sollte an der Seite ihrer Mutter sein.«

Ich konnte es nicht fassen, dass ich solche Selbstverständlichkeiten überhaupt aussprechen musste. Schließlich war Usedom nicht Amerika, und mit dem Auto brauchte man von einer Insel zur anderen gerade mal zwei Stunden.

»Meine Mutter wird nicht kommen«, sagte David Novak mit einer Kälte in der Stimme, die mir einen Schauer über den Rücken jagte.

»Und das wissen Sie, ohne dass Sie Ihre Mutter überhaupt gefragt haben?«, entgegnete ich spitz.

»Ja.«

Ich wartete auf eine Erklärung, doch er unternahm nicht einmal den Versuch, sich zu rechtfertigen.

Jetzt reichte es mir endgültig! Ich schnappte empört nach Luft. »Ich habe keine Ahnung, was in Ihrer Familie vorgefallen ist, Herr Novak, aber Ihre Reaktion lässt wirklich ganz tief blicken. Wenn man von einem Todkranken gebeten wird, zu kommen, dann lässt man sofort alles stehen und liegen und erfüllt ihm diesen Wunsch, Himmel noch mal! Jeder Mensch sollte das Recht haben, sich im Angesicht des Todes auszusprechen und zu versöhnen! Haben Sie denn überhaupt kein Herz?«

Ich hatte mich so in Rage geredet, dass ich David Novak

gar nicht zu Wort kommen ließ. »Ich kenne Trudi schon mein ganzes Leben, und ich kann mir nicht vorstellen, dass sie so etwas verdient hat. Morgen früh werde *ich* jedenfalls sofort zu ihr ins Krankenhaus fahren, obwohl *ich* nicht verwandt mit ihr bin. Können Sie mir auch nur einen nachvollziehbaren Grund nennen, weshalb Sie sich Trudi gegenüber so abscheulich verhalten?«

Ich hielt keuchend inne. Solche deutlichen und harschen Worte waren normalerweise nicht meine Art. Meine Schwester Jutta warf mir immer vor, dass ich harmoniesüchtig und im Falle einer Entführung eine perfekte Kandidatin fürs Stockholm-Syndrom wäre. Aber in diesem Fall ging es nicht um mich, sondern um Trudi!

Allerdings hätte ich mir meine flammende Rede auch sparen können, denn David Novaks Antwort fiel deutlich weniger emotional aus. »Ich glaube nicht, dass Sie das etwas angeht, Frau Hildebrandt«, sagte er und legte ohne ein weiteres Wort auf.

4. Kapitel

Mitten in der Nacht klingelte mein Handy. Mir kam es vor, als wäre ich erst fünf Minuten vorher eingeschlafen, denn trotz meiner Müdigkeit hatte ich nicht aufhören können, an Trudi zu denken. Dass draußen ein Gewitter tobte und der Sturm wütend an meinen Fensterläden rüttelte, war dem Schlaf auch nicht gerade zuträglich gewesen. Bei diesem Wetter knarrten und ächzten die Balken in unserem Haus wie ein altes Schiff.

Im Gegensatz zu mir war die Krankenschwester am anderen Ende der Leitung topfit. Sie teilte mir mit, dass die Operation ein Erfolg gewesen war und Trudi nun auf der Intensivstation lag. Es hatte wohl vor ein paar Stunden einen kritischen Moment gegeben, aber jetzt war sie vorerst stabilisiert. Mir fiel ein tonnenschwerer Stein vom Herzen, und ich konnte gar nicht aufhören, mich bei der Krankenschwester zu bedanken.

Nachdem ich aufgelegt hatte, öffnete ich die Whatsapp-Gruppe, in der ich zusammen mit meiner Schwester Jutta, meiner Freundin Jule und deren Schwester Sophie war. Vor einem Jahr hatte unsere Gruppe noch ›Sag es Markus!‹ geheißen, doch da dieses Thema mittlerweile überholt war, hatten wir sie bei einem feuchtfröhlichen Abend in der Dorfkneipe in ›Die Hühnergöttinnen‹ umbenannt. Zum einen, weil der Wirt Hinnerk etwas von »gackernden Hühnern« in unsere Richtung gemurmelt hatte, und zum anderen in Anspielung auf die Hühnergötter. Die Lochsteine, die man manchmal am Strand finden konnte, brachten angeblich Glück. Zwar hatte ich meines Wissens als leibhaftige Hühnergöttin noch nie jemandem Glück gebracht, aber das konnte ja noch kommen.

Ich schickte den dreien die gute Nachricht und vertraute darauf, dass die Information die Runde machen würde. Dank meiner tratschenden Schwester würde wahrscheinlich schon kurz nach Sonnenaufgang das ganze Dorf Bescheid wissen.

Beruhigt kuschelte ich mich wieder in mein Kissen und fiel sofort in tiefen Schlaf. Nicht einmal das Sturmgeheul und die knarrenden Balken konnten mich noch stören.

*

Am nächsten Morgen hatte sich das Unwetter gelegt, und als ich das Fenster öffnete, erwartete mich strahlender Sonnenschein. Die drückende Hitze vom Vortag war jedoch verschwunden. Stattdessen hüllte mich der Duft von nassem Gras, vermischt mit einer salzigen Meeresbrise, ein. Unser kleiner Garten war von Heckenrosen umgeben, und der nächtliche Sturm hatte einige der rosafarbenen Blüten dekorativ über dem Rasen verteilt. Ich lehnte mich an die Fensterbank, schloss die Augen und genoss für einen Moment den lauen Wind, der über mein Gesicht strich und mit meinen Haaren spielte. Unser Haus lag zwar nicht direkt am Meer, aber wenn ich den Atem anhielt und lauschte, konnte ich leise das Rauschen der Wellen hören.

»Ariaaaane!«

Nun ja, außer natürlich, meine Mutter schrie nach mir. Dann war selbstverständlich nichts mehr vom Meer zu hören.

»Ariaaaane!«, tönte ihre Stimme durch meine Zimmertür. »Frühstück ist fertig.«

Ich stieß einen Seufzer aus und brüllte zurück: »Ich komme!«

Seit über einem Jahr wohnte ich wieder bei meinen Eltern,

und ich konnte nicht behaupten, dass ich mit diesem Arrangement glücklich war. Nachdem im letzten Sommer die Beziehung zu meinem damaligen Freund Oliver in die Brüche gegangen und ich bei ihm ausgezogen war, hatte ich keine andere Wahl gehabt, als ins elterliche Nest zurückzukehren. Mein knappes Budget hatte leider keine eigene Wohnung für mich vorgesehen. Mit meinen spärlichen Einkünften und dem Kredit, den ich abbezahlen musste, hätte ich es mir nicht mal leisten können, dauerhaft einen Strandkorb als Unterkunft anzumieten. Ich liebte meine Eltern über alles und war ihnen dankbar, aber dass ich als erwachsene Frau wieder in meinem früheren Kinderzimmer schlafen musste, fühlte sich an, als hätte ich auf ganzer Linie versagt. Besonders da ich bei meinem Einzug geglaubt hatte, diese Lösung wäre nur vorübergehender Natur. Missmutig fiel mein Blick auf mein altes Bett mit den peinlichen ›Die Prinzen‹-Aufklebern, mit denen ich nach der Wende in meiner frühen Teenagerzeit das Kopfteil verziert hatte. Ich war damals ein ganz großer Fan gewesen.

An diesem Gedanken blieb mein Hirn offenbar hängen, denn unter der Dusche ertappte ich mich dabei, wie ich den Refrain von ›Küssen verboten‹ trällerte. Unfassbar, dass ich den Text noch kannte! Ich hatte größte Probleme, mir meine eigene Handynummer zu merken, und vergaß regelmäßig meine PIN, aber ausgerechnet so etwas speicherte mein Erinnerungszentrum für alle Ewigkeiten ab.

Da ich gestern nicht viel gegessen hatte, trieb mich das Loch in meinem Magen zur Eile an, und ich stürzte in Rekordzeit fertig angezogen und geschminkt in die Küche. Nun, da ich wusste, dass es Trudi den Umständen entsprechend gut ging, hatte ich einen Bärenhunger.

Am Frühstückstisch erwartete mich jedoch nur eine halbe

Grapefruit, die auf meinem Teller traurig hin und her schaukelte, als ich mich an meinen Platz setzte.

»Morgen, Paps!«

»Guten Morgen, meine Kleine!«, grüßte mich mein Vater.

Er trug wie immer ein kariertes Hemd, und sein schütteres Haar schimmerte silbern im Licht der Morgensonne, die durch die Fenster fiel. Seit er Rentner war, strahlte er eine selbstzufriedene Ruhe aus. Sofern es das Wetter zuließ, ging er fast täglich seinem Lieblingshobby nach, dem Angeln. Wenn er einen guten Fang gemacht hatte, widmete er sich abends seinem zweitliebsten Hobby: Er nahm die Küche in Beschlag und probierte neue Fischrezepte aus. Zwar war mir das Angeln zu langweilig, aber die Leidenschaft fürs Kochen teilte ich mit meinem Vater.

Er lächelte und warf mir über seine Brille einen fragenden Blick zu. »Du konntest hoffentlich gut schlafen? War ein bisschen böig heute Nacht.«

»Ja, es hat ein wenig aufgefrischt.«

Was das Wetter betraf, waren wir einiges gewohnt. Petrus musste schon mehr aufbieten, damit ein Insulaner in der Öffentlichkeit von einem richtigen Sturm sprach.

»Hoffentlich ist das Dach heil geblieben«, murmelte mein Vater.

Meine Mutter kam herein und steuerte zielstrebig die Kaffeemaschine an. Trotz der frühen Stunde war sie schon aufwendig geschminkt, und jede Strähne ihres jugendlichen Kurzhaarschnitts lag an der richtigen Stelle. Als ehemalige Friseurin legte sie auch heute noch viel Wert auf ihre Haare. Die eigene Frisur war die Visitenkarte eines Friseurs, meinte meine Mutter. Was ich ein wenig paradox fand, da sich auch der beste Friseur nicht selbst die Haare schneiden konnte und dazu einen Kollegen aufsuchen musste.

Meine Mutter tätschelte mir im Vorübergehen die Schulter.

»Wie ich gehört habe, hat Trudi die OP erfolgreich überstanden. Das sind gute Nachrichten. Wir waren gestern alle sehr in Sorge um sie.«

»Du weißt schon, dass es ihr besser geht?« Eigentlich hätte mich das nicht überraschen sollen, trotzdem blinzelte ich sie erstaunt an.

»Ich habe Oles Mutter getroffen, als ich beim Bäcker war«, erklärte sie, während sie sich eine Tasse Kaffee einschenkte und sich an die Anrichte lehnte. Wie üblich aß sie nichts zum Frühstück.

»Mama, warum liegt da eine Grapefruit auf meinem Teller?«, fragte ich und schielte neidisch zu meinem Vater, der gerade in ein frisches Brötchen mit Sanddorn-Marmelade biss.

»Weil du auf deine Figur achten musst, Kindchen«, erklärte sie in nachsichtigem Tonfall. »Das weißt du doch! Schon bald ist Jules und Markus' Hochzeit, und da willst du doch gut aussehen, oder nicht?«

Natürlich wollte ich an Jules Freudentag gut aussehen, aber ich wusste nicht, wie mir diese Grapefruit dabei helfen würde. Oder sollte ich vielleicht den männlichen Singles den Fruchtsaft in die Augen spritzen, damit sie sich – halb erblindet – auf die Vorzüge meines Charakters konzentrieren konnten?

»Und das solltest du auf nüchternen Magen trinken«, fügte meine Mutter hinzu und hielt mir ein Glas hin.

»Was ist das?«, fragte ich misstrauisch.

»Wasser mit Zitronensaft. Das regt den Stoffwechsel an. Damit schmilzt dein Hüftgold nur so dahin.« Sie fasste mir an den Bauch und quetschte zwischen Daumen und Zeigefinger eine Speckrolle zusammen. »Männer mögen nun mal schlanke Frauen, und das hier muss unbedingt weg.«

Sofort fühlte ich mich schuldig. Hatte ich tatsächlich wieder zugenommen? Ich blickte an mir hinab, doch im Sitzen war das schwer zu sagen. Zwar saßen meine Hosen wie üblich, und ich musste auch nicht in die Höhe hüpfen, um sie zuzuknöpfen, aber mein Gewicht war nun mal meine Achillesferse. Nie wieder wollte ich so dick werden wie früher.

»Ich habe dir sogar extra Bio-Zitronen besorgt. Die teuren!« Meine Mutter lächelte mir aufmunternd zu. »Von dieser neuen Obst-Diät habe ich nur Positives gehört, Schatz. Glaub mir, deine Pfunde werden nur so purzeln!«

Ich wusste, sie meinte es gut. Wenn man wie ich eine kurvige Marylin-Monroe-Figur hatte, war man stets nur zwei Burger und einen Sahne-Eisbecher vom Pummelchen entfernt. Leider besaß ich nicht die strenge Selbstdisziplin meiner Mutter.

Notgedrungen kippte ich das Zitronenwasser hinunter und stach danach meinen Löffel in die Grapefruit, wobei mir der Fruchtsaft direkt ins Auge spritzte. Na toll, jetzt war ich diejenige, die halb erblindet war!

*

Bevor ich nach Sellin in meinen Laden fuhr, machte ich einen Abstecher zu Trudi ins Krankenhaus. Zwar hatte mir die Krankenschwester heute Nacht am Telefon gesagt, dass Trudi wahrscheinlich noch nicht ansprechbar sein würde, aber ich wollte ihr trotzdem ihre Sachen vorbeibringen. Da mir David Novak überdeutlich klar gemacht hatte, dass seine Familie sich nicht an Trudis Krankenbett blicken lassen würde, war ich als angebliche Enkelin die Einzige, die zu ihr auf die Intensivstation durfte.

Gleich bei meiner Ankunft fing ich mir einen tadelnden Blick ein, da die Besuchszeit offiziell erst um zehn Uhr begann. Der Pfleger war jedoch so nett, mich trotzdem zu meiner ›Großmutter‹ zu bringen. Heute standen noch mehr Apparate und Monitore neben Trudis Bett, und unzählige Schläuche und Elektroden waren mit ihrem zerbrechlichen Körper verbunden. Trudi war leichenblass, und ohne das Funkeln ihrer blassblauen Augen wirkte ihr Gesicht merkwürdig fremd. Eine der Schwestern versicherte mir, dass sie sehr zufrieden mit Trudis Zustand waren. Die alte Dame sei eine echte Kämpferin.

»Ja, das ist sie wirklich!«, erwiderte ich mit einem dankbaren Lächeln.

Trudi schlief und schien meine Anwesenheit nicht zu bemerken. Trotzdem setzte ich mich auf einen Stuhl neben sie und brabbelte zusammenhangloses Zeug vor mich hin. Schließlich sollte es helfen, wenn Bewusstlose die Stimme einer nahestehenden Person hörten, oder nicht? Ich vermutete jedoch, dass Trudi weitaus lieber die Stimme ihrer Tochter gehört hätte.

Ob ich bei dem Gespräch mit David Novak zu schnell aufgegeben hatte? Vielleicht hätte ich ihn dazu drängen sollen, mir seine Mutter ans Telefon zu holen? Wahrscheinlich hatte er ihr nicht einmal von meinem Anruf und Trudis Herzinfarkt berichtet.

Schließlich verließ ich die Intensivstation mit einem flauen Gefühl im Magen. Allerdings hatten meine Magenprobleme wohl auch mit der vielen Fruchtsäure zu tun, die ich zum Frühstück zu mir genommen hatte. Und das sollte gesund sein?

Als ich im Erdgeschoss aus dem Fahrstuhl trat, rief ich meine Freundin Jule an, um mit ihr wie jeden Morgen meine Termine durchzusprechen.

»Tut mir leid, aber heute hat niemand eine Wellnessbehandlung gebucht«, sagte Jule bedauernd. »Da es nicht mehr so heiß ist, nutzen die meisten Gäste die Gelegenheit und machen eine

Radtour oder gehen wandern. Du musst also nicht vorbeikommen.«

»Kein Problem!« Das war zwar schlecht für meine Finanzen, aber andererseits konnte ich eine Verschnaufpause gut gebrauchen.

»Ist bei dir alles in Ordnung?« fragte ich, da Jules Stimme ungewöhnlich matt geklungen hatte.

»Ach, ich bin nur etwas erschöpft«, erwiderte sie mit einem Seufzen. »Katharina hat fast die ganze Nacht geschrien. Aber das ist bei einem Baby schließlich normal, oder?« Etwas leiser fügte sie hinzu: »Vielleicht hat sie auch eine Kolik oder so etwas.«

»Du Arme«, sagte ich mitfühlend. Jule war eine der taffsten Frauen, die ich kannte. Wenn sie offen zugab, erledigt zu sein, ging es ihr wirklich schlecht. »Warst du schon bei Doktor Theis? Wenn es eine Kolik ist, kann er dir bestimmt eines seiner pflanzlichen Wundermittel verschreiben.«

Ich lief durch die Eingangshalle der Klinik, die sich so langsam mit Patienten und Besuchern füllte.

»Vielleicht gehe ich hin«, sagte Jule. »Mal sehen. Für die Hochzeit sind noch tausend Dinge zu organisieren, und im Hotel stapelt sich die unerledigte Arbeit. Außerdem schläft Kati jetzt tief und fest in der Obhut meiner Schwiegermutter.« Jule machte eine Pause, um herzhaft zu gähnen. »Entschuldige, Ariane! Allein wenn ich an Schlaf denke, fallen mir schon die Augen zu. Ehrlich gesagt habe ich es mir leichter vorgestellt, Arbeit und Kind unter einen Hut zu bringen.«

Ich fühlte mir ihr. So ein kleiner Wurm stellte das Leben ganz schön auf den Kopf. Da sowohl Jule als auch Markus, der einen Verlag in Stralsund leitete, beruflich stark eingespannt waren, war es kein Wunder, dass die beiden an ihre Grenzen kamen.

»Sag bitte, wenn ich dir irgendwie helfen kann. Soll ich dir bei der Hochzeitsplanung noch etwas abnehmen? Ich bin schließlich deine Trauzeugin. Es ist mein Job, dich zu entlasten.«

»Ariane, du machst doch ohnehin schon so viel für uns ...«, gab Jule zögernd zurück, doch in ihrer Stimme schwang Hoffnung mit.

Kurz vor dem Klinikausgang fiel mir ein Getränkeautomat ins Auge, an dem es unter anderem frisch gebrühten Tee gab. Das war für meinen übersäuerten Magen jetzt genau das Richtige! Kurzerhand bog ich ab und steuerte den Automaten an.

»Los, sag schon, Jule! Was soll ich tun?«

»Gestern wurden die Tischkarten von der Druckerei geliefert, doch die haben sie falsch bedruckt. Da steht ›Julia und Markus‹.«

Ich klemmte mir das Handy zwischen Ohr und Schulter, während ich in meiner Tasche nach dem Geldbeutel kramte.

»Ich kenne eine Julia«, sagte ich grinsend. »Soll ich sie fragen, ob sie Markus heiraten will? Dann passen die Tischkarten wieder.«

»Ha. Ha.« Trotzdem kicherte Jule, was ich als gutes Zeichen wertete. Wenn sie noch über einen schlechten Scherz lachen konnte, war alles in Ordnung.

»Entschuldigung?«, sprach mich von hinten eine männliche Stimme an.

Ich wandte mich um. Vor mir stand ein bärtiger Obdachloser Ende dreißig mit einem Pappbecher in der Hand. Ich lächelte ihm freundlich zu und hob meinen Zeigefinger, um anzudeuten, dass ich ihm gleich etwas geben würde.

»... hab die Druckerei schon mehrfach angerufen«, berichtete Jule gerade, »aber entweder ist besetzt, oder es geht niemand ran. Könntest du das für mich klären?«

»Natürlich, kein Problem! Schick mir einfach die Nummer.«

Endlich fand ich meinen Geldbeutel. Ich fischte ein paar Münzen heraus und warf sie dem Obdachlosen in den Pappbecher. Anstatt sich allerdings bei mir zu bedanken, schaute er nur verdutzt in seinen Becher hinein. Was hatte er denn erwartet? Etwa ein paar Scheine? Ich war doch nicht Krösus!

Hastig warf ich mein restliches Kleingeld in den Automaten und wartete ungeduldig auf den Pfefferminztee.

Jule atmete hörbar auf. »Du bist ein Schatz, Ariane! Hab ich dir das schon mal gesagt?«

Wir verabschiedeten uns voneinander, und ich griff mir meinen Pappbecher. Mit gespitzten Lippen pustete ich auf den Tee und drehte mich um.

Der Obdachlose stand immer noch hinter mir.

»Ist was?«, fragte ich stirnrunzelnd.

Zum ersten Mal musterte ich ihn genauer. Plötzlich kam mir der Verdacht, dass ich mich getäuscht hatte. War er vielleicht gar kein Obdachloser? Er trug eine Jeans im modischen Used-Look, und das hellblaue T-Shirt mit V-Ausschnitt war schlicht, aber sicher nicht billig gewesen. Nur dieser schreckliche Vollbart und die dunkelblonden Haare, die ihm im Nacken fast bis zur Schulter reichten, wollten nicht recht dazu passen. Als hätte er gerade zwei Jahre im Dschungel verbracht, abgeschnitten von der Außenwelt.

»Zum Glück hatte ich meinen Kaffee schon fast leergetrunken«, sagte er mit einer tiefen, kultiviert klingenden Stimme. »Schließlich schwimmen im Rest jetzt ungefähr…«, er kippte den Becher leicht und schaute hinein, »… 1,80 Euro herum.«

Mir schoss das Blut in die Wangen.

»Ent-entschuldigung«, stammelte ich. »Das ist mir wirklich peinlich. Ich habe Sie nur … also, im ersten Moment dachte ich, Sie wären …« Ich brach ab. Ihm zu sagen, dass ich ihn für einen Penner gehalten hatte, würde die Situation nicht unbedingt verbessern. »Selbstverständlich zahle ich Ihnen einen neuen Kaffee.«

Ich drückte dem Mann meinen Tee in die Hand und kramte auf der Suche nach dem Geldbeutel erneut in meiner Tasche herum.

Er schüttelte den Kopf. »Nicht nötig, Frau Hildebrandt.«

Ich erstarrte mitten in der Bewegung. »Sie wissen, wer ich bin?«

Ich war mir sicher, dass ich diesen Mann noch nie in meinem Leben gesehen hatte. Er hatte dunkelbraune Augen, die warm wirkten und von Lachfältchen umgeben waren. Seine Nase war gerade geschnitten, doch der Rest seines Gesichts wurde bedauerlicherweise von dem Bart verdeckt. Noch nicht einmal die Form seiner Lippen konnte ich ausmachen. Er war ein großer Mann mit breiten Schultern, die ihn männlich wirken ließen.

»Ich bin David Novak«, stellte er sich vor und streckte mir die Hand hin. »Wir haben gestern Abend miteinander telefoniert.«

Trudis Enkel? Völlig überrumpelt ergriff ich seine Hand. Sie war angenehm warm und kräftig.

Endlich fand ich meine Fassung wieder. »Nach unserem Gespräch habe ich nicht geglaubt, dass Sie herkommen würden, Herr Novak.«

»Ich habe nur gesagt, dass meine Mutter nicht nach Rügen fahren würde«, erinnerte er mich.

Ich wartete auf eine weitere Erklärung, doch da kam nichts. Offenbar gab sich David Novak gern geheimnisvoll.

»Wie geht es meiner Großmutter?«, fragte er stattdessen. »Hat sie die Operation gut überstanden?«

Irrte ich mich oder blitzte tatsächlich Sorge in seinen braunen Augen auf? Immerhin musste er heute Morgen schon zeitig in Usedom aufgebrochen sein, um so früh in Bergen zu sein. War er vielleicht doch nicht so herzlos, wie ich gedacht hatte?

»Ich komme gerade von der Intensivstation«, berichtete ich. »Trudi ist noch nicht bei Bewusstsein, aber die Operation ist gut verlaufen.«

Er atmete hörbar auf. »Das ist schön zu hören! Ich werde gleich nach ihr sehen. Danke, dass Sie mich informiert haben, Frau Hildebrandt!«

David Novak gab mir meinen Tee zurück und wollte sich gerade abwenden, als mir noch etwas einfiel.

»Woher haben Sie eigentlich gewusst, wie ich aussehe?«

Er lächelte. »Sie haben mir gestern Ihren vollen Namen genannt.«

Es dauerte einen Moment, bis bei mir der Groschen fiel. »Und dann haben Sie mich gegoogelt?«, fragte ich fassungslos. »Machen Sie das bei jedem, der Sie anruft?«

»Nur wenn mich interessiert, mit wem ich es zu tun habe«, gab er schulterzuckend zurück. »Ich habe im Internet über Sie einen Zeitungsartikel gefunden, der anlässlich der Eröffnung Ihres Ladens erschienen ist. Das Konzept klingt interessant. Hochwertige Bio-Kosmetikprodukte aus der Region, um die ansässigen Hersteller zu unterstützen und die Umwelt zu schonen. Ihr Engagement ehrt Sie!«

Zwar freute mich sein Lob, aber irgendwie fühlte ich mich ihm gegenüber im Nachteil. Schließlich googelte ich nicht sofort jeden Menschen, mit dem ich mich gerade mal fünf Minuten unterhalten hatte. »Dafür habe ich von Ihnen ein Nacktfoto gesehen«, platzte es aus mir heraus.

Er zog interessiert die Augenbrauen hoch, blieb aber cooler, als ich erwartet hatte. Da ich ihm von meiner Freundschaft zu

Trudi erzählt hatte, konnte er sich wahrscheinlich denken, dass ich damit nur ein Kinderfoto gemeint haben konnte.

Mit einem leichten Zucken um die Mundwinkel fragte er: »Und? Hat es Ihnen gefallen?«

»Nun ja, das Foto war ziemlich putzig«, erklärte ich wahrheitsgemäß. »Sie waren ungefähr fünf Jahre alt und mit Ihren Großeltern am Strand.«

Er seufzte mit wehmütiger Miene auf. »Ja, damals war ich noch jung und knackig.«

Ich musste lachen. Dabei wollte ich ihn gar nicht sympathisch finden. Schließlich hatte David Novak sich seit Jahrzehnten nicht mehr bei seiner Großmutter blicken lassen. Jedenfalls nahm ich das an. In meinen Augen gab es für sein Verhalten keine Entschuldigung. Nachdem ich ihn jetzt allerdings persönlich kennengelernt hatte, fiel es mir irgendwie schwer, ihn als hartherziges Ekelpaket abzustempeln. Er war ganz anders, als ich ihn mir vorgestellt hatte. Widerstrebend musste ich zugeben, dass dieser Mann mein Interesse geweckt hatte.

5. Kapitel

»Bitte haben Sie einen Augenblick Geduld!«, sagte die elektronische Stimme vom Band, dann setzte wieder die schreckliche Keyboard-Version von ›Eine kleine Nachtmusik‹ ein.

Ich stöhnte auf. Jule hatte nicht übertrieben: Diese Druckerei kostete einen den letzten Nerv. Es war mir ein Rätsel, wie sie es überhaupt geschafft hatte, dort die Tischkarten für die Hochzeit in Auftrag zu geben.

Ich stellte das Telefon auf Lautsprecher, lehnte mich an den Verkaufstresen und blickte betrübt auf meine Ladentür. Es war schon Mittagszeit, und ich hätte eigentlich zusperren können, aber das war überflüssig. In den vergangenen Stunden war kein einziger Kunde gekommen, und ich ging nicht davon aus, dass sich das ändern würde.

Schade, dass Jule mich nicht zu einem Botengang in eine Konditorei geschickt hatte. Am liebsten hätte ich jetzt eine dreistöckige Hochzeitstorte verputzt. Schon beim Gedanken daran lief mir das Wasser im Mund zusammen. Das war typisch für die Diäten, die mir meine Mutter verordnete. Sie setzte mir ein spärliches Frühstück vor, aber dass ich auch den Rest des Tages etwas zu mir nehmen musste, schien sie zu vergessen. Wie aufs Stichwort knurrte mein Magen. Inzwischen hatte ich das Stadium erreicht, in dem mir schwindlig war und meine Beine zittrig wurden.

»Bitte haben Sie einen Augenblick Geduld!«, tönte es erneut aus dem Telefon, woraufhin ich ihm einen bösen Blick zuwarf.

Es zeigte sich davon jedoch völlig unbeeindruckt und begann von Neuem mit ›Eine kleine Nachtmusik‹.

Vielleicht konnte ich den Hunger einfach wegatmen? Ich sog tief die Luft ein. Der Geruch von Blumen, Kräutern und ätherischen Ölen stieg mir in die Nase. Lavendel, Ylang-Ylang, Orangenöl und Fichtennadel vermischten sich zu einem bunten, aber harmonischen Duft.

In diesem Augenblick ging die Tür auf, und das Glockenspiel klingelte fröhlich. Sofort richtete ich mich auf und strich mir über meine Arbeitskleidung: Eine weiße Hose und ein weißes T-Shirt, auf dem in geschwungenen Buchstaben der Schriftzug ›Schönheit kommt von Rügen‹ eingestickt war. Leider saß es im Brustbereich etwas eng.

Nisha, die Besitzerin des thailändischen Schnellimbisses, kam herein. »Hallo, Ariane! Hast du vielleicht Hunger?«

Sie grinste mich an und hielt eine Tüte mit abgepacktem Essen in die Höhe.

Nisha war Mitte vierzig, klein, kugelrund und besaß ein ansteckendes Lächeln. Spätestens nach fünf Minuten in Nishas Gegenwart fiel einem auf, dass man ihr Lächeln übernommen hatte, und nach weiteren fünf Minuten fühlte man sich dabei so gut, dass man sich erstaunt fragte, weshalb man eigentlich nicht häufiger lachte. Schon kurz nach der Eröffnung ihres Schnellimbisses hatten wir uns angefreundet, und manchmal brachte Nisha mir mein Lieblingsessen ›Phat Thai‹ vorbei. Natürlich durfte sie sich im Gegenzug bei mir im Laden mit dem Nötigsten eindecken.

Ich starrte begierig auf die Tüte in ihrer Hand. »Nisha, dich schickt der Himmel!«

Die quäkende Keyboard-Version von Mozarts kleiner Nachtmusik verstummte, als ich den Hörer auflegte. Schließlich musste man Prioritäten setzen, und Jule wäre nicht damit geholfen, wenn ich eines qualvollen Hungertodes starb. Ich flitzte hinter dem Verkaufstresen hervor und stolperte dabei fast über einen Aufsteller mit Rügener Heilkreide-Packungen.

Nashi legte die Hand auf ihre Brust und lachte auf. »Ich wünschte, all meine Kunden würden sich so über mein Essen freuen.«

Sie sprach ohne den geringsten Akzent, da sie schon als Kind mit ihren Eltern nach Deutschland gekommen war. Allerdings hatte sie eine leicht exotisch klingende Sprachmelodie beibehalten, die mich immer an Reisen in ferne Länder denken ließ.

»Du bist ein Schatz, Nisha! Manchmal habe ich das Gefühl, du kannst Gedanken lesen. Oder hast du meinen knurrenden Magen bis zu dir hinüber gehört?«

Ich nahm ihr die Tüte ab. »Leistest du mir beim Essen ein bisschen Gesellschaft?«

»Mein Sohn ist gerade allein in der Küche ...« Sie wiegte nachdenklich den Kopf hin und her, doch dann lächelte sie wieder und winkte ab. »Ach, ein paar Minuten wird der Kleine schon klarkommen.«

»Na, das meine ich auch! Schließlich ist der *Kleine* schon einundzwanzig.«

Sie führte einen reinen Familienbetrieb. Nishas Ehemann bediente die Gäste an der Theke, ein Sohn half ihr in der Küche, und der andere Sohn fuhr mit seinem knatternden Moped dauernd in halsbrecherischem Tempo die Straße entlang, weil er für die Auslieferungen zuständig war. Nisha hatte ihre drei Männer voll im Griff, da durfte man sich durch ihre kleine Statur und die Freundlichkeit nicht täuschen lassen. Wenn ich mal einen Rat im Handling von Männern brauchen sollte, wusste ich, an wen ich mich wenden musste.

Wir gingen in das Nebenzimmer, das mir als Lagerraum diente. Neben aufgestapelten Kartons standen in einer Ecke ein Campingtisch mit drei Klappstühlen und eine Kaffeemaschine. Es gab noch einen weiteren Raum, den ich für die Kosmetikbehandlungen meiner Kunden nutzte.

Wir setzten uns und plauderten entspannt miteinander. Ich hatte ungefähr die Hälfte der Portion verputzt, und ein wohliges Sättigungsgefühl breitete sich in meinem Körper aus, als wieder das Glockenspiel über der Ladentür ertönte.

»Ausgerechnet jetzt!« Mit einem Seufzen erhob ich mich und ging in den Verkaufsraum.

Eine Kundin stand vor dem Regal mit den Stutenmilch-Produkten. Ihr krebsrotes Gesicht ließ darauf schließen, dass sie eine Touristin war und sich ein paar Stunden zu lange in der Sonne aufgehalten hatte.

»Guten Tag!«, grüßte ich und lächelte ihr zu. »Kann ich Ihnen helfen?«

Sie schüttelte den Kopf. »Nein, danke. Ich möchte mich nur ein bisschen umsehen.« Sie deutete auf ihr Gesicht. »Der Arzt hat gesagt, ich soll ein paar Tage nicht an den Strand gehen, und jetzt muss ich mich anderweitig beschäftigen, während sich meine Familie ohne mich amüsiert.«

Das erklärte auch, weshalb sie in dieser Gegend gelandet war. Ich nickte verständnisvoll. »Lassen Sie sich ruhig Zeit, und wenn Sie Fragen haben, melden Sie sich bitte!«

Nisha, die hinter mich getreten war, knuffte mich in die Seite. »Du musst ihr von deinen Produkten erzählen«, raunte sie mir zu.

»Hast du nicht gehört? Die Frau möchte keine Beratung«, flüsterte ich zurück. Trotz meines Ratgebers ›Verkaufen Sie. Jedem. Alles.‹ fiel es mir schwer, solch einen ausdrücklichen

Wunsch zu ignorieren. Jedenfalls wenn es sich um freundliche und sympathische Kunden handelte. Die ›Kinder des natürlichen Odems‹ hatten ausnahmsweise meine offensive Seite geweckt. Was aber leider auch nichts genützt hatte.

Nisha schüttelte den Kopf und seufzte tadelnd. »Sieh zu und lerne, Ariane!« Mit ihrem allerbesten Lächeln trat sie zur Kundin. »Haben Sie schon unsere wunderbaren handgesiedeten Seifen gesehen? So etwas finden Sie nur hier auf Rügen. Schauen Sie mal, diese traumhaften Duftrichtungen …« Sie plauderte in ihrem exotischen Singsang fröhlich weiter, während Sie die Frau sanft am Ellbogen fasste und mit sich zog.

Zehn Minuten später hatte Nisha ihr fünf Seifen, eine Rügener Stutenmilch-Gesichtscreme, eine große Flasche naturreines Sanddorn-Kernöl, eine Bernsteinkette und sogar noch ein Rügener Kreidemännchen aufgeschwatzt. Am meisten überraschte mich, dass die Kundin überglücklich zu sein schien und die Jute-Tasche mit ihren Produkten wie einen Schatz an sich drückte.

»Damit werden wir noch lange an Rügen zurückdenken. Die ›Meeresbrise‹-Seifen lege ich in unseren Schrank, dann duften unsere Kleider nach Urlaub. Vielen, vielen Dank!«

Ich öffnete die Kasse, auf der sich schon etwas Staub abgesetzt hatte, und gab ihr das Wechselgeld. »Gern geschehen!« Ich strahlte sie an wie ein Honigkuchenpferd. »Ich wünsche Ihnen noch einen schönen Urlaub.«

Als sie das Geschäft verlassen hatte, wandte ich mich mit flehender Miene zu Nisha um. »Kannst du nicht bei mir als Verkäuferin arbeiten?«

Sie tätschelte meinen Arm. »Manchmal muss man die Leute eben zu ihrem Glück zwingen. Wenn sie hier reinkommen, wissen sie nichts über dich und deine Produkte. Deshalb ist es deine Aufgabe, das zu ändern!«

Natürlich hatte sie recht, doch ich war seit jeher ein eher defensiver Typ. Anscheinend war ich nicht zur Verkäuferin geboren. Vielleicht hätte ich mal einen Crash-Kurs in einer Parfümerie machen sollen: Kaum betrat man so ein Geschäft, stürzten sich die überschminkten Verkäuferinnen auf einen, als wäre man ein Stück Fleisch, das gerade in ein Löwengehege geworfen worden war. Sobald sie ihre Zähne in einen Kunden geschlagen hatten, gab es kein Entkommen mehr. Damit wäre ich noch klargekommen, wenn diese Verkäuferinnen wenigstens freundlich gewesen wären. Stattdessen vermittelten sie mir jedoch ständig das Gefühl, minderwertig zu sein.

»Ich geh mal wieder rüber.« Nisha drückte mich kurz an sich. »Mal schauen, ob mein Kleiner in der Zwischenzeit die Küche in Brand gesetzt hat.«

»Noch mal lieben Dank!«, rief ich ihr hinterher.

Gerade als Nisha die Tür ansteuerte, ging sie erneut auf. Zu meiner Überraschung trat dieses Mal David Novak ein.

»Was wollen Sie denn hier?«, entfuhr es mir perplex. Mit ihm hatte ich am allerwenigsten gerechnet.

Nisha musste den Kopf in den Nacken legen, um ihm ins Gesicht zu sehen. Sie musterte ihn kritisch. »Von diesem Zottelbart sollten Sie sich unbedingt verabschieden! Frau Hildebrandt bietet auch Kosmetikbehandlungen für Männer an. Alles Topprodukte in Bioqualität.« Sie wandte sich noch einmal zu mir um und zwinkerte mir verschwörerisch zu. Ich grinste in mich hinein, während Nisha durch die Tür schlüpfte. Zwar hätte ich es begrüßt, wenn Trudis Enkel sich Nishas Ratschlag zur Herzen nehmen würde, allerdings war er vermutlich nicht hier aufgetaucht, weil er eine Kosmetikbehandlung wünschte.

*

Als wir alleine waren, sah David Novak mich verdutzt an. »Ist der Bart wirklich so schlimm?«

Schon lag mir eine höfliche Lüge auf den Lippen, als ich mich daran erinnerte, dass ich vor einem Jahr mit meiner Freundin Jule einen Ehrlichkeitspakt geschlossen hatte. Wir hatten feierlich geschworen, ab sofort keinem Mann mehr Lügen aufzutischen – egal, ob es sich um das Aussehen, peinliche Hobbys oder störende Angewohnheiten handelte. Sowohl was uns selbst betraf als auch den Mann. Jule war damit recht erfolgreich gewesen, immerhin heiratete sie bald ihren Markus. Ich dagegen hatte noch nicht viel Gelegenheit gehabt, meinen Schwur in die Tat umzusetzen.

»Der Bart ist tatsächlich recht dominant«, räumte ich ein. Wäre Jule hier gewesen, hätte sie mir wahrscheinlich vorgeworfen, dass meine Antwort zu diplomatisch ausgefallen war, lediglich gewürzt mit einer Prise Ehrlichkeit.

David Novak legte den Kopf schräg und musterte mich so aufmerksam, dass mir unwohl in meiner Haut wurde.

»Sie finden den Bart scheußlich, oder?«, hakte er nach.

Ertappt! Offenbar besaß er eine gute Menschenkenntnis.

»Ehrlich gesagt, ja. Aber wenn er Ihnen gefällt, ist das natürlich okay.«

Meine Offenheit schien ihn nicht zu stören. Er schlenderte umher und ließ seinen Blick über die Einrichtung meines Ladens schweifen. »Eigentlich habe ich keine Ahnung, ob mir der Bart gefällt. Ich mache mir nicht viel Gedanken über Äußerlichkeiten. Weder bei mir noch bei anderen Menschen. Mich interessieren die Dinge unter der Oberfläche.«

Er blieb direkt vor mir stehen. Trudis Enkel war wirklich ein seltsamer Typ. Es wollte mir partout nicht gelingen, David Novak in eine Schublade zu stecken. Immerhin musste ich ihm zugutehalten, dass er bisher nicht – wie die meisten Männer – auf meine Brüste gegafft hatte. Und das, obwohl ich heute das etwas eingelaufene T-Shirt trug, das im Brustbereich ziemlich spannte. Aber vielleicht war er auch schwul?

»Außerdem ist der Bart äußerst praktisch«, fügte er hinzu. »Das tägliche Rasieren nervt.«

»Wem sagen Sie das«, murmelte ich.

Er lachte auf. »Stimmt! Frauen können bei diesem Thema ja ebenfalls mitreden.«

Sein Lächeln gefiel mir. Es war selbstbewusst und zugleich verschmitzt.

Ich wurde ernst. »Sind Sie wegen Trudi hergekommen? Hat sich an ihrem Zustand etwas verändert?«

»Nein, keine Sorge! Ich wollte Ihnen mit meinem Besuch keinen Schreck einjagen«, versicherte er mir. »Ich war die letzten Stunden bei meiner Großmutter auf der Intensivstation und habe auch mit ihrem Arzt gesprochen. Doktor Bloch ist insgesamt sehr zufrieden, aber er meinte auch, dass es einige Zeit dauern wird, bis meine Großmutter wieder auf den Beinen ist. In ihrem Alter steckt man eine Bypass-Operation nicht so leicht weg.«

Ich nickte, weil ich mir das schon gedacht hatte.

»Doktor Bloch hat mir ins Gewissen geredet und gesagt, dass meine Großmutter jetzt auf die Hilfe ihrer Familie angewiesen sei. Insbesondere die Unterstützung von mir und …«, er machte eine kurze Pause und maß mich mit hochgezogenen Augenbrauen, »… meiner *Cousine*.«

Mir schoss das Blut in die Wangen. Dass meine Schwindelei so schnell auffliegen würde, hatte ich nicht erwartet. Lügen hatten wohl tatsächlich kurze Beine! In Gedanken sah ich mich schon wegen Betrugs vor Gericht sitzen.

»Es tut mir leid, das war eine Notlüge!«, beteuerte ich. »Sie hätten mir gestern in der Klinik sonst nicht mal gesagt, wie es um Trudi steht. Aber ich habe mir solche Sorgen um sie gemacht.« Ich rang hilflos die Hände. »Kurz darauf hat mir Doktor Bloch auch schon die Einverständniserklärung zur OP unter die Nase gehalten. Was hätte ich denn tun sollen? Sie und Ihre Mutter sind Trudis einzige Verwandte, doch zu diesem Zeitpunkt kannte ich nicht einmal Ihren Namen, sonst hätte ich Sie natürlich sofort angerufen. Verraten Sie mich jetzt bei Doktor Bloch? Oder …«, ich schluckte schwer, »… zeigen Sie mich bei der Polizei an?«

»Nein!« Er hob beschwichtigend die Hände. »Ich mache Ihnen keinen Vorwurf. Ein Freund kann einem manchmal weitaus näherstehen als ein Verwandter, aber das sieht das Gesetz nun mal nicht vor. Wahrscheinlich hätte ich an Ihrer Stelle genauso gehandelt.«

»Wirklich?«

Mir fiel ein Stein vom Herzen. Vielleicht war Trudis Enkel doch kein so übler Kerl. »Danke, das ist nett von Ihnen.«

»Aber da wir jetzt offiziell miteinander verwandt sind, schlage ich vor, wir duzen uns.« Er streckte mir zum zweiten Mal an diesem Tag die Hand hin. »Liebe Cousine, ich bin David.«

Ich ergriff seine Hand. »Ariane.«

Davids Händedruck war warm und angenehm fest, und ich ertappte mich dabei, dass ich seine Hand nur ungern wieder losließ. Wir nickten uns in gegenseitigem Einverständnis zu. Zwei Fremde, die beschlossen hatten, sich nicht mehr ganz so fremd zu sein.

»Also, Ariane, ich habe mich dazu entschieden, noch eine Weile auf Rügen zu bleiben. Bis meine Großmutter sich erholt hat. Deshalb wollte ich dich fragen, ob du mir …« Er hielt inne, wandte den Kopf von mir ab und schnüffelte. »Nach was riecht es denn hier?«

Er war nicht der Erste, der mich das fragte. »Fichtennadel, Orangen- und Mandarinenöl …«, begann ich aufzuzählen.

»Thailändisches Essen!«, unterbrach er mich. »Ich liebe thailändisches Essen. Ist das zufällig *Phat Thai?*«

Ehe ich antworten konnte, schob David sich an mir vorbei. Dabei kam er mir ziemlich nahe und streifte mit seinem Oberkörper meinen Arm. Die kurze Berührung reichte aus, um meinen Herzschlag zu beschleunigen. David marschierte zielstrebig in mein Hinterzimmer, und notgedrungen folgte ich ihm.

»Du hast dein halbes Essen stehenlassen«, stellte er fest. »Hat es nicht gut geschmeckt?«

»Nein, im Gegenteil, Nisha ist eine begnadete Köchin«, verteidigte ich meine Freundin. »Ich würde sogar behaupten, es ist das beste *Phat Thai*, das man auf Rügen bekommen kann.«

»Dann hast du sicher nichts dagegen, wenn ich den Rest esse, oder? Wäre doch schade, es fortzuwerfen.« Schon saß er auf dem Stuhl, hatte sich mein Besteck geschnappt und schob sich die erste Gabel in den Mund.

»Aber … aber …«, stammelte ich hilflos.

»Seit ich heute Morgen in Usedom losgefahren bin, habe ich nichts mehr gegessen«, erklärte David. »Du bist meine Rettung, Ariane, vielen Dank! Ich bin kurz vor dem Verhungern.« Er schluckte und stieß einen Seufzer aus. »Gott, ist das lecker!«

Im Gegensatz zu ihm war ich zwar nicht mehr am Verhungern, aber dass ich schon satt war, hätte mich nicht davon abgehalten, auch den Rest meiner Portion zu verdrücken. Schließlich bestand die Gefahr, dass ich zum Abendessen von meiner Mutter die andere Hälfte der Grapefruit vorgesetzt bekam. In meiner Situation musste ich vorausschauend essen!

Zähneknirschend ließ ich mich David gegenüber nieder und verschränkte die Arme vor der Brust.

»Natürlich werde ich mich dafür bei Gelegenheit revanchieren«, versprach er.

»Du … du willst mich zum Essen einladen?«, entgegnete ich perplex.

Er schmunzelte amüsiert. »Außer natürlich, du willst dich nicht mit einem Zottelbart wie mir in der Öffentlichkeit sehen lassen, liebe Cousine?«

»Ja. Nein. Ich meine, ich würde mich …«

Ich würde mich freuen, mit ihm auszugehen. Hatte ich das wirklich gerade sagen wollen? Ich kannte David Novak doch nicht einmal! Besser, ich wechselte schnell das Thema. »Darf ich nun erfahren, warum du mich mit deinem Besuch beehrst?«

»Wenn ich eine Zeitlang auf der Insel bleibe, wäre es eigentlich Geldverschwendung, in ein Hotel zu ziehen«, erklärte er. »Stattdessen könnte ich in der Wohnung meiner Großmutter schlafen. Ich bin mir sicher, sie hätte nichts dagegen.«

Schon lag mir eine scharfe Erwiderung auf der Zunge. Woher wollte David das denn wissen? Er kannte sie doch überhaupt nicht. Ich war diejenige, die seine Großmutter mehrmals in der Woche sah. Allerdings hätte Trudi tatsächlich nichts dagegen gehabt, dass David bei ihr schlief, im Gegenteil.

»Und jetzt willst du meine Erlaubnis?«, fragte ich schnippisch.

»Nein, ich möchte den Wohnungsschlüssel. Er war nicht in Trudis Tasche im Krankenhaus, und ich gehe davon aus, dass du ihn an dich genommen hast.«

»Ich hab ihn«, gab ich widerstrebend zu. Plötzlich kam es mir falsch vor, dass ich den Wohnungsschlüssel bei mir hatte. Zwar hatte ich in Trudis Auftrag gehandelt, aber das hatte David schließlich nicht mitbekommen. Er glaubte doch hoffentlich nicht, dass ich mir Zutritt zu Trudis Wohnung verschafft hatte, um an ihre Ersparnisse zu kommen oder Schmuck zu klauen?

»Gibst du ihn mir?« David hatte das restliche Essen in Rekordzeit verputzt und legte nun das Besteck beiseite. Er blickte mich fragend an.

»Natürlich«, sagte ich hastig. »Am besten wir fahren zusammen zu Trudis Wohnung. Mein Geschäft ist über Mittag ohnehin geschlossen. Ich öffne erst wieder, wenn die ersten Touristen den Strand verlassen. Also habe ich ein bisschen Zeit.«

Dann musste die Buchhaltung, die ich hatte erledigen wollen, eben noch warten. Aber ich konnte die Unterlagen auch mit nach Hause nehmen und heute Abend daran arbeiten.

»Du musst dir keine Umstände machen, Ariane«, wandte David mit ernster Miene ein. »Ich möchte nicht, dass du meinetwegen Stress hast.«

Seine Worte klangen aufrichtig. Dieser Mann gab mir wirklich Rätsel auf. Eben noch hatte er sich über mein Mittagessen hergemacht, und nun machte er sich Sorgen, dass er mir zur Last fiel.

Ich winkte ab. »Quatsch, das sind keine Umstände! Ich tu das gerne. Dann kann ich dir gleich die wichtigsten Sachen im Dorf zeigen.«

Das gebot zum einen die Rügener Gastfreundschaft. Und zum anderen war ich neugierig auf David Novak geworden.

6. Kapitel

David bestand darauf, mich in seinem Auto mitzunehmen, obwohl ich vorgeschlagen hatte, in getrennten Wagen zu fahren. Schließlich musste ich später wieder zurück nach Sellin. Doch David meinte, mich zurückzubringen wäre das Mindeste, was er als Gentleman tun könne.

Auf der Straße vor meinem Geschäft steuerte er einen mitternachtsblauen Citroën mit Oldtimer-Kennzeichen an. Der Wagen war aufwendig restauriert, und die polierten Chromteile blitzten im Sonnenlicht.

»Ist das deiner?«, entfuhr es mir erstaunt.

Er nickte. »Autos sind eine Schwäche von mir. Es ist ein Citroën DS aus dem Jahr 1967.«

Ich zog meine Augenbrauen in die Höhe. »*Eine* Citroën? Für dich ist dein Auto eine Frau?«

In meinem Kopf öffnete sich umgehend die Schublade ›verrückter Autofanatiker‹.

»Das ist die gängige Bezeichnung«, erklärte er. »›DS‹ soll lautmalerisch an ›La Déesse‹, also die Göttin, erinnern.«

»Oh. Okay.« Dadurch blieb David die Schublade ›verrückter Autofanatiker‹ fürs Erste erspart.

»Ich interessiere mich nicht so sehr für Autos«, gestand ich ihm. »Ich fahre mit meinem nicht einmal mehr in die Waschstraße, weil ich die Vermutung habe, dass es ohne den Dreck auseinanderfallen würde.«

Ich deutete die Straße hinunter auf meinen alten Fiat Panda.

An ihm glänzte überhaupt nichts. Plötzlich tat mir mein Auto leid. Dafür, dass es mir so zuverlässig diente, brachte ich ihm nur wenig Zuwendung und Pflege entgegen.

»Ich kann mir deinen Wagen mal ansehen, wenn du willst«, bot David an. »Ich repariere gerne Dinge. Das muss man auch, wenn man einen Oldtimer fährt.«

»Deswegen wolltest du, dass ich mitfahre, oder?« Ich zog eine Grimasse. »Du brauchst notfalls jemanden zum Anschieben.«

David legte den Kopf in den Nacken und lachte auf. Sein Lachen war sympathisch und ansteckend.

»Gut erkannt! Aber fürs Erste darfst du Platz nehmen.« Er schloss die Beifahrertür auf und machte eine einladende Handbewegung. »Ich bin optimistisch, dass der Wagen anspringt.«

Ich ließ mich auf den bequemen Ledersitz sinken. Für heutige Verhältnisse war das Armaturenbrett recht übersichtlich gestaltet. Es gab keine unzähligen Knöpfe oder Lichter und auch einen wuchtigen Bordcomputer suchte man vergebens. Doch irgendwie gefiel mir diese minimalistische Ausstattung.

David stieg ein und startete den Motor, was bewirkte, dass sich der Wagen leicht anhob. »Hydropneumatik«, erklärte er. »Das war damals revolutionär. Dadurch schwebt man regelrecht über die Straßen.«

»Wow!« Ich fühlte mich fast wie die Hauptdarstellerin in einem alten James-Bond-Film.

David fuhr los. »Nutzen wir doch die Zeit und lernen uns besser kennen. Erzähl mir von dir, Ariane.«

»Eigentlich solltest du mir von dir erzählen!«, konterte ich. »Ich habe das Gefühl, dass du bedeutend mehr über mich weißt, als ich über dich.«

»Das könnte sein«, räumte er ein. »Offenbar hältst du nichts von Internetrecherchen.«

Ich reckte mein Kinn vor. »Ich lerne die Leute lieber persönlich kennen und mache mir selbst ein Bild von ihnen.«

»Das spricht für dich«, gab er zu.

Wir hatten Sellin schnell verlassen und fuhren über die Bundesstraße. Durch das geöffnete Fenster drang der frische, leicht salzige Duft Rügens zu mir herein, und die Luft strich über meine bloßen Arme.

»Und was schlägst du vor?«

Ich grinste David an. »Quid pro quo«, zitierte ich Hannibal Lecter. »Ich stelle dir eine Frage, und im Gegenzug beantworte ich dir eine.«

»Das klingt fair. Allerdings«, er warf mir einen entschuldigenden Blick zu, »muss ich eine Bedingung stellen: keine Fragen über meine Mutter, meine Familie oder den Streit mit Trudi.«

Ach, verdammt! Zwar wäre ich mit dem nötigen Fingerspitzengefühl vorgegangen, aber spätestens meine dritte oder vierte Frage hätte genau darauf abgezielt. Somit wurde meine Neugier heute wohl nicht befriedigt. Doch ich ließ mir meine Enttäuschung nicht anmerken.

»Einverstanden. Ich fange an«, sagte ich, ehe er sich vordrängeln konnte. »Bisher weiß ich nur, dass du keinen Wert auf Äußerlichkeiten legst und gerne an deinem Oldtimer herumbastelst. Machst du auch beruflich etwas mit Autos?«

»Nein, das ist nur ein Hobby. Außerdem *bastle* ich nicht daran herum«, beschwerte er sich über meine Wortwahl, »ich habe die Citroën DS *restauriert*. Sie war ursprünglich in einem ziemlich desolaten Zustand.«

Zwar hatte er meine Frage damit beantwortet, doch im Grunde wusste ich über ihn genauso wenig wie vorher.

»Jetzt bin ich an der Reihe«, verkündete er. »Bist du in festen Händen, Ariane?«

Oha, das nannte ich aber mal ein forsches Vorgehen! Wieso interessierte ihn das überhaupt?

»Nein. Es gibt weder einen Ehemann noch einen festen Freund in meinem Leben«, antwortete ich wahrheitsgemäß.

»Nicht? Wieso ist eine so hübsche und intelligente Frau wie du noch Single?«

Obwohl mein Herz für einen Moment ins Stolpern kam, überging ich sein Kompliment mit einer nüchternen Feststellung: »Das waren schon zwei Fragen. Zuerst bin ich wieder dran.«

»Entschuldige«, sagte er mit einem Lachen.

Verstohlen musterte ich seine rechte Hand, die entspannt auf dem Lenkrad lag. Kein Ehering. Daran war bestimmt der Bart schuld! Es war allerdings auch möglich, dass David zwar verheiratet war, aber den Ehering im Alltag nicht trug. Die Neugier übermannte mich. »Bist du denn in festen Händen?«

»Nein. Und ich bin auch nicht auf der Suche nach einer festen Beziehung.« Er schüttelte nachdrücklich den Kopf. »Mein Leben ist ... kompliziert. Eine Frau hätte darin im Moment einfach keinen Platz.«

Für diese Einstellung hatte ich Verständnis. »Mir geht es ähnlich«, gestand ich ihm. »Im Augenblick verbinde ich mit einer Beziehung eher unerfreuliche Dinge wie Stress und Verpflichtungen. Das kann ich wirklich nicht gebrauchen.«

Da ich damit doch noch seine zweite Frage beantwortet hatte, nahm ich mir die Freiheit, seinem beruflichen Werdegang weiter auf den Grund zu gehen. »Wenn du kein Automechaniker bist, was machst du dann? Ich finde es ungewöhnlich, dass du von heute auf morgen nach Rügen kommen und problemlos hierbleiben kannst.«

»Das liegt daran, dass ich mein eigener Chef bin und mir

meine Zeit frei einteilen kann.« Er trommelte mit seinem Zeige- und Mittelfinger einen schnellen Rhythmus auf das Lenkrad. »Ich arbeite im kreativen Bereich. Im Grunde kann ich meinen Job überall machen, wenn ich meinen Laptop dabeihabe.«

Ich verschränkte meine Arme vor der Brust. »Ich reiche bei der ›Quid pro quo‹-Spielleitung Beschwerde gegen deine Antwort ein. Noch schwammiger hättest du dich wohl kaum ausdrücken können.«

»Die Antwort genügt dir nicht? Na schön, in meiner Steuererklärung steht ›Selbstständiger‹.«

Ich schnaubte auf. Damit konnte vom Auftragskiller bis zum Computerhacker alles gemeint sein. Bestimmt musste man in beiden Berufen auch einiges an Kreativität mitbringen. David schien das jedoch ungemein amüsant zu finden, denn seine Miene drückte pure Erheiterung aus. Nur ich kannte die Pointe nicht.

»Du gibst dich wohl gerne mysteriös«, stellte ich säuerlich fest.

Wir hatten mittlerweile Binz passiert. Der Fahrtwind spielte mit meinen Haaren, und die dichten Wälder, die den Blick auf den Strand und das Meer verdeckten, zogen als grüne Schemen an uns vorbei.

Ohne die Straße aus den Augen zu lassen, lehnte David sich zu mir, sodass ich seinen angenehmen männlichen Duft wahrnahm. »Womöglich mache ich mir Sorgen, dass du mich sonst für langweilig hältst«, sagte er mit gesenkter Stimme, als würde er mir ein Geheimnis anvertrauen.

Ich lehnte mich ebenfalls zur Seite, sodass sich unsere Wangen fast berührten.

»Oh nein, die Gefahr besteht absolut nicht«, imitierte ich

seinen vertraulichen Tonfall. »Aber selbst wenn, frage ich mich, weshalb dich das kümmern sollte.«

Nun wandte er den Blick doch von der Straße ab und sah mir einen Augenblick lang direkt in die Augen. Mein Herzschlag beschleunigte sich, und mich überlief ein leichtes Kribbeln.

»Vielleicht weil du mich gestern Abend bei unserem Telefonat ziemlich beeindruckt hast.«

Gestern hatte David Novak mich mit seiner herzlosen Reaktion einfach aus der Reserve gelockt. Normalerweise war es jedoch ganz und gar nicht meine Art, meine Mitmenschen derart anzugehen. Wenn er nun eine vor Selbstbewusstsein strotzende und offensive Frau erwartete, würde er über kurz oder lang enttäuscht werden. Aus irgendeinem Grund versetzte mir das einen Stich.

David lehnte sich wieder in seinem Sitz zurück. »Ich bin an der Reihe. Liest du gerne?«

Es fiel mir schwer, mich wieder auf unser Spiel zu konzentrieren. Dieser Mann verwirrte mich, und seine Nähe ließ mich eindeutig nicht kalt, was mich zusätzlich aus der Fassung brachte.

»Ja, aber leider komme ich zu selten dazu«, beantwortete ich schließlich seine Frage. »Als Kind habe ich meine Nase permanent in ein Buch gesteckt. Rückblickend könnte man wohl sagen, das war reiner Eskapismus.«

Wir passierten Prora, den ›Koloss von Rügen‹. Das ehemals viereinhalb Kilometer lange Bauwerk, das noch aus dem Dritten Reich stammte und 20 000 Urlaubern gleichzeitig als KdF-Seebad dienen sollte, stand seit 1994 unter Denkmalschutz. Zum Glück sah man nicht viel davon, da der Wald gnädigerweise auch hier als Sichtschutz diente. Ein Teil der Anlage wurde mittlerweile als Jugendherberge, Museum oder als Komplex mit modernen Ferienwohnungen genutzt, aber in meinen Augen blieb der Betonbau potthässlich.

Obwohl David sich an die Spielregeln hielt und nicht weiter nachbohrte, fing ich von selbst an, ihm von meiner Kindheit zu erzählen: »Ich war damals ziemlich dick und habe quasi meine ganze Freizeit mit Lesen verbracht. Entweder in meinem Zimmer, in einer abgelegenen Ecke am Strand oder auf dem kleinen Boot meines Vaters, wenn ich ihn zum Angeln begleitet habe. Falls du jetzt allerdings mit einer herzzerreißenden Geschichte über gemeines Schüler-Mobbing a la ›Carrie‹ rechnest, muss ich dich enttäuschen«, sagte ich mit einem müden Lächeln. »Natürlich wurde ich im Sportunterricht immer als Letzte in die Mannschaften gewählt, aber mit so etwas bin ich klargekommen.« Ich stieß einen tiefen Seufzer aus. »Nur nicht mit mir selbst.«

»Darf ich sagen, dass man dir das heute absolut nicht mehr ansieht«, meinte David mit ernster Miene.

»Danke.« Ich stützte meinen Ellbogen ins geöffnete Fenster, und warme Sonnenflecken tanzten auf meiner Haut. »Aber auch wenn ich mich verändert habe, existiert das dicke Mädchen von damals in meinem Kopf leider immer noch.«

Allerdings nicht nur in meinem Kopf. Mir fiel das Gespräch mit meiner Mutter heute Morgen beim Frühstück ein. Auch sie tat das Ihrige dazu, dass ich mit meiner Vergangenheit nicht abschließen konnte.

Ich hatte keine Ahnung, weshalb ich David all diese privaten Dinge anvertraute. Vielleicht lag es an Trudis Herzinfarkt, der mich schon gestern in diese nachdenkliche Stimmung versetzt hatte? Den Rest unserer gemeinsamen Fahrt erzählte ich weiter von mir und meiner Familie, und immer, wenn ich ins Stocken kam, stellte David genau die richtigen Fragen. Sie waren nie zu aufdringlich oder zu persönlich, sondern zeugten lediglich von Interesse und Verständnis. Ich hatte das Gefühl, dass mir noch nie jemand so aufmerksam zugehört hatte wie David Novak.

*

Wir hielten direkt vor dem Haus, in dem Trudis Wohnung lag. Nachdem wir ausgestiegen waren, sah David sich prüfend um. Nicht weit entfernt spielten ein paar Jungs Fußball, und ein Mann auf dem Nachbargrundstück mähte den Rasen. Insgesamt war die Wohngegend allerdings recht schlicht und unspektakulär.

»Kannst du dich noch an die Straße erinnern?«

Er strich sich nachdenklich über den Bart. »Kaum. Es ist ziemlich lange her.«

Wir stiegen im Flur die Stufen hinauf, doch vor Trudis Wohnungstür mussten wir eine längere Pause einlegen, da sich der Schlüssel irgendwo in den Tiefen meiner Handtasche versteckt hielt. Davids gemurmeltes »Typisch!« überhörte ich großzügig.

Da ging auch schon die Tür zur Nachbarwohnung auf, und eine ältere Frau streckte den Kopf heraus. Ganz stilecht trug sie eine Kittelschürze und hatte Lockenwickler im Haar.

»Hallo, Elfriede«, begrüßte ich Trudis Nachbarin mit lauter Stimme.

»Schrei doch nicht so, Ariane!«, entgegnete sie und fasste sich an ein Ohr. »Ich hab doch mein Hörgerät an.«

Das war nicht selbstverständlich. Trudi hatte sich schon oft beschwert, dass sie bei ihrer schwerhörigen Nachbarin Sturm klingeln musste, wenn sie sich mal ein Ei oder etwas Zucker ausborgen wollte.

»Da ist er ja!« Triumphierend zog ich den Schlüssel aus meiner Handtasche, doch schon im nächsten Moment hatte David ihn mir wieder abgenommen, um die Tür zu öffnen. Ehe er jedoch in der Wohnung verschwinden konnte, hielt ich ihn fest und zog ihn zu mir zurück.

»Elfriede, das ist Trudis Enkel David«, stellte ich ihr meinen Begleiter vor. »Er wohnt vorerst hier, weil Trudi im Krankenhaus ist. Sie hatte gestern einen Herzinfarkt. Aber ihre Operation war zum Glück ein Erfolg.«

»Hab es schon gehört.« Elfriede nickte mit bekümmerter Miene. »Schlimme Sache! Dabei hab ich Trudi noch gesagt, dass sie bei der Hitze nicht einkaufen gehen soll. Aber sie hört ja nicht auf mich. Störrisch wie eine Herde alter Esel, sag ich immer.«

David nickte ihr mit einem knappen Lächeln zu. »Freut mich, Frau … äh …«

»Sag doch Elfriede zu mir, Jungchen.«

»Gut, Elfriede.« Er nickte ihr erneut zu und wandte sich zum Gehen, doch ich hielt ihn weiterhin fest.

»David wohnt mit seiner Mutter auf Usedom«, erzählte ich.

Die alte Dame hob interessiert die Augenbrauen. »Ach, du kommst von Usedom? Da wohnt auch meine Cousine zweiten Grades, die Ida Ritter. In Zempin. Kennst du die?«

David lächelte angestrengt und schüttelte den Kopf. »Nein, tut mir leid. Ich komme aus Heringsdorf.«

»Heringsdorf?« Elfriede tippte sich nachdenklich an die Lippen. »Da kenne ich auch ein paar Leute. Sagt dir Sören Neubert etwas? Das war der Trauzeuge meines Sohnes.«

»Nein.«

In dieser Art und Weise ging die Befragung weiter. Es dauerte eine quälend lange Zeit, bis Elfriede und David endlich einen gemeinsamen Bekannten auf Usedom gefunden hatten. Vielleicht hatte David am Ende auch einfach gelogen, um seine Ruhe zu haben. Aber Elfriede lächelte äußerst zufrieden, strich sich über die Kittelschürze und verschwand wieder in ihrer Wohnung.

Nachdem wir die Tür hinter uns geschlossen hatten, warf David mir einen genervten Blick zu. »Weshalb musste ich denn bitteschön so lange mit der Nachbarin sprechen?«

Ich dachte gar nicht daran, mich von ihm einschüchtern zu lassen.

»Weil sich das gehört«, beharrte ich. »Elfriede sollte wissen, wer mit ihr auf dem Stockwerk wohnt. Außerdem könnte die alte Dame aus irgendeinem Grund Hilfe brauchen, und jetzt weiß sie, dass du da bist.«

Er verschränkte die Arme vor der Brust und musterte mich, als wäre ich ein seltenes Tier im Zoo. »Denkst du immer so viel an andere Leute?«

»Und du? Denkst du immer so *wenig* an andere Leute?«, entgegnete ich spitz. »Wir leben hier auf einer Insel in einem kleinen Dorf. Wir sind eine Gemeinschaft, in der man füreinander da ist und sich gegenseitig hilft. Redest du in Heringsdorf etwa nie mit deinen Nachbarn?«

Er zuckte mit den Achseln. »Eher selten. Unser Hof liegt etwas außerhalb an einem See, und wir haben nur wenige Nachbarn. Davon abgesehen rede ich nur mit Leuten, die mich interessieren.«

»Oh, da habe ich wohl ganz großes Glück!«, sagte ich in sarkastischem Tonfall. »Und Elfriede interessiert dich wohl nicht?«

»Nein«, gab er ungerührt zur Antwort. »Offen gestanden hat mich unser Gespräch gerade gelangweilt.«

Mich zwar auch, aber das hätte ich unter den gegebenen Umständen natürlich niemals zugegeben. Er wollte wohl einfach nicht verstehen, um was es mir ging.

Mit einem ärgerlichen Schnauben drängte ich mich an ihm vorbei in Richtung Küche. Ich deutete auf den Kühlschrank.

»Es sind noch ein paar Lebensmittel hier, aber du wirst wahrscheinlich bald einkaufen müssen. Eine Kaffeemaschine gibt es nicht, da Trudi nur Schwarztee trinkt.«

David sah sich aufmerksam um. »An die Küche erinnere ich mich noch. Hier scheint sich kaum etwas verändert zu haben.«

Er strich über einen Kranz aus getrockneten Wildblumen, der neben der Tür hing. Dann lief er weiter ins Wohnzimmer und drehte sich einmal im Kreis.

»Das ist wahrscheinlich normal, aber damals kam mir alles so viel größer vor.« Sein Blick wanderte über die Wände und die Regale, als suche er etwas. »Keine Fotos. Auch nicht von meiner Mutter.«

Vielleicht irrte ich mich, aber er schien enttäuscht zu sein.

Ich versuchte, die Situation aufzulockern. »Dieses Schmuckstück hier …«, ich zeigte auf Trudis altmodische Tapete mit dem dunkelbraunen Rautenmuster, »… benötigt optisch schließlich viel Raum. Da würden Familienfotos nur ablenken.«

David verzog keine Miene. Offenbar stand ihm nicht der Sinn nach Scherzen.

Ich seufzte. »Trudi hat nur ein einziges gerahmtes Foto«, erklärte ich. »Es steht auf ihrem Nachttisch und zeigt deinen verstorbenen Großvater. Aber es gibt zahlreiche Fotos in den Familienalben.« Ich deutete auf die entsprechende Schublade, doch David machte sich nicht die Mühe, meiner Geste zu folgen.

Stattdessen fixierte er mich. »Redet meine Großmutter über uns? Erzählt sich manchmal von meiner Mutter? Oder von mir?«

Ich schluckte schwer. Seine Frage war mir unangenehm. Ich wollte Trudi helfen, die Beziehung zu ihrer Tochter und ihren Enkelkindern zu verbessern, doch ich wusste nicht, was David von mir hören wollte. Würde es helfen, wenn ich ihn anlog?

»Ehrlich gesagt nicht. Bis gestern wusste ich nur, dass sie ein Kind hat, aber nicht, ob es sich um einen Sohn oder eine Tochter handelt. Wenn man Trudi nach ihrer Familie fragt, wird man immer von ihr angeblafft, dass man sich um seine eigenen Angelegenheiten kümmern soll. Ich schätze, das ist kein gutes Zeichen.«

Überrascht sah er mich an. »Warum?«

Ich hob die Schultern an und steckte die Hände in die Taschen meiner weißen Jeans. »Weil deine Großmutter ansonsten sehr geradeheraus ist. Trudi nimmt kein Blatt vor den Mund, sagt immer ihre Meinung, schämt sich für nichts. Abgesehen von ihrer Familie fällt mir kein anderes Thema ein, über das sie nicht offenherzig reden würde. Deshalb glaube ich, dass ihr das wirklich nahegeht.«

Das schien David einzuleuchten. »Du meinst, es ist zu schmerzhaft für sie, über uns zu sprechen?«

»Kurz vor ihrer lebensgefährlichen Operation galt ihr einziger Gedanke jedenfalls ihrer Tochter Astrid«, sagte ich bedeutungsvoll.

David nickte, sagte jedoch nichts und starrte für einen Moment aus dem Fenster. Verstohlen betrachtete ich ihn. Im Grunde sah er gar nicht so schlecht aus. Jedenfalls wenn man zottelige Vollbärte mochte. Seine intelligenten braunen Augen waren mir schon vorher aufgefallen, aber er hatte auch breite Schultern und muskulöse Oberarme. Unter seinem T-Shirt deutete sich ein kleiner Bauchansatz an, der mir auf Anhieb sympathisch war. Perfekt zum Ankuscheln! Ich stand nicht besonders auf perfekt durchtrainierte Männer, in deren Gegenwart man permanent den Bauch einziehen musste. Ein brettthartes Sixpack war ungefähr so gemütlich wie ein Betonkissen.

Ich räusperte mich, um die Stille zu durchbrechen. »So langsam muss ich zurück nach Sellin, David. Aber ich zeig dir noch den Supermarkt und unseren Bäcker. Bei der Gelegenheit kannst du dir frisches Brot kaufen und ich mir einen Coffee-to-go.«

Seine Mundwinkel hoben sich zu einem Lächeln. »Einen Kaffee könnte ich jetzt auch gut gebrauchen. Oder ist es hier im Dorf Usus, das Restgeld direkt in den vollen Coffee-to-go-Becher hineinzuwerfen? Dann verzichte ich lieber.«

Natürlich musste er mir meinen Fauxpas von heute Morgen unter die Nase reiben. »Ha, ha.«

Ich wollte mich gerade zum Gehen wenden, als David mich sanft am Arm festhielt. Seine Fingerspitzen fühlten sich warm und rau auf meiner Haut an. Wie lange war es eigentlich schon her, dass ein Mann mich berührt hatte? Offenbar viel zu lange, denn mich durchlief ein leichter Schauer.

»Ariane, tust du mir einen Gefallen?«

Meine Schwester Jutta hatte einmal behauptet, ich würde diese Frage immer umgehend mit Ja beantworten. Doch bei David Novak riet mir eine innere Stimme zur Vorsicht. Dieser Mann war nicht leicht einzuschätzen. »Kommt darauf an. Um was geht es denn?«

»Doktor Bloch meinte, dass meine Großmutter morgen wieder ansprechbar sein wird. Würdest du mich bitte begleiten, wenn ich sie besuche? Es wäre vielleicht ganz gut, wenn jemand Vertrautes dabei ist.«

War er etwa verunsichert wegen des bevorstehenden Wiedersehens? Dabei war ich mir sicher, dass Trudi über Davids Besuch glücklich sein würde. Wobei ... Erst jetzt fiel mir ein, dass

Trudi eigentlich nach ihrer Tochter gefragt hatte. Doch Astrid war trotz des Herzinfarkts ihrer Mutter und der anschließenden Bypass-Operation nicht gekommen. Ein klareres Zeichen hätte sie wohl kaum setzen können. Mir wurde schwer ums Herz, als ich mir ausmalte, wie diese Botschaft auf Trudi wirken musste.

Ich nickte David zu und zwang mich zu einem Lächeln. »Natürlich begleite ich dich.«

7. Kapitel

An diesem Abend saß ich in der Küche meiner Eltern und brütete über der Buchhaltung. Allerdings kam ich nicht besonders gut voran. Meine Gedanken drehten sich um alles Mögliche, nur nicht um Zahlenkolonnen. Besonders hartnäckig tauchte immer wieder David Novak in meinem Kopf auf. Zum Beispiel grübelte ich darüber nach, welchen Beruf er wohl haben mochte. Mehr als einmal war ich in Versuchung gewesen, ihn zu googeln, doch da ich mich damit selbst Lügen gestraft hätte, verkniff ich es mir stets im letzten Moment. Ich war ein kleines bisschen stolz auf meine Selbstbeherrschung.

Das Knurren meines Magens durchbrach die Stille in der Küche. Zum Abendessen hatte ich von meiner Mutter wie befürchtet die andere Hälfte der Grapefruit vorgesetzt bekommen. Sie hatte sogar noch scheußlicher geschmeckt als heute Morgen, weil sie inzwischen ziemlich ausgetrocknet gewesen war und einen unangenehmen Beigeschmack angenommen hatte. Offenbar hatte die Grapefruithälfte ihren Tag neben der Wurst verbracht. Was hätte ich jetzt für ein cremiges Schokoladeneis mit knackigen Schokostückchen und einem Klecks Schlagsahne gegeben! Ich konnte nicht einmal heimlich den Kühlschrank plündern, weil meine Mutter mich vorgewarnt hatte, dass sie dessen Inhalt penibel aufgelistet und sogar die Wurstscheiben abgezählt hatte, damit ich nicht hinter ihrem Rücken naschte und die Diät boykottierte. Stattdessen nagte ich nun an meinem Bleistift herum. Geschmacklich leider keine Offenbarung.

Mein Blick fiel auf meinen altersschwachen Laptop, der mit der Buchhaltungssoftware voll ausgelastet war. Hatte David nicht gesagt, dass er für seinen Job nur seinen Laptop benötigte? Mal sehen, ein kreativer Beruf, bei dem man nur am PC arbeitete … Vielleicht Webdesigner? Doch im Grunde gab es unzählige Möglichkeiten, wie beispielsweise Grafiker, Sound Designer oder Verfasser von Fake-Rezensionen. Vielleicht führte er aber auch einen erfolgreichen Blog zum Thema ›Sexy trotz Zottelbart‹?

Gerade als meine Hand wieder verlangend in Richtung Handy zuckte, um David zu googeln, klingelte es. Es war meine Freundin Jule.

»Gehst du … zum Frauenabend bei Shanti-Gertrud?«, fragte sie. »Oder … noch Hausbesuche mit … mobilem Kosmetikstudio?«

Ich konnte Jule kaum verstehen. Meine Freundin hielt wohl gerade ihre ›kleine Heulboje‹ im Arm, und Katharinas Geschrei übertönte die Stimme ihrer Mutter problemlos.

»Nein, heute war ein ruhiger Tag.« Betrübt starrte ich auf meine Zahlenreihen. Zusätzliche Einnahmen hätte ich gut gebrauchen können. »Gehst du denn zum UGLY-Frauenabend? Seit Katis Geburt hast du dich dort kaum noch blicken lassen.«

»Ich bin zwar schrecklich müde, aber … das Gefühl, dass mir die Decke auf den Kopf fällt. Ich muss aus dem Schloss raus, Ariane.« In Jules Stimme schwang etwas mit, das mir gar nicht gefiel. Sie klang erschöpft und leicht hysterisch.

»Passt Markus so lange auf die Kleine auf?«

Ich hielt das Handy von meinem Ohr weg, weil das Babygeschrei in diesem Moment eine noch höhere und eindringlichere Frequenz annahm. Wie konnten Eltern das nur Tag und Nacht aushalten, um Himmels willen?

»Nein, er … in Stralsund übernachten, weil er … früh einen Geschäftstermin im Verlag hat. Ich nehme Katharina mit. Aber nur wenn du auch kommst. Bitte, Ariane!«

Unschlüssig starrte ich auf den Bildschirm mit dem blinkenden Cursor. Es war ja nicht so, dass ich die Buchhaltung gerne machte. Ich konnte mir auch bessere Beschäftigungen vorstellen. Wie beispielsweise in Gertruds schönem Garten einen gemütlichen Abend mit meinen Freundinnen zu verbringen.

»Also gut! Sagen wir in zehn Minuten bei Gertrud?«

»Zehn Minuten?«, stöhnte Jule. »Das schaffe ich nie im Leben. Weißt du, wie viel Zeug man … Baby einpacken muss?«

Entschlossen klappte ich meinen Laptop zu. »Okay, dann komme ich zu dir, helfe dir beim Packen, und wir fahren zusammen hin.«

»Danke, Ariane«, sagte Jule schniefend. »Du … mich. Bis gleich!«

Zwar hatte ich den vorletzten Satz nicht einmal ansatzweise verstanden, aber ich nahm an, dass Jule froh über meine Hilfe war.

Ich stand auf und schnappte mir meine Handtasche. Das Schöne am UGLY-Frauenabend bei Shanti-Gertrud war, dass man sich keine Gedanken um Klamotten oder perfektes Make-up machen musste, im Gegenteil. Gertrud, die sich seit ihrem Indientripp vor einigen Jahren selbst Shanti nannte, hätte es als persönlichen Affront aufgefasst, wenn wir gestylt und geschminkt bei ihr erschienen wären. Sie hatte nämlich dem Schönheitswahn unserer Gesellschaft den Kampf angesagt. Es brachte Shanti-Gertrud fast zur Verzweiflung, dass wir Frauen ständig unzufrieden mit unserem Körper waren, weil wir einem schier unerreichbaren Schönheitsideal nacheiferten, das uns die Mode – und Marketingindustrie – diktierte. Um diesem Teufelskreis zu entkommen, verfocht sie einen ziemlich radikalen Lösungsansatz: Ihrer Meinung nach sollten wir einfach zu unserer angeborenen Hässlichkeit stehen. Trotzdem waren die Abende bei ihr immer sehr lustig und eine Möglichkeit für uns Frauen aus dem Dorf, zusammenzusitzen und zu quatschen.

Ich streckte meinen Kopf ins Wohnzimmer. Meine Eltern sahen fern, und meine Mutter hatte sich in den Arm meines Vaters gekuschelt. Es war ein rührendes Bild, obwohl ich die Beziehung meiner Eltern beim besten Willen nicht verstehen konnte. Die beiden hätten unterschiedlicher kaum sein können. Mein Vater hatte früher als Buchhalter gearbeitet und war ein rationaler, zurückhaltender Typ, der mit beiden Füßen auf dem Boden stand. Er zerbrach sich nur über Dinge den Kopf, die wirklich wichtig waren. Meine Mutter dagegen war impulsiv, hatte in ihrer Jugend als Dorfschönheit gegolten und achtete peinlich genau auf ihr Äußeres. Trotz ihrer Charakterunterschiede war es unübersehbar, dass die beiden sich liebten. Aber warum hatte meine Mutter diesen bodenständigen Knuddelbären ohne nennenswerten Besitz geheiratet? Bestimmt hätte sie mit ihrem damaligen Aussehen eine bessere Partie machen können. Und mein Vater ... Hatte er sich vielleicht von Mamas Schönheit blenden lassen?

Sofort schämte ich mich für diesen Gedanken. Ganz so schlimm war meine Mutter auch wieder nicht! Sie hatte durchaus liebenswerte Seiten. Wahrscheinlich war ich momentan nur grapefruittechnisch angesäuert und dementsprechend reizbar.

»Ich gehe noch weg«, informierte ich meine Eltern. »Zum Frauenabend bei Gertrud.«

Meine Mutter verzog das Gesicht und drehte den Krimi leiser. »Dort treffen sich doch nur die Außenseiter und Verrückten, Ariane. Du weißt doch, was man im Dorf über Gertrud sagt.« Sie ließ ihren manikürten Fingernagel neben der Schläfe kreisen. »Seit ihr Mann gestorben ist, läuft es dort oben nicht mehr ganz rund bei ihr.«

Meiner Mutter waren der Dorfklatsch und die öffentliche Meinung unglaublich wichtig. Da musste man nicht lange fragen, von wem Jutta ihren Hang zum Tratschen geerbt hatte. Selbstverständlich hielt meine Mutter Gertruds Theorien für blanken Unsinn. Sie war nur ein einziges Mal zu einem Frauenabend mitgekommen und dabei in heftigen Streit mit Gertrud geraten, weil sie sich geweigert hatte, sich abzuschminken.

»Letztens habe ich beim Einkaufen sogar einen Stapel Flyer an der Kasse gesehen, auf dem sie für ihre schrecklichen UGLY-Veranstaltungen geworben hat«, empörte sie sich.

»A«, korrigierte ich sie. »Das U in ugly wird wie ein A ausgesprochen, Mama.«

Ihre Wangen röteten sich. »Mir doch egal«, murmelte sie schnippisch.

»Ich finde Gertrud nett«, wandte ich ein. »Sie ist auf eine sehr sympathische Weise verrückt.«

Schon wollte ich mich abwenden, als meine Mutter mit hörbarer Verzückung berichtete: »Rate mal, wen ich heute im Dorf getroffen gehabe? Deinen Oliver!«

Ich stöhnte innerlich auf. Er war schon lange nicht mehr *mein* Oliver, denn wir hatten uns vor über einem Jahr getrennt. Doch meine Mutter wollte nicht wahrhaben, dass endgültig Schluss war. Der Grund lag auf der Hand: Oliver stammte aus einer wohlhabenden Familie, und seine Eltern besaßen in der Gegend mehrere Grundstücke und Ferienhäuser. Das machte ihn in den Augen meiner Mutter zu einer guten Partie. Dass ich in der Beziehung mit Oliver nicht glücklich gewesen war, verbuchte sie lediglich unter ›anfängliche Startschwierigkeiten‹. Sie hoffte anscheinend, dass die Liebe schlussendlich siegen würde. Genauer gesagt: meine Liebe zum Geld.

»Oliver schien sehr an dir interessiert zu sein. Er hat nach dir gefragt und wollte wissen, wie es dir geht«, erzählte sie und hob bedeutungsschwanger ihre Augenbrauen.

Ich verschränkte die Arme vor der Brust. »Du hast hoffentlich gesagt, dass es mir gut geht und ich mein Singleleben in vollen Zügen genieße?«

»Nun ja …« Ihre Augenbrauen sackten schlagartig wieder herab, und sie wich meinem Blick aus.

Ich war alarmiert. »Mama!«

Sie untersuchte das Sofakissen nach unsichtbaren Fusseln. »Das wäre doch gelogen gewesen«, verteidigte sie sich. »Und du kannst von mir nicht verlangen, dass ich diesen netten Jungen anschwindle! Deshalb habe ich Oliver die Wahrheit gesagt.«

Ich atmete einmal tief ein und dann wieder aus. Erst dann fragte ich: »Und was ist deiner Meinung nach die Wahrheit?«

Meine Mutter reckte ihr Kinn vor. »Dass dich Sorgen plagen und du einen Mann in deinem Leben brauchen könntest. Jemanden, der dich stützt. Jemanden wie ihn. Und vielleicht habe ich dann noch angemerkt, dass du …« Sie senkte die Stimme, sodass ich den Rest des Satzes nicht mehr verstehen konnte.

»Wie bitte?«

Sie stieß die Luft aus und wiederholte lauter: »Vielleicht habe ich noch angemerkt, dass es seit eurer Trennung keinen anderen Mann mehr für dich gegeben hat und ich glaube, dass du ihn vermisst.«

Ich starrte sie fassungslos an. »Bitte sag, dass das ein Scherz ist!«

»Ich wollte nur helfen, Ariane! Oliver war der Richtige für dich, und es wäre das Beste für euch, wenn ihr wieder zusammenkommt. Du hättest mal sehen sollen, wie sehr Oliver sich über meine Bemerkung gefreut hat.«

Eins, zwei, drei, vier … Ich zählte innerlich bis zehn, um mich wieder zu beruhigen. Aus leidvoller Erfahrung wusste ich, dass es nichts nützte, mit meiner Mutter zu diskutieren. Sie ignorierte grundsätzlich all meine Einwände, da ich nun mal ihre Tochter war und Mütter angeblich ein besseres Gespür für die wirklich wichtigen Dinge im Leben besaßen. Ich konnte lediglich hoffen, dass ich Oliver in nächster Zeit nicht über den Weg lief und er die Kommentare meiner Mutter nicht allzu ernst genommen hatte.

Bevor sie mir noch von weiteren Zufallsbegegnungen berichten konnte, wandte ich mich zur Tür und rief über meine Schulter hinweg: »Auf dem Tisch in der Küche liegen übrigens noch die Unterlagen für meine Buchhaltung. Ich räume sie später weg, okay?«

Zum ersten Mal löste sich der Blick meines Vaters vom flimmernden Bildschirm. Er öffnete den Mund, doch ehe er etwas sagen konnte, hob ich abwehrend die Hand. »Ich mach das schon, Paps! Du bist Rentner und hast dir deinen Ruhestand verdient. Du musst dich nicht mit meinen Problemen herumschlagen und meine Buchhaltung erledigen. Schließlich habe ich BWL studiert, und das Studium muss ja zu irgendetwas gut gewesen sein.«

Er nickte, doch dabei verzogen sich seine Mundwinkel unglücklich nach unten. Glaubte er vielleicht, dass ich die Buchhaltung ohne Hilfe nicht hinbekam? Zugegeben, dass ich mit Mitte dreißig wieder bei meinen Eltern eingezogen war, sprach nicht unbedingt für meinen beruflichen Erfolg. Aber es war *mein* Geschäft und *mein* Traum. Ich bekam das alles alleine hin – und ganz bestimmt ohne meinen Ex-Freund Oliver!

*

Jules und Markus' Wohnbereich lag im dritten Stock des Schlosses. Schon im Flur konnte ich durch die geschlossene Tür hindurch Katharinas Geschrei hören. Vielleicht hätte ich mir noch schnell Lärmschutzkopfhörer besorgen sollen? Ich klopfte, und ohne eine Antwort abzuwarten, öffnete ich die Tür.

»Jule?«, rief ich mit lauter Stimme. »Ich bin da!«

Überrascht blieb ich stehen. Im geschmackvoll eingerichteten Wohnzimmer der jungen Familie herrschte das reinste Chaos. Überall lagen Dinge herum – angefangen von Aktenordnern, Briefstapeln, Hotelflyern, Hochzeitsbroschüren, Notizzetteln bis hin zu einer unüberschaubaren Menge an Babyutensilien. Ein besonders großer Berg hatte sich auf dem Sessel angehäuft. Dort stapelten sich gleich mehrere Wickeltaschen, eine blaugeblümte Baby-Bauchtragetasche, Decken und eine unhandliche Baby-Wippe. Offenbar wollte Jule nicht nur bei einem Frauenabend vorbeischauen, nein, sie plante anscheinend einen kompletten Umzug!

»Ich komme gleich«, rief Jule mir aus dem Nebenzimmer zu. »Ich muss nur noch fertig packen.«

Meine Güte, sie wollte noch mehr Sachen mitnehmen? Ich schüttelte seufzend den Kopf.

Neben dem Sessel stand ein Maxi-Cosi auf dem Boden, in dem Katharina schon abfahrbereit festgeschnallt war. Sie brüllte aus Leibeskräften, ihr Gesicht war puterrot, in ihren Wimpern hatten sich Tränen verfangen, und die kleinen Hände waren zu Fäusten geballt.

Ich ging vor ihr in die Knie. »Hey, meine Süße, was regt dich denn so auf?« Sanft strich ich ihr über die tränennassen Wangen.

Kati riss die Augen auf. Sie war über mein plötzliches Erscheinen so erstaunt, dass ihr Geschrei für einen Moment seine Entschlossenheit verlor.

»Wenn du immer so laut zeterst, bloß weil dir etwas nicht passt«, fuhr ich mit betont ruhiger Stimme fort, »wirst du jeden Jungen in die Flucht schlagen, Schätzchen. Und so ein verkniffenes Brüllgesicht macht ganz schlimme Falten. Laut meiner Mutter kann man mit der Falten-Prävention nicht früh genug anfangen. Schon in deinem Alter solltest du an dein Leben als Frau um die vierzig denken.«

Katharina lauschte mir fasziniert. Durch meinen Neffen Jonas hatte ich gelernt, dass es nicht wichtig war, was man einem Baby erzählte, sondern in welchem Tonfall man mit ihm sprach.

»Wie wäre es, wenn ich dich mal aus diesem Ding heraushole? Dann singe ich dir ein tolles Lied vor, das mein Neffe gerade im Kindergarten gelernt hat. Jonas hat es mir schon so oft vorgesungen, dass ich es auswendig kann.«

Vorsichtig schnallte ich Kati ab und nahm sie auf den Arm. Sie hatte aufgehört zu schreien, doch sie atmete immer noch hektisch. Ich strich ihr über den Haarflaum am Kopf und atmete genüsslich ihren Geruch nach Babypuder ein. Für einen kurzen Augenblick stellte ich mir vor, es wäre mein Baby, das ich im Arm hielt, und eine tiefe Sehnsucht erfasste mich. Irgendwann einmal wollte ich auch Kinder haben!

»In diesen Kindergarten wirst du auch mal gehen, genau wie mein Neffe«, erzählte ich Kati. »Und ich sage dir, da geht die Post ab! Dort gibt es eine tolle Rutsche, es wird gemalt, gespielt, getobt und ganz viel herumgeschrien. Dort gefällt es dir bestimmt.« Während ich sprach, massierte ich ihr sanft den Bauch und wurde prompt mit einem gut hörbaren Babyfurz belohnt. Kati presste sich eine Faust an die Wange, als wäre ihr das ungeheuer peinlich.

»Wat raus mutt, mutt raus«, sagte ich grinsend. »Besonders wenn man beim Schreien so viel Luft geschluckt hat wie du. Das gibt ganz üble Bauchkrämpfe. Jetzt aber zum versprochenen Lied!«

Ich wiegte Katharina sanft hin und her. *»Ich bin ein süßer kleiner Wurm und lebe im Kompostor …«*

Ihre Lippen verzogen sich zu einem zahnlosen Lächeln. Wie putzig! Offenbar gefielen ihr meine Gesangskünste.

»Sie … sie hat aufgehört zu weinen«, stammelte Jule.

Ich blickte erstaunt auf, weil ich gar nicht gehört hatte, dass sie gekommen war. Meine Freundin stand neben dem Sessel und war voll beladen mit Medikamenten, die sie nun in eine der Wickeltaschen fallen ließ. Seit wir uns das letzte Mal gesehen hatten, sah Jule noch müder und abgekämpfter aus.

Sie schloss den Reißverschluss der Tasche und warf mir einen nervösen Seitenblick zu. »Wie hast du das gemacht?«

Erstaunt hob ich die Augenbrauen. »Du meinst, dass Kati sich beruhigt hat? Ich habe nur mit ihr geredet.«

»Ach so«, erwiderte sie matt. »Nur geredet.«

Sie wandte mir den Rücken zu und starrte angestrengt auf einen Wäschekorb mit frischgewaschenen Stramplern. Ich konnte ihr Gesicht nicht sehen, aber ihr Rücken bebte.

»Jule, was ist los mit dir?«, fragte ich besorgt.

Sie schniefte leise, doch als sie sich wieder zu mir und Katharina umdrehte, straffte sie die Schultern und reckte das Kinn vor.

»Was soll denn sein? Alles ist bestens!« Das Lächeln, das sie aufsetzte, wirkte verkrampft und etwas gruselig. »Ich habe doch alles, was ich mir immer erträumt habe: einen tollen Job, ein süßes Baby und einen großartigen Mann, den ich bald heiraten werde. All meine Wünsche sind in Erfüllung gegangen.«

Ich wusste, dass für Jule tatsächlich ein Lebenstraum in Erfüllung gegangen war. Sie liebte ihre Arbeit im Hotel und hatte sich schon vor ihrer Ankunft auf Rügen sehnlichst eine Familie gewünscht. Trotzdem überzeugte sie mich damit nicht. »Aber du hast gerade geweint, oder nicht?«, hakte ich nach.

»Quatsch!« Sie machte eine wegwerfende Handbewegung. »Ich bin vielleicht ein klein wenig durch den Wind wegen des Schlafmangels. Immerhin bin ich schon vierzig, da steckt man durchwachte Nächte nicht mehr so leicht weg. Wirklich, Ariane, mir geht es gut, und ich bin sehr glücklich!«

Sie machte sich wieder an den Taschen zu schaffen. Offenbar war für sie das Thema damit erledigt.

»Bist du sicher, dass wir das brauchen, Jule?«, fragte ich und deutete auf einen elektrischen Baby-Inhalator. »Kati ist doch nicht krank, oder?«

Sofort hielt ich der Kleinen prüfend meine Hand an die Stirn. Doch ihre Temperatur fühlte sich völlig normal an.

»Sie ist gesund«, beruhigte mich Jule. »Aber falls Katharina Husten oder Atemprobleme bekommt, ist so ein Gerät Gold wert.«

Vielleicht stand ich auf dem Schlauch, aber ich konnte mir beim besten Willen nicht erklären, wozu wir für einen etwa zweistündigen Ausflug einen Inhalator mitnehmen mussten.

Ich zeigte auf die andere Wickeltasche. »Und wozu sind all die Medikamente?«

Jule begann aufzuzählen: »Fieberanfälle, Mittel gegen das

Zahnen, Meersalz-Nasenspray, einen pflanzlichen Saft gegen Husten, unterschiedliche Tees, zum Beispiel gegen Blähungen und ...«

»Das brauchst du doch alles nicht«, fiel ich ihr kopfschüttelnd ins Wort. »Jule, wir gehen ins Dorf auf einen Frauenabend. Selbst wenn mit Kati irgendetwas sein sollte, können wir sofort zurück zum Schloss fahren.«

Mein Argument prallte ungehört an Jule ab. »Ich fühle mich besser, wenn ich auf jeden erdenklichen Notfall vorbereitet bin«, beharrte sie und schulterte zwei vollgepackte Wickeltaschen auf einmal. »Dann kann meinem Baby nichts passieren.«

Jetzt hatte ich aber genug! Jule schoss eindeutig über das Ziel hinaus. Ich würde meine Freundin bremsen, egal wie!

Ich baute mich vor ihr auf und erklärte entschlossen: »Jule, wir lassen diesen ganzen Mist hier. Du nimmst nur die Tasche mit den wirklich notwendigen Dingen mit. Basta! Das unnütze Zeug kommt nicht in mein Auto, hast du gehört?«

★

Eine halbe Stunde später standen wir vor Gertruds Kate, beladen wie die Packesel. Eigentlich hätte es mich nicht wundern sollen, dass Jule sich am Ende durchgesetzt hatte. Selbst Markus von Kronlitz hatte sich an dieser Frau die Zähne ausgebissen. Dabei wirkte Jule auf den ersten Blick so klein, zierlich und unschuldig.

Ich trug den Maxi-Cosi mit Katharina, den doofen Inhalator und eine prallgefüllte Tasche mit Wechselklamotten. Falls dem Baby kalt werden sollte, hatte Jule sogar eine gefütterte Winterjacke eingepackt. Im August!

Mein T-Shirt klebte auf meiner verschwitzten Haut, und ich

war froh, als Shanti-Gertrud uns endlich die Tür öffnete. Ich wollte nur noch meinen Ballast loswerden und musste gegen den Impuls ankämpfen, die Kleidertasche über Gertruds Kopf hinweg in den Flur zu schleudern. Wie immer trug unsere Gastgeberin zum UGLY-Frauenabend einen unförmigen langen Kaftan, der wie ein Mehlsack aussah. Dazu Jesuslatschen, keine Schminke und zerzauste graue Haare, die Einstein alle Ehre gemacht hätten.

»Seid willkommen, ihr Lieben!«, rief sie erfreut und breitete die Arme aus. Wegen unserer vielen Taschen und Babyutensilien fiel ihre Umarmung etwas weniger herzlich aus als üblich.

Gertrud musterte Jule mit gerunzelter Stirn. »Deine Aura sieht nicht gut aus, Kindchen.«

Zwar hielt Jule tapfer ihrem Blick stand, doch ich konnte sehen, dass ihr Kinn ein wenig zitterte. »Alles in Ordnung, Gertrud«, gab sie mit heiserer Stimme zurück.

Unsere ›spirituelle Führerin‹ schwieg mit unverändert besorgter Miene.

»Wenn du jemanden zum Reden brauchst, steht dir meine Tür immer offen«, erwiderte sie schließlich.

Jule nickte und sah zu Boden.

Nun war ich an der Reihe. Wie immer erwartete mich keine Überraschung.

»Warmes Rosa«, diagnostizierte Gertrud knapp.

Sie hatte mir nie erklärt, was eine rosafarbene Aura zu bedeuten hatte. Ich wusste nur, dass ich keine rosafarbene Aura haben wollte. Kitschiger ging es wohl kaum, oder?

»Kommt rein, Mädchen!« Gertrud nahm mir den Maxi-Cosi ab und beugte sich verzückt über das Baby. »Und hier ist also unser jüngstes Mitglied. Willkommen beim UGLY-Frauenabend, Katharina von Kronlitz!«

Die Kleine, die bei der Autofahrt in Rekordzeit eingeschlafen war, nahm Gertruds Begrüßung ohne jegliche Gefühlsregung hin.

»Muss sie jetzt das Einführungsritual über sich ergehen lassen, oder ersparst du ihr das vorerst?«, fragte ich kichernd.

Jedes neue Mitglied musste normalerweise ein mehrstündiges Einführungsritual absolvieren, bei dem Gertrud ihre Theorien zum Besten gab. Ausführlich erklärte sie dabei beispielsweise ihr tägliches Mantra ›Ich bin hässlich!‹. Laut Gertrud befreite man sich durch diesen radikalen Ausruf mit einem Schlag von all den Schönheitsidealen, die Frauen unter Druck setzten und ihre Aufmerksamkeit ständig auf vermeintliche Fehler lenkten. Indem wir den schlimmsten Fall annahmen, würden wir all diese falschen Dogmen hinter uns lassen. Nach Gertruds Ritual war man für ein paar wunderbare Augenblicke tatsächlich davon überzeugt, dass unser Körper ein Geschenk war, das wir nicht ständig schlecht machen durften.

»Natürlich muss Katharina noch nicht das Einführungsritual mitmachen«, beantwortete Gertrud meine Frage pikiert. »Allerdings kann ich ihr Outfit nicht gutheißen. Das zeugt schon von der völlig falschen Ideologie.« Sie warf Jule einen strengen Blick zu und deutete auf den pinkfarbenen Strampler, auf den eine Fee mit Zauberstab und Glitzersternen gestickt war.

Zum ersten Mal an diesem Abend zuckte ein Schmunzeln um Jules Mundwinkel. »Entschuldige! Ich werde das nächste Mal daran denken und ihr einen schmucklosen, geschlechtsneutralen Strampelanzug anziehen. Etwas in Grau oder Braun wäre sicher gut.«

Wir betraten das Haus, stellten unsere Taschen im Flur ab und folgten Gertrud in den Garten. Wie immer blieb ich für einen Moment stehen, um den fantastischen Ausblick auf den

Großen Jasmunder Bodden zu bewundern. Gertruds Mann war vor über zehn Jahren gestorben und hatte ihr ein beträchtliches Vermögen und die wunderschön restaurierte Kate hinterlassen. Wenn nicht gerade wie heute Abend ein Dutzend Frauen auf der Terrasse wild durcheinanderredeten, konnte man sich hier vom sanften Rauschen des Schilfgrases einlullen lassen oder müßige Stunden damit verbringen, die vorbeiziehenden Schiffe zu beobachten.

Ich wandte mich zur Seite und entdeckte den Tisch mit dem kalten Buffet. Neben den zwei Kannen mit dem obligatorischen Yogi-Tee standen dort Schüsseln und Teller mit geräuchertem Hering, diversen Salaten, Rügener Ofenbrot und als Dessert ein Marmorkuchen mit Schokoguss. Mir lief das Wasser im Mund zusammen, und ich schnappte mir einen Teller. Gleich würde die halbe Grapefruit in meinem Magen Gesellschaft bekommen!

»Mama hat mir erzählt, dass du auf Diät bist«, sagte Jutta in diesem Moment hinter mir. »Was machst du dann beim Buffet, wenn ich fragen darf?«

Meine Schwester hatte sich an mich herangepirscht und sah mich mit gespielt strenger Miene an.

Ich setzte ein zerknirschtes Gesicht auf. »Du verpetzt mich doch nicht bei ihr, oder?«

Sie zwinkerte mir zu. »Wofür hältst du mich, Schwesterherz? Ich finde es ohnehin bescheuert, dass du eine Diät machen sollst. Du hast tolle Kurven!« Sie blickte betrübt an sich herab. »Im Vergleich dazu könnte ich als Kerl durchgehen. Nicht einmal durch meine zwei Schwangerschaften habe ich mehr Oberweite bekommen. Stattdessen hängen meine Brüste nur tiefer als früher.«

Gerade wollte ich erwidern, dass kein Mensch sie für einen Kerl hielt, als sich ein Schwert in meinen rechten Oberschenkel bohrte. Zwar handelte es sich lediglich um ein Plastikschwert, aber es tat trotzdem weh.

»Hallo, Tante Ariane!«, krähte mein vierjähriger Neffe. »Du bist der schwarze Ritter, und ich habe dich schwer verletzt.«

»Ja, das hast du wohl.« Ich rieb mir über den Oberschenkel und wandte mich an meine Schwester. »Du hast Jonas mitgebracht?«

Normalerweise nahm Jutta sich für die Frauenabende einmal in der Woche frei, um Abstand von Familie, Hausarbeit und der Pension zu kriegen.

»Mein Göttergatte konnte heute nicht auf ihn aufpassen, weil die ›Fischköppe‹ für den Auftritt beim Polterabend proben.«

»Gute Idee!«, entfuhr es mir eine Spur zu schnell.

Mit den zusätzlichen Proben hätte die Band meines Schwagers meiner Meinung nach schon viel früher anfangen sollen. Ungefähr vor vier oder fünf Jahren. Jules und Markus' Polterabend fand allerdings schon am nächsten Wochenende statt.

»Gertrud wollte mich mit Jonas zuerst nicht hereinlassen«, beschwerte sich Jutta. »Weil Männer auf dem Frauenabend streng verboten sind. Dass er noch ein Kind ist, wollte sie nicht gelten lassen.«

»Und wie hast du es geschafft?«

»Ich habe sie damit geködert, dass mein kleiner Junge noch formbar ist wie ein Klumpen Ton und wir ihn im Sinne des modernen Feminismus beeinflussen können.«

Ich schüttelte lachend den Kopf. »Schäm dich! Dein eigenes Kind so zu benutzen.«

Jutta schaute sich nach allen Seiten um und senkte die Stimme. »Ich muss noch etwas mit dir besprechen, Ariane. Wegen des Wellness-Bereichs bei uns in der Pension. Ich habe gestern angefangen, den Saunaraum auszuräumen. Mit ein bisschen Farbe wird es ein tolles Zimmer für deine Anwendungen. Wann kannst du eigentlich im Schlosshotel kündigen und bei uns weitermachen? Hast du schon mit Jule gesprochen?«

Mit einem Schlag war meine gute Laune dahin. Obwohl meine Schwester mittlerweile darüber geschlafen hatte, war sie ganz offensichtlich nicht zu der Erkenntnis gelangt, dass das eine völlig bescheuerte Idee gewesen war. Verdammt!

Ich blickte zu Jule hinüber, die erschöpft auf der Hollywoodschaukel saß. Sie gab ein Bild des Jammers ab, auch wenn sie vorhin behauptet hatte, sie wäre überglücklich. Ich konnte Jule doch nicht ausgerechnet jetzt im Stich lassen! Wenigstens nicht, bevor ich für einen Ersatz gesorgt hatte. Davon abgesehen blieb immer noch das Problem meiner Finanzen. Die Pension hatte viel weniger Gästezimmer, und ich würde dort garantiert nicht so viel verdienen wie im Schlosshotel.

Ich biss verärgert die Zähne zusammen. Konnte Jutta mich mit dieser Sache nicht einfach in Ruhe lassen? Momentan besaß ich wirklich nicht die Kraft, mit ihr darüber zu diskutieren, denn ich wusste, dass dies in einem heftigen Streit enden würde. Wahrscheinlich würde meine Schwester mir einen endlosen Vortrag darüber halten, dass die Familie in Zeiten der Not zusammenstehen musste.

»Dafür habe ich gerade überhaupt keinen Nerv, Jutta!«, fuhr ich sie ungewohnt schroff an. »Die Sache mit Trudi hat mich ziemlich aus der Bahn geworfen.«

Meine Schwester riss die Augen auf. »Oh Gott, stimmt!« Sie legte mir entschuldigend die Hand auf den Arm. »Tut mir leid, daran habe ich gar nicht mehr gedacht. War es sehr schlimm, als Trudi in deinem Auto den Herzinfarkt gekriegt hat? An deiner Stelle hätte ich vor Panik wahrscheinlich gar nicht gewusst, wie ich reagieren soll.«

Ich blickte auf meinen immer noch leeren Teller hinab und schluckte schwer. »So ging es mir auch in den ersten Sekunden. Ich war wie gelähmt.«

All die schrecklichen Bilder wurden vor meinem inneren Auge wieder lebendig: wie ich den Notarzt gerufen, Trudi aus dem Auto gezerrt und auf dem Gehsteig erste Hilfe geleistet hatte. Und wieder überkam mich dieses seltsame Gefühl der Leere. Ein Gefühl, das mir sagte, dass ich tief im Inneren unzufrieden war – sowohl mit meinem Leben als auch mit mir selbst.

8. Kapitel

Später an diesem Abend saß ich noch mit Gertrud und Jules älterer Schwester Sophie zusammen auf der Terrasse. Bunte Lampions erhellten den Garten, die Grillen zirpten, und über uns am Nachthimmel funkelte ein Meer aus Sternen. Die anderen Frauen waren schon gegangen, und Jule hatte sich auf der Hollywoodschaukel zusammengerollt und schlief.

»Ja, was bist du denn für eine Süße?« Sophie hielt Katharina im Arm, die trotz der späten Stunde hellwach war und mit ihren blauen Augen verzückt zu ihrer Tante aufsah. »Meine süßeste und allerliebste Nichte, das steht schon mal fest.«

»Es ist ja auch deine einzige«, spöttelte Gertrud.

Sophie drückte die Kleine noch ein wenig fester an sich und drückte ihre Nase in ihren Nacken. »Ah, dieser Duft!«, hauchte sie verzückt.

»Du wirst doch nicht auf den Geschmack kommen?«, fragte ich grinsend. »Ole würde sich bestimmt über Nachwuchs freuen.«

Sophie und Ole hatten vor ein paar Monaten an einem sonnigen Maitag geheiratet. Es war eine schlichte Hochzeit gewesen, aber trotzdem wunderschön und romantisch. Die beiden hatten sich auf dem Standesamt am Kap Arkona das Jawort gegeben, und danach hatten wir alle bis in die frühen Morgenstunden gefeiert.

Die Frischvermählte beantwortete meine Frage jedoch mit einem entschiedenen Kopfschütteln. »Ich bin siebenundvierzig,

Ariane. Fürs tägliche Windelwechseln fühle ich mich schon zu alt. Außerdem hält uns Emma mit ihren Teenagerallüren ganz schön auf Trab.«

Emma war Oles Tochter aus einer früheren Beziehung und gerade in einem schwierigen Alter.

»Ein Baby zum Ausleihen reicht mir völlig«, fügte Sophie hinzu und küsste Katharinas Finger. Die Kleine gluckste.

Nachdenklich sah ich zu Jule hinüber, die jedoch immer noch zu schlafen schien. »Sagt mal, ist euch in letzter Zeit bei Jule eine Veränderung aufgefallen?«, fragte ich leise.

»Eigentlich nicht.« Sophie strich sich ihre langen dunklen Haare aus dem Gesicht. »Allerdings lerne ich gerade so viel für meine finale Heilpraktiker-Prüfung, dass ich neben meinem Job in der Praxis kaum noch Zeit für sie habe. Wieso?«

Unschlüssig nagte ich an meiner Unterlippe. Im Gegensatz zu meiner Schwester, die mit Jonas inzwischen heimgegangen war, neigte ich nicht zum Tratschen. Besonders wenn es um meine beste Freundin ging und ich lediglich ein paar flüchtige Beobachtungen vorzuweisen hatte. Es kam mir nicht richtig vor, hinter Jules Rücken über ihren Gemütszustand zu spekulieren.

»Ich hatte den Eindruck, sie mutet sich ein wenig zu viel zu«, sagte ich vorsichtig. »Der ganze Stress mit dem Baby, der Hochzeit und dem Hotel scheint ihr ziemlich zuzusetzen.«

Zu meiner Überraschung war es ausgerechnet Gertrud, die inbrünstig nickte. »Ihre Aura hat mir vorhin wirklich nicht gefallen. Unsere Jule scheint mit etwas Dunklem zu kämpfen, das sie aus dem Gleichgewicht bringt.«

Normalerweise hielt ich nicht viel von Gertruds Aura-Analysen, aber in diesem Fall schien sie recht zu haben.

Auch Sophie wirkte nun besorgt. »Ich rede mit Jule«, versprach sie. »So bald wie möglich. Vielleicht kann ich herausfinden, was sie beschäftigt.«

Ich atmete auf. »Danke! Ihrer großen Schwester wird sie sich bestimmt anvertrauen.«

Nach einem Blick auf mein Handy leerte ich meine Teetasse und erhob mich. »Mädels, ich muss heim. Morgen früh treffe ich mich mit David zum Frühstück, und danach gehen wir Trudi besuchen.«

Beide starrten mich verständnislos an.

»David? Was für ein David?«, fragte Gertrud.

Tatsächlich hatte ich bisher noch niemand von Trudis Enkel erzählt. Ich setzte mich wieder und berichtete den beiden von meiner Suche nach Trudis Tochter, dem abendlichen Telefonat mit David und unserem ersten Zusammentreffen im Krankenhaus.

»Sehr mysteriös«, meinte Gertrud. »Mutter und Tochter haben ihr halbes Leben kein Wort mehr miteinander gewechselt? Ich muss euch wohl nicht sagen, dass das karmatechnisch ganz, ganz schlecht ist.«

Leider konnte ich sie nicht nach Astrid fragen, obwohl sie genau im richtigen Alter gewesen wäre, um mit Trudis Tochter die Schulbank gedrückt zu haben. Doch Gertrud und ihr Mann hatten erst einige Jahre nach der Wende die Kate gekauft und waren von Frankfurt nach Glowe gezogen.

»Versteht mich bitte nicht falsch, ich mag Trudi sehr«, setzte Sophie mit entschuldigender Miene an, »aber sie ist kein besonders umgänglicher Mensch. Als Mutter hätte ich sie jedenfalls nicht haben wollen.«

Neugierig musterte sie mich. »Und wie findest du ihren Enkel? Diesen David?«

»Ach ja, ganz nett.« Ich machte eine kurze Pause. Dann fügte ich hinzu: »Jedenfalls kann er ganz nett und charmant sein, wenn er *will*. Aber ich habe ihn in der kurzen Zeit auch schon schroff und unhöflich erlebt. Grundsätzlich scheint er allerdings ein aufmerksamer Typ zu sein, dem nichts entgeht. Er kann unglaublich gut zuhören. Ein Mann, der zwischen den Zeilen lesen kann, wenn ihr versteht, was ich meine.«

»Ohooo«, machte Sophie grinsend. »Da hat sich aber jemand schon viele Gedanken über David Novak gemacht.«

»Stimmt doch gar nicht!«

Obwohl ich zugeben musste, dass meine Persönlichkeitsanalyse wohl eine Spur zu ausführlich ausgefallen war.

»Was macht er denn beruflich?«, wollte Gertrud wissen.

Ich zuckte mit den Schultern. »Keine Ahnung. David wollte es mir nicht verraten. Wahrscheinlich will er auf diese Weise prüfen, wie standfest ich bin. Ich habe ihm nämlich gesagt, dass ich nicht zu den Leuten gehöre, die andere Menschen sofort im Internet googl…«

In diesem Moment hörte ich aus Richtung der Hollywoodschaukel einen erstaunten Ausruf, gefolgt von einem: »Das ist ja der Hammer!«

Wir wandten uns alle drei gleichzeitig zu Jule um. Im Schein ihres Handys konnte ich ihre aufgerissenen Augen und ihren Mund sehen, der ein stummes ›O‹ formte.

Im ersten Moment war ich lediglich überrascht, dass sie nicht mehr schlief und uns offenbar zugehört hatte. Gefolgt von der stillen Hoffnung, dass sie erst aufgewacht war, als ich von David Novak zu erzählen begonnen hatte. Bestimmt wäre Jule nicht glücklich darüber, dass ich mit Sophie und Gertrud über sie geredet hatte. Erst danach fragte ich mich, was sie mit ihrem überraschten Ausruf wohl gemeint hatte. Ich schnappte empört nach Luft. »Hast du David etwa gegoogelt, du Verräterin?«

»Äh …« Jule setzte sich so zackig auf, dass die Federn der Hollywoodschaukel quietschten. Sie versteckte das Handy in den Falten ihrer Decke. »Nein, wieso sollte ich?«

Sophie lachte. »Lügnerin! Deine Stimme wird immer ganz piepsig, wenn du schwindelst, Schwesterherz.«

Jule seufzte. »Na schön, ich gebe es zu. Ich bin eben ein neugieriger Mensch.« Sie grinste. »Und dieses Mal bin ich voll auf meine Kosten gekommen.«

Das war gemein. Hundsgemein! Wie sollte ich denn bei solchen Anspielungen meinen Überzeugungen treu bleiben, bitteschön?

Shanti-Gertrud stieß einen leisen Pfiff aus. »Ich kenne sonst niemanden, der einen Wikipedia-Eintrag hat. Ihr etwa?« Sie starrte gebannt auf ihr Smartphone. Das moderne Gerät passte nicht ganz zu ihrem alternativen Öko-Outfit.

»Gertrud, du auch?«, fragte ich getroffen. »Nicht einmal du konntest der Versuchung widerstehen?«

Sophie lehnte sich mit Katharina im Arm zu Gertrud hinüber, um einen Blick auf das Display zu erhaschen. Damit war mein Widerstand endgültig dahin. Ich stand auf und flitzte um den Tisch herum. Gespannt las ich über Gertruds Schulter hinweg halblaut den Eintrag.

»David Novak … in Prag geboren … deutsch-tschechischer Schriftsteller … von den Kritikern hochgelobt … Letzter Roman nominiert für den diesjährigen Literaturpreis …«

Das genügte. Mehr wollte ich überhaupt nicht wissen. Gott, mir würde in Davids Gegenwart nie mehr ein Wort über die Lippen kommen! Dabei war er mir bisher überhaupt nicht übermäßig intelligent vorgekommen. Was nicht heißen sollte, dass ich ihn für dumm gehalten hatte! Nein, mir war schon klar gewesen, dass er auch ohne Gebrauchsanweisung eine Toilettenspülung bedienen konnte. Aber ein berühmter und angesehener Schriftsteller? Er wirkte jedenfalls ganz und gar nicht abgehoben und redete auch nicht geschwollen daher. Schon komisch: Irgendwie hätte es mir besser gefallen, wenn er tatsächlich ein mittelmäßig erfolgreicher Webdesigner gewesen wäre.

»Sieh dir mal diese Kritik an!«, forderte Gertrud mich auf. »Kannst du dir darauf einen Reim machen?«

Sie las vor: *»Die Erzähldichte in Novaks Roman verleiht den Geschehnissen eine besondere Gewichtung und veranschaulicht das Wechselspiel der Liebe in einer narzisstischen und konsumorientierten Gesellschaft. Ein Monumentum der Gegenwartsliteratur!«*

Jule, die zu uns an den Tisch gekommen war, winkte ab. »Ach, das ist nur das pseudointellektuelle Geschwätz der Kritiker! Markus sagt, das nimmt er überhaupt nicht mehr ernst – und er leitet immerhin einen Verlag.«

Sophie lehnte sich wieder in ihren Stuhl zurück. »Aber kein einziges Foto vom Autor«, beschwerte sie sich. »Wo gibt es denn heutzutage noch so etwas? Dein David ist wohl extrem kamerascheu.«

»Er ist nicht *mein* David«, blaffte ich sie an. Das war nun schon das zweite Mal an diesem Abend, dass ein Mann als mein Eigentum bezeichnet worden war. Dabei war ich überzeugter Single.

»Ohooo«, machten meine Freundinnen unisono und grinsten.

»Wer reagiert denn da so übertrieben gereizt?«, frotzelte Sophie.

Ich stöhnte auf und fuhr mir mit der flachen Hand übers Gesicht. »Ach, ihr seid doof!«, murmelte ich halblaut.

Ich hatte doch nur gesagt, dass David gut zuhören und zeitweise ganz charmant sein konnte. Nichts weiter. Weder ich noch er hatten Interesse an einer Beziehung.

Gertrud legte ihr Handy wieder beiseite. »Wirkt David in der Realität auch so abgehoben intelligent?«

»Eigentlich nicht. Nun ja, sein struppiger Vollbart vielleicht. Der wirkt sehr intellektuell.«

Kein Wunder, dass mir der Bart auf Anhieb unsympathisch gewesen war. Beim Gedanken an unser morgiges Frühstück stöhnte ich erneut auf. Die kommende Nacht würde ich wohl damit zubringen, mithilfe des Dudens meinen Wortschatz zu erweitern und mir geistreiche Konversationsthemen zu überlegen.

*

Am nächsten Morgen saß ich in dem Café gegenüber der Klinik und hielt mir demonstrativ ein Buch vors Gesicht. Es war eine noch völlig unberührte Ausgabe von Hemingways ›Der alte Mann und das Meer‹. Papas Angelkollegen hatten es ihm aus Jux zum Geburtstag geschenkt, und ich hatte es heute früh in unserem heimischen Bücherregal entdeckt. Es war noch in Folie eingeschweißt gewesen. Jetzt saß ich hier vor einer Tasse Milchkaffee und beschäftigte mich für jeden sichtbar mit hochgeistiger Weltliteratur. Toll, oder? Weniger toll war allerdings, dass David durch Abwesenheit glänzte. Anstatt auf das Buch linste ich weit häufiger auf mein Handy auf dem Tisch. Fünfunddreißig Minuten zu spät! Oder gehörte das bei Künstlern zum guten Ton? Mir egal, ich fand es jedenfalls unverschämt! Er hätte wenigstens kurz anrufen und Bescheid geben können. Ich trommelte mit den Fingern auf das Buchcover. Wenn David in fünf Minuten nicht kam, würde ich alleine zu Trudi gehen. Und danach würde ich seinen Wikipedia-Eintrag erweitern mit dem Vermerk: »*David Novak, deutsch-tschechischer Schriftsteller*, der notorisch zu spät kommt und Frauen mutterseelenallein in Cafés sitzen lässt!«

Aus den Augenwinkeln nahm ich eine Bewegung wahr, und sofort hielt ich mein Buch wieder mit konzentrierter Miene in die Höhe.

David baute sich neben mir auf, doch meine Lektüre würdigte er keines Blickes. Er kniff die Augen zusammen und deutete anklagend auf mich. »Meine Verspätung ist allein deine Schuld!«

»Dir auch einen schönen guten Morgen«, erwiderte ich bissig und klappte das Buch zu. Mit seinem Frontalangriff hatte er mich völlig aus dem Konzept gebracht.

Ich reckte das Kinn vor. »Und wie kann ich bitteschön daran schuld sein, dass du dich so immens verspätet hast? Ich habe auf diesem Stuhl schon Staub angesetzt, während ich auf dich gewartet habe.«

Für einen winzigen Moment zuckte ein Lächeln um seine Mundwinkel, doch dann schien er sich wieder daran zu erinnern, dass er sauer auf mich war.

»Ich wäre überpünktlich gewesen«, ließ er sich zu einer Erklärung herab, »doch gerade als ich die Wohnungstür hinter mir zugezogen hatte, ist Elfriede über mich hergefallen. Die Nachbarin, die mich *ohne dich* überhaupt nicht kennen würde. Was zur Folge hätte, dass sie mich in Ruhe lässt. Aber du hast ja darauf bestanden, uns einander vorzustellen.«

Er stieß genervt die Luft aus und nahm mir gegenüber Platz. Heute trug er eine Cargohose und ein eng geschnittenes Jeanshemd, dessen Ärmel bis zu den Ellbogen hochgekrempelt waren. Sehr lässig. Dafür, dass er sich über Äußerlichkeiten keine Gedanken machte, zog er sich ziemlich gut an. Aber vielleicht half ihm auch jemand beim Kleiderkauf? Vielleicht eine Frau? Dieser Gedanke gefiel mir nicht besonders.

»Lass mich raten …« Ich tippte mir mit dem Zeigefinger nachdenklich an die Lippen. »Dir wurde kein insularisches Führungszeugnis ausgestellt, und Elfriede wollte dir deshalb heute Morgen ihr Nudelholz über den Kopf ziehen, weil sie dich nun für einen Schwerverbrecher hält.«

»Insularisches Führungszeugnis?«, wiederholte David verständnislos.

Ich verdrehte die Augen. »Ich gebe zu, das ist kein Begriff, der im Duden steht, aber als Insulaner solltest du dir den Sinn eigentlich zusammenreimen können.«

»Ich bin nicht auf Usedom geboren«, stellte David richtig. »Ich bin erst vor ein paar Jahren auf die Insel gezogen.«

Aha, eine interessante Information!

Dann war es wohl meine Pflicht, ihn aufzuklären. »Du wirst von einem Insulaner erst als vertrauenswürdig eingestuft, wenn er dich schon zehn bis fünfzig Jahre kennt oder ein anderer Inselbewohner sich für dich verbürgt«, sagte ich und deutete auf David. »Aber du hast Elfriede gegenüber behauptet, du würdest diesen Karl-Heinz Reitermeier aus Heringsdorf ebenfalls kennen – den Schwippschwager von Elfriedes Nichte. Doch der hat wahrscheinlich noch nie von dir gehört. Ich habe mir gestern gleich gedacht, dass du Elfriede angelogen hast, um sie abzuwimmeln.«

»Ich habe nicht gelogen«, widersprach er. »Diesen Karl-Heinz Reitermeier kenne ich tatsächlich. Er hat bei uns zu Hause Hannas Klavier gestimmt.«

Hanna? Ich wagte nicht zu fragen, wer das war. Schließlich hatte ich gestern etwas übereilt zugestimmt, David nicht über sein Leben auf Usedom auszufragen. Es überraschte mich, wie sehr mir dieser Umstand zu schaffen machte. Dabei war ich doch überzeugt, momentan kein Interesse an irgendeinem Mann zu haben.

»Jedenfalls liegst du mit deiner Theorie falsch. Elfriede hat mich nicht niedergeknüppelt, sondern zu sich reingebeten«, klärte er mich auf. »Weil sie meine Hilfe wegen ihrer verstopften Toilette gebraucht hat.«

Ungläubig zog ich die Augenbrauen in die Höhe. »Du warst heute Morgen schon mit einem Pömpel zugange?« Ich konnte nicht an mich halten und prustete los.

»Korrekt!« Er verzog das Gesicht, als hätte er gerade in eine Zitrone gebissen. »Wie sich herausgestellt hat, ist der alten Dame beim Putzen der Wischlappen ins Klo gefallen, und sie wollte ihn der Einfachheit halber runterspülen. Elfriede meinte, der sei ohnehin schon alt und zerfleddert gewesen.«

Ich sah regelrecht vor mir, wie sich der Herr Bestsellerautor schwer atmend über Elfriedes Toilette beugte und mit der alten Rohrleitung um ihre Beute kämpfte. Schließlich wischte ich mir die Lachtränen aus den Augenwinkeln.

»Schön, dass ich dich mit meinem Leiden so erheitern kann«, knurrte David. Nichtsdestotrotz schien sich sein Unmut wieder zu legen, und er brachte ein schiefes Lächeln zustande. »Dafür schuldest du mir was, Ariane.«

»Sieh es doch mal positiv. Damit hast du Karmapunkte gesammelt. Wie heißt es so schön: Jeden Tag eine gute Tat. Außerdem wird sich Elfriede für deine Hilfe bestimmt erkenntlich zeigen.«

»Na, darauf freue ich mich schon«, murmelte er in ironischem Tonfall und winkte der Bedienung.

Er bestellte einen doppelten Espresso, ein stilles Wasser und – ehe ich einschreiten konnte – zweimal das Französische Frühstück. »Schließlich schulde ich dir noch eine Essenseinladung«, erklärte David augenzwinkernd.

Kurze Zeit später stand ein noch ofenwarmes Croissant vor mir und daneben ein Schälchen selbstgemachte Erdbeermarmelade. Ein herrlich buttriger Geruch stieg mir in die Nase. In dieses verlockende Backwerk zu beißen wäre ein Diätverstoß sondergleichen. Dummerweise produzierte mein Mund schon beim Anblick der Leckerei so viel Speichelflüssigkeit, dass ich mit dem Schlucken kaum noch nachkam.

»Stimmt etwas nicht?«, fragte David, der voller Genuss in sein Croissant biss.

»Heute ist Ananas-Tag«, erklärte ich unglücklich. »Meine Mutter hat mich auf eine Obst-Diät gesetzt, damit ich bei der Hochzeit meiner besten Freundin eine gute Figur mache.«

Die halbe Ananas zum Frühstück hatte mir zwar eindeutig besser geschmeckt als die bittere Grapefruit, aber magenfüllend war sie auch nicht gewesen.

David verzog keine Miene. »Und was ist in den Augen deiner Mutter eine gute Figur?«

Seine Frage überraschte mich. Die normale Reaktion wäre eigentlich gewesen, dass er meine Diät entweder als Blödsinn abtat, so wie meine Schwester Jutta gestern Abend. Oder dass er mir im schlimmsten Fall viel Erfolg wünschte.

»Meine Mutter war in ihrer Jugend Sympathisantin der 68er-Bewegung. Selbstverständlich nicht aktiv, sondern nur im Geiste. Damals war schlank und superschlank in Mode.« Ich schluckte schwer, weil mein Magen immer noch darauf wartete, dass ich mich des Croissants annahm. »Heute würde man das wohl als Kate-Moss-Style bezeichnen. Meine Mutter hat ihr Gewicht bis heute gehalten, und auch meine Schwester Jutta war schon immer gertenschlank. Ich dagegen bin das schwarze

Schaf der Familie. Ich mag nun mal Essen und koche auch gerne, genau wie mein Vater.« Ich seufzte leise. »Als Kind hatte ich manchmal sogar den Eindruck, meine Mutter hat sich für mich geschämt, weil ich so dick war.«

Der letzte Satz war mir irgendwie herausgerutscht. Noch nie hatte ich mit jemandem darüber gesprochen, wie sehr mir der erbitterte Kampf meiner Mutter gegen meine Pfunde zu schaffen gemacht hatte. Die meiste Zeit gestand ich es mir selbst kaum ein. Denn sie hatte es nur gut gemeint, oder nicht?

»Aber was ist mit dir?«, hakte David nach. »Wie findest du deine Figur?«

Reflexartig verschränkte ich die Arme unter der Brust, um meinen Bauch zu verstecken, was allerdings nur dazu führte, dass meine Oberweite noch stärker betont wurde. »Wieso? Wie findest du sie denn?«

»Ich könnte jetzt sagen, dass du sehr sexy bist und ich mir gerade Mühe geben muss, dir in die Augen zu sehen und meinen Blick nicht nach unten wandern zu lassen«, erwiderte er mit tiefer, rauer Stimme.

Mein Herzschlag beschleunigte sich, und mein Mund wurde trocken. Ein Teil von mir wünschte sich, David Novaks dunkelbraune Augen würden tatsächlich auf diese verlangende Art und Weise über meinen Körper streifen.

»Aber das würde dir nicht helfen, oder?«, fuhr er fort. »Du bist die Einzige, die in diesem Fall zählt. Wichtig ist allein, ob *du* dich in deinem Körper wohlfühlst. Tust du das?«

»Ich … ich weiß nicht.«

Ich fühlte in mich hinein. Als stark übergewichtiger Teenager hatte ich mich eindeutig nicht wohlgefühlt. Aber jetzt? Ich war nicht sicher. Auf jeden Fall fiel es mir schwer, das Kate-Moss-Ideal meiner Mutter aus meinem Kopf zu verbannen.

Was fand ich eigentlich schön? Wenn ich dünne Frauen umarmte, spürte ich unter meinen Händen meist nur spitze Knochen. Ich hatte mich schon häufiger dabei beobachtet, dass ich solche Umarmungen schneller als üblich abbrach. Im Vergleich dazu empfand ich meine weiblichen Kurven als deutlich angenehmer und ansprechender, auch weil durch das regelmäßige Joggen alles schön straff war. Im Gegensatz zu Shanti-Gertrud und ihrem Hässlichkeits-Mantra kam ich zu einem deutlich positiveren Schluss.

»Ich glaube, ich finde mich ganz in Ordnung, wie ich bin«, beantwortete ich Davids Frage. »Ohne meine Mutter wäre ich gar nicht auf die Idee gekommen, eine Diät zu machen.«

David lächelte. »Das freut mich zu hören. Ich finde dich nämlich tatsächlich unglaublich sexy, wenn du mir die Bemerkung erlaubst.«

In seinen Augen lag ein hungriges Funkeln, das Hitze in mir aufsteigen ließ.

»Ah ja?«, entgegnete ich heiser. Mein Herz kam schon wieder ins Stolpern und war für einige Augenblicke völlig aus dem Takt. Seltsam. Vielleicht sollte ich gleich mal mit Doktor Bloch in der Klinik darüber sprechen? *Urplötzlich einsetzende Herzrhythmusstörungen, hervorgerufen durch Komplimente eines struppigen Vollbarts ...* Das war sicher etwas Ernstes! Wahrscheinlich behielt mich Doktor Bloch sofort auf der Station, und ich bekam neben Trudi ein Bett zugewiesen.

Doch vorher würde ich mir dieses Croissant gönnen, bevor es endgültig kalt war!

9. Kapitel

Je näher wir Trudis Zimmer kamen, umso schweigsamer wurde David, und ich ließ mich von seiner Anspannung anstecken. Seit er fünf Jahre alt gewesen war, hatte er seine Großmutter nicht mehr gesehen. Bestimmt fragte er sich, wie Trudi auf seine Anwesenheit reagieren würde. Insbesondere nach ihrer schweren Herzoperation. Würde sie sich freuen? Oder sich aufregen? Ihn mit Vorwürfen überschütten? Kein Wunder, dass er mich gebeten hatte mitzukommen. Dies war eine Familienzusammenführung unter ganz besonders schwierigen Umständen. Ich hoffte, dass es Trudi heute wirklich besser ging und sich ihr Zustand stabilisiert hatte.

Als wir durch die Tür in ihr Zimmer traten, hielt sich David einige Schritte hinter mir. Ich räusperte mich, und Trudi drehte blinzelnd den Kopf zur Seite.

»Astrid?«, krächzte sie. »Bist du das?«

Ihre Stimme klang erschreckend dünn und fremdartig, doch wahrscheinlich waren ihre Stimmbänder von der Operation noch gereizt.

Ich trat zu ihr ans Bett und nahm ihre Hand, in deren papierdünner Haut eine große Kanüle steckte. Mit den Augen folgte ich dem Schlauch, der zu einem ultramodernen Aufsteller führte, in dem riesige Spritzen klemmten und grüne Lichter blinkten.

»Nein, ich bin es nur. Ariane.«

Ein Schatten huschte über Trudis Gesicht, als sie mich erkannte. Sie ließ ihren Kopf auf das Kissen zurücksinken. »Tut mir leid, Kindchen, natürlich bist du es. Meine liebe gute Ariane!« Sie drückte kurz meine Hand.

»Du hast uns allen einen ziemlichen Schrecken eingejagt. Wie geht es dir heute?«

»Unkraut vergeht nicht, das weißt du doch!« Trudis Lachen verwandelte sich umgehend in einen trockenen Husten. Sie fasste sich mit schmerzverzerrter Miene an die Brust.

»Soll ich die Schwester holen?«, fragte ich besorgt.

»Nein, nein. Ich bekomme schon Schmerzmittel, aber die scheinen in erster Linie mein Hirn zu betäuben. Ich fühl mich ganz tüddelich.«

Ich lächelte. »Solange du liegen bleibst, ist das nicht dramatisch. Du solltest nur nicht versuchen, aufzustehen und aus dem Krankenhaus abzuhauen«, sagte ich streng. Trudi traute ich alles zu.

»Ariane, hast du …« Sie schluckte schwer und sah mich mit ihren wässrig blauen Augen fragend an. »Hast du angerufen? Bei meiner Tochter?«

Ich nickte und blickte kurz über meine Schulter zu David, der immer noch neben der Tür stand. »Ich konnte Astrid zwar nicht sprechen, aber dafür habe ich dir jemand anderen mitgebracht. Bist du bereit für eine kleine Überraschung?«

Ihre Augen weiteten sich. »Eine … eine Überraschung?«

Ich trat beiseite, damit sie David sehen konnte. Trudi blinzelte erneut, als hätte sie Schwierigkeiten, ihren Blick scharf zu stellen. Bis auf das Piepen des Herzmonitors war es mucksmäuschenstill im Raum.

David kam näher und stellte sich neben mich. Er öffnete den Mund, doch Trudi kam ihm zuvor.

»David?«, entfuhr es ihr ungläubig.

»Mein Junge, bist du es wirklich?«

Der Monitor verriet mehr von Trudis innerer Aufregung, als es ihr Gesicht vermocht hätte. Er zeigte deutlich höhere Ausschläge an, und das Piepen beschleunigte sich.

Er lächelte und nickte. »Ja, Omi, ich bin es.«

Sie schlug sich die Hand vor den Mund, wobei sich der Schlauch der Kanüle verhedderte und bedenklich anspannte. Doch Trudi achtete gar nicht darauf. Tränen funkelten in ihren Augen, und ein heiseres Schluchzen entrang sich ihrer Kehle. Nervös blickte ich zum Monitor, auf dem nun ein rotes Licht blinkte mit der Aufschrift ›Stiller Alarm‹.

»Komm her, lass dich ansehen!« Trudi hob ihre Hände, und David beugte sich gehorsam über sie. Ihre Finger glitten zitternd über sein Gesicht, als wollte sie sich den Schwung seiner Augenbrauen, die Form seiner Stirn und den Verlauf seiner Wangenknochen für immer einprägen.

»Aus meinem kleinen Enkel ist ein richtiger Mann geworden!«, flüsterte sie ehrfurchtsvoll. Doch ehe sie sich wieder zurücksinken ließ, zupfte sie noch kurz an seinem Bart. »Den hattest du mit fünf Jahren jedenfalls noch nicht.«

David richtete sich grinsend wieder auf. »Nur weil ich mich damals noch jeden Morgen rasiert habe.«

Eine Schwester mit einem Pferdeschwanz und einem freundlichen Lächeln kam herein. »Na, Frau Linnemann, was hat Sie denn da gerade so aufgeregt?«

»Nix. Sie können wieder gehen.« Trudi warf der Schwester einen unfreundlichen Blick zu, doch die junge Frau ließ sich davon nicht abschrecken. Sie musterte den Monitor, tippte auf ein paar Tasten, kontrollierte die Zufuhr der Medikamente und trug etwas in eine Tabelle ein.

Schließlich maß sie David und mich mit strengem Blick.

»Bitte achten Sie darauf, dass Frau Linnemann sich nicht überanstrengt. Sie benötigt noch viel Ruhe.«

Wir nickten gehorsam. Ich schielte zu Trudi, deren Miene gerade von unfreundlich und abweisend zu giftig und empört überwechselte. Anscheinend wollte Trudi der Schwester klarmachen, dass sie ihr einen Todesfluch verpassen würde, wenn sie es wagen sollte, David und mich hinauszuwerfen. Wobei sie meine Abwesenheit vermutlich verschmerzt hätte. Bei David war das selbstverständlich etwas anderes.

»Mir geht's gut«, behauptete Trudi brüsk. »Jetzt gehen Sie endlich!«

Die Schwester lächelte unbeirrt, wandte sich zur Tür und winkte Trudi im Gehen zu. »Bis später, Frau Linnemann! Wenn etwas sein sollte, einfach klingeln.«

»Hier wird man als Patient überhaupt nicht ernst genommen«, grummelte Trudi.

David setzte sich auf die Bettkante. »Wie geht es dir?« Er hob seinen Zeigefinger. »Und ich möchte eine ehrliche Antwort. Keine flapsigen Sprüche.«

»Also gut«, versprach sie sanftmütig. »Dann antworte ich offen und ehrlich, dass es mir schon deutlich besser geht. Weil du hier bist. Ich kann gar nicht in Worte fassen, wie viel es mir bedeutet, David. Du bist die beste Medizin!«

Ich hoffte, er wusste diese Aussage zu würdigen. So etwas Liebevolles hatte Trudi meines Wissens noch zu niemandem gesagt.

»Dann ist ja gut, dass Ariane mich überredet hat, sofort zu dir zu kommen.« Er warf mir einen Blick zu und lächelte.

Wir wussten beide, dass das Wort ›überredet‹ eine Beschönigung für die Wuttirade war, die ich bei unserem Telefongespräch losgelassen hatte. Doch am Ende hatte dieser Ausbruch

Gutes bewirkt. Offenbar war es manchmal angebracht, Tacheles zu reden. Memo an mich selbst: Mit Nettigkeit und höflicher Zurückhaltung kam man offensichtlich nicht immer weiter.

Trudi nestelte nervös an ihrer Bettdecke herum. »Deine Mutter …« Sie stockte und schluckte schwer, ehe sie von Neuem begann: »Weiß Astrid, dass ich …«

»Ja«, fiel David ihr eine Spur zu heftig ins Wort.

Er atmete tief durch und fuhr in sanfterem Tonfall fort: »Ja, meine Mutter weiß, dass du einen Herzinfarkt hattest. Aber sie konnte nicht kommen, und deshalb bin ich hier, um mich um dich zu kümmern.«

Ich wartete auf die Grüße und Genesungswünsche, die man in einem solchen Fall ausrichten ließ, doch David sagte nichts dergleichen. Berührte Astrid der Zustand ihrer Mutter tatsächlich so wenig?

Er fuhr sich mit einer Hand über den Bart und rutschte auf der Bettkante unbehaglich hin und her. »Meine Mutter möchte auch nicht, dass ich dir Fragen zu ihr oder unserem Leben beantworte. Von ihrer Seite aus soll alles bleiben, wie es ist.«

Mein Herz zog sich vor Schreck zusammen. Wie konnte er Trudi das ausgerechnet jetzt an den Kopf werfen? David musste doch wissen, wie sehr sich seine Großmutter eine Versöhnung wünschte! Sofort blickte ich zum Monitor, der Trudis Werte anzeigte. Dieses Mal blinkte zum Glück kein stiller Alarm auf, doch Trudis Wangen waren noch blasser geworden. Die Enttäuschung, die ich nach Davids deutlichen Worten empfand, spiegelte sich um ein Vielfaches verstärkt in ihrem Gesicht wider.

»Oh«, sagte sie leise. Und dann noch einmal: »Oh. Natürlich.«

Trudi wandte den Kopf ab und starrte aus dem Klinikfenster auf den strahlend blauen Himmel. Einige Augenblicke lang herrschte eine quälende Stille im Zimmer. Gerne hätte ich etwas Aufmunterndes gesagt, aber mir fiel beim besten Willen nichts ein. Auch David fühlte sich sichtlich unwohl in seiner Haut, obwohl er nur der Überbringer der Botschaft gewesen war.

Schließlich war es Trudi, die das Schweigen brach. Sie drehte uns wieder den Kopf zu und streckte David die Hand entgegen, der sie sofort ergriff. »Aber du bist gekommen, mein Junge!«

Er nickte ihr zu und erwiderte ihr Lächeln. »Ja, ich bin gekommen.«

»Weißt du, ich habe all deine Bücher gelesen«, erzählte Trudi, und großmütterlicher Stolz breitete sich auf ihrem Gesicht aus.

»Wirklich?« David wirkte verlegen. »Haben sie dir gefallen?«

»Aber natürlich! Deinen letzten Roman habe ich sogar zweimal gelesen, auch wenn ich am Schluss immer weinen musste. Ich bin dir so dankbar, dass du mir die Bücher geschickt hast.«

Überrascht horchte ich auf. David hatte den Kontakt zu seiner Großmutter also nicht vollständig abgebrochen? Dass er ihr seine Veröffentlichungen zugeschickt hatte, war für Trudi wahrscheinlich ein Zeichen gewesen, dass sie in seinem Herzen immer noch einen Platz hatte.

»Deine Romane haben einen Ehrenplatz auf meinem Nachttisch, direkt neben dem Foto deines Großvaters«, berichtete Trudi.

Ich schüttelte schmunzelnd den Kopf. Da hatte ich die halbe Wohnung auf den Kopf gestellt und Schubladen ausgeräumt, aber das Geheimnis um Trudis Familie war direkt vor meiner Nase gewesen. Immerhin wusste ich damit ganz offiziell, dass David Schriftsteller war.

Ich zog mich leise zurück, um die beiden allein zu lassen. Das Eis war gebrochen, und ich war mir sicher, dass sie es nun ohne mich schaffen würden.

»Ich habe die Bücher gesehen«, sagte David gerade, als ich hinaus auf den Flur schlüpfte. »Ich hoffe, es ist in Ordnung, dass ich mich in deiner Wohnung einquartiert habe und nicht in einem Hotel …«

Ich schloss die Tür, und seine Stimme verklang. Stattdessen umspülte mich das geschäftige Treiben der Intensivstation. Schwestern und Ärzte wuselten umher, eine Reinigungsfrau schob ihren Putzwagen über den Gang, und einige Meter entfernt stand eine Besucherin, die ich auf Mitte zwanzig schätzte. Sie hatte rotgeweinte Augen und wirkte verzweifelt. Zwar wusste ich nicht, wen sie hier auf der Intensivstation besucht hatte, doch ganz offensichtlich hatte derjenige nicht so viel Glück gehabt wie Trudi. Mitgefühl wallte in mir auf, und als ein erneuter Tränenstrom aus den Augen der Frau quoll, wandte ich mich respektvoll von ihr ab.

Ich sah eine Weile aus dem Flurfenster. Eigentlich hätte ich schon längst meinen Laden öffnen sollen, aber es erschien mir unhöflich, mich ohne ein Wort des Abschieds aus dem Staub zu machen. Meine Gedanken wanderten zu Trudi und David. Sicherlich hatten sie sich viel zu erzählen. Allerdings konnte David durch den Maulkorb, den ihm seine Mutter verpasst hatte, wahrscheinlich nicht allzu viel von seinem Leben auf Usedom berichten. Nun wusste ich immerhin, weshalb er sich so geheimniskrämerisch verhielt. Wahrscheinlich machte David sich Sorgen, dass ich alle Informationen umgehend an Trudi weiterleiten könnte. Was nicht einmal aus der Luft gegriffen war, denn für mich war klar, wem meine Loyalität galt. Trudi litt offensichtlich sehr unter dieser Familienfehde. Obwohl ich kein vorschnelles Urteil gegenüber einer Fremden fällen wollte, keimte eine gewisse Abneigung gegen diese Astrid in mir auf.

Hinter mir schluchzte die junge Frau auf und verfiel in ein

herzzerreißendes Wimmern. Ich holte aus meiner Tasche ein Päckchen Taschentücher und wandte mich zaghaft zu ihr um, doch da kam schon eine Schwester herbeigeeilt und fasste sie an den Schultern. Sie führte die Frau fort, während sie tröstend auf sie einredete. Auf dieser Station passierte so etwas wohl ständig. Bewunderung für das Pflegepersonal stieg in mir auf. Das war bestimmt kein leichter Job.

Ich atmete tief durch und beschloss zu gehen. Es war sinnlos, hier draußen noch länger herumzustehen. David konnte ich auch eine Nachricht aufs Handy schicken.

Gerade als ich mich in Bewegung gesetzt hatte, ging die Tür zu Trudis Zimmer auf.

»Ariane, du bist noch da!« David lächelte erfreut und kam zu mir. »Ich glaube, meine Großmutter braucht etwas Ruhe. Auch wenn sie es natürlich vehement abstreitet. Aber sie möchte dich noch einmal sehen.«

»Mich?«, fragte ich überrascht. »Ähm … okay.«

Ich ging in Trudis Zimmer zurück und schloss die Tür hinter mir. »David hat gesagt, du willst mich sprechen?«

Trudi nickte leicht. Unser Besuch hatte sie sichtlich erschöpft. Obwohl sie die Augen kaum noch offen halten konnte, winkte sie mich zu sich ans Bett.

»Ich wollte dir danken, Ariane.«

Ich nahm Davids Platz an der Bettkante ein und blickte sie fragend an. »Danken? Wofür denn?«

Ein Lächeln huschte über ihre müden Züge. »Na, zum Beispiel dafür, dass du mir das Leben gerettet hast. Der Doktor hat gesagt, dass du Erste Hilfe geleistet hast, bis der Notarzt eingetroffen ist.«

»Für so etwas muss man sich nicht bedanken, Trudi. Das ist selbstverständlich.«

»Nein, ist es nicht«, widersprach sie. »Ohne dich wäre ich jetzt nicht mehr hier. Doch ich bin noch nicht bereit, für immer zu gehen.« Sie zog eine Grimasse. »Ja, stell dir das mal vor – obwohl ich so eine alte Schachtel bin! Aber das Ende kommt schneller, als man denkt, und ich muss vorher noch etwas Wichtiges …« Ihre Stimme brach, und ein Hustenanfall schüttelte ihren dünnen, zerbrechlichen Körper.

Ich sprang auf und gab Trudi etwas Tee aus einer Schnabeltasse, die auf ihrem Patiententischchen stand.

Sie nickte mir zu und räusperte sich. »Ich habe noch etwas Wichtiges zu erledigen, doch dazu brauche ich deine Hilfe.«

Mir schwante Übles. »Es geht um deine Tochter, oder?«

Eigentlich wollte ich nicht in diese Familienfehde hineingezogen werden. Bei David hatte ich gerade erst erlebt, wie unangenehm es war, zwischen den Stühlen zu sitzen.

»Indirekt«, gab Trudi zu. Sie sah mich mit trauriger Miene an. »Ich kann nicht gehen, ohne die Sache mit meiner Tochter geklärt zu haben, Ariane. Durch David habe ich jetzt immerhin indirekt Kontakt zu ihr. Ich möchte, dass er ihr Gutes von mir erzählen kann. Dass ich mich geändert habe und nicht mehr die Frau bin, die sie in Erinnerung hat. David ist hier bei mir, und das ist ein erster wichtiger Schritt.«

Dass sie sich geändert hatte? Dann war Trudi an dem Bruch mit ihrer Tochter schuld? Ich nahm mir vor, an diesen Punkt noch einmal anzuknüpfen, sobald es ihr besser ging. »Und wie soll ich dir dabei helfen?«

»Bitte kümmere dich um David! Er soll sich auf Rügen wohlfühlen, damit er länger als nur zwei, drei Tage bleibt. Er soll mich und mein Leben hier kennenlernen. Aber dazu brauche ich etwas mehr Zeit.«

»Und wie stellst du dir das vor?«

»Zeig ihm die Insel«, schlug sie vor. »Stell ihm deine Freunde vor, geht mit ihm in ein schönes Restaurant.«

»Ich soll den Babysitter für ihn spielen?«

»Keine Sorge, ich bezahle auch alles.«

Ich winkte ab. »Es geht mir doch nicht ums Geld, Trudi.«

Zugegeben, ich hatte mit David ohnehin viel Zeit verbracht, seit er nach Rügen gekommen war. Allerdings war es etwas anderes, ob man das freiwillig tat oder den inoffiziellen Auftrag dazu erhalten hatte. Ich wusste nicht, ob ich mich dazu verpflichten sollte. Schon jetzt spukte mir dieser Mann viel zu oft im Kopf herum, und jedes Mal, wenn er sich mir näherte, beschleunigte sich mein Herzschlag. David konnte mir gefährlich werden, so viel stand fest.

»Bitte, Ariane!« Ihre Stimme hatte einen flehentlichen Tonfall. »Tue mir den Gefallen!«

Natürlich wusste ich, wie unglaublich viel für Trudi auf dem Spiel stand. Ich gab mich geschlagen. »Na schön! Ich mach es.« Ich hob den Zeigefinger. »Aber nicht nur dir zuliebe. Ich mag David tatsächlich und bin gern mit ihm zusammen. Er ist ein außergewöhnlicher Mann.«

Trotz ihrer Müdigkeit hatte Trudi offenbar noch genug Kraft, dreckig zu grinsen. »Er gefällt dir, oder?«

»Quatsch!« Ich verdrehte die Augen. »Darf man nicht mal jemanden nett finden? Aber wenn wir schon mal beim Thema sind …« Ich räusperte mich. »Weißt du zufällig, ob David Familie hat? Oder Kinder?«

»Keine Frau, keine Kinder und keine Freundin«, antwortete Trudi zu meiner Erleichterung. »Das hat er mir gerade erst wieder bestätigt. Schließlich mussten wir uns gegenseitig auf den neusten Stand bringen. Dann gefällt er dir also tatsächlich?«

Unschlüssig zuckte ich mit den Schultern. »Vielleicht.«

Trudis Miene wurde ernst. »Bitte sei vorsichtig und überstürze nichts, Ariane! Auf meiner Familie liegt ein Schatten, und wie du vorhin mitbekommen hast, steckt auch David mitten drin. Ich will nicht, dass du ebenfalls darunter leiden musst und verletzt wirst.«

Ihre Warnung gab mir zu denken. Trotzdem setzte ich ein unbeschwertes Lächeln auf und zwinkerte ihr zu. »Keine Sorge! So schnell verliere ich mein Herz schon nicht. Ich stehe ohnehin nicht auf bärtige Männer.«

»Ah ja?« Trudi neigte schmunzelnd den Kopf zur Seite. »Ich wette mit dir um mein geheimes ›Gestowte Wruken‹-Rezept, dass David sich den Zottelbart noch diese Woche abschneiden lässt!«

Woher wollte sie das denn wissen? Doch Trudi hielt entschlossen meinem Blick stand. Sie streckte mir ihre Hand hin, und ich schlug ein. Schließlich hatte ich nichts zu verlieren. »Abgemacht!«

*

Trotz meines Versprechens kam ich weder an diesem noch am nächsten Tag dazu, David um ein Treffen zu bitten. Sowohl im Wellnessbereich des Hotels als auch mit meinem mobilen Kosmetikservice hatte ich erfreulich viele Kundentermine, die mich außerhalb meiner Ladenöffnungszeiten beschäftigt hielten. Dazu kamen die Vorbereitungen für Jules Polterabend, der am Wochenende stattfinden sollte. Wenn ich im Schlosshotel auf meine Freundin traf, sprachen wir deshalb meist über organisatorische Dinge. Ob Sophie schon Zeit gehabt hatte, mit ihrer Schwester zu reden? Jule sah jedenfalls nach wie vor übernächtigt und völlig überarbeitet aus. Leider war ich auch unfreiwillig Zeuge eines vorehelichen Streits zwischen Markus und Jule geworden. Als ich an der Schlossbibliothek vorbeigekommen war, hatte ich gehört, wie Markus von Jule verlangt hatte, ihrem jungen Rezeptionisten Kevin mehr Aufgaben zu übertragen. Doch Jule hatte sich geweigert, da Kevin dafür noch nicht bereit wäre und sie die wichtigen Dinge lieber selbst erledigte. Da ich nicht lauschen wollte, war ich schnell weitergegangen, aber ich schloss aus diesem Streit, dass auch Markus Jules Überlastung aufgefallen war.

Als ich am Donnerstagabend nach einem langen Arbeitstag nach Hause kam, erwartete mich ebenfalls eine unerfreuliche Aussprache. Nachdem mir meine Mutter ein Schälchen mit Apfelschnitzen zum Abendessen hingestellt hatte, setzte sich mein Vater mit ernster Miene zu mir. »Ariane, Schätzchen, kann ich mal mit dir reden?«

»Immer doch, Paps!« Ich nickte und biss lustlos in einen Apfelschnitz. Bisher hatte ich noch keine Gelegenheit gehabt, meiner Mutter zu sagen, dass ich die Diät abbrechen wollte.

Mein Vater räusperte sich. »Ich habe etwas getan, das du mir eigentlich verboten hast. Aber ich bereue es nicht und werde mich dafür auch nicht bei dir entschuldigen. Denn wie ich gehandelt habe, war richtig.«

Ich legte das angebissene Apfelstück zurück in die Schale. Normalerweise kam mein Vater immer direkt auf den Punkt. Seine lange Vorrede konnte nichts Gutes bedeuten.

Er stand auf und kehrte kurz darauf mit meinem Laptop und meinen Buchhaltungsunterlagen zurück, die ich diese Woche in der Küche hatte liegen lassen. Ein dicker Knoten bildete sich in meiner Magengegend.

»Ich war so frei und habe einen Blick auf deine Zahlen geworfen, und …«, er machte eine kurze Pause, um geräuschvoll den Atem auszustoßen, »der Schluss, zu dem ich gekommen bin, wird dir nicht gefallen.«

»Ah ja?« Meine Stimme war nicht mehr als ein heiseres Krächzen.

Mein Vater lehnte sich in seinem Stuhl zurück und faltete die Hände vor dem Bauch. Für einige Minuten herrschte eine quälende Stille, und nur das Ticken der Küchenuhr war zu hören.

»Seit du dein Geschäft eröffnet hast, warte ich darauf, dass du mich um Hilfe bittest, Ariane«, sagte mein Vater schließlich. »Meinst du etwa, deine Mutter und ich sehen nicht, wie schlecht es läuft? Und wie du zu kämpfen hast? Meine Güte, du bist sogar wieder bei uns eingezogen! Aber trotzdem ist es dir nicht eingefallen, mich um Rat zu fragen.«

Ich blickte erstaunt auf. Klang er etwa verletzt?

»Ich wollte dir nicht zur Last fallen, Paps«, verteidigte ich mich. »Du hast dein ganzes Leben hart gearbeitet und dir deine Ruhe verdient.«

Er schüttelte den Kopf. »Ja, ich bin Rentner, aber ich gehöre noch lange nicht zum alten Eisen, Ariane! Ich kann durchaus noch zu etwas nützlich sein. Natürlich hast du BWL studiert, aber dafür habe ich über vierzig Jahre Berufserfahrung vorzuweisen. Bist du mal auf den Gedanken gekommen, dass es mir wehtut, wenn mich meine eigene Tochter in schwierigen Zeiten nicht um Unterstützung bittet?«

Ein dicker Kloß bildete sich in meinem Hals. In den vergangenen eineinhalb Jahren hatte es mich viel Kraft gekostet, alles allein durchzustehen. Oft genug hatte ich mich danach gesehnt, jemanden an meiner Seite zu haben, der mich stützte. Und nun warf mir mein Vater diese Tapferkeit und Selbständigkeit auch noch vor!

Er beugte sich zu mir, legte seinen Arm auf den Tisch und hielt mir auffordernd die Hand hin.

Ich blinzelte und musste mehrmals hintereinander schlucken, als ich meine Hand in seine legte. Sie verschwand fast darin. Ich spürte die Schwielen, die mein Vater sich durch die jahrelange Arbeit am Haus und das Holzhacken geholt hatte.

»Ständig hilfst du anderen Leuten, aber du selbst kämpfst dich immer alleine durch«, sagte er sanft. »Das ist auf Dauer ungesund, meine Kleine. Lass andere Menschen doch bitte selbst entscheiden, ob sie dir helfen wollen oder nicht. Das Einzige, was du tun sollst und musst, ist um Hilfe zu fragen.«

Er schwieg und blickte mich abwartend an. Plötzlich spürte ich die ganze Last, die ich ständig mit mir herumtrug. Alles, was ich die meiste Zeit über ausblendete. Die ganzen Rechnungen und Mahnungen, die sich in meiner Tasche oder in meinem Handschuhfach sammelten. Die Anrufe der Bank, die ich wohlweislich ignorierte. Die Tatsache, dass ich eigentlich nicht einmal genug Geld hatte, um mir neue Sommersandalen zu kaufen.

»Ich brauche dringend einen Rat wegen meines Ladens.« Ich atmete tief durch, weil meine Stimme zu brechen drohte. »Kannst du mir bitte helfen, Paps?«

»Gerne, Ariane, ich helfe dir sehr gerne!«

Mein Vater lächelte und drückte noch einmal meine Hand. Dann zog er die Akten zu sich und positionierte sie auf dem Tisch, bis alles akkurat vor ihm lag. Er erklärte mir, wie er die Unterlagen und Belege neu geordnet hatte und dass er ein neues Softwareprogramm heruntergeladen hatte, das übersichtlicher und benutzerfreundlicher war.

»Alles in allem habe ich leider keine guten Nachrichten für dich, meine Kleine«, kam er zum springenden Punkt. »Aber ich denke, zu diesem Schluss bist du ebenfalls schon gekommen, oder?«

Ich nickte zögerlich. Vielleicht war dies ebenfalls ein Grund gewesen, weshalb ich meinen Vater nie um Rat gefragt hatte? Solange die hässliche Wahrheit allein in meinem Kopf existierte, konnte ich sie irgendwie ausblenden.

»Wenn man alles abzieht – deinen Kredit, die Versicherungen und die horrenden Benzinkosten für die permanente Fahrerei zwischen Glowe und Sellin –, beträgt dein durchschnittliches Monatseinkommen dreihundertelf Euro.«

Ich senkte den Kopf und schwieg. Das war genau die Zahl, auf die ich ebenfalls gekommen war.

»Für diese lachhafte Summe arbeitest du im Schnitt *dreizehn* Stunden pro Tag«, betonte mein Vater nachdrücklich. »Dazu kommt noch die Büroarbeit und das Seifensieden an deinen Sonntagen.«

Um es mir zu verdeutlichen, legte er das Blatt mit seinen Berechnungen vor mich hin und kreiste die Zahl ein.

Ich reckte trotzig das Kinn vor. »Immerhin bin ich im Plus! In den ersten Monaten nach der Eröffnung habe ich ausschließlich rote Zahlen geschrieben. Erst durch den Zusatzverdienst im Schlosshotel habe ich angefangen, Gewinn zu machen. Mit dem mobilen Kosmetikstudio am Abend bekomme ich außerdem immer mehr Kunden.«

Unter dem mitleidigen Blick, den mein Vater mir zuwarf, fühlte ich mich wie ein Dummchen, das die Welt mit einer rosaroten Brille betrachtete.

»Wie viel willst du denn noch arbeiten, um den Laden mithilfe deiner Nebenjobs halten zu können? Sechzehn Stunden pro Tag oder siebzehn? Damit könntest du deinen Gewinn nur minimal steigern«, entgegnete er kopfschüttelnd. »Du musst der Realität ins Gesicht sehen, Ariane! Mit diesem Einkommen wirst du den Rest deines Lebens bei uns in deinem alten Kinderzimmer wohnen. Willst du das etwa?«

Ich legte die Hände auf das Blatt vor mir, weil ich den Anblick nicht mehr ertragen konnte. Fast kam es mir vor, als würden die Zahlen mich verhöhnen. Meinen Traum, meine Ziele, mein Leben.

»Aber es wird bestimmt besser, Paps«, beharrte ich. »Der Laden braucht einfach noch ein bisschen Zeit, um …«

»Dieses Argument hätte ich letztes Jahr gelten lassen«, fiel er mir ins Wort, »aber die Eröffnung liegt schon achtzehn Monate zurück, Ariane. Das sind keine Anlaufschwierigkeiten mehr. Dein Geschäft trägt sich nicht.« Dann sprach er die Worte aus, vor denen ich mich gefürchtet hatte: »Du musst deinen Laden schließen!«

Ich schüttelte vehement den Kopf. »Nein, das wird schon noch! Ich werde ein Verkaufsgenie, genau wie meine Freundin Nisha. Sie kann den Leuten alles aufschwatzen. Du solltest sie mal erleben! Wenn ich das auch lerne, dann …«

»Dann kommen immer noch zu wenig Leute zu dir ins Geschäft«, fiel mein Vater mir erneut ins Wort. »Der Standort ist einfach zu schlecht. Du verkaufst Rügen-Produkte, alles biologisch und vieles selbstgemacht. Das ist nicht billig. Nur wenige Rügener wollen sich eine handgemachte Rosen-Seife in Form einer Muschel für viel Geld kaufen, wenn sie nebenan im Supermarkt eine Seife bekommen, die nur einen Bruchteil davon kostet. Denn sauber machen sie beide. Deine Zielgruppe sind nicht Einheimische, sondern Touristen – und die verirren sich nun mal nicht in abgelegene Nebenstraßen.«

Weshalb schmetterte er jedes meiner Argumente so kaltherzig ab? Verstand er denn nicht, wie viel mir das alles bedeutete? Wut wallte in mir auf, und meine Hände ballten sich zu Fäusten. »Ich werde das schaffen«, entgegnete ich mit gepresster Stimme. »Wenn ich mich dahinterklemme und hart genug arbeite, werde ich es schaffen.«

Mein Vater stieß einen tiefen Seufzer aus. »Ich weiß, dass die Wahrheit wehtut. Es ist nicht einfach, sich das eigene Scheitern einzugestehen. Aber jetzt kannst du noch den Absprung schaffen, Ariane! Überleg mal, was passieren würde, wenn du krank wirst. Wenn du beispielsweise zusammenklappst, weil du völlig überarbeitet bist. Ohne deine Nebenjobs würdest du sofort wieder Schulden machen, und es würde in einer finanziellen Katastrophe enden.«

Ich wollte das alles nicht hören!

»Ich bin aber nicht krank!«, fauchte ich.

Mein Vater hob beschwichtigend die Hände. »Jetzt beruhige dich doch! Ich versuche nur, dir deine Situation klarzumachen. Außerdem ist noch nicht alles verloren. Meiner Meinung nach wäre es eine vielversprechende Möglichkeit, wenn du …«

»Ich will aber nichts anderes! Dieser Laden ist mein Traum.«

Ich stand abrupt auf, sodass mein Stuhl nach hinten kippte und zu Boden fiel. »Was fällt dir überhaupt ein, dir ohne meine Erlaubnis meine Unterlagen anzusehen?«

Ich wusste, dass es falsch war, meinen Vater derart anzufahren, doch die Worte verließen meinen Mund, ohne dass ich sie daran hindern konnte. »Halte dich aus meinem Leben heraus und geh wieder zum Angeln! Deine Ratschläge will niemand hören.«

Mein Vater wurde aschfahl im Gesicht. Mit weit aufgerissenen Augen sah er zu mir auf.

»Bis jetzt bin ich sehr gut alleine klargekommen«, zischte ich. »Ich brauche niemanden.«

Schwungvoll drehte ich mich um und sah erst jetzt meine Mutter an der Tür stehen. Sie hatte sich die Hand vor den Mund geschlagen und starrte mich genauso fassungslos an wie mein Vater. Kein Wunder, denn so hatte ich noch nie mit meinen Eltern gesprochen.

»Wenn wir schon dabei sind, offen zu sein«, fügte ich hinzu, »kann ich auch gleich noch etwas anderes loswerden. Ich will wirklich nicht mehr diese Obst-Diät machen, Mama! Eigentlich will ich überhaupt keine deiner schrecklichen Diäten mehr machen. Damit ist Schluss!«

Ohne eine Antwort abzuwarten, stürmte ich aus dem Zimmer. Ich wollte nur noch weg von meinen Eltern und raus aus dieser Enge, in der ich zu ersticken drohte.

10. Kapitel

Als ich die Haustür aufriss, wäre ich fast in David hineingerannt. Er wollte gerade auf unsere Klingel drücken und hielt nun erstaunt inne. In der einen Hand trug er einen Korb, dessen Inhalt jedoch mit einem Geschirrtuch abgedeckt war.

»Ariane, was …«, setzte er zu einer Frage an, doch da fiel ich ihm auch schon um den Hals und schluchzte laut auf.

Ohne ein weiteres Wort schloss David mich in seine Arme und hielt mich fest. Ich klammerte mich an ihn wie eine Ertrinkende. All die Gefühle, die ich in letzter Zeit tapfer ignoriert hatte, kamen mit einem Schlag an die Oberfläche: die Angst um Trudis Leben, der Ärger auf meine Schwester Jutta, meine finanziellen Sorgen, der Stress wegen Jules Hochzeit, die nagende Leere in meinem Inneren und nun auch noch der Streit mit meinen Eltern. Tränen rannen über meine Wangen und fielen als schwere Tropfen auf Davids dunkelblaues Hemd. Davon abgesehen, dass sich der Griff des Weidenkorbs in meine Taille drückte, war diese Umarmung das Beste, was mir seit Langem passiert war. Davids Wärme legte sich wie eine Decke um mich, und ich fühlte mich in seinen Armen beschützt und geborgen. Was eigentlich unmöglich war, denn schließlich kannten wir uns kaum. Doch die Ruhe, die er ausstrahlte, ging auf mich über und ließ meine Tränen schließlich versiegen.

Als die Stimmen meiner Eltern hinter mir aus dem Haus drangen, löste ich mich von ihm und sah zu ihm auf.

»Würdest du ein paar Schritte mit mir gehen?« Obwohl ich

mich gerade an seiner Schulter ausgeweint hatte, als wäre er mein bester Freund und Vertrauter, verspürte ich nun eine gewisse Unsicherheit. Es hätte mich nicht gewundert, wenn David hastig den Rückzug angetreten hätte und unter einem gemurmelten Vorwand verschwunden wäre.

Doch er lächelte und hob demonstrativ den Korb in die Höhe. »Ich wollte dir ohnehin ein Picknick am Strand vorschlagen.«

Ich nickte erleichtert und zog die Haustür hinter mir zu. Zwar war mir schon jetzt klar, dass eine Entschuldigung bei meinen Eltern fällig sein würde, doch im Moment war ich noch nicht bereit dafür.

Wie selbstverständlich griff David nach meiner Hand, und wir liefen gemeinsam in Richtung Strand. Seine Geste hatte nichts Zweideutiges an sich, und ich verstand, dass er mir lediglich zeigen wollte, dass ich nicht allein war. Trotzdem streifte mich kurz der Gedanke, wie unser Anblick wohl die Gerüchteküche anheizen würde. Doch das war mir gleichgültig. Es fühlte sich richtig an, an diesem lauen Sommerabend mit David an meiner Seite durch das Dorf zu laufen.

Während er mir von Trudi und ihren Fortschritten berichtete, lotste ich ihn an der Schaabe vorbei, der über zehn Kilometer langen Nehrung, für die Glowe bekannt war. An dem paradiesischen Sandstrand tummelten sich um diese Jahreszeit auch am Abend die Touristen. Sie machten einen Verdauungsspaziergang oder saßen mit einem Eis in der Hand auf einer Bank, um versonnen aufs Meer zu blicken. Doch nach dem Streit mit meinen Eltern zog es mich an eine ruhigere Stelle.

Wir gingen am Hafen vorbei und gelangten über einen dichtbewachsenen Trampelpfad an einen Steinstrand, an dem die Natur größtenteils sich selbst überlassen war. Wir blieben einen

Augenblick stehen und genossen die Aussicht auf die Steilküste, die sich in einiger Entfernung erhob. Unten an der Küste ragten die Bohlen in gerader Linie aus dem Wasser und trotzten tapfer Wind und Wetter. Dieser Steinstrand führte über Lohme in die Hafenstadt Sassnitz, und man konnte auf diesem Weg die schönsten Kreidefelsen bewundern. Doch für diese Wanderung brauchte man nicht nur Ausdauer, sondern auch gutes Schuhwerk. Schneller als man dachte, rutschte man auf dem Geröll ab und verstauchte sich den Knöchel.

»Herrlich, oder?« Eine Meeresbrise spielte mit meinen Haaren, das Dünengras wiegte sich raschelnd im Wind, und über uns zogen die Möwen ihre Kreise. Ich warf David einen Seitenblick zu. »Gib zu, es ist fast so schön wie bei euch auf Usedom!«

»Aber nur fast«, entgegnete er grinsend. »Eure Kreidefelsen stören ein wenig. Die sind so aufdringlich und protzig.«

Ich lachte. »So kann man es natürlich auch sehen. Bestimmt hat sie Caspar David Friedrich deswegen gemalt.«

Es gab unzählige Orte auf Rügen, die einen schönen Meerblick boten. Meist mogelten sich dabei aber eine Landzunge, ein Leuchtturm, Landungsbrücken oder Felsformationen ins Bild.

»Ich liebe diese Stelle mit dem freien Blick aufs Meer«, erzählte ich David. »Es gibt nur den Himmel und die See. Die unglaubliche Weite und diese schroffe, unbändige Kraft rauben mir manchmal fast den Atem. Es ist wie ein Sog, oder? Das Meer scheint einen zu rufen.«

Davids Blick lag auf den Schaumkronen, mit denen sich das wogende Blau schmückte. Er nickte versonnen und schien genau zu wissen, was ich meinte.

»Manchmal stelle ich mich mit nackten Füßen ins Wasser«, entfuhr es mir leise, »weil ich das Gefühl habe, dadurch eins mit dieser Unendlichkeit zu werden. Dann bin ich nicht mehr nur ein unbedeutender Mensch, sondern ein Teil eines großen Ganzen.«

Ach herrje, ich klang schon wie Shanti-Gertrud! Bestimmt hielt David mich jetzt für völlig abgedreht.

Er wandte sich mir mit unergründlicher Miene zu. »Du bist wirklich schön, Ariane.«

Irritiert sah ich ihn an. Mit einem Kompliment hatte ich nicht gerechnet. »Äh … Danke.« Reflexartig zupfte ich an den blonden Haarsträhnen, die sich aus meinem Pferdeschwanz gelöst hatten.

David schüttelte den Kopf. »Nein, diese Schönheit habe ich nicht gemeint.« Er trat so dicht an mich heran, dass ich die bernsteinfarbenen Tupfen in seinen braunen Augen sehen konnte. Mein Herzschlag beschleunigte sich.

»Ich meinte den Einblick, den du mir gerade in deine Gedanken und Gefühle gewährt hast.« Er hob die Hand und strich mir mit dem Daumen sanft über die Wange. Ein Kribbeln durchlief mich.

»D-danke«, stammelte ich verwirrt. »Für meine innere Schönheit habe ich noch nie ein Kompliment bekommen.«

»Na, dann wurde es aber höchste Zeit, findest du nicht?«

Er trat zurück und sah den Steinstrand entlang. »Wenn wir noch länger warten, ist das Essen kalt. Also, wo wollen wir picknicken?«

Nicht weit entfernt befand sich am Ufer ein großer Findling, der sich für unsere Zwecke eignete. Der Stein war noch von der Sonne aufgeheizt und flach genug, dass David den Korb darauf abstellen konnte.

»Meine Nachbarin Elfriede hat mir zum Dank für die Aktion mit der verstopften Toilette ein leckeres Mahl zubereitet.« Mit dramatischer Geste zog David das Küchentuch vom Weidenkorb. »Voilà! Kloppschinken mit Bohnen und Apfelmus. Ich habe daheim noch mal alles aufgewärmt und bin sofort zu dir gefahren.«

Neben dem Einmachglas mit Apfelmus und einer Flasche Rotwein stand ein Topf, der sorgsam mit Zeitungspapier umwickelt war.

»Ich kenne nur eine Person, die zur Isolierung Zeitungspapier benutzt«, bemerkte ich.

David runzelte die Stirn. »Du kennst meine Mutter?«

Irrte ich mich, oder klang da Besorgnis in seiner Stimme mit? Er nahm das Versprechen, dass er nichts über seine Familie auf Usedom verraten würde, wirklich ungeheuer ernst. Ich wusste immer noch nicht, wer diese ›Hanna‹ eigentlich war, auch wenn Trudi gesagt hatte, dass David weder Frau noch Kinder hatte.

»Nein, tue ich nicht«, beruhigte ich ihn. »Aber deine Mutter hat es wohl von deiner Großmutter übernommen. Trudi macht das auch immer.«

Seltsam, dass solch eine Marotte trotz des Streits bestehen geblieben war. Das machte mir Hoffnung, dass es zwischen Mutter und Tochter noch mehr gab, das sich nicht so einfach kappen ließ.

David verteilte die Bohnen, das Apfelmus und den Kloppschinken auf zwei Teller. Neugierig spähte ich in den immer noch halbvollen Korb und entdeckte einen Rührkuchen.

»Mit einer Schicht aus Birnen-Sanddorn-Marmelade«, erklärte David.

Obwohl mir das Wasser im Mund zusammenlief, seufzte ich gequält auf. »Das war es jetzt wohl endgültig mit meiner Diät.«

»Das hoffe ich doch! Ich habe es mir zur Aufgabe gemacht, dich am Abnehmen zu hindern«, meinte David und reichte mir Teller und Besteck.

Ich atmete tief den würzig-salzigen Geruch ein. »Mhmm, das riecht lecker!«

Kloppschinken war ein althergebrachtes Rezept und im Prinzip ein Schnitzel der armen Leute. Doch durch seinen kräftigen Geschmack und die einfache Zubereitung war er bis heute beliebt. Ein Stück Räucherschinken wurde mehrere Stunden in Milch und Muskat eingelegt, und danach konnte man seine angestauten Aggressionen loswerden, indem man den Schinken kräftig mit dem Fleischklopfer bearbeitete. Schließlich panierte man ihn mit einem verquirlten Ei und Semmelbröseln, briet ihn in Butterschmalz und servierte ihn am besten – genau wie Elfriede – mit Bohnen und Apfelmus. Seit meiner Kindheit gehörte Kloppschinken zu meinen Leibspeisen.

Ich musste zugeben, dass es nicht gerade einfach war, den Teller auf dem Schoß zu balancieren und das Fleisch zu schneiden, aber das herrliche Ambiente war die Mühe wert. Die Abendsonne näherte sich dem Horizont und tauchte den Himmel in spektakuläre Rot- und Orangetöne, die Wellen brandeten in gleichmäßigem Rhythmus an Land, und eine frische Brise wehte uns um die Nase. Meine Anspannung und der Ärger auf meinen Vater ließen endgültig nach. Doch mit dem, was Paps mir an den Kopf geworfen hatte, konnte ich mich trotzdem noch nicht auseinandersetzen. Jetzt wollte ich nicht an meinen Laden denken, sondern den Moment genießen! Schließlich wurde man nicht alle Tage zu einem Picknick am Strand entführt.

»Danke, dass du mich eingeladen hast, David! Das war eine schöne Idee – und genau im richtigen Augenblick.«

Ihm schien es ebenfalls geschmeckt zu haben, denn er hatte seinen Teller im Nullkommanichts geleert. »Da du an meinem geschenkten Mahl nicht unbeteiligt warst, ist es nur gerecht, dass wir es uns teilen.«

»Findest du es etwa doch nicht mehr so schlimm, dass ich dich mit Elfriede bekannt gemacht habe?«, neckte ich ihn.

Er wiegte den Kopf hin und her. »Ich bin noch zwiegespalten. Die morgendliche Toilettenreinigung war zwar ein Erlebnis der besonderen Art, aber ich gebe zu, dass ein gutes Nachbarschaftsverhältnis grundsätzlich für beide Seiten von Vorteil sein kann.«

Ich wollte endlich mehr über David erfahren, doch bei einem Geheimniskrämer wie ihm musste ich subtil vorgehen.

»Dieser Zusammenhalt kann auf einer Insel im Ernstfall überlebenswichtig sein. Aber da du nicht auf Usedom aufgewachsen bist, kannst du das nicht wissen. Ich vermute, du kommst ursprünglich vom Festland?«

Tatsächlich schien David in der Stimmung zu sein, ein wenig von sich preiszugeben. »Wir haben in Prag gelebt, da mein Vater aus Tschechien stammt. Doch meine Mutter hatte immer schreckliches Heimweh nach Rügen und der Ostsee. Deshalb sind wir irgendwann nach Usedom gezogen.«

»Und warum nicht nach Rügen?«

David lächelte schief. »Rügen ist zwar eine große Insel, aber nicht groß genug für zwei sture Streithähne. Somit war Usedom eine gute Alternative.«

Mittlerweile hatte auch ich meinen Teller geleert. Verlangend schielte ich auf die Rotweinflasche, die immer noch ungeöffnet im Korb lag. »Sag mal, hast du auch so einen Durst?«

»Ich Döskopp!« David schlug sich mit der flachen Hand auf die Stirn. »Den Wein habe ich völlig vergessen.« Er fasste sich an seine Brust und deutete eine entschuldigende Verbeugung an. »Tut mir leid, ich bin ein schlechter Gastgeber.«

»Es sei dir verziehen«, gab ich großmütig zurück. »Dabei heißt es doch immer, dass Schriftsteller keine Gelegenheit verstreichen lassen, Rotwein zu trinken.«

Er öffnete die Flasche und schenkte uns zwei Gläser ein. »Ich entspreche wohl nicht ganz dem Klischee und trinke nur zu besonderen Gelegenheiten. Ob man daraus den Schluss ziehen muss, dass ich ein schlechter Schriftsteller bin?«

»Das glaube ich kaum«, widersprach ich und nippte an dem Wein, der ein fruchtiges Aroma hatte. »Schließlich ist dein letzter Roman für einen Literaturpreis nominiert.«

Eigentlich hatte ich nun ein stolzes Lächeln oder gar einen Vortrag über die Wichtigkeit seiner Arbeit erwartet. Stattdessen grinste David mich triumphierend an.

»Jetzt habe ich dich erwischt! Du bist am Ende doch schwach geworden und hast mich gegoogelt.«

Ups! Daran hatte ich überhaupt nicht mehr gedacht. Über den Preis hatte er schließlich nicht mit Trudi gesprochen.

»Nein, hab ich nicht«, verteidigte ich meine Ehre. »Das waren meine Freundinnen. Sie waren übrigens alle sehr enttäuscht, dass sie kein Foto von dir gefunden haben.«

David lachte auf. »Das hat mich große Mühe gekostet! Aber ich stehe nun mal nicht gerne im Mittelpunkt. Meine Romane sollen für sich sprechen.«

Seine Einstellung gefiel mir. Obwohl er allen Grund gehabt hätte anzugeben, blieb David bescheiden. Genauso, wie ich ihn von Anfang an kennengelernt hatte – für ihn zählte nur das Wesentliche.

»Dir ist deine Arbeit sehr wichtig, oder?«

Er trank einen Schluck Wein und zuckte mit den Achseln. »Genau wie dir deine Arbeit wichtig ist, würde ich sagen.«

Ich schnaubte auf. »Das kannst du doch nicht miteinander vergleichen.«

»Wieso nicht?«, entgegnete er mit ernster Miene. »Du machst deinen Beruf mit Leidenschaft und Herzblut. Nur darauf kommt es an. Mit deinem Laden willst du nicht nur einheimische Manufakturen unterstützen, sondern auch ein Bewusstsein für Bioprodukte schaffen.« Er grinste. »Ich dagegen sorge dafür, dass zahlreiche Bäume abgeholzt werden.«

»Stimmt! Eigentlich bist du ein ganz übler Kerl«, lachte ich. »Keinen Sinn für die Umwelt.«

David holte den Rührkuchen aus dem Korb und schnitt zwei Stücke ab. Aus den Augenwinkeln bemerkte ich zwei Möwen, die einige Schritte von uns entfernt auf den Steinen gelandet waren und gierig den Kuchen fixierten.

»Im Prinzip mache ich meinen Job wie jeder andere auch«, meinte David. »Ich setze mich morgens mit meinem Kaffee an den Schreibtisch und arbeite mein Tagespensum ab. Wenn ich Glück habe und sich die Seiten quasi von allein schreiben, habe ich schon früh Feierabend und kann einen Spaziergang am Strand machen, lesen oder an meinem Auto herumbasteln.« Er stieß einen tiefen Seufzer aus. »Aber diese Tage sind offen gestanden selten. Manchmal brüte ich neun oder zehn Stunden vor dem Computer.«

Das klang tatsächlich nicht besonders aufregend. Den Schriftstellerberuf hatte ich mir irgendwie schillernder vorgestellt. »Trotzdem machst du eine bedeutende Arbeit«, beharrte ich und biss in das Kuchenstück. »Du hast doch sicher eine Botschaft und willst etwas mit deinen Geschichten bewirken. Wieso schreibst du?«

»Worte sind Luft. Aber die Luft wird zum Wind und macht die Schiffe segeln«, sagte er versonnen. »Das Zitat stammt von Lessing und trifft es ganz gut. Ich möchte über Menschen schreiben und die Beweggründe ihres Handelns. In meinen Geschichten will ich ihre Wünsche und Geheimnisse offenlegen.«

Ich verschluckte mich an meinem Kuchenstück und bekam

einen Hustenanfall. Erst als David mir Wein nachschenkte und ich einen Schluck trank, wurde es wieder besser.

»Entschuldige«, sagte ich keuchend. »Mir ist nur für einen Moment die Spucke weggeblieben, weil ausgerechnet du Wünsche und Geheimnisse offenlegen willst. Ich habe noch niemanden getroffen, der sich so geheimniskrämerisch verhält wie du.«

David stutzte. »Stimmt! Diese Diskrepanz ist mir noch gar nicht aufgefallen. Aber das hier ist ein Ausnahmefall.«

Über sein Gesicht legte sich ein Schatten. Der Streit zwischen seiner Mutter und Trudi schien ihm ziemlich zuzusetzen.

Eine der Möwen hüpfte bis vor seine Füße und starrte gierig auf das restliche Stück Kuchen in Davids Hand. Gedankenverloren zerbröselte er es und warf die Brocken dem Vogel hin. Oh weh, das würde unser Untergang sein! Wenn man einmal damit anfing, diese Biester zu füttern, wurden aus ein oder zwei Möwen im Nu zwanzig, und ehe man es sich versah, wurde man von der gesamten Möwenpopulation Rügens belagert.

»Und über was genau schreibst du in deinen Büchern?«, kam ich auf unser ursprüngliches Thema zurück.

Ich umwickelte den restlichen Rührkuchen wieder mit Alufolie und packte ihn zurück in den Korb. Die zweite Möwe warf mir einen beleidigten Blick zu.

»Das Verhalten unserer Mitmenschen, aber auch unser eigenes gibt uns oft Rätsel auf«, erzählte David mit einem leidenschaftlichen Funkeln in den Augen. »In meinen Büchern versuche ich, in die Seelen der Menschen zu blicken, unsere kleinen und großen Lügen zu entlarven und dem Sinn unseres Daseins auf die Spur zu kommen. Denn manchmal spürst du eine Erkenntnis über das Leben näherkommen, doch gerade wenn du nach ihr greifen willst, entwischt sie wieder.« Er hob die Hand und griff mit der Faust ins Leere. »Sie ist wie ein glitschiger Ostseehering, den du mit der Hand fangen willst. Doch eine wichtige Erkenntnis drängt sich nicht auf. Manchmal offenbart sie sich dir und du bist dem großen Ganzen ein Stück nähergekommen. So wie du, wenn du das Gefühl hast, mit dem Meer eins zu werden.«

Ich legte den Kopf schräg und musterte ihn nachdenklich. »Das heißt, dich interessieren Menschen und ihr Leben? Doch auf der anderen Seite vergräbst du dich in deiner Arbeit und willst mit deinen Nachbarn nicht viel zu tun haben. In dir steckt ein kleiner Eigenbrötler, oder nicht?«

Jedenfalls klang es nicht so, als ob David sich Abend für Abend ins Usedomer Nachtleben stürzte oder viel Zeit unterwegs verbrachte.

»Nun ja, so extrem würde ich es nicht formulieren. Immerhin wohne ich mit meiner Mutter, meiner Schwester und ihren Kindern zusammen auf unserem Hof. Ich habe also durchaus Kontakt zu anderen Menschen.«

Ha! Nun hatte er sich endlich einmal verplappert. Seine Schwester hatte also Kinder. Ich wäre jede Wette eingegangen, dass eines der Kinder Hanna hieß und Klavier spielte. Trotzdem hatte David erneut keine Ehefrau oder feste Freundin erwähnt. Aber er hatte mir schließlich auch schon deutlich gesagt, dass er im Moment keine Beziehung haben wollte. Das schloss allerdings nicht aus, dass er auf Usedom keine Geliebte hatte oder ein paar lockere Affären unterhielt.

»Familie zählt nicht!«, bemerkte ich unerbittlich.

David warf die Hände in die Höhe. »Gut, na schön, ich gebe es zu! Ich bin wohl tatsächlich etwas eigenbrötlerisch veranlagt. Auch weil ich mich anderen gegenüber manchmal verhalte wie ein Elefant im Porzellanladen.«

»Ach was, das ist mir noch gar nicht aufgefallen!«, warf ich trocken ein und dachte an unser erstes Telefongespräch.

Er schenkte uns Wein nach, und obwohl mir der Alkohol schon etwas zu Kopf stieg, hinderte ich ihn nicht daran.

»Ich schätze nun mal meine Ruhe und bin gerne allein«, sagte er. »Deshalb meide ich auch Pressetermine oder öffentliche Auftritte, wann immer ich kann. Ich mag nicht in eine Schublade gesteckt werden oder mir vorschreiben lassen, wie ich mich zu verhalten habe. Aber das passiert automatisch, sobald man in Gesellschaft ist. Einsam fühle ich mich nur, wenn ich unter Menschen bin.«

Ohne mich aus den Augen zu lassen, fügte er hinzu: »Es gibt nur wenige Ausnahmen, bei denen es anders ist.«

»Mir gegenüber warst du nicht so«, bemerkte ich leise.

David nickte. »Ich kann dir nicht sagen, weshalb das so ist. Schon bei unserem ersten Telefonat hast du mich beeindruckt. Nicht, weil du offensiv und angriffslustig warst, sondern weil du so viel Herz gezeigt hast. Als du dann am nächsten Morgen dein Kleingeld in meinen Kaffeebecher geworfen und mich angelächelt hast, bist du zu einem besonderen Menschen für mich geworden.«

Davids entwaffnende Offenheit gab mir den Mut, ebenfalls ehrlich zu sein. »Mir geht es ähnlich«, gestand ich ihm. »Mit dir ist alles so einfach. Ich habe das Gefühl, ich kann dir alles erzählen und du … verstehst … mich.« Die letzten Worte brachte ich nur noch stockend hervor.

Über was redeten wir hier überhaupt? Wo sollte das enden? Ich wollte nicht, dass sich aus unserer Bekanntschaft etwas entwickelte. In meinem Leben war kein Platz für einen eigenwilligen und rebellischen Schriftsteller aus Usedom. Und in Davids Leben war bestimmt auch kein Platz für eine harmoniesüchtige und gestresste Ladenbesitzerin kurz vor der Pleite. Betont flapsig fügte ich hinzu: »Vielleicht ist das der Beginn einer wunderbaren Freundschaft?«

»Ja, vielleicht.« Er betrachtete mich mit unergründlichem Blick.

Mir wurde umgehend flau im Magen, und mein Herzschlag beschleunigte sich. Ich schluckte und sagte dann entschlossen: »Okay, wir sollten so langsam zusammenpacken!« Ich machte eine Kopfbewegung in Richtung der untergehenden Sonne, die ihre letzten goldenen Strahlen auf das Meer warf. »Es wird gleich dunkel, und da keiner von uns eine Taschenlampe dabeihat, könnte der Rückweg steinig und beschwerlich werden.«

Auch die beiden Möwen hatten sich mittlerweile verzogen. Ohne Essen war ihnen unsere Gesellschaft offenbar zu langweilig geworden.

»Oder wir wagen ein kleines Abenteuer und sehen uns von unserem Findling aus den Sternenhimmel an«, schlug David mit einem jungenhaften Grinsen vor. »Ganz unten im Korb ist noch eine zweite Rotweinflasche …«

Unschlüssig nagte ich an meiner Unterlippe. Ich war hin- und hergerissen. Auch ich hatte keine Lust, den Abend jetzt schon enden zu lassen, und es war lange her, dass ich eine Nacht am Strand verbracht hatte. Allerdings traute ich mir selbst nicht über den Weg. Wie nahe wollte ich David Novak an mich und mein Herz heranlassen?

Am liebsten hätte ich mich in eine halbgare Ausrede geflüchtet, doch ich gab mir einen Ruck und spielte mit offenen Karten. »Das halte ich für keine gute Idee, David. Wenn wir weiterhin so viel Zeit miteinander verbringen, könnten wir damit eine Richtung einschlagen, die wir im Augenblick beide nicht wollen.«

Er kam näher und warf mir einen Blick zu, der meine Knie weich werden ließ. »Du hast natürlich recht, was das Thema Beziehung betrifft. Aber wie wir gerade festgestellt haben, mögen wir uns und sind gerne zusammen. Was würde dagegensprechen, wenn wir uns auch auf andere Art und Weise näherkommen? Ich meine, wir sind beide erwachsene Menschen, und auf die Gefahr hin, mich zu wiederholen: Ich finde dich sehr anziehend und sexy, Ariane.«

Er strich mit den Fingerspitzen über meinen Unterarm, und allein diese leichte Berührung genügte, um einen Schauder mein Rückgrat entlanglaufen zu lassen.

Es ließ sich nicht leugnen: Ich fühlte mich ebenfalls zu David hingezogen – nicht einmal der scheußliche Bart konnte daran etwas ändern. Außerdem signalisierte mir mein Körper überdeutlich, dass es schon viel zu lange her war, seit ein Mann mich berührt und auf diese verlangende Weise angesehen hatte. Davids Vorschlag hatte durchaus etwas Verlockendes. Außerdem erwarteten mich daheim lediglich meine Eltern, die bestimmt noch wütend auf mich waren. Wenn ich mich bei ihnen gleich heute Abend entschuldigte, würde Paps wahrscheinlich noch einmal mit mir über die Geschäftsauflösung sprechen wollen, und dazu war ich wirklich, wirklich nicht in Stimmung.

»Okay.« Ich hob mahnend den Zeigefinger. »Aber überstürzen wir nichts! Heute Abend darfst du mir beim Betrachten des Rügener Nachthimmels lediglich den Rücken wärmen, während wir die Sterne zählen.«

Ich streckte ihm mein leeres Weinglas hin.

David schmunzelte und schenkte mir nach. »Dein Wunsch ist mir Befehl! Ich werde der perfekte Gentleman sein.«

11. Kapitel

Bei der Vielzahl an funkelnden Diamanten über unseren Köpfen machten wir uns gar nicht erst die Mühe, mit dem Zählen der Sterne anzufangen. Stattdessen redeten wir und redeten, während unsere Stimmen vom sanften Rauschen des Meeres begleitet wurden. Als mir irgendwann kalt wurde, lehnte ich mich an David, und er schlang die Arme um mich, um mich – wie versprochen – zu wärmen. Er erzählte mir von seiner Kindheit in Prag, seinem Maschinenbau-Studium und wie unglücklich er in seinem Beruf gewesen war, bis der erste Verlag endlich einen seiner Romane veröffentlichte. Damals war er darüber so euphorisch gewesen, dass er umgehend seinen Job gekündigt hatte, was – wie er im Nachhinein einräumte – wohl etwas blauäugig gewesen war. Der finanzielle Erfolg war nämlich erst einmal ausgeblieben, und obwohl er fleißig am nächsten Roman geschrieben hatte, war das Konto mit seinen Ersparnissen schon bald aufgebraucht gewesen. Irgendwann hatte seine damalige Verlobte es satt gehabt, ihn auszuhalten, sodass sie sich in beiderseitigem Einvernehmen getrennt hatten. David war zu seiner Mutter und Schwester nach Usedom gezogen, und einige Zeit später hatte er mit seinem dritten Roman endlich den großen Durchbruch als Autor feiern dürfen.

Zwar wurde David immer etwas wortkarg, wenn die Sprache auf seine Familie kam, doch immerhin erfuhr ich, dass sein Vater ebenfalls Künstler war. Allerdings hatte er sich nicht der Literatur gewidmet, sondern war Maler und Bildhauer.

Meine Vorgeschichte war dagegen weit weniger interessant und beeindruckend. Trotzdem erzählte ich David von meinem Abitur und der anschließenden Friseurlehre. Da meine Schwester schon früh geheiratet und mit Leonie schwanger geworden war, hatte ich in Mutters Fußstapfen treten und ihr gut gehendes Friseurgeschäft übernehmen sollen. Doch schon nach wenigen Monaten hatten die Salonprodukte eine hässliche Allergie bei mir ausgelöst, und ich hatte meine Lehre abbrechen müssen. Die Allergie war damals auch der Grund gewesen, mich zum ersten Mal mit kosmetischen Naturprodukten zu beschäftigen. Trotzdem hatte ich mich nach etwas Handfestem gesehnt und dem Rat meines Vaters folgend ein BWL-Studium in Berlin angefangen. Obwohl mir schon nach dem ersten Semester klar geworden war, dass der Umgang mit Zahlen nicht zu meinen herausragenden Talenten gehörte, zog ich das Studium durch und machte meinen Abschluss. Gleich danach war ich nach Rügen zurückgekehrt, denn eins hatte mein Aufenthalt in Berlin bewirkt: Ich hatte erkannt, dass ich genau hier auf dieses kleine Fleckchen Erde gehörte. In der Großstadt war ich einfach nicht glücklich gewesen. Selbst meine Haare waren in jener Zeit dünner und schlaffer heruntergehangen, weil sie nicht mehr täglich von einer steifen Meeresbrise herumgewirbelt wurden. Leider hatte diese Erkenntnis nicht das Problem meiner beruflichen Zukunft gelöst, und gute Jobs waren auf Rügen Mangelware. So hatte ich schließlich eine Stelle in einem Hotel in Sassnitz angenommen, das sich auf natürliche Anwendungen mit Rügener Heilkreide spezialisiert hatte. Mit meinem Faible für Naturprodukte hatte ich sofort Feuer gefangen und eine zusätzliche Ausbildung zur Kosmetikerin gemacht. Meine Berufswahl hatte ich nie bereut. Wenn meine Kundinnen zu mir kamen, waren sie oft angespannt und gestresst, doch während der Behandlung ließen sie all ihre Sorgen los und schütteten mir ihr Herz aus. Im Grunde bot ich psychologische Sitzungen mit zusätzlicher Gesichtsreinigung oder Massage an. Nach der Stunde fühlten sich die Frauen sowohl äußerlich als auch innerlich gereinigt, waren entspannt und strahlten wieder. Das gab mir das Gefühl, etwas Gutes zu bewirken. Trotzdem hatte ich noch mehr erreichen wollen, und so war ich irgendwann auf die Idee gekommen, meinen sicheren Job im Hotel zu kündigen und einen Laden zu eröffnen. Ein Fehler, wie sich heute im Gespräch mit meinem Vater herausgestellt hatte. David fragte, ob ich den Schritt in die Selbstständigkeit nun bereute. Ich dachte nach, kam jedoch zu dem Ergebnis, dass ich jede Entscheidung wieder so treffen würde wie damals. All die Erfahrungen – die guten wie die schlechten – waren auf ihre Art wertvoll gewesen.

Während wir redeten und der Mond sein silbriges Licht auf das Meer warf, flog die Zeit nur so dahin.

»Wusstest du, dass die Schweden ein Wort dafür haben, wenn sich Mondschein im Wasser spiegelt?«, fragte David. »Es heißt *mångata*.«

»Aber das ist doch eine skandalöse Lücke im deutschen Wortschatz!«, empörte ich mich. »So etwas Schönes, und wir haben nicht einmal einen Namen dafür.«

David grinste. »Denk dir doch ein Wort aus!«

Ich blickte aufs Meer hinaus, das vom Mondlicht beschienen wurde. *»Silberwellen.«*

Er nickte. »Ein schönes Wort. Das gefällt mir.«

Auf wundersame Weise fühlte es sich an, als wären wir ganz allein auf der Welt und die Insel würde nur uns beiden gehören.

*

Als ich am nächsten Morgen aufwachte, war mir unglaublich warm, und etwas Schweres lag auf meiner Schulter. Noch ehe ich die Augen öffnete, strömten Erinnerungsfetzen durch mein Bewusstsein: Wie ich David in der vergangenen Nacht am Strand auf die Beine hatte helfen müssen, weil seine Glieder vom langen Sitzen steif geworden waren. Dass wir uns dabei fast schlappgelacht hatten. Wie wir im Mondlicht über den Steinstrand gestolpert waren, David mich irgendwann Huckepack genommen hatte und … Oh Gott, ich hatte meine Flipflops ausgezogen und ihn damit johlend angetrieben! Ich stöhnte gequält auf und vergrub meinen Kopf noch tiefer ins Kissen. Leider kam es noch viel schlimmer: Ich hatte David aufgetragen, an unserem Haus haltzumachen und mich vor dem Schlafzimmerfenster meiner Eltern abzusetzen. Volltrunken hatte ich an ihren Rollladen gehämmert und lautstark »Aufmachen! Aufmachen!« gerufen. Meine Eltern hatten den Schreck ihres Lebens gekriegt – wie ich ohne Übertreibung behaupten konnte. Als mein Vater das Fenster geöffnet und mich fassungslos gefragt hatte, weshalb ich denn nicht die Tür genommen hätte, war ich ihm einfach über die Fensterbank hinweg um den Hals gefallen und hatte mich überschwänglich bei ihm entschuldigt. An die hundert Mal hatte ich ihm gesagt, dass er und meine Mutter die allerallerbesten Eltern der Welt waren und ich sie ›uuunglaublich‹ lieb hatte. Ich hatte meinem Vater Küsschen auf die Wange gedrückt, und er hatte mir schmunzelnd versichert, dass zwischen uns wieder alles in Ordnung war und er mich auch unglaublich lieb hatte. An mehr konnte ich mich glücklicherweise nicht erinnern.

Ach du lieber Himmel, wie spät war es eigentlich? Hätte ich nicht schon längst mein Geschäft aufmachen müssen? Meine Augenlider waren wie zugeklebt, und ich zwang sie mit schierer

Willenskraft in die Höhe. Im Halbdunkeln erkannte ich verschwommen die Schemen eines Zimmers, das eindeutig nicht mein eigenes war. Auch meine anderen Sinne erwachten nach und nach wieder zum Leben. Zum Beispiel stellte ich irritiert fest, dass das Kissen, in das ich mich gerade noch gekuschelt hatte, sich regelmäßig hob und senkte. Außerdem lag ein Arm auf meiner Schulter.

Ruckartig hob ich den Kopf, der sofort mit einem hämmernden Schmerz reagierte. Ich stöhnte und presste meinen Handballen an die Schläfe. Puh, ich hatte vielleicht einen Kater! Aber das war nach der vergangenen Nacht nicht überraschend. Wirklich überraschend war jedoch, dass ich mich in Trudis Gästezimmer befand. Mit einem unguten Gefühl in der Magengegend blickte ich zur Seite, und mein Kissen entpuppte sich tatsächlich als Davids Brust. Ach du meine Güte, war dieser Sabberfleck auf seinem T-Shirt etwa von mir? Zum Glück schlief David noch tief und fest.

Oh weh, wir hatten doch nicht …? Mein Herz begann wild zu pochen. Ich konnte doch nicht *so* betrunken gewesen sein, oder? Hastig lugte ich unter die Bettdecke, aber wir waren beide noch vollständig angezogen. Deshalb war mir auch so unglaublich warm. Die Wahrscheinlichkeit, dass wir volltrunken Sex gehabt und uns danach wieder komplett angezogen ins Bett gelegt hatten, stufte ich als gering ein. Erleichterung durchflutete mich.

Zum einen wollte ich es wirklich lieber langsam angehen lassen, und zum anderen wäre es mein erster Sex nach fast einem Jahr gewesen – und ich hätte mich nicht einmal mehr daran erinnern können! Das wäre gleich auf mehreren Ebenen tragisch gewesen.

Der letzte Mann, mit dem ich geschlafen hatte, war Oliver

gewesen. Mein Ex-Freund. Es war in den Wochen nach unserer Trennung passiert, sozusagen ein ›post-partnerschaftlicher Ausrutscher‹. Während dieser Zeit war es mir wegen meiner Schulden nicht besonders gut gegangen, und ich hatte mich als frischgebackener Single ziemlich verloren und einsam gefühlt. Doch mit Oliver zu schlafen war kein Trost gewesen. Der Sex hatte wie gehabt in Olivers Wohnzimmer bei laufendem Fernseher auf dem Sofa stattgefunden und war ungefähr so anregend gewesen wie die Live-Übertragung eines Fußballspiels der Regionalliga. Mein Ex liebte die drei großen F's: Fußball, Faulenzen und Fernsehen. An welcher Stelle Sex auf seiner persönlichen Prioritätenliste stand, hatte ich während unserer Beziehung nicht herausfinden können. Bei mir stand er jedoch eindeutig weiter vorn als bei ihm.

Ich warf dem schlafenden David einen Seitenblick zu. Er hatte zwar seine Eigenheiten, aber seine Überzeugungen vertrat er immer mit großer Leidenschaft. Außerdem war er als Schriftsteller bestimmt auch auf anderen Gebieten kreativ, oder nicht? Jede Wette, dass ich den Sex mit ihm nicht so schnell vergessen würde.

»Woran denkst du gerade, Ariane?«

»Du … du bist wach?« Ich starrte fassungslos in seine braunen Augen, die mich neugierig musterten.

Hitze stieg in meine Wangen. Wie konnte denn jemand von einem Moment auf den anderen schlagartig aufwachen, bitte schön? Ohne jede Vorwarnung? Das war doch nicht normal!

»Ich … ähm … habe gerade versucht, die gestrige Nacht zu rekonstruieren«, schwindelte ich reflexartig.

Der Ehrlichkeits-Pakt mit Jule war mir im Augenblick völlig gleichgültig. Schließlich musste ich an meine Gesundheit denken. Wenn ich David gestanden hätte, dass ich über Sex mit ihm nachgedacht hatte, wäre ich vor Scham sicher auf der Stelle tot umgefallen.

»Wenn ich mich richtig erinnere, hatten wir ziemlich viel Spaß«, murmelte er und rieb sich mit seiner freien Hand über das Gesicht. Mit der anderen Hand drückte er mich noch immer an sich.

»Spaß?« Ich stützte mich auf seiner Brust ab und richtete mich auf. »Warum hast du mich denn nicht davon abgehalten, mitten in der Nacht meine Eltern aus dem Bett zu holen? Oh Gott, die sind bestimmt stinksauer auf mich!«

»Ach, das glaube ich nicht«, beruhigte er mich. Ein Schmunzeln zuckte um seine Mundwinkel. »Ich hatte den Eindruck, dein Vater fand deine Entschuldigung süß. Er hat sich gefreut, ehrlich! Nur bei deiner Mutter bin ich mir nicht so sicher.«

»Wieso?« Ich durchforstete mein Gehirn, aber meine Mutter tauchte in meiner Erinnerung nicht auf.

David schien jedoch keine Gedächtnislücken zu haben. »Sie ist zwar nicht am Fenster aufgetaucht, und ich konnte sie eher hören als sehen, doch sie hat von hinten gerufen, dass du leiser sein und aufhören sollst, dich wie ein Teenager zu verhalten. Und dass sie darum betet, dass die Nachbarn von alldem nichts mitbekommen.«

»Oh Gott!«, stöhnte ich und ließ meinen Kopf auf Davids Brust sinken. Schon seltsam, wie vertraut man miteinander wurde, wenn man zusammen durchgefeiert und die Nacht im selben Bett verbracht hatte.

David lachte. »Davon geht doch die Welt nicht unter!«

»Du hast leicht reden«, jammerte ich. »Du kommst schließlich nicht von hier.«

Er schob sanft seine Hand unter meinen Kopf und hob mein Kinn an, sodass ich ihm in die Augen blicken musste.

»Bitte bereue den gestrigen Abend nicht!«, sagte er mit ungewohnter Ernsthaftigkeit. »Du solltest dir nicht den Kopf darüber zerbrechen, was andere von dir halten oder über dich denken. Du bist ein toller Mensch, Ariane! Das ist alles, was zählt. Es gibt nichts, wofür du dich schämen müsstest.«

»Da spricht wohl der Rebell in dir«, bemerkte ich.

Aber vielleicht hatte David recht. Womöglich machte ich mir darüber tatsächlich zu viele Gedanken.

»Wir haben gestern weder eine Bank überfallen noch sonst irgendetwas Illegales getan«, fuhr er fort. »Wir haben lediglich einen unbeschwerten Abend zusammen verbracht. Und genau dafür ist das Leben da! Ich bereue nichts, und mit dir zusammen würde ich noch viel größere Dummheiten anstellen.«

Ein Kloß bildete sich in meinem Hals. Seine Worte berührten etwas tief in meinem Inneren.

»Danke«, brachte ich krächzend hervor. »Wieso bist du immer so nett zu mir, David? Weshalb sagst du mir all diese Dinge?«

»Weil gerade besondere Menschen die Wahrheit oft nicht sehen können. Deshalb will ich sie dir sagen. Als Schriftsteller glaube ich an die Macht der Worte. Sie können verletzen, aber auch heilen. Und ich wünsche mir, dass meine Worte dich heilen.«

Ich schluckte. Eigentlich gehörte ich nicht zu den Frauen, die wegen jeder Kleinigkeiten losheulten und immer eine Packung Taschentücher griffbereit hatten. Doch so etwas Schönes hatte noch nie jemand zu mir gesagt. Wenn ich mich nicht umgehend zusammenriss, würde ich noch die Fassung verlieren – und mein Herz wahrscheinlich gleich dazu.

Ich atmete tief ein und öffnete den Mund, ohne zu wissen, was ich gleich von mir geben würde.

»Es gibt nur eine Sache, dir mir Sorgen bereitet«, meinte David in diesem Moment nachdenklich.

Ich räusperte mich. »Und die wäre?«

»Ich konnte gestern Nacht einen kurzen Blick auf deine Mutter erhaschen, und ...« Er machte eine spannungsgeladene Pause und setzte eine verängstigte Miene auf. »... was ich gesehen habe, hat mich wirklich schockiert. Sie hatte sich eine gruslige Maske um den Kopf geschnallt, fast wie Hannibal Lecter. Deshalb frage ich dich ganz offen, Ariane: Stammst du von einer Serienkillerin ab?«

Ich musste laut lachen.

»Nein, keine Sorge! Das ist ihre japanische Anti-Falten-Maske aus Vlies, die mit Klettverschlüssen am Hinterkopf befestigt wird. Meine Mutter trägt sie immer zum Schlafen. Bei regelmäßiger Benutzung soll man zehn Jahre jünger aussehen.«

»Gut zu wissen«, erwiderte David mit einem Grinsen. Ein übermütiges Funkeln trat in seinen Blick. »Trägst du nachts normalerweise auch so ein Ding?«

»Wieso?«, gab ich schmunzelnd zurück. »Würde dich das abschrecken?«

»Nichts und niemand könnte mich davon abhalten, noch eine Nacht mit dir zu verbringen, Schätzchen«, erwiderte er betont cool.

»Überhaupt nichts? Pass auf!«, warnte ich ihn. »Sonst stelle ich dich noch auf die Probe.«

Ich biss mir auf die Zunge. Eigentlich hatte ich es witzig klingen lassen wollen, doch meine Stimme hatte stattdessen einen rauchigen Unterton angenommen.

Die Atmosphäre zwischen uns veränderte sich. Plötzlich lag eine enorme Spannung in der Luft. Mein Herz begann wild zu hämmern.

»Gerne!«, sagte David, ohne mich aus den Augen zu lassen. »Du bist jederzeit willkommen, mein Übernachtungsgast zu sein.«

Überdeutlich spürte ich, wie sich meine Brüste bei jedem Atemzug an seinen Oberkörper pressten. Seine Hand war irgendwann in den letzten Minuten auf meine Hüfte gerutscht, und mein Oberschenkel lag halb über seinem rechten Bein.

»Ich sollte so langsam wirklich aufstehen«, brachte ich mühsam hervor. Meinen Worten zum Trotz bewegte ich mich keinen Zentimeter. Ein Teil von mir hatte nicht die geringste Lust, an Alltagspflichten und Termine zu denken. Der leichte Druck von Davids Fingern, den ich durch meine Kleider hindurch spürte, wirkte wie eine stumme Einladung, zu bleiben. Und genau das wollte ich. Ich wollte in seinen Armen liegen und von ihm geküsst werden ... Aber ich hatte mir noch nicht einmal die Zähne geputzt. Außerdem kam mir Trudis Warnung in den Sinn. Sie hatte gesagt, dass ein Schatten auf ihrer Familie lag und ich vorsichtig sein sollte, wenn ich nicht verletzt werden wollte. Es war wohl besser, meinem inneren Verlangen nicht nachzugeben.

Mit einem Ruck richtete ich mich auf. »Also dann mal los!«

Im Bestreben, so schnell wie möglich aufzustehen und dieser verhängnisvollen Lage zu entkommen, verhedderten sich meine Beine heillos mit dem Bettzeug. Schwer atmend kämpfte ich mich frei und stand endlich neben dem Bett. David hatte die Hände hinter dem Kopf verschränkt und musterte mich mit einem belustigten Funkeln in den Augen, als wüsste er genau, welch unzüchtige Gedanken mich so hastig von ihm weggetrieben hatten.

Ich strich mir meine zerzausten Haare aus dem Gesicht. »Kann ich mal die Dusche benutzen? Ich möchte jetzt lieber nicht nach Hause gehen und auf meine Eltern treffen. In meinem Laden habe ich einige Wechselklamotten, dann kann ich mich dort umziehen.«

Nun setzte sich auch David auf. »Das Badezimmer steht zu deiner freien Verfügung. Ich mache uns solange einen Tee, okay?«

Dankbar nickte ich ihm zu. »Das wäre super!«

Eilig schlüpfte ich ins Bad, doch bevor ich meine Kleider auszog, blieb ich erst einmal fünf Minuten hinter der Tür stehen. Ich konnte mich nicht entscheiden, ob es David gegenüber verklemmt wirkte, wenn ich die Badezimmertür abschloss. Schließlich waren wir nur zu zweit in der Wohnung, und David wusste, dass ich hier drin war. Oder konnte es als Einladung missverstanden werden, wenn kein klapperndes Schlüsselgeräusch zu hören war? Ein Teil von mir fand die Vorstellung, dass ein nackter David zu mir unter die Dusche kommen und mir den Rücken einseifen würde, allerdings verdammt verlockend. Ob er mich wirklich so sexy fand, wie er behauptet hatte? Schließlich blieb ich jedoch meiner feigen Linie treu und schloss ab. Weshalb zerbrach ich mir eigentlich über solche Dinge den Kopf? David schien wichtiger für mich zu werden, als mir selbst guttat.

Ich stellte mich unter die Dusche, um die Spuren der vergangenen Nacht abzuwaschen. Mit einem Gefühl des Bedauerns verabschiedete ich mich von Davids Geruch und dem Meersalz auf meiner Haut sowie einigen Sandkörnern, die sich in meinen Haaren verfangen hatten. Danach gab ich etwas Zahnpasta auf meinen Zeigefinger und putzte mir in alter Kindermanier die Zähne.

Als ich in die Küche kam, tippte David gerade auf seinem Handy herum. Seine Stirn lag dabei in so tiefen Falten, dass mir die besorgte Frage entwich: »Ist etwas Schlimmes passiert?«

Ertappt sah er auf. »Nein. Ja. Nichts weiter, mach dir keine

Gedanken!« Kaum hörbar fügte er hinzu: »Die Situation zu Hause ist nur etwas kompliziert.«

Er steckte sein Handy ein, setzte ein Lächeln auf und reichte mir eine Tasse Schwarztee mit einem Schuss Sahne.

»Hm, so mag ich ihn am liebsten!« Ich lehnte mich an die Arbeitsplatte und trank einen Schluck. Zwar hatte ich immer noch leichte Kopfschmerzen vom Rotwein, aber nach der Dusche fühlte ich mich schon weitaus besser.

David stellte sich so nah neben mich, dass sich unsere Schultern berührten. »Wenn du Trudi besuchen willst, denk daran, dass sie heute auf die normale Station verlegt wird.«

Ich nickte. Schon gestern hatte er mir erzählt, dass seine Großmutter die Intensivstation verlassen durfte. Das bedeutete, dass Trudi nun mit einem wahren Besucheransturm rechnen musste.

»Ich weiß nicht, ob ich es heute schaffe, bei ihr vorbeizuschauen«, sagte ich und strich mir eine noch feuchte Haarsträhne hinters Ohr. »Mein Tag ist schon ziemlich verplant.«

»Und heute Abend? Hast du da etwas vor?«

Ich versteckte mein erfreutes Lächeln, indem ich an meinem Tee nippte. David wollte mich wiedersehen? Allerdings durfte ich nicht zu viel in seine Frage hineininterpretieren. Schließlich kannte er auf Rügen lediglich zwei Personen, und eine davon lag im Krankenhaus. Mit mir dagegen hatte er ein ›Sex-nicht-ausgeschlossen‹-Abkommen, was ein weiteres Treffen sicherlich verlockend machte. Nicht nur für ihn, sondern auch für mich. Bedauerlicherweise hatte ich heute Abend schon etwas vor.

»Nach der Arbeit muss ich meiner Freundin Jule bei den Vorbereitungen für ihren Polterabend helfen. Er findet morgen Abend am Hafen statt, und wahrscheinlich wird das halbe Dorf kommen.«

Falls David enttäuscht war, ließ er es sich nicht anmerken. Sein doofer Vollbart erschwerte es aber auch ungemein, seine Mimik zu lesen.

Beim Stichwort Polterabend fiel mir ein, dass ich Trudi versprochen hatte, mich um David zu kümmern. Womöglich diente mir das Versprechen aber auch nur als Vorwand, mir einen Ruck zu geben und David direkt nach einem Date zu fragen.

»Ich würde mich freuen, wenn du mich morgen Abend zum Polterabend begleitest. Kommst du mit?«

Ich warf ihm einen unsicheren Seitenblick zu. Wie ich befürchtet hatte, reagierte David nicht gerade erfreut. Hoffentlich war nicht ich der Grund dafür!

»Ich weiß nicht, Ariane«, sagte er mit skeptischer Miene. »So etwas ist eigentlich nicht mein Fall. Außerdem kenne ich dort niemanden.«

Innerlich atmete ich auf. Okay, dieses Argument konnte ich leicht entkräften. Davids Antwort hätte eindeutig schlimmer ausfallen können. Beispielsweise als irritierte Gegenfrage: »Weshalb sollte ich mich denn mit dir in der Öffentlichkeit zeigen wollen, Ariane?« So eine Reaktion hatte mir nämlich mein inneres Orakel – mit Sitz im Unkenzentrum gleich neben dem Hypothalamus – prophezeit.

»Du kennst *mich!*«, widersprach ich. »Ich verspreche, nicht von deiner Seite zu weichen und dir nur die netten und sympathischen Leute vorzustellen. Das wird bestimmt lustig!«

David zögerte, und ich merkte, wie er sich innerlich wand.

»Bitte gib dir einen Ruck! Du kannst dich auf Dauer nicht immer in deinem Arbeitszimmer vergraben. Du musst auch mal unter Leute kommen, wenn du über die Menschen und ihre Probleme schreiben willst. Du brauchst Inspiration!«

Er schüttelte mit einem ungläubigen Lachen den Kopf. »Du kämpfst wirklich mit allen Waffen!«

Genau! Deshalb zog ich jetzt einen Schmollmund und klimperte mit den Wimpern. »Komm schon, mir zuliebe!«

Nach einem quälend langen Augenblick stieß David einen Seufzer aus. »Gut, ich gebe mich geschlagen! Ich komme mit.« Er sah mir tief in die Augen. »Dir zuliebe.«

12. Kapitel

Es dauerte überraschend lange bis zum ersten Anruf. Ich war schon in Sellin und gerade dabei, meinen Laden aufzuschließen, da klingelte mein Handy und meine Schwester Jutta brüllte mit sich überschlagender Stimme: »Du bist mit Trudis Enkel zusammen?«

»Wer behauptet das denn?«

»Das erzählt man sich«, antwortete sie knapp. Meine Schwester gab ihre Informationsquellen nur ungern preis. »Du wurdest gesehen, wie du heute Morgen das Mehrfamilienhaus verlassen hast, in dem Trudis Wohnung ist.« Bedeutungsvoll fügte sie hinzu: »Woraus man natürlich einige Schlüsse ziehen kann …«

Ich sah meine Schwester regelrecht vor mir, wie sie vor Spannung fast platzte. Bestimmt hielt sie gerade den Atem an und hatte gerötete Wangen. Doch leider konnte ich ihre Neugier nicht befriedigen.

»Wie zum Beispiel den Schluss, dass wir friedlich geschlafen haben und keinen Sex hatten?«

Einen Moment herrschte Schweigen.

»Ja. Zum Beispiel.«

Die Enttäuschung, die in Juttas Stimme mitschwang, ließ mich auflachen. »Tut mir leid, aber es ist wirklich nichts Spektakuläres passiert. Wir hatten nur einen wunderschönen Abend.«

Das »nur« kam mir in diesem Fall seltsam unpassend vor. Der Abend mit David war etwas ganz Besonderes gewesen.

Mit deutlich weniger Interesse bat mich Jutta, ihr später die

Einzelheiten zu erzählen, denn sie musste zurück in den Frühstücksraum der Pension, um ihre Gäste zu bewirten.

Kurze Zeit später klingelte mein Handy erneut. Dieses Mal war es meine Mutter.

»Wo hast du heute Nacht geschlafen, Ariane?«, fragte sie in scharfem Tonfall. Anscheinend hatte sie noch nicht mit Jutta – oder deren geheimer Informationsquelle – gesprochen.

Für einen winzigen Moment packte mich das schlechte Gewissen. Ich musste mich selbst daran erinnern, dass ich nicht mehr fünfzehn und ihr keine Rechenschaft schuldig war. Nun ja, theoretisch jedenfalls. Praktisch gesehen war sie immer noch meine Mutter.

»Wieso?«

»Weil du völlig betrunken warst, als ich dich vergangene Nacht das letzte Mal gesehen habe und du in Gesellschaft dieses ... dieses ...«, sie suchte nach den richtigen Worten, »windigen, dahergelaufenen und verwahrlosten ...«

»Du kennst David doch gar nicht, Mama«, fiel ich ihr ins Wort. »Er ist ein angesehener Schriftsteller und kommt aus Usedom.«

»Schriftsteller, pah!«, spie meine Mutter abfällig aus. »Mit so etwas kann man doch nicht sein Geld verdienen. Oliver dagegen wird den Betrieb seines Vaters übernehmen. Seine zukünftige Frau muss sich bestimmt niemals Sorgen um Geld machen, und auch die gemeinsamen Kinder wären ...«

Ich verdrehte die Augen. Ihrer folgenden Lobrede auf meinen Ex-Freund Oliver lauschte ich nur mit halbem Ohr. Stattdessen versuchte ich zu rekonstruieren, weshalb ich mich gestern Nacht dazu entschlossen hatte, bei David zu schlafen. Schließlich war ich schon beim Haus meiner Eltern gewesen. Vielleicht hatte ich ihn heimbringen wollen und dann keine Lust mehr auf den

Rückweg gehabt? Oder ich war so betrunken gewesen, dass ich den Hausschlüssel nicht mehr ins Schloss gebracht hatte? Das hätte auch erklärt, weshalb ich von außen ans Fenster meiner Eltern gehämmert hatte. Oder war ich am Ende in Davids Bett gelandet, weil ich womöglich zu ›mehr‹ bereit gewesen war? In meinem angeheiterten Zustand hatte mich Trudis Warnung sicherlich nicht mehr gekümmert. Auf alle Fälle würde ich für einige Zeit die Finger vom Alkohol lassen, so viel stand fest!

Die empörte Stimme meiner Mutter riss mich aus meinen Gedanken. »Hörst du mir überhaupt zu, Ariane?«

»Ja, klar.« Zum Glück konnte sie nicht sehen, wie ich eine Grimasse zog. »Oliver ist toll. Oliver ist der Beste. Mit ihm Schluss zu machen war mein größter Fehler.«

Meine Mutter schwieg. Wahrscheinlich versuchte sie gerade abzuschätzen, ob ich meine Worte wohl ernst gemeint hatte. Ihr Sinn für Ironie war nie besonders ausgeprägt gewesen. Auch ein Punkt, in dem wir uns grundsätzlich unterschieden.

Offenbar kam meine Mutter zu dem Schluss, dass es – Ironie hin oder her – sowieso besser war, noch mal auf mein Fehlverhalten einzugehen. »Wirklich, Ariane, mitten in der Nacht betrunken an unser Schlafzimmer zu klopfen … Ich hätte fast einen Herzinfarkt bekommen! So kenne ich dich überhaupt nicht. Dieser David hat keinen guten Einfluss auf dich.«

Ich wartete darauf, dass sie mir trotz meines Alters den Umgang mit Trudis Enkel verbot. Doch sie schien sich gerade noch auf die Zunge beißen zu können.

»Das hat mit David überhaupt nichts zu tun«, widersprach ich. »Der Streit mit Papa hat mir ziemlich zugesetzt. Ich war mir sicher, dass ich unmöglich schlafen kann, bevor ich mich nicht bei ihm entschuldigt habe. Es tut mir wirklich leid, wenn ich euch einen Schrecken eingejagt habe.«

Sie seufzte auf. »Dein Vater wird auch immer rührselig und gefühlvoll, wenn er Alkohol getrunken hat. Das hast du wohl von ihm geerbt. In diesem Zustand hat er mir schon die schönsten Liebeserklärungen gemacht.« Sobald sie über meinen Vater sprach, lag eine Wärme in ihrer Stimme, die sie mir gegenüber noch nie an den Tag gelegt hatte.

Immerhin schien mein nächtlicher Ausrutscher damit vom Tisch zu sein. Meine Mutter wünschte mir noch viel Spaß bei der Arbeit, und dieses Mal war ich diejenige, die nicht wusste, ob das ironisch gemeint war.

Der Tag verging wie im Flug. Als ich nach Feierabend im Hafen in Glowe ankam, um Jule und Markus bei den Vorbereitungen für ihren Polterabend zu helfen, merkte ich überrascht, dass ich David vermisste. Bei meiner Fahrt durchs Dorf hatte ich sogar Ausschau nach ihm gehalten und gehofft, er würde mir zufällig begegnen. Wie konnte mir ein Mensch, den ich gerade erst kennengelernt hatte, schon nach so kurzer Zeit fehlen?

Wie von einem unsichtbaren Band gezogen war ich heute Mittag in die nächste Buchhandlung marschiert, um mir seinen neusten Roman zu kaufen. Leider war ich noch nicht dazu gekommen, einen Blick hineinzuwerfen, und das Buch lag nun neben mir auf dem Beifahrersitz. Vielleicht hatte ich auch ein wenig Angst davor, den Roman zu lesen. Was wäre, wenn er mir nicht gefiel? Denn ich wollte unbedingt, dass er mir gefiel. Auch wenn David es wahrscheinlich abgestritten hätte, gab ein Schriftsteller in seinen Geschichten doch immer etwas von seiner Denkweise, seinen Überzeugungen und seinem Charakter preis. Wenn mich sein Roman nicht begeistern konnte, dann hieß das doch, dass ich einige Dinge an ihm ebenfalls nicht mochte, oder? Dinge, die mir bisher noch nicht aufgefallen waren. Oder David würde mich irgendwann einmal nach meiner

Lesermeinung fragen. Was sollte ich dann sagen? Tut mir leid, aber ich fand's scheiße? Womöglich war es besser, das Buch gar nicht erst zu lesen. Wenn ich nur nicht so unglaublich neugierig gewesen wäre …

Nachdem ich mein Auto geparkt hatte, versteckte ich den Roman sicherheitshalber unter meiner hellblauen Strickweste. Nur für den Fall, dass jemand einen Blick durch mein Autofenster warf und die falschen Schlüsse zog. Schließlich hatte ich den halben Tag damit verbracht, eine Affäre mit David rigoros abzustreiten, und ich wollte meine Glaubwürdigkeit gewahrt wissen.

Als ich ausstieg, wehte mir eine frische Brise um die Nase. Ich liebte den Hafen, der für ein so kleines Dorf wie Glowe ziemlich beeindruckend war. Fischerboote, Segelschiffe, Jollen und Angelboote lagen vor Anker und schaukelten sanft auf den Wellen. Die Leinen schlugen an die Masten, die Schiffsfahnen flappten im Wind, und die Wellen klatschten leise an die Schiffsrümpfe. Auf den Anlegestegen schlenderten Menschen umher, und Schiffseigner standen zusammen, um über ihre Boote zu fachsimpeln.

Von hier aus waren es nur wenige Schritte bis zu Oles Segelschule, in der schon emsiges Treiben herrschte. Sophie, Ole und seine Eltern versuchten gerade mit vereinten Kräften, einen Pavillon auf dem Vorplatz aufzustellen. Den zukünftigen Bräutigam Markus entdeckte ich hinter dem Steuer eines Traktors, auf dessen Anhänger sich zahlreiche Bierbänke und Tische stapelten. Als er mich sah, hellte sich seine Miene auf, und er winkte mir zu.

»Ariane, dich schickt der Himmel!«, rief er mir über das Tuckern des Motors hinweg zu. »Kannst du mich mal einweisen?«

»Klar doch!« Ich konnte mir ein Grinsen nicht verkneifen.

Markus erweckte gerne den Eindruck, dass es nichts gab, dem er nicht gewachsen war. Offenbar gab es jedoch etwas, das er eindeutig nicht konnte: einen Anhänger an einem Traktor rückwärts auf den Vorplatz der Segelschule zu fahren. Nach kurzweiligen zehn Minuten, in denen ich mich fast schlapp gelacht und Markus mir mehrere Male ewige Feindschaft geschworen hatte, stand der Anhänger endlich zum Ausladen bereit vor dem Pavillon. Der in diesem Moment prompt wieder in sich zusammenfiel. Alles lief somit wie am Schnürchen.

»Schiet! So 'n dösigen Kraam dat aver ok!« Ole betrachtete kopfschüttelnd den Berg aus weißem Plastik auf dem Boden.

Sophie stieß einen herzhaften süddeutschen Fluch aus: »Des goaht doch uff koi Kuhhaud! So a dabbichs Klump aber au!«

Ich verstand zwar kein Wort, aber wahrscheinlich waren ihre Worte der Situation angemessen.

Ole wischte sich mit dem Arm über die feuchte Stirn. Er zog Sophie an sich und drückte ihr einen Kuss auf die Schläfe. »Ich liebe es, wenn du in fremden Zungen sprichst, mein Schatz.«

Sie schlang ihre Arme um seine Hüfte und schmiegte sich an ihn. »Und ich liebe es, wenn du Platt sprichst. Dann wirkst du so rau und männlich.«

»Du meinst sicherlich, *noch* männlicher als üblich?«, hakte er nach.

Sophie kicherte. »Natürlich«, versicherte sie ihm.

Himmel, jetzt waren die beiden schon seit drei Monaten verheiratet, doch das kitschige Liebesgesülze zwischen den beiden wollte einfach nicht aufhören!

Oles Mutter Nane verdrehte mit einem Schmunzeln die Augen, und Oles Vater wedelte auffordernd mit den Armen. »Los, versuchen wir es noch einmal!«

Ich hielt Ausschau nach Jule, konnte sie aber nirgends entdecken. »Wo ist denn deine Zukünftige?«, fragte ich Markus, der sich nun zu uns gesellte. »Ist etwas mit Kati?«

Er schüttelte den Kopf. »Nein, der Kleinen geht es super. Meine Mutter passt auf sie auf. Jule ist dort drüben.« Er deutete hinter das Haus. »Sie wollte ein paar frisch gefällte Birken mit bunten Bändern schmücken, bevor wir sie zur Deko aufstellen.« Er blickte seufzend auf den weißen Plastikberg, mit dem Ole gerade kämpfte. »Sofern dieser Dilettant es jemals schaffen sollte, den Pavillon aufzubauen.«

»Pass bloß auf, was du sagst!«, keuchte Ole. »Sonst zertrümmere ich das Geschirr bei eurem Polterabend direkt an deinem Dickschädel.«

»Hui, jetzt habe ich aber Angst!«, frotzelte Markus. Die beiden Männer, die seit ihrer Kindheit miteinander befreundet waren, grinsten sich an.

Ich lief um die Ecke und entdeckte Jule an einem Campingtisch. Allerdings hatte sie bisher keine einzige der jungen Birken geschmückt. Stattdessen saß meine Freundin auf einem Stuhl, hatte den Kopf seitlich auf die bunten Bänder gelegt und starrte ins Leere. Muffin, Jules Riesendogge, saß neben ihr und hatte seinen Kopf auf ihren Arm gelegt, als wollte er sein Frauchen trösten. Mir wurde das Herz schwer bei ihrem Anblick. So sah in der Regel keine glückliche Braut aus.

Ich trat näher und räusperte mich. »Jule?«

Sie schreckte hoch und setzte umgehend ein künstliches Lächeln auf. »Hallo, Ariane! Schön, dass du gekommen bist. Hilfst du mir, die Bänder …«

»Was ist los mit dir?«, platzte es aus mir heraus. »Ich mache mir ernsthaft Sorgen um dich. Deshalb habe ich auch deine Schwester gebeten, mit dir zu reden. Bitte, vertraue dich irgendjemand an!«, flehte ich.

Ihr falsches Lächeln erlosch. Mit fahrigen Bewegungen sortierte sie die Bänder nach Farben. »Sophie hat schon mit mir gesprochen. Sie wollte, dass ich zum Arzt gehe und mich untersuchen lasse.«

Ich atmete auf. Das war endlich ein Schritt in die richtige Richtung!

»Und?«, hakte ich nach.

»Eure Sorge ist unbegründet. Ich war schon vor einiger Zeit beim Arzt. Körperlich bin ich gesund.«

Ich kämpfte mit mir. Jule auf eine Schwangerschaftsdepression anzusprechen kam mir indiskret vor. Aber immerhin waren wir befreundet, oder? Waren es nicht das Recht und die Pflicht einer Freundin, Probleme schonungslos beim Namen zu nennen? Ich beschloss, mir nicht aus falschem Schamgefühl auf die Zunge zu beißen.

Da Muffin nicht von Jules Seite wich, lief ich um ihren Stuhl herum und ging neben ihr in die Knie. »Viele Frauen sind nach der Geburt eines Babys nicht so glücklich, wie sie erwartet haben.« Ich griff nach ihrer Hand. »Dafür muss man sich nicht schämen. So etwas ist ganz normal. Aber umso wichtiger ist, dass man sich Hilfe holt. Wenn man dauernd so tut, als wäre alles super, wird es nur noch schlimmer. Das darfst du nicht auf die leichte Schulter nehmen.«

Jule seufzte. »Ich habe keine Schwangerschaftsdepression. Das habe ich Sophie auch schon gesagt.«

Ich blickte sie skeptisch an. »Bist du sicher?«

»Ich habe mich informiert.« In ihrer Stimme lag ein genervter Unterton. »Bei einer Schwangerschaftsdepression kann man meistens nicht einmal einen Grund dafür nennen, weshalb es einem schlecht geht und man so depressiv ist.«

»Aha.«

Es dauerte einen Moment, bis bei mir die Alarmglocken schellten. »Das bedeutet, es gibt einen Grund, dass du so niedergeschlagen und traurig bist? Du weißt, was dich runterzieht, stimmt's?«

Mit einem Ruck entzog sie mir ihre Hand. »Wir müssen uns jetzt wirklich um die Deko kümmern!«

Sie schnappte sich einige Bänder, stand auf und knotete sie an die Äste einer Birke. Ich stellte mich mit verschränkten Armen neben sie, um mich daran zu hindern, ihr die doofen Bänder aus der Hand zu schlagen. »Ich weiche nicht mehr von deiner Seite, bis ich diesen Grund erfahre. Das ist mein Ernst, Jule! Ich gehe mit dir auf die Toilette und schlafe bei dir im Bett, wenn es sein muss.«

Sie zog die Augenbrauen in die Höhe. »Na, das dürfte für Markus eine Überraschung werden«, meinte sie trocken.

Gott, diese Frau war wirklich eine harte Nuss! Wenn Jule einen Entschluss gefasst hatte, hielt sie bis zum bitteren Ende daran fest.

»Als ich dich letztes Jahr kennengelernt habe, habe ich dich für deine Entschlossenheit und Stärke bewundert«, sagte ich offen heraus. »Wie du es geschafft hast, das Schlosshotel auf Vordermann zu bringen, war unglaublich. In dieser Zeit habe ich mir gewünscht, dass ich auch nur ein bisschen so sein könnte wie du. Doch momentan stehst du dir mit deinem Dickschädel selbst im Weg, merkst du das nicht?«

Jule warf mir einen säuerlichen Seitenblick zu, während sie das nächste Band festknotete.

Weshalb sagte sie denn nichts? Ihr Geheimnis musste entweder etwas extrem Peinliches oder etwas absolut Schockierendes sein. Plötzlich kam mir ein Gedanke. Er war so ungeheuerlich, dass er mir bisher nicht einmal in den Sinn gekommen war.

»Ist es wegen der Hochzeit?« Ich musste mir Mühe geben, mir meine Erschütterung nicht anmerken zu lassen. »Hast du etwa Zweifel?«

Es war nur ein kurzes Zögern – ein winziger Augenblick, als Jules Hände beim Verknoten der Bänder in der Luft verharrten. Aber ich wusste sofort, dass ich einen Treffer gelandet hatte. Und Jule wusste, dass ich sie durchschaut hatte.

Sie biss die Zähne zusammen und drehte sich langsam zu mir um. »Wenn du Markus auch nur ein Wort davon erzählst, sind wir die längste Zeit Freundinnen gewesen, Ariane.«

»Aber … aber ihr seid das Traumpaar schlechthin«, stammelte ich. »Du liebst ihn über alles. Das hast du mir selbst gesagt. Oder stimmt das etwa nicht mehr?«

Jules Wut verpuffte so schnell, wie sie gekommen war. Ihre Schultern sackten nach unten, und selbst ihre widerspenstigen Locken schienen mit einem Mal schlapp herabzuhängen.

»Doch, natürlich liebe ich ihn«, flüsterte sie mit erstickter Stimme. »Ich kann mir ein Leben ohne Markus nicht vorstellen. Ihn zu verlassen, würde mir das Herz zerreißen.«

Ich verstand überhaupt nichts mehr. »Wie jetzt? Du liebst ihn, aber willst ihn trotzdem nicht heiraten?«

»Es …« Sie machte eine Pause und atmete tief durch. »Es ist kompliziert, Ariane. Mir ist das alles einfach über den Kopf gewachsen.« Eine Träne löste sich aus ihrem Augenwinkel.

Ich war hin- und hergerissen zwischen dem Verlangen, sie in die Arme zu schließen, und meiner Loyalität Markus gegenüber, mit dem ich schon viele Jahre befreundet war.

»Ganz ehrlich, Jule: Wie groß sind deine Zweifel?«, bohrte ich daher nach. »So ein bisschen Lampenfieber vor der Hochzeit ist absolut legitim und nachvollziehbar. Oder ist es schlimmer? Denkst du ernsthaft daran, alles abzublasen?«

Sie schluchzte auf, presste sich die Faust an die Lippen und nickte knapp.

»Da ist ja mein geliebter Sturkopf!«, erklang in diesem Moment Markus' Stimme.

Abrupt sah ich auf. Der zukünftige Bräutigam war gerade um die Ecke gebogen und lief mit einem unbeschwerten Lächeln auf uns zu. Aus irgendeinem Grund hatte seine Jeans mittlerweile einen Riss, und das hellblaue Hemd zierten mehrere schwarze Flecken. Offensichtlich lief der Aufbau eher suboptimal.

Nervös wanderte mein Blick zu meiner Freundin zurück. Sie rang sichtlich um Fassung und wischte sich hastig die Tränen aus dem Gesicht, ehe sie sich zu ihm umdrehte.

»Ich hoffe, ihr kommt besser voran als wir mit der Deko. Ariane und ich haben uns etwas verquatscht. Tut mir leid, Schatz!«

Dass sie vor einer Minute noch geweint hatte, war ihr nicht mehr anzumerken. Jule hätte Schauspielerin werden sollen. Nur ihre Augen wirkten etwas glasig. Das schien auch Markus aufzufallen. »Ist etwas passiert?«, fragte er mit gerunzelter Stirn.

»Nein, nein«, wehrte Jule seine Bedenken ab. »Alles in Ordnung.«

»Sicher?« Er trat näher und strich ihr zärtlich über die Wange. »Du siehst ziemlich abgekämpft aus.«

»Nun ja, es ist in letzter Zeit auch viel zu tun«, räumte Jule gezwungenermaßen ein. »Das Hotel, Katharina, der Polterabend, die Hochzeit …«

Sie sah für einen kurzen Moment an ihm vorbei und warf mir einen eindringlichen Blick zu mit der wortlosen Botschaft: Halt bloß die Klappe!

»Ich habe dir schon so oft gesagt, dass du dir nicht zu viel aufbürden sollst, Jule. Du bist auch nur ein Mensch. Sag mir, was ich tun soll, und ich mach es!«

»Ist schon in Ordnung«, wiegelte sie sein Angebot ab. »Ich schaffe das. Ariane ist mir eine große Hilfe!«

»Dafür bin ich ihr auch unendlich dankbar.« Er schenkte mir ein warmes Lächeln.

»Klar doch«, krächzte ich. Da ich seinem Blick beim besten Willen nicht standhalten konnte, fixierte ich stattdessen interessiert eine Birke neben mir. »Ich helfe, wo ich kann.«

Jetzt wünschte ich mir sehnlichst, ich hätte Jules Geheimnis nie erfahren. Wie konnte ich Markus noch in die Augen sehen? Schlagartig wurde mir klar, weshalb Jule sich weder mir noch ihrer Schwester anvertraut hatte: Sie wusste, dass wir Markus mochten. Und das führte zu einigen Problemen. Denn nachdem ich jetzt begriffen hatte, was los war, befand ich mich in einer absolut beschissenen Lage.

»Selbst wenn du dich dabei über meine Fahrkünste mit dem Traktor schlapplachst«, ergänzte er augenzwinkernd, dann stieß er einen Seufzer aus. »Am besten ihr kommt gar nicht erst nach vorne. Der Pavillon ist zwar aufgebaut, doch Oles Vater wollte den Gasgrill, den wir gemietet haben, gleich ausprobieren. Dabei hat ein Teil des Pavillons leider Feuer gefangen. Außerdem haben wir nur einen Teil der Bühne geliefert bekommen.«

»Verdammt!«, fluchte Jule. »Ich komme sofort. Ariane, kannst du dich allein um die Deko kümmern?«

Ich nickte mechanisch, und Jule machte auf dem Absatz kehrt. Wie ein begossener Pudel sah ich den beiden hinterher. Es war offensichtlich, dass Jule die Flucht ergriffen hatte, damit ihr ein weiteres Gespräch mit mir erspart blieb. Wenigstens war ich nicht ganz allein, denn Jules Riesendogge leistete mir Gesellschaft. Muffin schnüffelte an einer der Birken, hob sein Bein und pisste mit einem Strahl, der einer Elefantenkuh alle Ehre gemacht hätte, auf den Stamm. Na toll!

An diesem Abend ergab sich leider keine Gelegenheit mehr, in Ruhe mit Jule zu sprechen. Ich hatte allerdings den Verdacht, dass sie mir absichtlich aus dem Weg ging. Dieser Eindruck bestätigte sich, als ich sie später von zu Hause aus anrief und nur ihre Mailbox ranging. Es war zum Verzweifeln.

Meine Freundin konnte mir doch nicht so ein Geständnis an den Kopf werfen und mich dann in der Luft hängen lassen! Gerne hätte ich mich von meinem rotierenden Gedankenkarussell abgelenkt, doch meine Eltern waren noch auf dem Grillfest eines Bekannten, und im Fernsehen lief nichts Interessantes. In meiner Not ging ich eine Runde Joggen. Obwohl ich mich dabei völlig auspowerte, war ich danach immer noch zu aufgekratzt, um schlafen zu können. Nachdem ich ausgiebig geduscht und mir einen sommerlichen Pyjama angezogen hatte, überlegte ich kurz, David anzurufen. Die Idee fühlte sich äußerst verlockend an, trotzdem verwarf ich sie wieder. Zum einen war es schon nach dreiundzwanzig Uhr, und zum anderen hatte seine Großmutter gerade erst einen schweren Herzinfarkt erlitten. Es kam mir unsensibel vor, ihn mit meinen Problemen zu behelligen. Insbesondere, da es im Grunde überhaupt nicht meine Probleme waren, sondern die eines Pärchens, das er noch nie in seinem Leben gesehen hatte. Trotzdem ließ mich der Gedanke an David nicht mehr los, und wie von selbst griff ich nach seinem Roman, den ich bei meiner Heimkehr auf den Nachttisch gelegt hatte. Im Augenblick war das Buch für mich die einzige Möglichkeit, ihm nahe zu sein und in seine Welt einzutauchen. Trotz meiner Unsicherheit einige Stunden zuvor schlug ich nun begierig die erste Seite auf und fing an, David Novaks Roman zu lesen.

13. Kapitel

»… Olivia stand am Flurfenster und starrte hinaus. Der Sturm der vergangenen Nacht hatte die Bäume leergefegt und die Herbstblätter zu einer braun-roten Collage auf den feuchten Asphalt geklebt. Nun ragten die nackten Äste wie Skelette in den Himmel hinauf. Olivia atmete tief ein, ging die wenigen Schritte bis zur Garderobe und zog ihren beigefarbenen Kaschmirmantel an. Sie streifte ihre Wildlederhandschuhe über und strich die weiche Oberfläche glatt, doch schließlich ließ sie die Hände sinken, und ihre Arme hingen nutzlos herab. Es gab nichts weiter zu tun.

Doch, widersprach eine Stimme in ihrem Kopf, schreib einen Brief und hinterlasse ihm wenigstens ein paar Zeilen!

Aber Olivia antwortete der drängenden Stimme mit einem traurigen Kopfschütteln. Es war besser zu gehen, ohne Floskeln und leere Worthülsen zu hinterlassen. Er würde wissen, weshalb sie gegangen war. Und sie wusste, dass er ihr diese Entscheidung niemals verzeihen würde.

Olivia öffnete die Tür und trat hinaus. Sie hatte kein Gepäck bei sich, denn die Trauer, die sie in ihrem Herzen mit sich trug, wog schon zu schwer. Die Liebe für ihn konnte sie nicht einfach zurücklassen wie ihre Kleider oder ihren Schmuck. Sie würde sie immer begleiten, für den Rest ihres Lebens, bei jedem Schritt und bei jedem Atemzug.

Das Gartentor schloss sich hinter ihr mit einem leisen Quietschen, und Olivia ging die Straße entlang, ohne einen Blick zurückzuwerfen.«

Ich schlug das Buch zu, schluchzte auf und griff nach einem weiteren Taschentuch, um mir die Nase zu putzen. Fast die ganze Nacht hatte ich in Davids Roman gelesen und nicht einmal hier in meinem Laden damit aufhören können. Zum Glück war es Samstagvormittag und daher noch ruhiger als üblich. Deshalb hatte mich auch kein Kunde dabei erwischt, wie ich auf den letzten Seiten angefangen hatte zu flennen. Aber es war so unglaublich traurig gewesen!

David hatte in poetischen Worten und atmosphärischen Bildern eine dramatische Liebesgeschichte geschrieben, die trotz all meiner Hoffnungen kein Happy End gefunden hatte. Ich hatte so sehr mit den Figuren mitgefiebert und gelitten, dass ich mein eigenes Leben völlig ausgeblendet hatte. Ein letztes Mal strich ich über das Cover, um mich von der Geschichte zu verabschieden, dann straffte ich den Rücken und sah mich um.

Was hatte ich heute im Laden eigentlich erledigen wollen? Ach ja, ich musste endlich meine selbstgemachten Cupcake-Seifen, die ich mit getrockneten Röschen verziert hatte, in luftdichte Folie verpacken! Sie sahen wie echte Cupcakes aus und rochen lecker nach Mandarine, Zimt und Nelken.

Gerade als ich in den Nebenraum gehen wollte, bimmelte die Eingangsglocke, und ich drehte mich zur Tür um.

»David?«, entfuhr es mir. »Mit dir habe ich überhaupt nicht gerechnet.«

»Das klingt aber nicht gerade erfreut«, bemerkte er mit hochgezogenen Augenbrauen.

Obwohl heute wieder ein heißer Sommertag war, trug er lange Jeans und ein hellblaues Hemd, dessen Ärmel hochgekrempelt waren. »Offen gestanden hatte ich mir eine etwas andere Reaktion erhofft«, neckte er mich.

Da ich erst vor fünf Minuten seinen Roman beendet hatte,

fühlte ich mich etwas befangen. Doch ich riss mich zusammen. David war schließlich immer noch der gleiche Typ, den ich kennengelernt hatte. Es gab keinen Grund, plötzlich anders mit ihm umzugehen.

»Tut mir leid!« Ich lächelte ihm zu. »Es freut mich natürlich, dich zu sehen. Was führt dich zu mir?« Ich stützte mich mit den Ellbogen auf den Tresen und musterte ihn neugierig. »Ist etwas mit Trudi? Oder willst du wegen unseres Dates heute Abend einen Rückzieher machen?«

»Beides falsch!« Er nahm eine Probe meiner neuen ›Männerseife‹ aus der Schale und schnüffelte daran. Wenn er eine gute Nase hatte, musste er Patschuli, einen frischen Grapefruitduft und die holzige Note von Moschus wahrnehmen. »Meiner Großmutter geht es gut, keine Sorge. Ich komme gerade aus der Klinik. Ich musste jedoch die Flucht ergreifen, als eine Frau in einem seltsamen Mehlsackkleid zu Besuch kam, die unbedingt eine Auraanalyse bei mir machen wollte.«

Ich prustete los. »Das war Shanti-Gertrud, eine von Trudis Freundinnen.« Sicherheitshalber fügte ich hinzu: »Und auch meine. Also sei nicht zu hart mit deinem Urteil! Gertrud mag auf den ersten Blick schrullig wirken, aber sie hat das Herz auf dem rechten Fleck.«

»Gut zu wissen«, brummte David. »Wir haben uns eine regelrechte Verfolgungsjagd ums Bett geliefert, weil ich mich geweigert habe, meine Aura von ihr abtasten zu lassen.«

»Da wäre ich gerne dabei gewesen.« Ich seufzte bedauernd auf. »Trudi hat sich bestimmt köstlich amüsiert.«

»Du scheinst meine Großmutter gut zu kennen.« Er legte die Seifenprobe zurück. »Ich bin geschäftlich hier. Deine thailändische Freundin meinte doch, dass du auch Männer behandelst, oder?«

Nur mit Mühe konnte ich meine Überraschung verbergen. David war nun ganz und gar nicht der Typ für kosmetische Anwendungen. »Das stimmt! Für was genau interessierst du dich denn?«

Mit konzentrierter Miene studierte er die Angebotsliste, die hinter mir an der Wand hing. »Wenn du jetzt Zeit für mich hast, nehme ich einmal die Nummer zwei, bitte.«

Ich glaubte, mich verhört zu haben. Vorsichtshalber drehte ich mich um und checkte ebenfalls die Liste, um sicherzugehen. »Die Wohlfühlrasur mit warmen Kompressen und anschließender Gesichtsmassage?«

»Hast du ein Problem damit?«

Ich wandte mich wieder zu ihm um. »Natürlich ist das deine Entscheidung. Nachdem ich dich nun einige Tage kenne, habe ich nur das Gefühl, der Bart gehört irgendwie zu dir.«

Er wirkte erstaunt. »Dann magst du ihn?«

Prompt erinnerte ich mich an den Ehrlichkeits-Pakt.

»Ähm, nein«, antwortete ich wahrheitsgemäß. »Das wollte ich damit nicht sagen. Ich finde den Bart noch genauso scheußlich wie am ersten Tag.«

... und trotzdem pocht dein Herz wie wild, seit David den Laden betreten hat, ergänzte eine innere Stimme ungefragt.

»Dann ist es beschlossene Sache!«, verkündete David. »Der Bart kommt ab.«

Ich führte ihn in mein Behandlungszimmer und begann mit den Vorbereitungen. »Als Erstes stutze ich den Bart und kürze ihn mit dem Langhaarschneider auf die perfekte Länge für die Nassrasur.«

»Ich begebe mich vertrauensvoll in deine Hände, Ariane.«

Er machte es sich auf dem Behandlungsstuhl bequem, den ich mithilfe der Fernbedienung in die richtige Position brachte.

Das nervöse Kribbeln in meinem Körper verstärkte sich, als ich auf meinem Hocker Platz nahm und mich über David beugte. Sofort stieg mir sein frischer, herber Duft in die Nase. David roch so gut, dass ich mir für den Bruchteil einer Sekunde wünschte, daraus eine Seife herstellen zu können. Wahrscheinlich würde ich sie permanent bei mir tragen, um immer wieder daran zu schnuppern. »Bist du dir wirklich sicher?«, fragte ich noch einmal, bevor ich loslegte.

»Absolut«, antwortete er mit samtener Stimme.

Ich spürte seinen eindringlichen Blick auf mir, und meine Hand begann zu zittern. Das war nicht gut! Immerhin würde ich gleich mit scharfen Klingen in der Nähe seiner Halsschlagader hantieren. Ich musste mich irgendwie ablenken, wenn ich wollte, dass David diese Räume wieder lebend verließ.

»Ich habe deinen neusten Roman gelesen«, platzte es aus mir heraus. Leider war es das nächstbeste Thema gewesen, das mir in den Sinn gekommen war. Wenigstens schien David nicht überrascht zu sein.

»Und? Hat er dir gefallen?«, fragte er. Doch ehe ich antworten konnte, hob er mahnend den Zeigefinger. »Ich muss dich warnen! Äußere deine Kritik bitte höflich und schön verpackt mit einigen Lobreden davor und danach. Ein Künstler ist nach einer niederschmetternden Kritik ungenießbar und versinkt tagelang im Selbsthass.«

»Okay, das werde ich mir merken!«, gelobte ich. »Aber du musst keine Angst haben, denn ich fand deinen Roman großartig. Ich konnte ihn nicht mehr beiseitelegen, sobald ich angefangen hatte. Nur das Ende war unsagbar traurig.«

»Das höre ich oft.« Er stieß einen Seufzer aus. »Scheinbar haben die Menschen vergessen, dass es im Leben nicht immer ein Happy End gibt.«

Ich legte den Kopf schräg und hielt mit meiner Arbeit kurz inne. »Oder sie wissen ganz genau, dass das Leben nur selten ein Happy End bereithält, und es tröstet sie, wenn sie wenigstens in den Büchern darüber lesen.«

»Du siehst immer nur das Positive in den Menschen, oder?«

Seine Frage hätte hämisch klingen können, doch in seinem Tonfall schwang eher Bewunderung mit.

Ich lächelte schräg. »Jedenfalls versuche ich es.«

Der Großteil seines Barts war mittlerweile verschwunden, und zum ersten Mal konnte ich den Verlauf seiner Kinnlinie ausmachen. Ich stellte den Langhaarschneider auf die kürzeste Stufe und beugte mich wieder über David, wobei meine Brust leicht seine Schulter streifte. Die Berührung verursachte mir Gänsehaut.

»Im Grunde kann ich verstehen, dass du deinen Roman nicht mit einem Happy End abschließen wolltest«, fuhr ich fort, »aber warum verabschiedet sich deine Protagonistin am Ende nicht wenigstens von ihm? Bei allem, was er für ihre Liebe getan und aufgegeben hat, wäre ein Lebewohl das Mindeste gewesen.«

»Weil sie es nicht kann. Obwohl sie weiß, wie sehr sie ihn damit verletzt«, erklärte David mit ernster Miene. »Olivia weiß genau, dass sie ihren Entschluss in Frage stellen würde, sobald sie ihrem Geliebten wieder gegenübersteht. Er ist ihr Schwachpunkt, denn sie liebt ihn mehr als ihr eigenes Leben. Aber genau deshalb muss sie auch fort. Immerhin wird sie erpresst. Nur indem sie den Mut hat, ohne ein Lebwohl zu gehen, kann sie ihn retten.«

»Du findest das mutig?« Erstaunt zog ich die Augenbrauen in die Höhe. »Ich halte das für feige. Natürlich ist so ein wortloser Abgang wunderbar dramatisch, aber im Endeffekt wäre es bedeutend mutiger gewesen, wenn Olivia mit ihm gesprochen hätte und danach gegangen wäre.«

»Du verlangst viel, wenn es um die Liebe geht«, stellte David fest.

Ich dachte einen Augenblick darüber nach, und nur das Brummen des Langhaarschneiders erfüllte den Raum.

»Das finde ich nicht«, widersprach ich schließlich. »Was ich verlange, sind nur absolute Offenheit und die Bereitschaft, füreinander zu kämpfen. Das sollte in einer Beziehung doch normal sein, oder? Olivia hätte wenigstens versuchen müssen, gemeinsam mit ihm eine Lösung zu finden. Im Leben gibt es immer einen anderen Weg.«

David lachte auf. »Ich hätte nicht erwartet, dass in dir solch eine Romantikerin steckt.«

Ich grinste. »Und in dir steckt ein gnadenloser Dramatiker!«

Ich richtete mich auf und wandte mich von David ab, um den Langhaarschneider beiseitezulegen. »Der erste Teil ist geschafft! Jetzt kommen wir zur Nassrasur. Zuerst trage ich eine Fettcreme auf, um die Haut weich zu machen, dann darfst du die warmen Kompressen genießen. Sie dienen dazu, die Poren zu …« Ich stockte mitten im Satz, als ich mich wieder zu ihm umdrehte. Zum ersten Mal nahm ich Davids Gesicht im Ganzen und ohne Bart wahr. Vorher war ich viel zu sehr in meine Arbeit und unser Gespräch vertieft gewesen.

Mir fiel fast die Kinnlade herab. David sah aus wie Bradley Cooper im Film ›Hangover‹. Nur besser. Denn in Davids braunen Augen lag dieses warme, intelligente Funkeln, mit dem mich Bradley Cooper aus dem Fernseher heraus in der Regel nie ansah. Sogar Davids Jeans, das legere hellblaue Hemd und sein herausgewachsener Haarschnitt passten perfekt. Er wirkte wie ein lässiger Typ mit Ecken und Kanten, unangepasst und bereit, seine Überzeugungen durchzusetzen.

Nun mischte sich auch noch eine entzückende Unsicherheit in seine Züge. Er fuhr sich mit einer Hand über Kinn und Wange. »Ist es so schlimm?«

»Nein. Ja. Ich meine, njein.«

Jedes meiner Worte stimmte. *Nein*, es war nicht schlimm, denn er sah zum Dahinschmelzen aus, und ich konnte gar nicht aufhören, ihn anzustarren. *Ja*, es war schlimm, denn nun musste ich das Kunststück fertigbringen, alle ledigen Frauen auf Rügen von diesem Mann fernzuhalten. *Njein*, es war für ihn nicht schlimm, dafür allerdings für mich, denn auf meiner persönlichen Attraktivitätsskala stufte ich den bartlosen David nun deutlich höher ein als mich. Hätte ich die doofe Diät doch nur nicht abgebrochen!

Ich riss mich zusammen. »Ich glaube, es ist perfekt, wie es jetzt ist«, erklärte ich. »Meiner Meinung nach bist du nicht der Typ für ein glattrasiertes Gesicht. Geschniegelt und gebügelt wie ein Bankberater wärst du nicht du selbst. Der Dreitagebart passt zu dir.«

David wirkte fast enttäuscht. »Dann bekomme ich jetzt keine warmen Kompressen? Und keine Gesichtsmassage?«

Ich lachte auf. »Von mir aus kannst du sowohl das eine als auch das andere bekommen.«

Nach den Kompressen begann ich, sein Gesicht mit warmem Sanddornöl zu massieren. Seine Stirn, auf der sich schon die ersten grüblerischen Fältchen abzeichneten, glättete sich unter meinen ruhigen Bewegungen, und seine Gesichtszüge entspannten sich. Was man von mir leider nicht behaupten konnte. Die Professionalität, die ich sonst immer an den Tag legte, verabschiedete sich auf Nimmerwiedersehen. Plötzlich bekamen meine Berührungen, die Wärme des Öls, Davids Haut und seine vertrauensvoll geschlossenen Augen eine ungewohnt intime Note. Ich saß hinter David, und mein Gesicht war seinem so nah, dass ich das Muttermal unter seinem rechten Auge, sein kräftiges Kinn und den feinen Schwung seiner Lippen ausgiebig studieren konnte. Bei David war die Einkerbung zwischen Oberlippe und Nase besonders ausgeprägt. Mein Hirn förderte die unnütze Information zutage, dass der korrekte Ausdruck für diese Mulde *Philtrum* war, was übersetzt ›Liebeszauber‹ bedeutete. Ich beugte mich noch tiefer über ihn, und das Verlangen, mit meinen Lippen über seinen Mund zu streifen, wurde fast übermächtig. Ob David spürte, wie nah ich ihm gerade war?

Bevor ich endgültig meine Selbstbeherrschung verlor, richtete ich mich auf. »So, fertig!«, verkündete ich. »Ich hoffe, du konntest ein wenig entspannen.«

Ehe ich meine Hände wegziehen konnte, hatte David schon die Augen aufgeschlagen und mein rechtes Handgelenk ergriffen. Sein eindringlicher Blick ruhte auf mir. Noch nie hatte mich jemand auf diese Weise angesehen. Es war, als würde David bis ins Innerste meiner Seele blicken; meine Geheimnisse, Träume und Wünsche erforschen, meine Ängste und Sehnsüchte entdecken.

Er sieht *mich*, schoss es mir durch den Kopf. Und zwar auf eine völlig andere Weise als meine Mutter, die immer nur meinen ›nicht perfekten‹ Körper wahrnahm. Und auch ganz anders als mein Ex-Freund Oliver, der irgendwie durch mich hindurchgesehen hatte.

»Warum weichst du mir aus, Ariane?«, fragte David mit rauer Stimme.

»Ich?« Das amüsierte Lächeln, das ich aufsetzen wollte, fühlte sich ziemlich verzerrt an. Trotzdem behauptete ich standhaft: »So ein Blödsinn, ich weiche dir nicht aus!«

Ich stand auf und versuchte, mich von ihm loszumachen, aber es gelang mir nicht.

»Oh doch, das tust du!« David lächelte nachsichtig. Ich musste schon Besseres bieten, um ihm etwas vorzumachen. »Jedes Mal, wenn diese Spannung zwischen uns in der Luft liegt, ergreifst du die Flucht.«

Ohne meine Hand loszulassen, erhob er sich in einer geschmeidigen Bewegung vom Behandlungsstuhl und stellte sich vor mich.

Mit trotzig vorgerecktem Kinn sah ich zu ihm auf. »Meine Mutter meint, du hättest einen schlechten Einfluss auf mich.«

Seine Augenbrauen wanderten spöttisch in die Höhe. »Das hoffe ich doch!«

Während unserer Nacht am Strand hatte ich ihm von dem schwierigen Verhältnis mit meiner Mutter erzählt und ihrem Wunsch, mich wieder mit meinem Ex-Freund Oliver zusammenzubringen. Ebenso wusste David von Juttas Forderung, dass ich meinen gut bezahlten Job im Schlosshotel aufgeben und stattdessen in ihrer Pension Behandlungen anbieten sollte. Natürlich hatte ich mich auch bei ihm ausgeheult, weil mein Vater mir nahegelegt hatte, meinen Laden aufzugeben. Wenn ich so darüber nachdachte, gab es kaum etwas, das David nicht über mich wusste. Plötzlich machte mir diese Tatsache Angst.

»Du denkst ständig an andere und fragst dich viel zu selten, was du eigentlich willst, Ariane«, meinte David und trat noch näher an mich heran. »Trotzdem glaube ich keine Sekunde, dass deine Mutter der Grund dafür ist, weshalb du mir ausweichst. Also, wieso tust du es?«

»Weil … weil …« Verzweifelt suchte ich nach den richtigen

Worten. Ich war schließlich ohne zu zögern auf das ›Sex-nicht-ausgeschlossen-Abkommen‹ eingegangen. Weshalb hatte ich nun plötzlich Probleme, diese körperliche Nähe zuzulassen? Eine Stimme in meinem Hinterkopf flüsterte mir zu, dass David meinem Herzen schon viel zu nah gekommen war und die Sache kein gutes Ende für mich nehmen konnte. Doch ich ignorierte sie.

»Weil ich mich frage, ob das tatsächlich eine so gute Idee wäre«, sagte ich ausweichend. »Wir könnten damit unsere Freundschaft aufs Spiel setzen.«

»Meinst du?« Er ließ mein Handgelenk los und strich mit den Fingern zärtlich über meine Wange. »Ich muss dir leider sagen, dass die Sache mit der Freundschaft wohl nicht funktionieren wird. Dafür fühle ich mich viel zu sehr zu dir hingezogen.«

Am liebsten hätte ich die Augen geschlossen und seine Berührung einfach genossen, doch ich klammerte mich an den Rest meiner Vernunft. »Wir sind keine unbedarften Teenager mehr, David. In unserem Alter muss man auch mal weiter denken.«

Gott, das klang selbst in meinen Ohren langweilig!

David hob mein Kinn an, sodass ich ihm in die Augen sehen musste. »Ich weiß nicht, was das zwischen uns beiden ist, Ariane. Aber bitte ersticke es nicht im Keim, indem du es mit aller Macht ignorierst. Lass uns gemeinsam herausfinden, wohin das führen kann.«

Er zeichnete mit dem Daumen den Schwung meiner Augenbrauen nach und strich meine Schläfe hinab, als wolle er meine Zweifel einfach wegwischen. Wie von selbst schmiegte sich meine Wange in seine Hand.

David senkte den Kopf. »Lass deinen Verstand mal außer

Acht! Wenn deine innere Stimme dir ebenfalls sagt, dass es falsch ist, verschwinde ich wieder aus deinem Leben.«

Viel zu selten hörte ich in mich hinein und folgte der Stimme meines Herzens. Irgendwie kam mir das egoistisch vor. Doch in diesem Moment wusste ich ganz genau, was ich wollte. Allein die Vorstellung, dass David sang- und klanglos aus meinem Leben verschwinden könnte, fand ich fürchterlich.

David nahm mein Schweigen als Bestätigung. Er legte die Hände an meine Taille und zog mich näher an sich. Seinen Körper so dicht an meinem zu spüren, schien in meinem Gehirn einen Kurzschluss zu verursachen, denn plötzlich konnte ich mich an meine Gegenargumente nicht einmal mehr *erinnern.* Hitze strömte durch meine Adern, und mein Widerstand schmolz dahin wie Eis in der Sonne.

Ich schlang meine Arme um Davids Hüfte, und meine Hände krallten sich in seinem Hemd fest. Mit seinem frisch gestutzten Dreitagebart strich er über meine Schläfe, und sein heißer Atem glitt an meinem Ohr vorbei bis zu meinem Hals. Ein Schauder der Lust überlief mich. Selbst meine Zehen verkrampften sich in den Sandalen.

»Hast du dich meinetwegen von deinem Bart getrennt?«, fragte ich mit heiserer Stimme und sah zu David auf.

»Auch«, gab er ohne Zögern zu. »Ein weiterer Grund war jedoch, dass der Bart gestört hätte. Weil ich endlich das hier machen wollte …«

Er neigte den Kopf und beugte sich zu mir herab. Mein Herz hämmerte wie bei einer Achterbahnfahrt kurz vor dem Looping – eine Mischung aus Vorfreude und einer kleinen Prise Panik.

Seine Lippen legten sich auf meine, und er küsste mich. Die Berührung war sanft wie eine Feder – nicht mehr als ein

Hauch, ein stille Bitte. Mein Herz antwortete ihm mit einem Flattern.

Ich kam David entgegen, und als ich meine Lippen öffnete, fiel jegliche Zurückhaltung von ihm ab. Dieser Kuss verschlug mir den Atem. Er war rau, leidenschaftlich und sinnlich. Als sich unsere Zungen berührten, stellte ich mich auf die Zehenspitzen und presste mich an ihn.

Davids Küsse waren fordernd und verlangend, aber gleichzeitig raffiniert und verspielt. Sie nahmen mir die Fähigkeit, klar zu denken, und entfachten ein Feuer in mir, das ich in dieser Intensität noch nie erlebt hatte. Reflexartig schlang ich ein Bein um seinen Oberschenkel, und meine Hand verkrampfte sich in seinem seidigen Haar. Ich verzehrte mich nach David, und mit jeder Bewegung seiner Hüfte konnte ich spüren, dass es ihm genauso erging. Es gab keinen Zweifel: Er wollte mich. Meine Brüste wurden schwer vor Verlangen. Seine Hände wanderten über meinen Körper zu meinem Hintern hinab. Mein lustvolles Aufstöhnen wurde nur durch unseren Kuss gedämpft. Ohne von mir abzulassen, packte mich David und hob mich auf die Anrichte neben dem Behandlungsstuhl. Meine Arbeitsgeräte protestierten scheppernd und klirrend, doch das war mir im Moment völlig gleichgültig. Ich wollte mehr. Jetzt. Sofort.

Meine Hände fanden einen Weg unter sein Hemd. Ich strich über den zarten Haarflaum unterhalb seines Bauchnabels, glitt über seine Haut bis hinauf zu den Brustwarzen. Seine Muskeln spannten sich unter meinen Fingern an, und ich spürte den Schauer, der ihn dabei durchlief – was meine eigene Lust nur noch mehr entfachte. Auch Davids Hand schob sich nun unter mein T-Shirt. Doch statt plump nach meinen Brüsten zu fassen, fuhr er aufreizend langsam die Konturen meines BHs nach. Meine Brustwarzen sehnten sich so sehr nach seiner Berührung, dass sie sich schmerzhaft zusammenzogen. Am liebsten hätte ich mir T-Shirt und BH einfach vom Leib gerissen. Himmel, was stellte dieser Mann nur mit mir an?

David fuhr mit dem Daumen die schmale Mulde zwischen meinen Brüsten entlang. Inzwischen war mir fast schwindelig vor Lust. Doch dann hielt er schwer atmend inne und fragte: »Vielleicht sollten wir es erst einmal langsam angehen lassen. Das wolltest du doch, oder?«

Ich schlang meine Oberschenkel um seine Hüfte und drängte seiner Körpermitte entgegen. »Ja, genau!«, antwortete ich keuchend und legte den Kopf zurück, als er meinen Hals mit leichten Küssen bedeckte. »Lass uns nichts überstürzen.«

14. Kapitel

Es war ein warmer Sommerabend, und vom Meer wehte eine Brise, die den Geruch von Salz, Algen und fernen Abenteuern mit sich trug. Ich war auf dem Polterabend, stand in einem cremefarbenen, enggeschnittenen Kleid hinter der Cocktailbar und klopfte mit dem Fuß den Rhythmus eines Songs mit, der gerade lief. Es war einer dieser Momente, in denen man innerlich vor Glück überschäumt und nur mit Mühe eine ausdruckslose Miene beibehalten kann. Es gelang mir nicht ganz. Die Welt war einfach schön, oder? Und das Leben war, im Großen und Ganzen betrachtet, auch richtig super. Ich musste unbemerkt eine Superdroge zu mir genommen haben, denn ich fand überhaupt alles einfach großartig. Sogar, dass Oles Vater an der Musikanlage gerade den Song »Ti amo« von Howard Carpendale aufgelegt hatte.

»*Ti amo*«, trällerte ich den Refrain mit. »*Ti amo, ti amo, ti amo …*«

Einzig Jules Anstrengungen, mir aus dem Weg zu gehen, trübten meine gute Laune. Aber ich war mir ohnehin darüber im Klaren, dass ein Polterabend nicht der richtige Moment war, um über ihre Zweifel an der Hochzeit zu sprechen. Trotzdem beobachtete ich meine Freundin aufmerksam. Sie lachte und schäkerte mit Markus, sodass ich mich ernsthaft fragte, ob ich mir ihr Geständnis vielleicht nur eingebildet hatte. Zusammen wirkten die beiden wie das Traumpaar schlechthin, und bei jeder sich bietenden Gelegenheit zog Markus Jule an sich, um sie zu küssen.

So langsam trudelten immer mehr Gäste ein, und das zukünftige Brautpaar war eifrig damit beschäftigt, das zerschmetterte Geschirr zusammenzukehren. Da es noch früh am Abend war, verirrten sich allerdings nur wenige Gäste zu mir an die Cocktailbar. Was mir nur recht war. Zum einen war ich keine Koryphäe im Cocktailmixen, und zum anderen blieb mir so mehr Zeit, um über David und mich nachzudenken.

Nüchtern betrachtet hatten wir uns heute nur geküsst, doch es war so viel mehr gewesen. Die Leidenschaft, die David bei mir entfacht hatte, war eine neue Erfahrung für mich gewesen. Als hätten mich seine Berührungen zum Leben erweckt.

Mein Selbstbild von der freundlichen und stets hilfsbereiten Ariane passte so gar nicht zu der Frau, die heute im Behandlungszimmer David fast das Hemd vom Leib gerissen hätte. Dass nicht mehr geschehen war und wir unsere Selbstbeherrschung wiedergefunden hatten, war im Übrigen nicht mein Verdienst gewesen. David hatte es im letzten Moment geschafft, die Notbremse zu ziehen. Er hatte mich daran erinnert, dass der Laden offiziell noch geöffnet war und jederzeit ein Kunde hereinkommen konnte. Natürlich hätte ich einwenden können, dass das extrem unwahrscheinlich war, aber ich wollte es auch nicht darauf ankommen lassen. Nachdem David gegangen war, hatte es tatsächlich nicht einmal fünf Minuten gedauert, bis meine Freundin Nisha mich besucht und mit einem thailändischen Mittagessen überrascht hatte.

Die heutige Erfahrung hatte mich nachträglich darin bestätigt, dass meine Trennung von Oliver richtig gewesen war. Damals hatte ich das diffuse Gefühl gehabt, dass mir dieser lauwarme, gleichbleibende Beziehungstrott ohne Höhen und Tiefen einfach nicht ausreichte. Echte Liebe musste gewaltig sein, das Herz zum Rasen bringen und die Welt aus den Angeln heben. Zwischenzeitlich hatte ich befürchtet, dass ich mich von einem kitschigen Hirngespinst hatte leiten lassen und völlig illusorischen Träumen hinterhergejagt war. Bis David in mein Leben getreten war. Ich konnte es kaum abwarten, bis er heute Abend kam! Jedenfalls hoffte ich, dass er sein Versprechen einhalten und nicht in letzter Sekunde kneifen würde.

Oles Vater holte nun die ganz alten Kamellen hervor, und über die Lautsprecher dudelte »Ich will keine Schokolade« von Trude Herr.

»Ich will keine Schokolade«, sang ich nichtdestotrotz begeistert mit. *»Ich will lieber einen Mann …«*

»Diesen Vorsatz kann ich nur gut heißen«, meinte meine Mutter, als sie zu mir an die Cocktailbar trat. »Hast du einen bestimmten Mann im Sinn?«

Natürlich hatte ich das. Ich spürte, wie mir das Blut in die Wangen schoss. »Ähm, nein. Nicht direkt«, log ich.

Wie immer saßen die schwarzgefärbten Haare meiner Mutter perfekt, allerdings hatte sie für den heutigen Anlass eine Spur zu viel Schminke aufgetragen.

Ich wechselte lieber schnell das Thema. »Möchtest du einen Cocktail?«

Sie warf einen Blick auf die Karte mit den fünf Cocktails, die zur Auswahl standen. »Oh, es gibt einen Moulin Rouge?« Sie seufzte sehnsüchtig auf. »Da werden Erinnerungen wach! Wusstest du, dass ich davon meinen ersten Kater bekommen habe?«

Das wunderte mich nicht. Der frühere Ost-Cocktail bestand aus Pfirsichlikör, Rotwein, Orangensaft und einem kleinen Schuss Sekt. Schon beim Probemixen hatte ich festgestellt, dass er so süffig schmeckte wie Sangria.

»Aber du weißt doch, dass ich keinen Alkohol mehr trinke«,

meinte sie in strengem Tonfall. »Das ist das reinste Gift für mein Aussehen! Alkohol schwächt das Bindegewebe, begünstigt rote Äderchen, regt die Talgproduktion an und entzieht der Haut Flüssigkeit. Außerdem hat Alkohol fast so viele Kalorien wie Fett.«

Ich sah auf die Flaschen mit Spirituosen vor mir herab. Wahrscheinlich hatte Davids rebellische Ader auf mich abgefärbt, denn ich war kurz versucht, jetzt demonstrativ ein Schnäpschen zu trinken. Allerdings kam es mir unprofessionell vor, hinter der Theke zu stehen und zu picheln.

»Aber weshalb ich hier bin …« Meine Mutter beugte sich verschwörerisch zu mir und senkte die Stimme. Eine Wolke ihres schweren Parfums hüllte mich ein. »Oliver ist auch hier, hast du gesehen? Er ist allein gekommen. Du könntest ihn doch mal ansprechen, Ariane? Um der guten alten Zeiten willen. Er würde sich bestimmt darüber freuen.«

Natürlich war mir klar, dass sie sich von meinem Gespräch mit Oliver mehr erhoffte als lediglich eine freundschaftliche Beziehung. Doch ich wollte keinen Mutter-Tochter-Streit vom Zaun brechen und mir damit den heutigen Abend verderben.

»Mal sehen! Wenn wir uns über den Weg laufen, kann ich gerne ein paar Worte mit ihm wechseln«, bot ich an, fasste jedoch gleichzeitig den Vorsatz, Oliver für den Rest des Abends aus dem Weg zu gehen.

»Sehr schön!« Meine Mutter strahlte mich an. Vor ihrem inneren Auge traten Oliver und ich wahrscheinlich schon vor den Traualtar. Offenbar sah die Ariane in ihrem Hochzeits-Tagtraum jedoch besser aus als ich, denn der Blick meiner Mutter wanderte nun kritisch an mir herab. Reflexartig straffte ich den Rücken und zog den Bauch ein. Gerade noch rechtzeitig, denn schon fragte meine Mutter: »Trägst du auch die Bauchweg-

Unterhose, die ich dir aufs Bett gelegt habe? Die habe ich extra für dich im Internet bestellt.«

Ich nickte, obwohl ich sie wohlweißlich nicht angezogen hatte. Schließlich hatte ich mir oft genug ›Bridget Jones‹ angesehen. Ich wollte nicht wie eine Presswurst in dieses hässliche Teil eingezwängt sein, wenn die Möglichkeit bestand, dass David und ich uns heute Abend noch einmal näherkamen. Abgesehen davon war ich viel zu alt, um Sachen anzuziehen, die mir meine Mutter aufs Bett gelegt hatte. Verflucht war der Tag, an dem ich wieder mein altes Kinderzimmer bezogen hatte! Ich hatte ja nicht ahnen können, dass meine Eltern mich genauso behandeln würden wie zu dem Zeitpunkt, als ich in jungen Jahren ausgezogen war.

Wie zur Bestätigung meinte meine Mutter: »Ich hab auch noch eine Jacke für dich im Auto, damit du dich nicht verkühlst, wenn es später kälter wird, Spätzchen.«

Ich lächelte zerknirscht. »Danke, Mama.«

Sie ließ mich allein an der Cocktailbar zurück, sodass ich mich wieder meiner Hauptaufgabe widmen konnte: Nach David Ausschau zu halten. Leider konnte ich ihn nirgends entdecken. Mittlerweile schien das halbe Dorf eingetrudelt zu sein, und die Bierbänke im Pavillon waren voll besetzt. Auch davor standen Leute mit Papptellern oder Gläsern in der Hand herum, plauderten und lachten. Fast alle, die hier waren, kannte und mochte ich. Doch ich wartete sehnsüchtig auf einen Fremden.

Ich warf einen Blick auf mein Handy. Bisher hatte David mir keine Nachricht geschickt, dass ihm kurzfristig etwas dazwischengekommen war. Aber warum war er dann noch nicht hier?

Die ersten Cocktailfreunde gesellten sich zu mir und ließen sich einen Manhattan, Caipirinha oder den ›Rügen-Spezial‹ mixen – eine Erfindung meines Schwagers Mattes. Nach meinen ersten ungeschickten Versuchen bekam ich den Dreh raus, und es machte mir sogar richtig Spaß.

Keine zwanzig Minuten später erhielt meine gute Laune einen Dämpfer, denn ich sah Oliver auf mich zusteuern. Ich fluchte innerlich. Jede Wette, dass meine Mutter ihn zu mir geschickt hatte! Hektisch schaute ich mich nach allen Seiten um, doch außer einer Pavillonsäule, an der eine der geschmückten Deko-Birken festgebunden war, entdeckte ich keine Versteckmöglichkeit.

»Hallo, Ariane!«, grüßte mich Oliver auch schon. »Was für eine schöne Überraschung, dass du ebenfalls hier bist.«

In der Tat, es war wahnsinnig überraschend, dass die Trauzeugin der Braut auf dem Polterabend war! Doch ich behielt meine sarkastischen Gedanken für mich und lächelte stattdessen höflich. Immerhin hatte ich meiner Mutter versprochen, ein paar freundliche Worte mit ihm zu wechseln. »Hallo, Oliver! Lange nicht mehr gesehen. Wie geht's?«

Er trug ein rosafarbenes Polohemd, Bermudashorts und Sommersandalen mit Socken. Als wir vor ein paar Jahren zusammengekommen waren, war Oliver noch relativ schlank gewesen, doch seine phlegmatische Lebensweise machte sich mittlerweile auch körperlich bemerkbar. Insbesondere im Gesicht hatte er zugenommen. Seine blasse Haut, das Doppelkinn und die Pausbacken erinnerten unvorteilhaft an einen aufgegangenen Hefeteig. Das war allerdings nicht der Grund für unsere Trennung gewesen. Wenn wir eine glückliche Beziehung geführt hätten, wären mir solche Äußerlichkeiten gleichgültig gewesen.

»Gut, kann nicht klagen. Obwohl …« Er lehnte sich über die Theke der Cocktail-Bar und glotzte mir ungeniert in den Ausschnitt.

»Obwohl – was?«, fragte ich leicht gereizt.

Ohne meine Brüste aus den Augen zu lassen, antwortete er: »Obwohl ich es schade finde, dass du nicht mehr bei mir vorbeikommst. So wie früher. Dabei hat mir deine Mutter gesagt, dass du mich vermisst. Wir könnten gerne wieder ein bisschen … – du weißt schon!« Er ließ das Ende des Satzes offen. Endlich schaute Oliver mir wieder ins Gesicht, doch nur, um mich anzugrinsen und anzüglich seine Augenbrauen hüpfen zu lassen.

Oh Gott, er spielte doch tatsächlich auf meine schwache Phase nach unserer Trennung an! Als ich so einsam gewesen war, dass ich mich in seine Umarmung geflüchtet hatte.

»Oliver, das ist schon ein Jahr her!«, zischte ich. »Und ich kann dir versprechen, dass so ein Ausrutscher nicht noch einmal vorkommen wird. Ich habe mich weiterentwickelt und bin jetzt auf der Suche nach etwas Echtem. Nach einer Beziehung, die Bestand hat und eine Zukunft.«

Unwillkürlich musste ich an David denken. Mit großer Wahrscheinlichkeit hätte ich noch vor einer Woche behauptet, dass ich momentan überhaupt keine Beziehung wollte und ich keinen Mann in meinem komplizierten Leben gebrauchen konnte. Hatte David womöglich etwas mit meinem Sinneswandel zu tun? Natürlich hatte er das. Wem wollte ich eigentlich noch etwas vormachen? Trudis Enkel hatte sich längst in mein Herz geschlichen.

Oliver runzelte die Stirn. »Hast du dich von deiner neuen Freundin Jule anstecken lassen?« Er machte eine Kopfbewegung in Richtung des zukünftigen Brautpaars. »Bist du jetzt auch auf dem Hochzeitstripp, oder wie?«

»Ja. Nein. Ich will damit nur sagen …« Ich rang die Hände. In erster Linie wollte ich, dass Oliver so schnell wie möglich wieder verschwand. Bei meinem Glück war es nicht unwahrscheinlich, dass David in dieses peinliche Gespräch platzte.

Da kam mir eine Idee. »Es ist doch ganz normal, dass man sich in unserem Alter nicht mehr mit flatterhaften Beziehungen abgeben will. Denn natürlich möchte ich auf lange Sicht heiraten und Kinder bekommen. Eine lockere Partnerschaft reicht da einfach nicht aus. Jede Frau wünscht sich die Sicherheit eines Trauscheins, Oliver.«

Gespannt hielt ich den Atem an. Im Normalfall trieb man mit solch unverblümten Aussagen jeden ledigen Mann umgehend in die Flucht. Vor allen Dingen, wenn er nur einen One-Night-Stand im Sinn hatte. Das war ein Naturgesetz.

Tatsächlich schwieg Oliver fassungslos. Er vergaß sogar, meine Brüste anzustieren. Nur trat er leider nicht die Flucht an, sondern blieb weiterhin vor der Cocktailbar stehen, die Arme auf den Tresen gelehnt.

Ich hielt verzweifelt nach weiterer Kundschaft Ausschau, entdeckte aber lediglich meine Mutter in unserer Nähe. Sobald sie meinen Blick auffing, breitete sich ein Strahlen auf ihrem Gesicht aus, und sie hob beide Daumen in die Höhe. Ich stöhnte gequält auf, während Oliver im gleichen Moment etwas murmelte, das sich wie »… nur geahnt hätte …« anhörte.

»Was hast du gesagt?«, hakte ich nach.

»Ach, nichts.« Er winkte ab. »Weißt du, ich habe seit unserer Trennung viel nachgedacht«, sagte er stattdessen. »Über das, was du mir vorgeworfen hast.«

Ach du lieber Himmel, was sollte das denn werden? Ein Post-Beziehungs-Problemgespräch? Nur um etwas zu tun zu haben, begann ich, einen Caipirinha zu mixen.

»Wahrscheinlich hattest du in ein, zwei Punkten recht. Ich meine, dass ich damals zu antriebslos war und mich für nichts interessiert habe«, erklärte er. »Aber ich sitze jetzt nicht mehr so viel daheim auf der Couch herum, gucke fern oder daddle auf der Konsole. Letztens war ich sogar in einem Museum. Für U-Boote. Das war echt cool.«

Ich schaute mit einem unverbindlichen Lächeln auf, während ich einen großzügigen Schuss Pitú in das Glas kippte. »Das freut mich für dich.«

In diesem Moment entdeckte ich ihn. David schlenderte die Strandpromenade entlang und steuerte Oles Segelschule an. Er war tatsächlich gekommen! Mir zuliebe. Bei seinem Anblick kam mein Herz ins Stolpern, und Schmetterlinge flatterten in meinem Bauch umher. Der Cocktail war schlagartig vergessen.

Ich knallte das Glas eine Spur zu heftig auf den Tisch. »Entschuldige mich bitte, Oliver! Ich muss dringend einen Gast begrüßen.«

Er drehte sich um und folgte meinem Blick. »*Den* da?« Er zog abfällig die Augenbrauen in die Höhe. »Wer ist denn dieser Typ?«

»Das ist Trudis Enkel. Ich habe ihr versprochen, mich um ihn zu kümmern, solange er auf Rügen ist. Bis irgendwann mal, Oliver!«

Ich winkte David von Weitem zu und bahnte mir einen Weg durch die Gästeschar. Es war ein Wink des Schicksals, dass ich dabei zufällig auf Shanti-Gertrud traf. Sie hatte nämlich nach mir Schicht an der Cocktailbar. Leider war sie gerade in ein Gespräch mit Markus vertieft.

»… das Buch musst du in deinem Verlag veröffentlichen. Das wäre der Renner«, verkündete sie gerade mit funkelnden Augen.

Markus stützte sich auf seinem Besen ab und hatte eine zweifelnde Miene aufgesetzt. »Ich weiß nicht, Gertrud. Natürlich finde ich es toll, dass du ein Sachbuch schreiben willst, aber eine

Veröffentlichung kann ich dir nicht garantieren. Ich frage mich einfach, wer eine Abhandlung über die Vorzüge der Hässlichkeit lesen möchte?«

Um ein Haar hätte ich laut aufgelacht. Ehe Gertrud jedoch etwas erwidern konnte, zog ich sie am Ärmel ihres Sackkleides. Immerhin hatte sie heute ihren Ausgeh-Kaftan angezogen, auf den sie gelbe Sonnenblumen-Applikationen genäht hatte.

»Gertrud, könntest du mir einen Gefallen tun und früher mit deiner Schicht anfangen? Ich weiß, du bist erst in einer Stunde dran, aber es ist wirklich wichtig.«

Sie wandte sich zu mir um und zog erstaunt ihre buschigen Augenbrauen in die Höhe. Wahrscheinlich, weil ich ansonsten eher selten andere Leute um einen Gefallen bat.

»Kann ich machen.« Sie lächelte mich an.

Hinter ihr machte sich Markus unauffällig aus dem Staub. Vorher formte er mit den Lippen jedoch noch ein lautloses ›Dankeschön‹ in meine Richtung.

»Aber nur, wenn du mir verrätst, was so extrem wichtig ist, Schätzchen.«

Ich deutete auf David, der uns mittlerweile fast erreicht hatte. »Ich möchte Trudis Enkel Gesellschaft leisten und ihm ein paar Leute vorstellen. David kennt doch hier niemanden, und schließlich soll er sich bei uns im Dorf wohlfühlen.«

»Unsere Ariane, selbstlos wie immer!«, gab Gertrud mit einem zweideutigen Grinsen zurück, als wären mir meine wahren Beweggründe auf die Stirn geschrieben. »Ich frage mich nur, weshalb deine Aura heute nicht so rosa ist wie sonst immer.«

Obwohl ich unbedingt zu David wollte, war meine Neugier geweckt. »Nicht?«

»Ich sehe da einige Stellen in Violett, Flieder, Apricot und Spuren von zartem Blau. Alles sehr harmonisch und ineinander übergehend.« Sie starrte auf irgendeine Stelle oberhalb meines Kopfs und nickte anerkennend. »Hübsch.«

»Und das bedeutet?«

Shanti-Gertrud setzte eine geheimnisvolle Miene auf. »Du bist auf dem richtigen Weg, Ariane. Du hast dich bisher zu sehr zurückgenommen. Aber im Leben braucht es immer auch ein paar dunkle Nuancen.«

Sie machte eine Kopfbewegung in Davids Richtung. »Ich glaube, da wartet jemand auf dich. Du solltest gehen! Ich mache das schon mit der Cocktailbar.«

»Lieben Dank, Gertrud.«

Ich blickte zu David, der stehengeblieben war. Kaum zu glauben: Der erfolgreiche Schriftsteller, Autobastler, Rebell und Geheimniskrämer mit einer unnachahmlichen Begabung zum Küssen wartete *auf mich!* David sah mich an, als würden all die anderen Menschen überhaupt nicht existieren. Unsere Blicke hielten einander fest, und die Welt um mich herum schien zu verschwimmen.

15. Kapitel

Am liebsten wäre ich David um den Hals gefallen und hätte ihn geküsst. Aber es gelang mir gerade noch, mich davon abzuhalten. Schließlich war ich diejenige gewesen, die ihn per WhatsApp darum gebeten hatte, in der Öffentlichkeit keine Zärtlichkeiten auszutauschen. Die Sache zwischen uns war einfach noch zu … frisch. Seit unserem ersten Kuss waren gerade erst ein paar Stunden vergangen, und unsere Vereinbarung hätte kaum deutlicher sein können: Keine Beziehung! Insofern hielt ich es für klüger, meine Familie und Freunde nicht unnötig in Aufregung zu versetzen. Trotzdem hatte ich vor, jede Minute mit David zu genießen.

Zuerst stellte ich ihn unseren beiden Gastgebern vor, und Markus wurde sofort stutzig. Kein Wunder, immerhin kannte er sich als Verleger in der Literaturbranche aus. Leider schien der Groschen bei ihm nicht zu fallen.

»David Novak«, wiederholte er immer wieder. »Der Name kommt mir unglaublich bekannt vor.«

Ich musste mir auf die Zunge beißen, um nicht zu kichern, und Jule grinste breit. Aufgrund der Hochzeitsvorbereitungen und ihrer zahlreichen anderen Probleme hatte sie anscheinend vergessen, Markus von Trudis literarisch begabtem Enkel zu berichten.

»Das sind die ersten Zeichen des Alters, wenn man Namen nicht mehr richtig zuordnen kann, mein Schatz«, zog sie ihren Verlobten auf.

Sie zwinkerte mir zu, doch ich warf ihr einen kühlen Blick zu. Dass ich ihr Geheimnis für mich behielt, bedeutete nicht, dass zwischen uns alles in Ordnung war.

»Vielleicht haben Sie schon von meinem Vater gehört?«, fragte David. Seine Miene war ein Bild der Unschuld. »*Adam* Novak, der Maler. Er hat sich auf abstrakte Gemälde und Bildhauerei spezialisiert.«

»Adam Novak?«, wiederholte Markus und rieb sich nachdenklich das Kinn. »Nein, der Name sagt mir nichts. Aber ich hätte schwören können, dass ich ›David Novak‹ schon mal irgendwo …«

Er stutzte. »Warum kichert ihr denn so doof?«

Nachdem wir seinem Gedächtnis auf die Sprünge geholfen und ihn aufgeklärt hatten, blieb Markus ganz der professionelle Verleger, drückte David noch einmal die Hand und erklärte, dass es ihm eine große Freude sei, ihn persönlich kennenzulernen.

»Vielleicht trinken wir später ein Bier zusammen, David?«, fragte er. »Wir könnten gemeinsam über die Literaturbranche lästern und uns darüber beklagen, wie schwer die Zeiten geworden sind.«

David erwiderte sein Grinsen. »Gerne, das würde mich freuen.«

Tatsächlich schien er es ernst zu meinen. Immerhin hatte seine Stimme nicht diesen leicht genervten Tonfall wie beim ersten Zusammentreffen mit Trudis Nachbarin Elfriede. Das verbuchte ich als ersten Erfolg des Abends.

Da ich noch nichts gegessen hatte, stellten wir uns in die Schlange am kalten Buffet. Zwar duftete der Fisch, der schräg gegenüber auf dem Grill brutzelte, ebenfalls lecker, aber wir waren beide nicht besonders hungrig.

David hatte sich so dicht hinter mich gestellt, dass ich seinen warmen Atem in meinem Nacken spürte. Ich drehte meinen Kopf in seine Richtung. »Du bist wirklich gekommen«, raunte ich ihm über meine Schulter zu.

Er beugte sich noch näher zu mir. Ein verlangendes Kribbeln rieselte meinen Rücken hinab. »Hast du daran etwa gezweifelt? Ich halte meine Versprechen.«

»Das ist gut zu wissen.« Ich drehte mich halb zu ihm um. »Ich halte mein Versprechen aber auch und weiche heute nicht von deiner Seite. Ich habe sogar eine Liste gemacht ...«

Da mein Kleid keine Taschen hatte und ich auch keine Handtasche bei mir trug, war mein Ausschnitt leider der einzige Ort gewesen, an dem ich den zusammengefalteten Zettel verstauen konnte. So lautete jedenfalls meine offizielle Version. In Wahrheit wollte ich nicht das Risiko eingehen, dass David meine Brüste noch nicht aufgefallen waren. Zugegeben, das Risiko war recht gering, aber sicher war sicher. Mit Genugtuung bemerkte ich, wie sein Blick meinen Fingern folgte, als ich den Zettel aus meinem BH zog.

»Hier sind die Leute aufgelistet, die ich dir vorstellen möchte, aber auch diejenigen, denen wir unbedingt aus dem Weg gehen sollten.«

Zu Letzteren zählten zum Beispiel meine Mutter und Oliver. Oder unsere stets spärlich bekleidete Dorf-Tussi Meike, die bekannt dafür war, anderen Frauen den Mann auszuspannen. Oder es wenigstens hartnäckig zu versuchen.

David lachte beim Anblick des Zettels auf. »Du bist einfach großartig.«

Wir rückten vor und durften das kalte Buffet in Augenschein nehmen. Dafür, dass uns ungefähr dreißig Salatschüsseln erwarteten, war die Auswahl enttäuschend gering. Die ambitionierten

Hausfrauen des Dorfes hatten selbstgemachten Kartoffelsalat mitgebracht, und die Kochmuffel hatten sich auf Gurkensalat beschränkt. In den meisten Schüsseln hatten die Gurkenscheiben schon so viel Wasser gelassen, dass sie wie die Opfer eines Fährunglücks schlapp in der Dressing-Brühe dümpelten. Immerhin gab es auch noch Schnittchen und Pestobrot.

David und ich ergatterten einen Platz gegenüber von Ole und Sophie, die heute Abend das Hüten ihrer kleinen Nichte übernommen hatten. Ich stellte David die beiden vor und raunte ihm zu, dass Ole und Sophie auf meiner Pro-Liste standen. Sophie machte allerdings einen etwas merkwürdigen ersten Eindruck. Sie hatte ihren Hals verdreht und lächelte ziemlich verkrampft, da Katharina sich in einen ihrer Strass-Ohrringe verliebt hatte und ihn fest in ihrer kleinen Faust hielt. Sie zog immer wieder daran und gluckste begeistert, wenn ihre Tante ›Autsch!‹ rief und sich Sophies Kopf ruckartig nach unten bewegte.

»Du verwöhnst die Kleine«, meinte Ole. »Glaub mir, ich spreche da aus Erfahrung. Man kann nie früh genug anfangen, Kindern ihre Grenzen aufzuzeigen. Jetzt nimm ihr den Ohrring doch endlich weg!«

»Aber guck mal, wie viel Spaß sie hat!«, gab Sophie empört zurück, obwohl ihr Ohrläppchen schon ziemlich gerötet und angeschwollen aussah.

Schneller, als ich erwartet hatte, kamen Ole und David ins Gespräch. Selbst ich hatte nicht gewusst, dass Ole sich nicht nur für Schiffe, sondern auch für Autos interessierte. Sobald er von Davids Citroën DS hörte, war er Feuer und Flamme. Während die beiden fachsimpelten, stocherte ich im Gurkensalat herum, und Sophie schwärmte mir von Katharina vor. Sie konnte gar nicht verstehen, dass Jule sich so oft über Katis stundenlanges

Schreien beklagte, denn bei ihr war die Kleine der reinste Sonnenschein. Ich nickte, kaute und beobachtete Sophies Ohr, das unter den Misshandlungen des ›kleinen Sonnenscheins‹ immer stärker anzuschwellen begann.

»Achtung, k-können mich alle hören?«, ertönte die Stimme meiner Schwester Jutta über die Lautsprecher.

Alle Köpfe wandten sich zu der kleinen Bühne um, auf der mittlerweile das Band-Equipment aufgebaut war. Ach herrje, die Band meines Schwagers hatte ich in der Aufregung ganz vergessen!

Juttas Gesicht war tiefrot, und sie blickte mit ängstlich aufgerissenen Augen in die Menge. »I-ich freue mich, euch die Band ›Fischköppe‹ anzuzündigen … äh … ankündigen zu können«, stammelte sie ins Mikrofon. »M-mit ihrem neuen Programm ›Lügen-Bock‹.«

Jemand schien ihr von der Seite etwas zuzurufen, denn Jutta drehte den Kopf vom Mikrofon weg.

»Oh … oh Entschuldigung! Ich meinte natürlich ›Rügen-Rock‹«, verbesserte sie sich hastig.

Vereinzelt wurde Gelächter laut. Juttas Gesicht nahm einen noch tieferen Rotton an. »Bitte einen herzlichen Applaus für die ›Fischköppe‹!«

Meine Schwester verließ fluchtartig die Bühne, als wäre der Teufel hinter ihr her. Wahrscheinlich war dies ihr erster und letzter Auftritt als Bandmanagerin gewesen. Unter donnerndem Applaus übernahmen nun mein Schwager und seine Jungs die Bühne.

»Gib mir mal Deckung!«, bat ich David leise. »Jule könnte gleich auf der Suche nach mir sein, weil ich ihr nicht gebeichtet habe, wie grottenschlecht die Band meines Schwagers ist.«

Ohne ein weiteres Wort legte David den Arm um mich und

zog mich so eng an sich, dass ich fast auf seinem Schoß saß. Sofort rieselte ein verlangendes Prickeln durch meinen Körper.

»Frauen in Not helfe ich doch gern«, raunte David mir ins Ohr. »Sag ruhig, wenn ich noch etwas anderes für dich tun kann.«

Oh, da wären mir sofort noch einige weitere Dinge eingefallen!

Die ›Fischköppe‹ waren bereit loszulegen, und ich wappnete mich für die Katastrophe. Am Schlagzeug hob mein Schwager wie ein Vollprofi seine Sticks in die Höhe und gab den Takt vor. Der Gitarrist begann mit einem Akkordintro, dann setzte das Schlagzeug ein. Augenblicklich erkannte ich das Stück. Es war ›Highway to Hell‹ von AC/DC, und … es war gut!

Richtig gut sogar. Natürlich konnte man sich darüber streiten, ob die Titelwahl für einen Polterabend wirklich passend war, aber ansonsten war ich positiv überrascht. Seit ihrem letzten Auftritt waren die ›Fischköppe‹ um Klassen besser geworden.

Meine Schwester Jutta hüpfte wie ein fünfzehnjähriger Groupie vor der Bühne herum und sang aus Leibeskräften mit: *»Highway to hell …«*

Meine Nichte Leonie stand peinlich berührt einige Schritte neben ihrer Mutter und legte sich kopfschüttelnd die Hand vor die Augen.

»Ich muss gestehen, nach deiner Ankündigung hatte ich Schlimmeres erwartet«, bemerkte David.

»Beim letzten Mal waren sie auch noch richtig schlecht«, verteidigte ich mich. »Auf dem Geburtstag meines Vaters mussten wir uns Brot in die Ohren stopfen, weil es so schlimm war.«

Im Nu leerten sich die Bierbänke, und alle versammelten sich vor der Bühne. Die Stimmung unter den Gästen hätte nicht besser sein können. Sogar Ole und Sophie versuchten zu tanzen, zwischen sich die glucksende Kati. Selbstverständlich standen sie dabei in angemessener Entfernung zu den Lautsprechern.

Ich dagegen wollte meinen Platz in Davids Armen nur ungern verlassen, obwohl ich bestimmt keinen Ärger mehr mit Jule zu befürchten hatte.

»Möchtest du auch tanzen?« David machte eine Kopfbewegung in Richtung Bühne.

»Ich?« Vor Schreck sprang meine Stimme fast eine Oktave höher. »Lieber nicht. Die Sache ist nämlich die …« Ich atmete tief durch und gab mir einen Ruck. »Ich kann nicht tanzen.«

David zeigte sich von meinem Geständnis unbeeindruckt. »Na und? Ich auch nicht.«

Er schien offenbar der Meinung zu sein, dass ich gnadenlos übertrieb. Bevor wir das lang und breit ausdiskutierten, entschied ich mich für den einfacheren Weg. »Siehst du meine Schwester Jutta da vorne in der ersten Reihe?«

Davids Blick folgte der Richtung meines ausgestreckten Zeigefingers. »Ist das die, die die Hände über den Kopf streckt und konstant im falschen Rhythmus klatscht?«

»Genau!« Ich nickte bekräftigend. »Sie ist die bessere Tänzerin von uns beiden.«

Davids Reaktion fiel völlig anders aus, als ich erwartet hatte. Er grinste breit und zog mich mit sich in die Höhe. »Ich kann es kaum erwarten, dich in Aktion zu erleben, meine leichtfüßige Elfe!«

Er ergriff meine Hand und lotste mich in Richtung Bühne.

»David, jetzt warte doch!«, entfuhr es mir überrascht. »Normalerweise tanze ich nur daheim, wenn mich niemand dabei beobachten kann. Du wirst das nicht mehr so lustig finden, sobald ich dir versehentlich einen Zeh gebrochen oder meinen Ellbogen in deinen Magen gerammt habe.«

»Das Risiko gehe ich ein«, gab er über die Schulter zurück.

Ich stemmte voller Panik die Füße in den Boden. »Bitte, David, ich … ich möchte mich nicht blamieren.«

Er blieb stehen und drehte sich zu mir um. »Blamieren? Vor wem denn?«

»Na, vor den anderen, aber hauptsächlich …«, ich wich seinem Blick aus, »… möchte ich mich nicht vor dir blamieren.«

Seine Miene wurde ernst. Er trat so dicht vor mich, dass ich die bernsteinfarbenen Sprenkel in seinen Augen sehen konnte. »Hast du das noch nicht begriffen? Du kannst dich vor mir nicht blamieren! Ich will dich genauso, wie du bist, Ariane.«

Seine Worte gaben mir das Gefühl, an der Schwelle zu etwas Großem und Wichtigem zu stehen, das mein ganzes Leben verändern konnte.

Er nahm mein Gesicht in seine Hände. »Das hier ist kein Tanzwettbewerb. Du hast mich gebeten, auf diesen Polterabend zu kommen, damit wir Spaß zusammen haben, oder nicht?«

»Schon«, räumte ich widerstrebend ein.

»Und Tanzen macht riesigen Spaß, egal, ob man es kann oder nicht.«

Wie aufs Stichwort stimmten die ›Fischköppe‹ in diesem Moment ›Footloose‹ an. Das jungenhafte Grinsen kehrte in Davids Miene zurück. »Na, wenn das kein Zeichen ist!«

Er streckte mir galant den Ellbogen hin. »Würdest du mir die Ehre erweisen, mit mir gemeinsam unrhythmisch vor der Bühne herumzuzappeln?«

Ich musste lachen. »Das dürfte sich einrichten lassen.«

Wir mischten uns unter die Zuhörer und stellten uns in die Nähe der Bühne. Ich winkte meinem Schwager am Schlagzeug zu und hielt meine Daumen in die Höhe. Mattes grinste und zwinkerte mir lässig zu. Offenbar war er schon durch und durch Rockstar.

David stellte sich hinter mich und legte die Hände an meine Hüften, um meinem Körper den richtigen Rhythmus vorzugeben. Zwar genoss ich seine Berührungen in vollen Zügen, doch durch derartige Ablenkungsmanöver wurde meine unmusikalische Ader leider noch verstärkt.

»Das klappt nicht«, sagte ich nach dem dritten Song entmutigt. »Deine Fußzehen sind wahrscheinlich schon blau, so oft wie ich draufgetreten bin. Dabei haben wir noch nicht einmal *richtig* zusammen getanzt.«

David mochte zwar ein Optimist sein, aber er leugnete auch keine Tatsachen. »Okay, dann lass uns etwas anders versuchen! Du gibst den Takt vor, und ich lasse mich von dir führen. Tanz einfach so wie zu Hause, wenn du allein bist, und ich passe mich dir an.«

»Wenn du meinst.« Ich drehte mich in seinen Armen um und sah skeptisch zu ihm auf.

»Mach einfach die Augen zu und fühle die Musik! Lass los und sei du selbst!«

»Und du?«

Er lächelte. »Ich fühle dich.«

Die Band stimmte einen neuen Song an. Es war ›Fly away‹ von Lenny Kravitz, doch David regte sich nicht und wartete stattdessen auf mich. Wie er mir aufgetragen hatte, schloss ich die Augen und ließ mich von der Musik tragen. Irgendwie gelang es mir, all die Menschen um uns herum auszublenden. Es gab nur noch David, die Musik und mich. Meine Hüften begannen sich zu bewegen, und obwohl es kein langsamer Song war, hob ich die Arme und legte sie um Davids Hals. Keine Ahnung, ob ich im Takt war oder nicht. Ich tanzte nach meinem eigenen inneren Rhythmus, und ich spürte, wie Davids Körper sich in perfekter Harmonie zu meinem bewegte. Als wären wir eins geworden.

»Weißt du, dass du wunderschön bist?« Seine Lippen kitzelten mich am Ohr. »Es kostet mich all meine Selbstbeherrschung, meine Finger bei mir zu lassen.«

»Untersteh dich! Ich muss gerade das Gefühl genießen davonzufliegen.«

Seine Hände wanderten ein wenig tiefer zu meinem Hintern hinab. »Dann hättest du nicht dieses Kleid anziehen dürfen.«

»Wenn meine Mutter das sieht, kriegt sie einen Herzinfarkt«, entgegnete ich atemlos. »Oder Schlimmeres. Denn ich muss dir sagen, dass du nicht ihr Wunsch-Schwiegersohn bist.«

»Autsch, das tut weh!« Er setzte eine zerknirschte Miene auf. »Muss ich mir jetzt Sorgen machen?«

»Nun ja, sie ist Friseurmeisterin und kann sehr gut mit einer Schere umgehen.«

»Danke für die Warnung! Wenn etwas Silbriges auf mich zufliegt, werde ich augenblicklich in Deckung gehen.«

Wir tanzten immer weiter. Ich hatte keine Ahnung, wie David es schaffte, aber er übernahm meinen falschen Rhythmus so überzeugend, dass wir einige der Umherstehenden damit sogar aus dem richtigen Takt brachten. Ich konnte mich nicht erinnern, wann ich das letzte Mal so glücklich gewesen war. Erst als die ›Fischköppe‹ den letzten Song des Abends gespielt hatten und unter tosendem Applaus die Bühne verließen, mussten wir notgedrungen voneinander ablassen. Mittlerweile war es dunkel geworden, und die Sterne funkelten über uns am Nachthimmel. Auf den Tischen flackerten bunte Windlichter, und der Pavillon war mit gelben und roten Lampions geschmückt.

Wir holten uns etwas zu trinken und verabschiedeten Ole und Sophie, die die schlafende Katharina mit nach Hause nahmen. Vorher erhielten sie jedoch noch ungefähr tausend Anweisungen und Instruktionen, die Jule ihnen mit auf den Weg gab. Am Schluss war Sophie richtiggehend sauer und blaffte ihre Schwester an: »Ich habe zwei Söhne großgezogen, Himmel noch mal! Da kann ich wohl eine Nacht auf meine Nichte aufpassen, ohne größeren Schaden anzurichten.«

Das erinnerte mich fatal an den UGLY-Frauenabend, zu dem Jule und ich vom Kümmeltee bis zum elektrischen Inhalator fast Katis komplette Babyausstattung mitgeschleppt hatten. Offenbar lag ich mit meinem Verdacht, dass Jule bedenkliche Anzeichen einer Helikopter-Mutter aufwies, erschreckend richtig.

Danach plauderten wir mit Markus und Jule, und die beiden nahmen David das Versprechen ab, nächste Woche zu ihrer Hochzeit zu kommen.

Als wir wieder alleine waren, fragte ich David: »Bereust du, dass du mitgekommen bist?«

Er trank einen Schluck Bier und dachte kurz über meine Frage nach. »Nein, ich bin froh, dass du mich überredet hast. Der Abend war sehr inspirierend.«

Hitze stieg in mir auf, da ich sofort an seine verlangenden Berührungen beim Tanzen denken musste.

David fing meinen Blick auf und lachte. »Nicht, was du jetzt denkst. Nein, ich meine die ganze Atmosphäre und die Emotionen, die in der Luft lagen.«

»Und die netten Leute«, ergänzte ich.

»Ja, auch die netten Leute«, bestätigte er.

Da kam mir plötzlich ein Gedanke. »Dass du manchmal ziemlich eigenbrötlerisch sein kannst, bedeutet aber nicht, dass du auch ein Couchpotato bist und dauernd vor der Glotze hängst, oder?«

Schon während ich die Frage stellte, kam sie mir albern vor. Oliver und David waren grundverschiedene Typen.

»Das schockiert dich wahrscheinlich, aber wir haben überhaupt keinen Fernseher«, antwortete David. »Bis vor einem Jahr stand noch ein uralter Röhrenfernseher in unserem Wohnzimmer, doch als er das Zeitliche gesegnet hat, haben wir gemerkt, dass es auch ohne geht. Hanna und Tom sitzen ohnehin meistens vor dem Computer. Obwohl ich denke, dass meiner Mutter die Ablenkung manchmal ganz guttun ...« Er stockte abrupt.

Ganz offensichtlich hätte er um ein Haar etwas ausgeplaudert, das mich nichts anging. Das versetzte mir einen scharfen Stich. War ich denn so wenig vertrauenswürdig, dass er mir nicht einmal solche Alltäglichkeiten aus seinem Leben erzählen konnte?

Wahrscheinlich wäre es klüger gewesen, einfach mit einem Schulterzucken darüber hinwegzugehen und das Thema zu wechseln, doch ich konnte nicht an mich halten.

»Hanna und Tom? Sind das die Kinder deiner Schwester?«, hakte ich nach.

Mit sichtlichem Unbehagen rieb sich David über seinen Dreitagebart. »Eigentlich möchte ich darauf nicht näher eingehen. Bitte, Ariane, versteh mich doch!«

Ich schluckte schwer. Was war denn schon dabei, wenn er mir diese Frage beantwortete? Misstrauen bohrte sich wie ein Stachel in mein Herz. Hatte ich mich etwa getäuscht, und es waren doch seine eigenen Kinder? Und nicht einmal Trudi wusste von ihnen?

»Tut mir leid, aber das kann ich nicht verstehen, David.«

Mit einem Mal hatte ich einen bitteren Geschmack im

Mund, der sich auch mit einem großzügigen Schluck Cola nicht herunterspülen ließ.

Zum ersten Mal, seit David und ich uns kennengelernt hatten, lastete ein unangenehmes Schweigen zwischen uns. Minutenlang sagte niemand von uns ein Wort. David blickte zu Boden, presste grimmig die Lippen zusammen, und ein Muskel in seinem Kiefer zuckte.

Als ich aus den Augenwinkeln meine Schwester vorbeilaufen sah, war ich so erleichtert, dass ich sie zu uns rief.

Mit einem breiten Strahlen kam Jutta zu uns. »Der Auftritt der ›Fischköppe‹ war sagenhaft, oder nicht?«

Ich nickte, doch es fiel mir schwer, ihr Lächeln zu erwidern. Davids Geheimniskrämerei setzte mir ziemlich zu. »Ich war überrascht, wie gut sie geworden sind. Zum nächsten Auftritt komme ich bestimmt!«

»Das könnte schon bald sein. Ich habe heute gleich drei Anfragen erhalten«, berichtete Jutta glücklich. Offenbar wollte sie ihren Job als Bandmanagerin – trotz ihrer panischen Flucht von der Bühne – behalten.

Ich deutete auf David. »Darf ich dir Trudis Enkel David vorstellen? David, das ist meine Schwester Jutta.«

Unverhohlene Neugier blitzte in den Augen meiner Schwester auf. Sie streckte ihm die Hand hin. »Freut mich, David! Ich habe schon viel von dir gehört. Herzlich willkommen in Glowe!«

»Danke.« Immerhin schüttelte er Jutta trotz seines versteinerten Gesichtsausdrucks die Hand. »Ich habe ebenfalls schon viel von dir gehört.« Sein abfälliger Tonfall war mehr als deutlich.

Halb belustigt, halb besorgt runzelte Jutta die Stirn. »Das hört sich aber nicht so an, als hätte meine Schwester Positives über mich berichtet?«

David fixierte sie mit stechendem Blick. »Das würde ich auch nicht behaupten.«

Nervös sah ich zwischen den beiden hin und her. Irgendetwas lief hier gewaltig schief.

Nun war auch die Miene meiner Schwester wie versteinert. »Und was soll ich bitteschön getan haben?«

»Das kann ich dir gerne erklären! Du willst aus zutiefst eigennützigen Gründen deine Schwester dazu bringen, ihren gut bezahlten Nebenjob im Hotel zu kündigen. Dabei scheint es dir völlig gleichgültig zu sein, dass Ariane ohnehin schon kurz vor dem Bankrott ist. Hast du dich überhaupt mal erkundigt, wie es um ihren Laden steht? Denkst du vielleicht, sie ist aus Heimweh zurück zu euren Eltern gezogen?«

In Davids Augen lag ein kaltes Funkeln, das ich noch nie bei ihm gesehen hatte. »Außerdem ist Jule nicht nur die Managerin des Schlosshotels, sondern in erster Linie Arianes Freundin. Hast du dir nur eine Sekunde lang darüber Gedanken gemacht, in was für eine schwierige Situation du Ariane mit deinem Egoismus bringst?«

Mir rutschte das Herz sprichwörtlich in die Hose. All das hatte ich David während unserer gemeinsamen Nacht am Strand anvertraut. Aber ich hatte doch nicht ahnen können, dass er es meiner Schwester gleich beim ersten Zusammentreffen an den Kopf werfen würde! Meiner Erinnerung zufolge hatte ich mich auch längst nicht so drastisch ausgedrückt. Ich hatte mich zwar über Juttas mangelnde Feinfühligkeit beschwert, aber bestimmt hatte ich dabei nicht Worte wie ›eigennützig‹ und ›Egoismus‹ in den Mund genommen.

»Wie? Aber warum …«, stammelte Jutta. Der Schreck stand ihr ins Gesicht geschrieben. »Jule wäre doch bestimmt nicht so sauer auf Ariane, dass ihre Freundschaft … Oder doch?«

Sie sah mich entgeistert an. »Wieso denn bankrott?«

»Ich ... äh ...« Nervös knetete ich meine Finger, während ich fieberhaft nach einem Weg suchte, um die Situation zu retten.

Dass ich mit geöffnetem Mund vor meiner Schwester stand und nach Worten rang, bestärkte David wohl in der Überzeugung, die Sache für mich klären zu müssen.

»Jetzt tu doch bitte nicht so überrascht«, fuhr er Jutta in ehrlicher Entrüstung an. »Als Arianes Schwester musst du das doch mitbekommen haben. Außerdem liegt es auf der Hand, dass sie in einer winzigen Pension niemals so viel verdienen kann wie im Schlosshotel.«

Offenbar bemerkte David nicht, dass er eine Grenze überschritten hatte und sich in Dinge einmischte, die ihn nichts angingen. Es dauerte einen Moment, bis mir einfiel, an wen mich dieses Verhalten erinnerte. Natürlich, an seine Großmutter! Auch Trudi setzte sich leidenschaftlich für ihre Überzeugungen ein und konnte dabei wie ein Orkan über ihre Mitmenschen hinwegfegen. Dummerweise fiel es mir um einiges leichter, einer kauzigen alten Dame diesen Charakterzug zu verzeihen.

Eigentlich hatte ich erwartet, dass meine selbstbewusste Schwester sich das nicht gefallen lassen würde, doch David schien sie kalt erwischt zu haben.

»Ich wollte nicht egoistisch sein«, beteuerte sie. »Ich dachte doch, dass es mit dem Laden mittlerweile besser läuft, und ...« Sie stockte. Juttas Schultern sackten herab, und sie sagte leise: »Ehrlich gesagt, habe ich wohl einfach nicht nachgedacht. Ich weiß, Ariane, du hast mir gesagt, dass du das Geld brauchst und Jule deine beste Freundin ist. Aber ich habe das nicht so dramatisch gesehen. Ich hätte wohl besser zuhören sollen.«

Tränen sammelten sich in ihren Augen. »Ich war nur so in Panik, dass uns alle Gäste abhauen und wir die Pension schließen müssen. Wovon sollten wir denn dann leben? Es tut mir leid, dass du mich für ein egoistisches Scheusal hältst, Ariane. Ich wollte dir keine schlechte Schwester sein.«

Sie machte auf dem Absatz kehrt und lief davon.

»Jutta!«, rief ich ihr hinterher. »Ich halte dich nicht für ein egoistisches Scheusal. Ehrlich nicht! Lass uns in Ruhe über alles reden.«

Doch sie flüchtete in Richtung Strand und verschwand in der Dunkelheit.

Wütend fuhr ich zu David herum. »Bist du verrückt geworden? Was fällt dir ein, dich in meine Angelegenheiten einzumischen?«

Er sah mich mit irritierter Miene an. »Ich wollte dir helfen, Ariane.«

16. Kapitel

Am Sonntagmorgen blieb ich im Bett liegen und suhlte mich in Selbstmitleid. Wie hatte der gestrige Abend nur in einer derartigen Katstrophe enden können? Eigentlich war alles absolut märchenhaft gewesen. Bis dann dieser Streit mit Jutta losgebrochen war. Und danach hatte ich mich auch noch mit David gefetzt, bevor ich – genau wie meine Schwester – auf dem Absatz kehrtgemacht und ihn stehengelassen hatte.

Seit ich heute gegen halb zehn aufgewacht war, versuchte ich, meine Schwester anzurufen, doch sie ging nicht an ihr Handy. David wiederum versuchte, mich anzurufen, doch ich fühlte mich noch nicht in der Verfassung, mit ihm zu reden. Nicht einmal bei Jule konnte ich mich ausheulen, da meine beste Freundin meine Anrufe ebenfalls ignorierte – allerdings aus anderen Gründen. Gott, das Chaos war wirklich perfekt! Schließlich war ich es leid, sodass ich mein Handy abschaltete und es in die Nachttischschublade verbannte.

Während draußen ein strahlender Sommertag wartete und in unserem Garten fröhlich die Vögel zwitscherten, lag ich im Bett meines ehemaligen Kinderzimmers, starrte den alten Wasserfleck an der Zimmerdecke an und war mit meinen Gedanken allein.

Mit der Zeit verrauchte meine Wut, und ich konnte das, was geschehen war, klarer sehen. David hatte mir bei einem unserer Gespräche einmal gestanden, dass er sich anderen Menschen gegenüber zuweilen benahm wie ein Elefant im Porzellanladen.

Nun, in diesem Punkt hatte er nicht gelogen. Er war manchmal eben genau wie Trudi. Bevor ich gestern Abend abgehauen war, hatte er mir immer wieder versichert, dass seine Absicht gewesen war, die verfahrene Situation mit meiner Schwester zu klären. Die Frage war allerdings: Wieso hatte er geglaubt, dass er das für mich übernehmen musste?

An dieser Stelle kam ich leider zu einer unangenehmen Erkenntnis: Jutta hatte sich etwas unsensibel und egoistisch verhalten, aber sie traf im Grunde keine Schuld an dieser Auseinandersetzung. Und auch David hatte sich in Dinge eingemischt, die ihn nichts angingen, aber ihn traf ebenso wenig die Schuld. Nein, es gab nur eine Person, die das alles von Anfang an hätte verhindern können.

Ich.

Weil ich zu feige gewesen war, Jutta offen ins Gesicht zu sagen, dass ihre Idee bescheuert war. Schon als sie das erste Mal davon angefangen hatte, hätte ich ihr die Grenzen aufzeigen müssen. Doch stattdessen hatte ich nur halbherzig widersprochen, weil ich keinen Streit provozieren wollte. Tja, Streit hatte es nun trotzdem gegeben! Dabei hatte ich es nur gut gemeint. Ich meinte es *immer* nur gut. Deutlicher hätte mir das Leben allerdings nicht demonstrieren können, dass ich mit meinen guten Absichten auch Schlechtes bewirkte. Dieses scheiß Harmoniebedürfnis! Offenbar musste ich manchmal eine unangenehme Diskussion in Kauf nehmen, weil es ansonsten alles in einem richtig großen Knall enden konnte. Hätte ich Jutta ein entschlossenes ›Nein, das mache ich nicht!‹ an den Kopf geworfen, wäre jetzt wahrscheinlich alles in bester Ordnung. Am besten, ich probierte das gleich mal aus!

»Nein, ich mache das nicht!«, sagte ich probeweise zum Wasserfleck an der Zimmerdecke.

Das war gar nicht so schwer. Vielleicht mit ein bisschen mehr Überzeugungskraft?

Ich kniff die Augen zusammen und deutete mit dem Zeigefinger direkt auf den Fleck. »Nein, ich mache das nicht!«, donnerte ich.

»Was machst du nicht, mein Schatz?«

Wie aus dem Nichts stand mein Vater plötzlich an der Tür. Er legte den Kopf in den Nacken, blickte ebenfalls zur Decke und stöhnte auf. »Wo kommt denn der Wasserfleck her? Dieses verfluchte Dach aber auch!«

Peinlich berührt ließ ich meine Hand wieder sinken. Bestimmt dachte mein Vater jetzt, dass ich völlig verrückt geworden war.

»Keine Sorge«, beruhigte ich ihn. »Der ist schon seit Jahren dort.«

»Tut mir leid, ich habe angeklopft, aber du hast mich offenbar nicht gehört«, entschuldigte er sich und stellte einen Teller mit einem Salamibrötchen auf meinen Nachttisch. »Ich dachte, du hast vielleicht Hunger. Da du nicht zum Mittagessen gekommen bist, wollte ich mal nach dir sehen.«

So spät war es mittlerweile schon? Ich setzte mich auf und griff dankbar nach dem Brötchen.

»Hat es Mama und dir gestern auf dem Polterabend gefallen?«, fragte ich kauend.

»Jo, war schön«, gab mein Vater in seiner üblichen trockenen Art zurück. »Aber ich sollte dich warnen, dass deine Mutter heute ein bisschen gereizt ist. Für ihren Geschmack hast du eindeutig zu viel mit diesem Kerl von Usedom getanzt.«

Ich verdrehte die Augen. »Und du, Paps? Bist du auch ihrer Meinung?«

»Da vertraue ich ganz auf dein Urteil, mein Schatz! Ich kenne diesen Mann doch überhaupt nicht. Ich will nur eins«, meinte er und tätschelte meinen Arm, »nämlich, dass du glücklich bist.«

Ich grinste ihn an. Mein Vater war einfach der Beste! Die Sonne warf durch die Jalousie goldene Querstreifen in mein Zimmer und ließ das Weiß in den Haaren meines Vaters aufleuchten.

»Ich habe mich gestern Abend mit Jutta gestritten«, gestand ich ihm. »Weil sie sich in eine fixe Idee verrannt hat. Leider betraf diese Idee mich, und ich habe den Moment verpasst, Jutta zu bremsen.«

Mein Vater nickte verständnisvoll. »Deine Schwester ist deiner Mutter sehr ähnlich. Sie fällen ihre Entscheidungen meist aus dem Bauch heraus, ohne lange darüber nachzudenken. Und sie wieder davon abzubringen erfordert viel Fingerspitzengefühl. Wir beide sind anders, Ariane. Wir tendieren eher dazu, zu lange über eine Sache nachzugrübeln und Entscheidungen vor uns herzuschieben.«

Damit hatte er wohl recht.

»Hast du gewusst, dass mir deine Mutter schon unseren Hochzeitstermin mitgeteilt hat, ehe ich überhaupt dazu gekommen bin, ihr einen Antrag zu machen?«, fragte mein Vater lächelnd. »Ich hatte ihren Verlobungsring wochenlang mit mir herumgetragen und auf den perfekten Moment gewartet. Doch immer kam irgendetwas dazwischen: Bei einem Strandspaziergang zog plötzlich ein Sturm auf, beim romantischen Abendessen im Kerzenschein hat ein Trockenstrauß auf dem Tisch Feuer gefangen, und auf dem Geburtstag deiner Tante Susi hat deine Großmutter einen Schwächeanfall bekommen, gerade als ich auf die Knie gehen wollte.« Mein Vater starrte ins Leere, versunken in die Bilder aus der Vergangenheit. »Eines Tages hat deine Mutter mir dann gesagt, dass ich mir am ersten Wochenende im Mai nichts vornehmen soll, weil wir an diesem Termin heiraten würden, und wenn ich wolle, könnte ich ihr jetzt endlich den Ring anstecken, den sie schon vor drei Wochen in meiner Jackentasche entdeckt hätte.«

»Hat dich das nicht gestört?«, fragte ich. »Immerhin hat Mama dich um deinen Antrag gebracht.«

Er warf mir einen entrüsteten Blick zu. »Die Frau, die ich über alles liebte, hatte zugestimmt, mich zu heiraten! Ich war der glücklichste Mann auf Rügen, Ariane! Wer weiß, wie lange ich noch auf den perfekten Moment gewartet hätte. Nein, nein, das war schon gut so!«

Vielleicht passten meine Eltern deshalb so gut zusammen? Für mich schienen die beiden so unterschiedlich wie Tag und Nacht zu sein, aber in den Augen meines Vaters ergänzten sie sich perfekt.

»Deine Mutter hätte damals jeden haben können!«, fuhr er fort, und Stolz schwang in seiner Stimme mit. »Auch einige Männer, die eine weitaus bessere Partie gewesen wären. Doch sie hat sich für mich entschieden.«

Damit waren wir mal wieder beim Thema: meine Mutter, die ehemalige Dorfschönheit. Ich schluckte den letzten Bissen meines Brötchens herunter und fegte die Krümel von der Bettdecke.

»So hübsch wie Mama werde ich wohl nicht mehr«, entfuhr es mir bitter.

»Für mich bist du mindestens genauso schön wie sie, Schatz«, widersprach mein Vater.

Ich lachte auf. »Danke! Aber du bist mein Papa. Du musst so etwas sagen.«

»Zugegeben, Schönheit liegt im Auge des Betrachters, aber es war ehrlich gemeint.« Er stieß einen Seufzer aus. »Deiner

Mutter habe ich auch schon hundert Mal gesagt, dass sie unser Geld nicht für all dieses Anti-Aging-Zeugs ausgeben soll. Ich würde sie auch dann lieben, wenn sie runzlig wie ein alter Pfirsich wäre.«

»Anscheinend will sie das Schicksal nicht herausfordern und setzt lieber auf die Schlafmaske«, frotzelte ich.

»Oh Gott, die Schlafmaske …« Mein Vater sah zur Tür, ehe er die Stimme senkte und flüsterte: »Mittlerweile habe ich mich ja daran gewöhnt, aber anfangs bin ich jedes Mal furchtbar erschrocken, wenn sie nachts von der Toilette zurückgekommen ist. Da hätte genauso gut ein Außerirdischer neben dem Bett stehen können.«

Ich kicherte. »Du könntest es ihr doch gleichtun und zum Beispiel einen Imkerhut zum Schlafen aufsetzen.«

Mein Vater wiegte den Kopf hin und her. Die Idee schien ihm zu gefallen. »Das könnte ich mal ausprobieren. So ein Imkerhut würde im Sommer immerhin die Stechmücken abhalten.«

Er wurde wieder ernst und betrachtete mich nachdenklich. »Darf ich dir einen väterlichen Rat geben?« Er wartete meine Antwort gar nicht erst ab. »Ihr Frauen solltet euch wegen eures Aussehens nicht den Kopf zerbrechen! Mal ehrlich, was bringt das schon? Wollt ihr etwa, dass euch die gesamte Männerwelt zu Füßen liegt? Dann verrate ich dir mal ein Geheimnis.«

Er beugte sie verschwörerisch zu mir, und ich hielt gespannt den Atem an. »Keine Frau auf dieser Welt braucht einen Stall voller Männer.« Er hob seinen Zeigefinger in die Höhe. »Du brauchst nur einen Mann, Ariane. Einen einzigen. Den richtigen. Und für den bist du vollkommen!«

Seine Worte trafen direkt in mein Herz, und ich bekam eine Gänsehaut. Was hatte David gestern zu mir gesagt? *Ich will dich genauso, wie du bist, Ariane.*

»Ich wusste gar nicht, dass ein Philosoph in dir steckt, Paps.«

Er zuckte mit den Schultern. »Beim Angeln hat man manchmal die ein oder andere Eingebung.«

Mein Vater deutete auf meinen Radiowecker, der fast 14 Uhr anzeigte. »Stehst du jetzt mal auf? Oder soll ich dir wie früher die Bettdecke wegziehen, wenn du keine Lust hattest, in die Schule zu gehen?«

Das hatte ich gehasst. Allerdings war es die einzig zuverlässige Weise gewesen, um mich als Teenagerin aus dem Bett zu kriegen. »Nicht nötig, ich steh auf.« Ich schlug die Decke zurück und setzte mich neben meinen Vater an den Bettrand. »Es wäre wohl gut, wenn ich gleich zu Jutta fahre und mit ihr spreche.«

»Das ist mein Mädchen!« Paps tätschelte meine Hand und stand auf. An der Tür drehte er sich noch einmal zu mir um. »Hast du eigentlich über meinen Ratschlag nachgedacht? Du weißt schon … Darüber, deinen Laden zu schließen.«

Reflexartig wollte ich den Kopf schütteln. Schließlich hatte ich nach dem gestrigen Abend genug Probleme am Hals, die ich angehen musste. Aber hatte ich nicht gerade erst beschlossen, dass ich unangenehme Gespräche nicht mehr länger vor mir herschieben wollte?

»Wahrscheinlich …«, ich hielt inne und schluckte schwer, »… hast du recht. So kann es nicht weitergehen.«

Auch wenn die vergangenen Tage turbulent gewesen waren, hatte mich dieses Thema in Gedanken ständig verfolgt. Im Grunde hatte mein Vater lediglich laut ausgesprochen, was ich tief in meinem Inneren längst wusste. Doch ich war noch nicht bereit gewesen, es mir einzugestehen. Bis jetzt.

Meine Kehle fühlte sich an wie zugeschnürt, als ich sagte: »Es wäre wohl das Klügste, wenn ich mich von meinem Laden in Sellin trenne.«

»Ich weiß, wie schwer dir diese Entscheidung fallen muss.« Bedauern spiegelte sich in der Miene meines Vaters. »Aber ich bin stolz auf dich, dass du die Stärke hast, der Realität ins Auge zu sehen.«

Wahrscheinlich würde es einige Zeit dauern, bis ich seine Sichtweise teilen konnte. Im Moment fühlte ich mich wie eine Versagerin.

17. Kapitel

Als ich ins Innere der Pension ›De Rügenruh‹ trat, empfing mich eine angenehme Kühle und der Geruch nach Bohnerwachs. An den Wänden hingen stimmungsvolle Bilder der Insel im Verlauf der Jahreszeiten, und auf einer Kommode hatte meine Schwester Muscheln, Schneckenhäuser und Bernsteinbrocken verteilt.

Ich hörte die Stimme meiner Nichte Leonie. Sie saß in der kleinen Nische hinter dem Kiefernholz-Empfangstresen, in dessen Front maritime Szenen geschnitzt waren.

»… das können wir gerne für Sie erledigen, Herr Steinbach«, flötete sie gerade ins Telefon. »Ich habe es schon notiert: eine Flasche Rotwein auf Zimmer Nummer 4 für heute Abend … Ja, natürlich … Gerne, Herr Steinbach, es ist mir wie immer eine Freude. Ich wünsche Ihnen und Ihrer Frau noch einen schönen Tag!«

Nachdem Leonie aufgelegt hatte, musterte ich sie erstaunt. »So freundlich zu den Gästen?«

Normalerweise gab Leonie sich nicht die geringste Mühe, wenn sie von ihren Eltern zum Dienst an der Rezeption zwangsverpflichtet wurde. Richtig übelnehmen konnte ich ihr das nicht. Wer arbeitete schon gerne umsonst? Doch Jutta und Mattes fehlte das Geld, um jemanden einzustellen, der sich um die Rezeption kümmerte, wenn sie wichtige Dinge im Haus zu erledigen hatten.

Leonie zog eine Grimasse. »Trinkgeld«, erklärte sie trocken.

»Ich habe festgestellt, dass die Gäste mir gerne ein paar Scheinchen zustecken, wenn ich freundlich zu ihnen bin.«

»Das ist sicherlich hart für dich«, sagte ich mitfühlend und musste mir ein Grinsen verkneifen.

»Es kostet mich all meine Kraft«, jammerte Leonie. »Aber irgendwie muss ich ja meinen Führerschein bezahlen.«

Sie warf einen Blick auf die Uhr. »Leider bist du ein bisschen zu früh. Ich muss noch eine halbe Stunde hier sitzen, bis Papa mich ablöst.«

Verständnislos blinzelte ich sie an. »Zu früh? Für was denn?«

»Für die Fahrstunde, die du mir versprochen hast. Deswegen bist du doch gekommen, oder nicht?«

Ach herrje! Ich hatte völlig vergessen, dass ich meiner Nichte versprochen hatte, mit ihr heute das Einparken zu üben. Das hatte mir gerade noch gefehlt!

»Ja, natürlich«, gab ich so locker wie möglich zurück, um mir nichts anmerken zu lassen. »Vorher möchte ich allerdings noch mit deiner Mutter sprechen. Weißt du, wo sie gerade steckt?«

»Waschküche«, gab Leonie knapp zurück, während sie schon nach dem Handy griff, um sich anderweitig die Zeit zu vertreiben.

Ich ging die Treppe hinunter in den Keller. Automatisch führte mich mein Weg am Saunaraum vorbei. Ich konnte nicht anders, als stehen zu bleiben und einen Blick hineinzuwerfen. Tatsächlich hatte meine Schwester schon alles ausgeräumt, und in einer Ecke standen die Malersachen bereit. Das Zimmer war größer, als ich es in Erinnerung hatte. Mit den Terrakotta-Fliesen und den zwei großen Milchglasfenstern in Deckenhöhe hatte der Raum ein gewisses Potential, wie ich widerwillig einräumen musste. Jutta hatte sich wirklich voller Euphorie in dieses Projekt gestürzt. Ich lief weiter, begleitet von einem zunehmend schlechten Gewissen.

In der Waschküche empfingen mich der Geruch nach frischgewaschener Wäsche und eine fast unerträgliche Hitze. Meine Schwester stand neben einem Berg Handtücher und legte eins nach dem anderen sorgfältig zusammen, während sich auf ihrer Stirn Schweißperlen sammelten.

»Boah, ist das heiß!«, rief ich, um den Trockner und die zwei Waschmaschinen zu übertönen.

Jutta sah kurz auf. »Im Winter ist es hier unten ganz angenehm.«

Die Überraschung, die sich bei meinem Erscheinen kurz auf ihrem Gesicht gezeigt hatte, war gleich darauf verschwunden. Jetzt wirkte die Miene meiner Schwester betont neutral.

»Jutta, es tut mir wirklich leid, was gestern Abend passiert ist.«

»Was tut dir leid?«, entgegnete sie bitter und nahm ein frisches Handtuch vom Haufen. »Dass du David gesagt hast, ich sei ein egoistisches Miststück? Oder hat er etwa gelogen?«

Dass Jutta sauer auf mich war, hatte ich erwartet. Trotzdem wäre es schön gewesen, wenn sie sich nicht ganz so kratzbürstig gegeben hätte.

»Nein, er hat nicht gelogen – jedenfalls nicht, was die grundsätzlichen Dinge anbelangt«, räumte ich schweren Herzens ein. »Aber ich hätte es niemals derart drastisch ausgedrückt. Natürlich bist du kein egoistisches Miststück!«

Ich nahm ebenfalls ein Handtuch vom Haufen, um meiner Schwester zu helfen. »Wenn du einen Entschluss gefasst hast, bist du nur manchmal so euphorisch, dass du anderen Menschen gegenüber ziemlich unsensibel wirst – genau wie Mama. Der Meinung ist auch Paps.«

»War ja klar, dass du und Papa mal wieder einer Meinung seid«, murmelte sie.

»Was soll das denn heißen?«

»Du warst doch schon immer sein Liebling.« Gereizt nahm Jutta mein fertiges Handtuch vom Stapel, um es erneut zu falten. Anscheinend benötigte das Zusammenlegen eines rechteckigen Frottierstoffs eine höhere Kunstfertigkeit, als ich sie besaß.

»Dafür warst du immer Mamas Liebling«, entgegnete ich säuerlich. »Soll ich mich jetzt etwa entschuldigen, dass du nicht beide Elternteile für dich allein hattest?«

»Für ein kleines Mädchen zählt immer nur die Liebe des Vaters«, zischte Jutta. »Das weiß doch wohl jeder.«

Anscheinend hatten wir den Streit mit David hinter uns gelassen und holten nun die ganz großen Geschütze heraus.

Höhnisch zog ich die Augenbrauen in die Höhe. »Wo hast du denn diese Weisheit her? Aus einem der Erziehungsratgeber, die du vor Jonas' Geburt gekauft hast? Leider scheinst du seither keinen einzigen Blick mehr hineingeworfen zu haben.«

Jutta schnappte empört nach Luft. »Was willst du damit sagen? Etwa, dass Jonas verzogen ist?«

»Und ob!« Erneut ließ ich ein von mir gefaltetes Handtuch auf Juttas ordentlichen Turm wandern. Als sie sofort danach greifen wollte, hielt ich es fest und presste es mit all meiner Kraft auf den Stapel. »Dem Kleinen lässt du alles durchgehen, aber Leonie hältst du an der kurzen Leine. Andauernd muss sie in der Pension arbeiten oder auf Jonas aufpassen, doch anstatt ihr dankbar zu sein und ihr dein Vertrauen zu schenken, gibst du ihr für jede Kleinigkeit Hausarrest. Diese Strenge solltest du mal Jonas gegenüber an den Tag legen!« Die Worte sprudelten nur so aus mir heraus. Das hatte ich schon lange auf dem Herzen. »Früher warst du ganz anders. Eine coole große Schwester mit der richtigen Mischung aus Vernunft und Verständnis.«

Jutta funkelte mich wütend an. »Mutter zu sein bringt enorm viel Verantwortung mit sich. Aber davon hast du natürlich keine Ahnung! Du bist doch schon mit einer längeren Beziehung überfordert.«

Mittlerweile brüllten wir uns an, vielleicht deshalb, weil die beiden Waschmaschinen in den Schleudergang geschaltet hatten. Wahrscheinlicher war allerdings, dass wir unsere Emotionen nicht mehr unter Kontrolle hatten.

»Aber ich finde es sehr interessant zu erfahren, was du in Wahrheit über mich denkst«, fauchte meine Schwester. »Hast du sonst noch etwas auf dem Herzen, das du mir sagen willst? Los, raus damit!«

Das ließ ich mir nicht zweimal sagen. »Zu verlangen, dass ich bei Jule kündige, war absolut unfair. Sie ist unsere Freundin, und du weißt ganz genau, dass ich in ihrer Schuld stehe. Ich kann und werde meinen Job im Schlosshotel nicht kündigen, Jutta! Außerdem«, ich holte zum Abschluss noch einmal tief Luft, »war dein Versprecher mit dem Lügen-Bock gestern auf der Bühne zum Brüllen komisch.«

Juttas Wangen färbten sich rot. Schließlich gab sie es auf, mit mir um das Handtuch zu kämpfen. Langsam ließ sie ihre Hand sinken.

Aufgrund der Hitze im Raum löste sich eine Schweißperle von meiner Stirn und kullerte langsam meine Schläfe hinab.

»Ich würde mich besser fühlen, wenn du jetzt auch ein paar verletzende Dinge über mich sagst«, unterbrach ich irgendwann unser Schweigen. Fast schon flehentlich fügte ich hinzu: *»Bitte!«*

»Glaub mir, ich zermartere mir gerade das Hirn, aber«, Jutta stieß einen tiefen Seufzer aus, »mir fällt nichts ein.«

Na, super! Jetzt fühlte ich mich wie ein herzloses Scheusal.

»Im Moment kann ich dir nur eine negative Sache an den Kopf werfen.« Sie stützte sich mit einer Hand auf dem Tisch auf und sah mir fest in die Augen. »Nämlich dass ich mir wünsche, du hättest mir schon früher deine ehrliche Meinung gesagt.«

»Im Ernst?«

Sie nickte. »Ja, klar. Wer könnte denn sonst mein moralischer Kompass im Leben sein, wenn nicht meine Schwester? Wer außer dir kann den unangenehmen Job erledigen, mich darauf hinzuweisen, dass ich Jonas ein wenig verzogen habe?«

Nun ja, das ›ein wenig‹ hätte ich ehrlich gesagt weggelassen, aber ich wollte es mit der Offenheit auch nicht gleich übertreiben.

Gerührt blinzelte ich sie an. »Tut mir leid, dass ich so lange nichts gesagt habe. Aber ich hasse es, wenn wir uns streiten, und ich wollte dir nicht wehtun.«

»Das weiß ich doch! Genau deshalb erlaube ich dir auch, mir in Zukunft schonungslos die Wahrheit zu sagen. Denn du würdest niemals etwas aus reiner Gehässigkeit oder Bösartigkeit behaupten. Wir können nicht immer derselben Meinung sein, und es wäre dumm, so etwas zu erwarten.«

Mein Herz quoll über vor Erleichterung. »Da ist sie ja wieder«, sagte ich schniefend. »Meine coole große Schwester, die genau die richtige Mischung aus Vernunft und Verständnis besitzt. Dann ist zwischen uns wieder alles in Ordnung?«

»Ach, komm schon her, du Nervensäge!«, antwortete Jutta schmunzelnd.

Wir fielen uns über den Tisch hinweg in die Arme, wodurch der Handtuchturm bedrohlich ins Schwanken geriet.

»Es wäre mit deinem David gar nicht erst zu dieser unschönen Szene gestern Abend gekommen«, sagte sie an meine Schulter gelehnt, »wenn du mir sofort Kontra gegeben hättest.« Nun schwang doch ein vorwurfsvoller Ton in Juttas Stimme mit.

»Ich weiß. Es tut mir leid«, entschuldigte ich mich noch einmal. »Mit David muss ich deswegen auch noch ein Hühnchen rupfen. Was hat er sich nur dabei gedacht, sich in meine Angelegenheiten einzumischen?«

Wir machten uns wieder voneinander los.

»Ich hatte den Eindruck, dass er sich Sorgen um dich gemacht hat.« Jutta begann wieder, Handtücher zu falten, und dieses Mal ließ sie zu, dass ich ihr half. »Allerdings wäre es besser gewesen, wenn er dich ermutigt hätte, die Sache selbst in die Hand zu nehmen.«

»Offen gestanden hat er das. Gleich nachdem ich ihm davon erzählt habe. Ich habe jedoch noch auf den richtigen Moment gewartet, um mit dir zu sprechen.«

Genau wie Paps mit seinem Heiratsantrag, bis Mama endlich die Initiative ergriffen hatte.

»Aber ich habe daraus gelernt«, versicherte ich ihr. »In Zukunft schiebe ich so etwas nicht mehr ewig vor mir her.«

Leichte Skepsis spiegelte sich auf Juttas Miene. »Leider ist es nicht ganz einfach, mit alten Gewohnheiten zu brechen.«

Mit einem durchdringenden Piepsen signalisierte eine der Waschmaschinen, dass sie fertig war.

»Steht es wirklich so schlecht um deinen Laden?«, fragte Jutta, während sie die nasse Bettwäsche in den Trockner packte.

Schweren Herzens erzählte ich ihr von dem Entschluss, mein Geschäft zu schließen. »Paps meinte vorhin, wenn die Touristen nicht zu mir kommen, sollte ich zu den Touristen gehen.« Ich verdrehte die Augen. »Er hat mir doch allen Ernstes einen ›mobilen Seifenladen‹ vorgeschlagen. Ich soll mit einem Bauchladen den Strand abklappern und den Urlaubern meine Rügen-

Produkte aufschwatzen. Aber für so etwas bin ich einfach nicht der richtige Typ.«

»Wieso? Das ist doch ganz einfach«, meinte Jutta und imitierte einen ausländischen Strandverkäufer: *»Du wolle Seife kaufe?«*

»Ha, ha.«

Wir verließen die Waschküche, und im Gehen schlang Jutta den Arm um meine Schulter. »Wenn wir dir irgendwie helfen können, sind wir für dich da. Du musst nur etwas sagen! Oder schick David her, damit er es uns als dein persönlicher Herold ausrichten kann. Er übernimmt das sicher gerne für dich.«

»Wenn ich nun ehrlich und offen meine Meinung äußern darf, muss ich sagen, dass mir diese Frotzeleien wegen David total auf die Nerven gehen.«

»Ich habe deine offizielle Beschwerde registriert, aber werde sie nicht weiter beachten.« Jutta kicherte. »Siehst du, das klappt doch alles ganz hervorragend mit unserer neuen Offenheit.«

Auf der Kellertreppe trafen wir auf Leonie, die sich sofort mit vorwurfsvoller Miene an mich wandte. »Wo bleibst du denn, Tante Ariane? Wir wollten doch zusammen Einparken üben.«

Innerlich stöhnte ich auf. Natürlich hatte ich meiner Nichte ein Versprechen gegeben, aber eigentlich hatte ich noch etwas äußerst Dringendes zu erledigen. Und war es nicht an der Zeit, mal ein bisschen mehr an mich und mein Leben zu denken? Mir kam eine Idee.

»Kleine Planänderung«, verkündete ich mit einer Entschlossenheit, die mich selbst überraschte. »Ich kenne nämlich jemanden, der kann perfekt einparken. Dieser Jemand hat es mir damals mit unermüdlicher Geduld beigebracht, sodass ich die Fahrprüfung mit Bravour bestanden habe.«

Leonie horchte auf. »Echt? Und wer ist dieses Genie?«

»Das Genie steht direkt vor deiner Nase«, erwiderte ich grinsend. »Deine Mutter hat dieses Wunder bei mir vollbracht, und es wird ihr sicherlich auch bei dir gelingen.«

Ich warf Jutta einen auffordernden Blick zu. »Wie wäre es, wenn du dir ein bisschen Zeit für deine Älteste nimmst, Schwesterherz? Immerhin hat sie gerade zwei Stunden die Rezeption gehütet.«

»Aber ... aber ...«, stammelte sie überrumpelt, »ich muss Jonas gleich bei seinem Freund Marvin abholen.«

»Die beiden können auch noch etwas länger miteinander spielen«, wiegelte ich ihren Einwand ungerührt ab.

Leonie schien ebenso wenig begeistert zu sein. »Das wird Mord und Totschlag geben«, prophezeite sie düster.

»Wird es nicht«, erwiderte ich, obwohl ich mir in diesem Punkt nicht hundertprozentig sicher war. »Das klappt schon, wenn du ...«, dabei deutete ich auf meine Nichte, »... deiner Mutter gegenüber mal nicht zickig und aufbrausend bist. Und du ...«, ich zeigte auf Jutta, »... dich an meine Worte erinnerst. Stichwort coole Schwester, okay? Sei einfach ein bisschen mehr wie früher.«

Ehe die beiden etwas erwidern konnten, schob ich mich an Leonie vorbei und lief die Treppe hoch. »Gebt euch einfach ein bisschen Mühe, und reißt euch zusammen!«

Plötzlich fiel mir noch etwas ein. »Jutta«, rief ich ihr über die Schulter hinweg zu. »Es ist übrigens nicht immer nur die Liebe des Vaters, nach der sich ein Mädchen sehnt.«

Jutta öffnete den Mund, doch dann schloss sie ihn wieder und nickte mir zu. Wahrscheinlich war ihr das traurige Funkeln in meinen Augen nicht entgangen.

18. Kapitel

Da Sonntag war, herrschte in der Klinik mächtig viel Betrieb. Im Laufschritt eilte ich an den Besucherscharen vorbei, weil ich David auf keinen Fall verpassen wollte.

Seine letzte Nachricht vor drei Stunden hatte nämlich ziemlich verärgert geklungen: *»Ich finde es nicht in Ordnung, jemandem die Möglichkeit zu verwehren, sich zu erklären und zu entschuldigen. Ich gehe jetzt zu meiner Großmutter in die Klinik. Wenn du später reden willst, lass es mich wissen!«*

Zugegebenermaßen war es wohl nicht die feine englische Art gewesen, zuerst all seine Anrufe wegzudrücken und dann mein Handy komplett auszuschalten. Doch ich beeilte mich auch aus einem anderen Grund, denn heute wollte ich unbedingt die Wahrheit über den Streit zwischen Trudi und Astrid erfahren! Entschlossen marschierte ich den Stationsflur entlang auf Trudis Zimmer zu, als sich eine der Türen öffnete und Doktor Bloch heraustrat.

»Frau Hildebrandt, schön, Sie zu sehen!«, grüßte er mich.

Notgedrungen blieb ich stehen. Was machte denn der Oberarzt hier? Immerhin war es Sonntagnachmittag. Hatte der kein Privatleben?

Ich ergriff seine ausgestreckte Hand und lächelte ihm zu. »Herzlichen Dank, dass Sie sich so gut um Trudi kümmern, Doktor Bloch.«

»Das ist doch selbstverständlich.« Er winkte ab. »Aber das Kompliment kann ich gerne zurückgeben. Wir sehen hier auf der Station oft ältere Leute, die kaum Besuch bekommen – schon gar nicht von den Enkeln. Aber in Frau Linnemanns Fall ist das glücklicherweise anders. Ihr Cousin ist auch schon da.«

»Wer?«, fragte ich zerstreut.

Doktor Bloch wirkte irritiert. »Na, Herr Novak.«

»Ach so, natürlich.« Mir schoss das Blut in die Wangen. »Nun, dann werde ich *meinen Cousin* mal ablösen. Stundenlang in der Klinik herumzusitzen kann recht anstrengend sein.«

»Es ist ja nicht mehr lange. Wir sind zuversichtlich, dass wir Ihre Großmutter Donnerstag oder Freitag entlassen können. Dann müssen Sie nicht mehr jeden Tag herkommen.«

»So bald schon?«, entfuhr es mir. »Ist das nicht gefährlich?«

»Ich habe Frau Linnemann im Anschluss eine stationäre Rehabilitation empfohlen, aber sie möchte lieber ambulant betreut werden. Mit Ihrem Cousin habe ich schon die Details besprochen, denn natürlich benötigt Frau Linnemann einige Zeit zur Rekonvaleszenz, und sie sollte in den ersten Tagen nicht alleingelassen werden. Dann dürfte alles gut gehen.«

Das beruhigte mich nicht im Mindesten. Für mein Empfinden war es noch gar nicht lange her, dass ich Trudis leblosen Körper aus dem Auto hatte ziehen müssen, um eine Herz-Rhythmus-Massage durchzuführen.

»Die neuen Medikamente schlagen sehr gut an, und ich bin optimistisch«, versuchte Doktor Bloch mich zu beruhigen. »Verzeihen Sie den Vergleich, aber Ihre Großmutter ist zäh wie ein altes Schnitzel.«

Ich wusste, was er meinte. An Trudi würde man eine halbe Stunde lang herumkauen, nur um dann beim Versuch, sie runterzuschlucken, fast zu ersticken.

»Okay!« Ich zwang mich trotz meiner Sorge zu einem optimistischen Lächeln. »Dann hoffen wir mal das Beste. Vielen Dank, Doktor Bloch!«

Wir verabschiedeten uns, und ich lief deutlich weniger energiegeladen das letzte Stück zu Trudis Zimmer. Dort angekommen, klopfte ich an die Tür, öffnete sie, und das Gemurmel im Raum verstummte. Immer, wenn so etwas geschah, bekam ich das ungute Gefühl, dass gerade über mich geredet worden war.

»Hallo, Trudi! Wie geht es dir heute?«

»Ariane, Schätzchen!«, rief sie strahlend. »Gut geht es mir, danke! Was für ein Zufall, dass du ausgerechnet jetzt kommst. Wir haben gerade über dich gesprochen.«

Ha, ich hatte es doch gewusst!

Tatsächlich sah Trudi schon sehr viel besser aus. Sie hatte wieder Farbe im Gesicht, saß aufrecht im Bett und hatte gerade einen Teller mit einem halbaufgegessenen Kuchenstück in der Hand.

»Hallo, Ariane!«, sagte David mit dieser tiefen, samtigen Stimme, die mein Herz zum Flattern brachte.

Meine Augen wanderten wie von selbst zu ihm. Er trug Jeans und ein schlichtes weißes T-Shirt, das seine muskulösen Oberarme gut zur Geltung brachte. Wie David sich wohl fit hielt? Vielleicht stemmte er in seinen Schreibpausen eine alte elektrische Schreibmaschine in die Höhe?

Bei näherem Hinsehen wirkte David allerdings ziemlich übernächtigt, als ob er nicht besonders gut geschlafen hätte. Das tat seiner Anziehungskraft auf mich leider keinen Abbruch. Ein Teil von mir hätte sich ihm am liebsten an den Hals geworfen, um ihn zu küssen.

Trudis Blick wanderte von mir zu David und wieder zurück. Ein entzücktes Lächeln breitete sich auf ihrem Gesicht aus.

»Uuuuuh«, stieß sie in einem anrüchigen Tonfall aus, der

eher zu einer achtzehnjährigen Teenagerin gepasst hätte. »Da habe ich anscheinend etwas verpasst.«

Trudi schaffte es doch immer wieder, eine peinliche Situation *noch* peinlicher zu machen.

Ich räusperte mich. »Was habt ihr denn über mich geredet? Hoffentlich nichts Schlechtes?«, fragte ich und ließ mich auf die Bettkante sinken.

»Ich habe David gerade erzählt, dass du wie eine Enkelin für mich bist und wir schon viel Zeit miteinander verbracht haben«, berichtete Trudi und steckte sich ein Kuchenstück in den Mund. »Du warst ein Kind, mit dem man gerne zusammen war. So aufgeweckt, wissbegierig und voller Energie«, meinte sie kauend. »Kannst du dich noch an die Seeschwalbe mit dem gebrochenen Flügel erinnern, die du unbedingt mit heimnehmen und gesundpflegen wolltest? Das kleine Ding war genauso zerbrechlich wie du.«

Ich dachte an das dicke elfjährige Mädchen von damals. »Zerbrechlich war ich ganz bestimmt nicht, Trudi.«

Sie lächelte leicht. »Oh doch, das warst du.«

Ehe ich etwas erwidern konnte, ergriff David das Wort. »Kann ich dich kurz sprechen, Ariane?« Er machte eine Handbewegung zur Tür. »Unter vier Augen?«

»Wegen gestern Abend?«

Als er nickte, winkte ich müde ab. »Ich habe die Sache mit Jutta schon aus der Welt geschafft, und es wäre gar nicht erst zu dem Streit gekommen, wenn ich rechtzeitig die Initiative ergriffen hätte. Es war meine Schuld.«

»Ich möchte aber mit dir darüber reden«, beharrte er. »Und nein, es war nicht deine Schuld.«

Er stand auf und sah mich erwartungsvoll an, aber ich rührte mich nicht vom Fleck.

Weshalb verhielt ich mich eigentlich derart kindisch? Gleich darauf konnte ich das klamme Gefühl in meinem Inneren identifizieren: Ich hatte Angst. Nach all unseren Gesprächen und wundervollen Momenten war es der erste Streit zwischen uns gewesen. Und jetzt fürchtete ich mich davor, dass alles kaputtgehen würde, wenn wir es ausdiskutierten und uns nicht einigen konnten. War ich etwa schon so verzweifelt?

Trudi folgte dem Geschehen mit sichtlichem Interesse, als würde sie sich gerade einen spannenden Sonntagabendfilm im ZDF anschauen. Da ich mich immer noch nicht regte, kam David zu mir.

»Ich hätte diese Sache deiner Schwester gegenüber nicht ansprechen dürfen«, stellte er klipp und klar fest. »Das war ein Fehler! Du hättest das selbst mit deiner Schwester klären sollen, und ich hatte absolut kein Recht, mich wie ein aufbrausender und unhöflicher …« Er suchte nach dem richtigen Wort.

»Hornochse«, half ich ihm auf die Sprünge.

»Na schön! Ich hatte kein Recht, mich wie ein unhöflicher Hornochse aufzuführen.« Echtes Bedauern lag in seinen Augen. »Das Bedürfnis, diejenigen zu beschützen, die mir am Herzen liegen, nimmt manchmal überhand. Dann mische ich mich in Dinge ein, die mich nichts angehen.«

»Ich kann da nichts Falsches dran erkennen«, gab Trudi einen Kommentar ab. »Ich mach das auch oft.«

Er warf ihr einen nachsichtigen Blick zu. »Das wissen wir, Oma.«

Ich lag David am Herzen? Sofort drohte ich, weich zu werden, doch so leicht wollte ich es ihm auch nicht machen. Schließlich hatte er auf diese Aussprache bestanden. Abwartend sah ich ihn an.

»Die Wahrheit ist, dass ich in dem Moment, als deine Schwester zu uns kam, unglaublich wütend war. Allerdings auf mich selbst«, gestand er offen heraus. »Weil wir beide uns kurz vorher gestritten hatten und ich mir wie ein Idiot vorgekommen bin. Als dann Jutta plötzlich vor uns stand …«

»… hat sie deinen Ärger abgekriegt«, beendete ich seinen Satz. Diese Erklärung leuchtete mir ein. »Trotzdem wäre es schön gewesen, wenn du diplomatischer vorgegangen wärst und mich den Rest hättest erledigen lassen.«

»Du hast völlig recht! Natürlich möchte ich mich auch noch persönlich bei deiner Schwester entschuldigen«, versicherte er mir. »Aber bis dahin … verzeihst du mir?«

»Natürlich macht sie das«, warf Trudi eifrig ein. »Oder, Ariane, das tust du doch?«

»Vielleicht«, antwortete ich vage. Für mich war die Angelegenheit noch nicht erledigt. Dies war der perfekte Moment, um das anzusprechen, was ich auf dem Herzen hatte. »Ich möchte noch einmal auf das Thema eingehen, das wir vor dem Streit mit Jutta besprochen hatten. Du erinnerst dich?«, fragte ich spitz. »Als du mir nicht genug vertraut hast, um mir auch nur eine winzige Kleinigkeit von deiner Familie zu erzählen?«

David seufzte leise auf. Wahrscheinlich hatte er gehofft, ich würde die Sache auf sich beruhen lassen.

Ich baute mich mit verschränkten Armen vor ihm auf. Dass er größer war als ich und auf mich herabsah, milderte leider ein wenig den autoritären Effekt, den ich beabsichtigt hatte.

»Du hast von mir verlangt, ich soll diese ungewöhnliche Anziehung zwischen uns nicht einfach ignorieren, und dann hast du mich geküsst.« An dieser Stelle warf ich Trudi über die Schulter einen warnenden Blick zu, bevor sie ein weiteres ›Uuuuh‹ von sich geben konnte. Tatsächlich schloss sie abrupt ihren Mund und schwieg.

»Doch *ich* verlange dafür wenigstens so viel Vertrauen, wie man es einem guten Freund entgegenbringen würde! Wie soll ich mich in deiner Gegenwart fallen lassen und mich entspannen, wenn du permanent Geheimnisse vor mir hast?«

Es war David anzusehen, dass ihm nicht wohl in seiner Haut war. Reflexartig wollte er sich über seinen Zottelbart streichen, doch seine Hand griff ins Leere.

»Bitte, Ariane, ich habe meiner Familie ein Versprechen gegeben«, sagte er eindringlich. »Wie ich dir gerade gesagt habe, beschütze ich diejenigen, die mir am Herzen liegen. Dazu gehören selbstverständlich auch meine Mutter und meine Schwester.«

»Das ist doch nur meinetwegen«, half ihm Trudi. Mit einem schmerzhaften Ächzen beugte sie sich vor und griff nach meiner Hand. »Du hast damit rein gar nichts zu tun. Ich soll nichts über das Leben der beiden erfahren, Ariane, deshalb darf David nichts erzählen. Es soll eine Strafe *für mich* sein.«

In Trudis Blick lag ein tiefer Schmerz, und ich erkannte, dass die Strafe funktionierte.

Ich hatte ohnehin geahnt, dass ich bei David auf Granit beißen würde. Dafür war er viel zu loyal und ehrenhaft. Doch immerhin wusste er nun, dass er mich mit seiner Verschwiegenheit kränkte – ob er wollte oder nicht.

»Aber weshalb wollen sie dich bestrafen, Trudi? Was ist damals geschehen, dass du und deine Tochter heute noch zerstritten seid?«

Augenblicklich ließ Trudi meine Hand los. Sie sank auf ihr Kissen zurück und starrte mit verschlossener Miene auf die hellblaue Bettdecke.

Ich wandte mich zu David um, doch der sah auch nicht gerade glücklich aus.

»Diese Fragen *könnte* ich dir zwar beantworten, aber ich

fände es besser, wenn Trudi es dir erzählt. Da ich damals noch nicht auf der Welt war, kenne ich die Geschichte auch nur vom Hörensagen. Und ich muss dich warnen: Es ist keine schöne Geschichte.«

Ich nickte. Selbstverständlich war ich nicht davon ausgegangen, dass Mutter und Tochter zerstritten waren, weil Astrid zum Geburtstag das falsche Geschenk bekommen hatte.

»Ich will mir nicht anmaßen, ein Urteil zu fällen oder Partei zu ergreifen. Ich will nur endlich die Wahrheit erfahren!«, beharrte ich.

Durch Trudis Herzinfarkt, mein Eingreifen und meiner Beziehung zu David war ich ein Teil dieser Geschichte geworden. Allerdings kannte ich nur das traurige Ende der Familientragödie und die negativen Auswirkungen, die es auf David und mich hatte.

»Bitte, Trudi«, flehte ich. »Ich muss es wissen!«

Unverwandt starrte sie auf die Bettdecke. Hatte sie mir überhaupt zugehört?

»Seit dem Tod meines Mannes habe ich mit niemandem mehr darüber gesprochen«, sagte sie schließlich mit brüchiger Stimme. »Das hat es einfacher gemacht, vor der Erinnerung zu fliehen. Kaum etwas liegt so schwer auf der Seele wie das Unrecht, das man einem geliebten Menschen angetan hat.«

Sie blickte auf und sah mir in die Augen. »Die Wahrheit ist, dass ich allein die Schuld an allem trage. Ich habe etwas Unverzeihliches getan, und es vergeht kein Tag, an dem ich es nicht bereue.«

Trudi stieß einen tiefer Seufzer aus und begann zu erzählen.

19. Kapitel

»Walther und ich haben unser erstes Kind verloren.« Mit verkniffener Miene wandte Trudi den Kopf zum Fenster und sah auf den wolkenlosen blauen Himmel hinaus. »Plötzlicher Kindstod. Sie hieß Eva und war ein kleiner Sonnenschein. Mit dem schönsten Lächeln, das man sich vorstellen kann.«

Selbst nach über siebzig Jahren war Trudis Trauer spürbar und erfüllte schwer und grau das Krankenzimmer.

»Schließlich wollten Walther und ich einen erneuten Versuch wagen, doch es klappte einfach nicht. In fünfzehn Jahren wurde ich nur zwei Mal schwanger, und beide Male hatte ich eine Fehlgeburt. Als ich dann auf die vierzig zuging, hatten Walther und ich die Hoffnung aufgegeben. Es war schwer für uns, weil wir uns immer Kinder gewünscht hatten.« Trudi stockte und hob leicht die Schultern. »Aber insgeheim war ich wohl sogar ein wenig erleichtert. Weil ich Angst hatte, uns würde noch einmal ein so grauenvoller Schicksalsschlag treffen wie bei Eva. Das hätte ich nicht verkraftet.«

»Die Fehlgeburten waren sicherlich auch schlimm«, bemerkte ich vorsichtig.

»Natürlich waren sie das.« Sie sah mich mit großen Augen an. »Aber es ist noch viel schlimmer, ein Baby beerdigen zu müssen, das du im Arm gehalten hast. Du hast seinen Duft eingeatmet, es geküsst und mit den Fingerspitzen über den weichen Haarflaum gestrichen. Eva ist nur eingeschlafen, wenn Walther ihr ›Guten Abend, gute Nacht‹ vorgesungen hat.« Trudi lachte traurig. »Dabei konnte er überhaupt nicht singen. Es war eher ein tiefes, unmelodiöses Brummen, aber Eva hat es gefallen.«

Tränen sammelten sich in ihren Augen. »Wenn ich sie mit Karottenbrei füttern wollte, hat sie ihn jedes Mal mit Karacho ausgespuckt. Noch heute kann man einen vergilbten Breifleck an der Küchenwand erkennen. Bei einer späteren Renovierung habe ich Walther gedroht, mich von ihm scheiden zu lassen, wenn er ihn überstreicht. Weil dieser Fleck alles ist, was von Eva übrig geblieben ist.« Nun musste auch ich gegen die Tränen ankämpfen. Das war so unsagbar traurig.

Trudi wischte sich über die feuchten Augenwinkel und räusperte sich. »Zu unserer großen Überraschung wurde ich jedoch noch einmal schwanger, und dieses Mal schien alles gut zu gehen. Heute ist das normal, aber in den Augen der Ärzte war ich damals mit fast vierzig eine uralte Schwangere. Am liebsten hätten sie mir neun Monate lang Bettruhe verordnet, um kein Risiko einzugehen. Und ich …« Sie machte eine Pause und blickte wieder zum Fenster. »Ich habe mir gar nicht erst erlaubt, mich auf das Kind zu freuen. Meine Angst, dass es wieder schiefgehen könnte, war zu groß. Das war vermutlich der erste Fehler, den ich bei Astrid gemacht habe. Ich habe mich vor ihr verschlossen, noch ehe sie geboren worden war.«

David trat hinter mich und legte mir eine Hand auf die Schulter. Als ich zu ihm aufsah, lag sein Blick unverwandt auf Trudi. An seiner bewegten Miene konnte ich erkennen, dass ihre Erzählung auch ihm naheging.

»Als Walther und ich sie dann endlich in unseren Armen hielten, konnten wir es kaum glauben«, fuhr Trudi lächelnd fort. »Astrid war unser ganz persönliches Wunder. Trotzdem fühlte ich mich noch nicht sicher, im Gegenteil. Schließlich war uns Eva auch erst nach einigen Monaten genommen worden.«

Ihre Stirn legte sich in Falten. »Astrid war ganz anders als ihre Schwester. Sie war unruhig, quengelte und schrie viel. Sehr viel sogar. Doch selbst wenn sie mal tief und fest eingeschlafen war, fand ich keine Ruhe. Ich konnte kaum eine Stunde am Stück schlafen, weil ich jedes Mal schweißgebadet aufgewacht bin und wie unter Zwang zu ihrem Bettchen rennen musste, um die Atmung zu kontrollieren.«

Jeden Tag mit dieser Angst zu leben musste eine unglaubliche Belastung gewesen sein. Der Tod ihres ersten Kindes hatte Trudi traumatisiert. Heutzutage würde man eine Mutter zum Psychologen oder wenigstens zu einer Selbsthilfegruppe schicken, doch damals war man wohl der Meinung gewesen, dass die Eltern mit so etwas alleine fertig werden mussten.

»Das erste Jahr ging vorüber, und Astrid wurde uns nicht durch den plötzlichen Kindstod genommen. Doch die Schwierigkeiten, die ich von Anfang an mit ihr gehabt hatte, blieben. Astrid war ein Papakind, und sobald sie sprechen konnte, gab sie mir Widerworte.« Trudi verdrehte die Augen. »Sie hat mir damit den letzten Nerv geraubt!«

»Man fragt sich, von wem Astrid diese Aufmüpfigkeit wohl geerbt hat«, murmelte ich.

»Vielleicht waren wir uns tatsächlich zu ähnlich und sind deshalb ständig aneinandergeraten«, meinte Trudi nachdenklich. »Vielleicht lag es auch an unserem schlechten Start. Ich weiß es offen gestanden nicht.«

Sie hielt mit ihrer Erzählung inne, um einen Schluck Wasser zu trinken. David nutzte die Gelegenheit, um wieder auf seinem Stuhl Platz zu nehmen und mich wie selbstverständlich auf seinen Schoß zu ziehen.

»Ist das okay?«, fragte er dicht an meinem Ohr. »Ich brauche im Moment deine Nähe.«

»Natürlich ist das okay.« Ich griff nach seiner Hand.

Obwohl ich überhaupt nicht zur Familie gehörte, hatte mich Trudis Erzählung aufgewühlt, und für David war es bestimmt noch schwieriger.

Trudi saß, gestützt vom Kopfteil des Bettes, aufrecht in ihrem Bett und schien tief in Gedanken versunken zu sein.

»Und wie ging es weiter?«, hakte ich nach.

Trudi hob den Kopf und kehrte in die Realität zurück. »Astrid wurde größer und wuchs zu einer schönen und selbstbewussten Frau heran. Sie war eigensinnig und wusste genau, was sie wollte.« Trudi schmunzelte. »Die Männer im Dorf haben sich an ihr die Zähne ausgebissen. Keiner war in ihren Augen gut genug. In Astrid brannte ein Feuer, eine Lust auf das Leben und die Welt da draußen, weit weg von Rügen. Sie wollte sich die schillernden Metropolen wie New York, London und Paris ansehen, aber das war zu DDR-Zeiten natürlich nicht möglich. Die einzige Alternative war ein längerer Besuch bei meiner Schwester, die mit ihrem Mann in einem Dorf an der Grenze zur Tschechei lebte. Tja, und als Astrid zurückkam …«, Trudi stieß einen tiefen Seufzer aus, »… hat sie uns gestanden, dass sie sich Hals über Kopf verliebt hat. In einen Tschechen namens Adam Novak, der sich selbst für einen hochbegabten und aufstrebenden Künstler hielt.«

Zum ersten Mal schwang ein abfälliger Ton in ihrer Stimme mit. Mir war sofort klar, dass Trudi diesen Adam Novak nicht leiden konnte.

»Für Astrid war es die große Liebe, obwohl der Kerl fünfzehn Jahre älter war als sie. Ich habe auf den ersten Blick erkannt, dass er ein Hallodri ist.« Sie verzog das Gesicht, als hätte sie einen bitteren Geschmack im Mund. »Ein selbstverliebter Kerl, dem es gefiel, von einer jungen Frau wie Astrid angehimmelt zu werden. Er erzählte uns von den hochtrabenden Plänen, die er hatte. Von angesehenen Galerien, die angeblich großes Interesse an seinen Werken hätten, und wenn die Ausstellungen unter Dach und Fach wären, würden er und Astrid ins Ausland reisen. Er würde ein berühmter Künstler werden und Astrid die Welt zu Füßen legen.«

Trudi schnaubte. »Alles nichts als Luftschlösser! Ich habe damals ein wenig nachgeforscht und mich umgehört. In Wahrheit interessierte sich kein Mensch für Adam Novaks Kunst. Er hielt sich mit Gelegenheitsjobs über Wasser, und was er verdiente, reichte nicht einmal für regelmäßige Mahlzeiten oder ein Dach über dem Kopf. Er schlief bei Kumpels und schnorrte sich durch.«

In mir regte sich eine gewisse Skepsis. Ich war mir nicht sicher, wie objektiv Trudis Bericht war, wenn es um Adam Novak ging. Wahrscheinlich hätte uns ihre Tochter eine ganz andere Geschichte erzählt.

»Natürlich habe ich Astrid vor ihm gewarnt, aber sie wollte nicht auf mich hören. Sie hat mir vorgeworfen, ich würde ihr ihr Glück nicht gönnen und sei neidisch auf die großartige Zukunft, die vor ihr liegen würde. Daraufhin haben wir uns heftig gestritten.« Bitter ergänzte Trudi: »Wie so oft.«

Ich erinnerte mich an das Foto in dem Album, auf dem Mutter und Tochter wütend in die Kamera geblickt hatten. Ob das Bild womöglich in dieser Zeit aufgenommen worden war?

»Schließlich hat Astrid Rügen verlassen und ist mit Adam zusammengezogen. Sie musste Tag und Nacht schuften, um Miete, Essen und Strom bezahlen zu können. Der Herr Künstler hatte selbstverständlich wichtigere Dinge zu tun und musste an seinen Werken herumpinseln.« Trudi hatte sich in Rage geredet und ballte die Hände zu Fäusten. »Während Astrid putzen gegangen ist, hat er andere Frauen in ihre Wohnung geholt und sie nackt Model stehen lassen. Angeblich alles für die Kunst. Aber das habe ich keine Sekunde lang geglaubt. Männer wie Adam Novak können doch ihre Finger nicht bei sich lassen!«

Ich warf David einen Seitenblick zu. Ob es ihn wohl störte, dass Trudi so abfällig über seinen Vater sprach? Seine Miene wirkte völlig unbewegt, und ich hätte nicht sagen können, was in diesem Moment in ihm vorging.

Trudi atmete tief durch und wurde wieder etwas ruhiger. »Jede Nacht habe ich darum gebetet, dass Astrid endlich vernünftig wird und Adam verlässt, aber Liebe macht bekanntlich blind. Als die beiden uns zwei Jahre später auf Rügen besucht haben, ahnte ich schon, dass etwas im Busch ist. Astrid erzählte uns freudestrahlend, dass Adam um ihre Hand angehalten hatte und sie bald heiraten würden. Sie sagte, als Hochzeitsgeschenk wünsche sie sich einzig und allein, dass wir ihre Wahl akzeptieren. Walther war zwar nicht glücklich über diese Neuigkeit, doch er vermisste Astrid so sehr, dass er ihnen seinen Segen gab. Aber ich ...«, sie rang hilflos die Hände, »... ich konnte das nicht. Eine liebende Mutter kann ihr Kind doch nicht in sein Unglück rennen lassen, oder? Ich musste etwas unternehmen. Selbst auf die Gefahr hin, dass Astrid mich dafür hasst.«

Mir wurde abwechselnd heiß und kalt. Was meinte Trudi denn damit? Was hätte sie gegen die geplante Hochzeit denn schon unternehmen können?

Trudis Stimme wurde leiser, als sie fortfuhr: »Zu jener Zeit war es auf Rügen verboten, sich nach Einbruch der Dämmerung am Strand aufzuhalten. Grenzbeamte patrouillierten die ganze Nacht, um Flüchtlinge am Verlassen der DDR zu hindern. Die Flucht übers Wasser war höchst riskant, aber trotzdem gab es immer wieder Wagemutige, die ihr Leben für die Freiheit aufs

Spiel setzten. Deshalb kam mir eine Idee.« Ihre Stimme brach, und minutenlang herrschte Schweigen.

Ich durchforstete mein Gehirn nach den Informationen, die ich über die Grenzflüchtlinge abgespeichert hatte. Wenn ich mich richtig erinnerte, hatten damals mehr als 5000 DDR-Bürger versucht, über die Ostsee zu entkommen. Schwimmend, tauchend, mit einem Boot, einer Luftmatratze oder einem Surfbrett. Nur etwa 900 Menschen gelang die Flucht, über 170 Erwachsene und Kinder waren gestorben.

Davids Hand an meinem Rücken versteifte sich. »Bring die Geschichte zu Ende, Großmutter. Erzähl Ariane, was du getan hast!«

Am liebsten hätte ich den beiden versichert, dass ich auch gut ohne das Ende der Geschichte leben konnte. Ich ahnte, dass ich Trudi, meine geliebte Ersatz-Großmutter, für immer mit anderen Augen sehen würde, sobald ich die Wahrheit erfahren hatte.

Ihre wässrig-blauen Augen richteten sich auf mich. »Ich wollte meine Tochter vor diesem egoistischen Schürzenjäger beschützen, Ariane! Es war eine reine Affekthandlung – ich hatte noch nicht einmal fingierte Beweise parat oder die Zeit, mir eine glaubhafte Geschichte auszudenken. Ich bin einfach zu den Grenzbeamten hingegangen und habe ihnen erzählt, dass der Verlobte meiner Tochter plant, in der kommenden Nacht über die Ostsee in den Westen zu flüchten. Sie haben mir meine Anschuldigungen ohne Weiteres abgekauft.«

Entsetzt schlug ich mir die Hand vor den Mund. Es fiel mir schwer, mich zurückzuhalten. Wie hatte Trudi so etwas nur tun können? »Doch die Sache ging nach hinten los. Obwohl ich diesen Idioten mehrmals versicherte, dass meine Tochter mit Adams Fluchtplänen nichts zu tun hatte, haben sie Astrid daraufhin ebenfalls festgenommen. Schließlich war sie seine Verlobte. In ihren Augen war es unwahrscheinlich, dass Adam ohne sie gegangen wäre. Ich hatte gedacht, sie würden mir einfach glauben, dass Astrid unschuldig ist. Wie dumm und naiv ich war!«

Tränen rollten Trudis Wangen hinab, doch ich konnte mich nicht überwinden, tröstend nach ihrer Hand zu greifen. Was sie getan hatte, war ungeheuerlich.

»Astrid wusste sofort, dass ich dahintersteckte. Sie hat mich angeschrien, dass sie mich nie mehr in ihrem Leben sehen will.«

Zitternd holte Trudi Luft. »Erst danach habe ich von Walther erfahren, dass sie damals schon im vierten Monat schwanger war. Mit dir, David.«

Obwohl sie ihn ansprach, brachte Trudi es nicht über sich, ihren Enkel anzusehen. »Astrid wollte mir wohl erst später von der Schwangerschaft erzählen und abwarten, bis ich die Nachricht von der geplanten Hochzeit verkraftet habe.«

Fassungslos starrte ich Trudi an, unfähig mich zu regen oder ein Wort herauszubringen.

»Natürlich habe ich sofort versucht, meine Anschuldigung zu widerrufen und die Sache richtigzustellen«, beteuerte sie. »Es war mir egal, ob ich für meine Lüge ins Gefängnis kommen würde. Hauptsache, sie ließen meine Tochter wieder frei! Doch Astrid wurde trotzdem über zwei Wochen festgehalten, Adam sogar noch länger.«

Trudi schluchzte auf und warf uns einen flehentlichen Blick zu. »Bitte, glaubt mir, dass ich das nicht gewollt habe!«, beteuerte sie unter Tränen. »Es war ein riesengroßer Fehler, und ich hätte alles dafür getan, ihn rückgängig zu machen. Es tut mir so unglaublich leid!«

»Wir sind nicht diejenigen, die du um Verzeihung bitten musst«, gab David mit belegter Stimme zurück.

Ein Schatten legte sich über ihr Gesicht. »Ich weiß.«

Ich sah eine alte, gebrochene Frau vor mir, die Schultern gebeugt vor Schuld und Gram. Seit mehreren Jahrzehnten lebte sie schon mit ihrer Strafe und litt unter den Konsequenzen ihrer Tat.

»Aber Astrid hat sich an ihr Versprechen gehalten«, sagte Trudi traurig. »Sie wollte nichts mehr mit mir zu tun haben, und ich kann es ihr nicht verübeln. Ich habe ihr unzählige Briefe geschrieben und mich bei ihr und Adam entschuldigt, doch ich habe nie eine Antwort erhalten. Natürlich bin ich auch zu ihnen nach Prag gefahren, aber Astrid hat sich geweigert, mich zu sehen. Sie ist nicht einmal zur Beerdigung ihres Vaters nach Rügen gekommen. Vier Tage später lag auf dem Grab ein Kranz mit einem letzten Gruß an ihren geliebten Vater. Sie hat sich in aller Stille von ihm verabschiedet, nur um mir nicht begegnen zu müssen.«

Man konnte Astrid nicht vorwerfen, dass sie weiterhin einen Groll gegen ihre Mutter hegte. Jeder Mensch musste für sich selbst entscheiden, wann oder ob er bereit war zu verzeihen. Trotzdem ließ mich Trudis aufrichtige Reue nicht kalt und rührte etwas tief in meinem Inneren.

Nur eine Sache fügte sich noch nicht richtig ins Bild. »Und wie kam es dazu, dass David als Kind einen Sommer bei euch verbracht hat?«

Trudi nahm sich ein Taschentuch und putzte sich die Nase. Sie wirkte mitgenommen und erschöpft. »Das war einige Jahre vor Walthers Tod«, antwortete sie. »Bei Constanzes Geburt kam es zu Komplikationen, und Astrid musste längere Zeit im Krankenhaus bleiben. Adam musste sich allein um das neugeborene Baby kümmern und war mit zwei Kindern völlig überfordert. Er hat uns angerufen und Walther gebeten, David abzuholen, damit wir uns ein paar Wochen um ihn kümmern.«

Sie warf ihrem Enkel ein scheues Lächeln zu. »Am Anfang war es nicht leicht, da uns der Kleine überhaupt nicht gekannt hat. Aber dann haben wir einen wundervollen Sommer zusammen verbracht.«

»Der zu meinen schönsten Kindheitserinnerungen zählt«, ergänzte David. Zu meiner Überraschung erwiderte er Trudis Lächeln. »Danach habe ich meine Eltern jahrelang angebettelt, meine Großeltern wieder besuchen zu dürfen. Ich konnte einfach nicht verstehen, weshalb meine Mutter so dagegen war.«

Im ersten Moment konnte ich seine sanftmütige Reaktion nicht nachvollziehen. Doch dann erinnerte ich mich daran, dass er schon lange vor mir von Trudis Verrat erfahren hatte. Bestimmt hatte seine Mutter ihm davon erzählt, sobald er alt genug gewesen war. Irgendwie musste er seinen Frieden damit gemacht und Trudi verziehen haben, sonst wäre er nach ihrem Herzinfarkt nicht hergekommen.

Was für eine verfahrene Situation! Der kleine David musste seine Großeltern sehr vermisst haben, und seine Schwester Constanze hatte die beiden nicht einmal kennengelernt. Natürlich trug Trudi die Hauptschuld daran, aber war Astrid sich überhaupt bewusst, was sie ihren Kindern mit diesem Kontaktverbot angetan hatte? Und wie schmerzhaft das alles für Walther gewesen sein musste? So viele Menschen hatten leiden müssen.

Ich blickte zu Trudi, die gerade ihren Kopf zurücklegte und sich mit schmerzverzerrter Miene an ihre OP-Naht fasste. Die alte Frau litt vielleicht am meisten von allen Beteiligten, denn neben ihrer offenkundigen Schuld war sie am Ende ihres Lebens auch noch mit Einsamkeit gestraft.

David klingelte nach einer Schwester, und ich trat in Gedanken versunken ans Fenster. Es musste doch einen Weg geben, diese zerstrittene Familie wieder miteinander auszusöhnen!

20. Kapitel

Die Schwester verabreichte Trudi sowohl Beruhigungs- als auch Schmerzmittel und empfahl uns dringend, der Patientin Ruhe zu gönnen. Als wir uns verabschiedeten, bat mich Trudi noch, niemandem im Dorf von der Geschichte zu erzählen. Nicht einmal ihre Freundin Nane kannte die Wahrheit, denn Trudi hatte sich für ihre Tat zu sehr geschämt. Sie hatte damals behauptet, bei der Verhaftung von Astrid und Adam hätte eine Verwechslung vorgelegen. Dass Astrid danach nicht mehr zu Besuch gekommen war, hatte niemanden stutzig gemacht, denn das schlechte Verhältnis zwischen Mutter und Tochter war allseits bekannt gewesen. Ich fragte mich, wie groß die Liebe Walther Linnemanns gewesen sein musste, dass er nach wie vor zu seiner Frau gehalten hatte.

Nachdem wir das Krankenhaus verlassen hatten, schlug ich David vor, zum Abendessen zusammen in ein Fischrestaurant in Sassnitz zu gehen. Wir fuhren in getrennten Autos, da alles andere unpraktisch gewesen wäre. Kaum hatte ich meinen Wagen im Parkhaus im Sassnitzer Hafen abgestellt, empfing mich das vielstimmige Geschrei der Möwen. Die Fischkutter und Touristenfähren lagen vor Anker, und auch die Fischhändler, die vom Schiff aus geräucherten Hering und Fischbrötchen verkauften, hatten schon Feierabend gemacht. Ich ging ein paar Schritte, genoss die ruhige Atmosphäre und blickte in Richtung des grün-weißen Leuchtturms am Ende der Mole. Dahinter lag die Ostsee, und wenn man von hier aus mit dem Boot rausfuhr, konnte man schon in kürzester Zeit den Königsstuhl und die Kreidefelsen in all ihrer Pracht bewundern. Für ein paar Sekunden meinte ich, einen Hauch von Ewigkeit zu verspüren. Diese Insel hatte schon viele tragische Schicksale erlebt, ebenso Belagerungen und Naturkatastrophen, doch sie hatte all das überdauert. Rügen hatte schon lange vor meiner Geburt existiert und würde es auch tun, wenn ich längst gestorben war.

»So grüblerisch?« Davids Stimme riss mich aus meinen Gedanken.

Er trat neben mich, steckte sich den Autoschlüssel in die Tasche und folgte meinem Blick.

»Nach Trudis Erzählung ist das wohl unvermeidlich«, sagte ich mit einem tiefen Seufzen.

Er stimmte mir mit einem wortlosen Nicken zu. Dann starrte David hinaus aufs Wasser, und seine Gedanken schienen ebenfalls auf Wanderschaft zu gehen, denn mit einem Mal lag eine seltsame Entrücktheit in seinem Blick. Als wäre er ganz woanders.

»Woran denkst du gerade?« Ich biss mir auf die Zunge. Eine abgeschmacktere Frage hätte ich wohl kaum stellen können.

Er zuckte zusammen, als hätte ich ihn aus einem tiefen Traum gerissen.

»Entschuldige bitte, wie unhöflich von mir!«, sagte er. »Trudis Geschichte lässt mich einfach nicht los. Das alles bietet genug Stoff für einen Roman.«

Ich musste schmunzeln. »Aha, das ist also dein kreativer Künstlerblick! Das ist gut zu wissen.«

»Warum?«

»Normalerweise mögen es Frauen nicht, wenn ihnen der Mann nicht seine volle Aufmerksamkeit schenkt. Aber in diesem Fall kann ich damit leben.«

Ich hakte mich bei ihm unter und lotste ihn in Richtung des Restaurants. »Dann hast du heute einiges erfahren, das du bisher nicht gewusst hast?«

David nickte. »Natürlich habe ich mit Trudi schon einmal über dieses Thema gesprochen«, erzählte er. »Damals, als ich mich als junger Mann zum ersten Mal bei ihr telefonisch gemeldet habe. Selbstverständlich heimlich. Meine Mutter wusste nichts davon, und als sie es später erfuhr, hat sie eine Woche lang nicht mit mir geredet.«

Astrid hatte ihm das tatsächlich übel genommen? Diese Familie hatte wirklich ein großes Problem, das offenbar von Generation zu Generation weitervererbt wurde: Stolz.

»Doch am Telefon war ein so ausführliches und tiefschürfendes Gespräch wie heute nicht möglich gewesen«, ergänzte David. »Den Tod ihres ersten Kindes und die Fehlgeburten hat meine Großmutter damals zum Beispiel gar nicht erwähnt.«

Ich überlegte kurz. »Dabei verändert diese Vorgeschichte einiges.«

»Das finde ich auch«, bemerkte er. »Jetzt fügt sich alles zusammen. Wie ein Puzzle, das endlich ein Ganzes ergibt. Wir denken immer, wir sind frei in unseren Entscheidungen, aber eigentlich werden wir von unseren bisherigen Erlebnissen und den daraus gewonnenen Überzeugungen gesteuert.«

Er fuhr sich durch die Haare und seufzte. »Nichtsdestotrotz war es falsch, was meine Großmutter damals gemacht hat. Das Bedürfnis, ihre Tochter vor einer unglücklichen Ehe zu retten, reicht als Rechtfertigung für ihre Tat leider nicht aus.«

Wir betraten das Restaurant, wo uns lautes Stimmengewirr und der herrliche Geruch von gebratenem Fisch, Kräutern und Kartoffeln entgegenschlugen. Mein Magen reagierte sofort mit einem hungrigen Knurren. Leider waren jedoch alle Tische besetzt, und da wir nicht reserviert hatten, machte uns der Kellner keine Hoffnung, dass wir unter einer Wartezeit von zwei Stunden einen Tisch bekommen würden.

Unverrichteter Dinge traten wir wieder ins Freie.

»Tut mir leid«, sagte ich zerknirscht. »Ich habe vergessen, dass in der Hauptsaison immer proppenvoll ist. Seit das Restaurant in einem Reiseführer als Geheimtipp für Rügener Fischgerichte empfohlen wurde, ist es leider kein Geheimtipp mehr.«

»Man muss als Insulaner auf der Hut sein, wenn man einem Fremden eine persönliche Empfehlung gibt«, meinte David mit übertrieben ernster Miene. »Es könnte sich nämlich um einen Autor handeln, der inkognito für einen Reiseführer-Verlag unterwegs ist. Und ehe man es sich versieht, muss man in seinem schnuckeligen Lieblingsrestaurant drei Wochen im Voraus reservieren.«

Ich beäugte ihn misstrauisch, als würde ich ihn zum ersten Mal sehen. »Du schreibst aber nicht auch rein zufällig an so einem Reiseführer, oder? Sonst könnte ich dich nämlich nur noch an hässliche Orte und in schlechte Restaurants mitschleppen.«

»Nein, keine Sorge, deine Empfehlungen sind bei mir sicher«, sagte er mit einem Augenzwinkern. »Außerdem werde ich wohl ohnehin kein Buch mehr schreiben, da ich kurz vor dem Hungertod stehe. Zum Mittagessen hatte ich nur ein belegtes Brötchen aus der Cafeteria.«

Da hatten wir etwas gemeinsam. Das Salamibrötchen, das mein Vater mir gebracht hatte, war mein Frühstück *und* Mittagessen gewesen.

»Wie wäre es, wenn ich etwas für uns koche?«, schlug ich vor. »Wir müssten nur kurz im Supermarkt vorbeifahren und ein paar Sachen einkaufen.«

»So war das nicht gemeint. Bitte mach dir keine solche Mühe

So schlimm ist es auch wieder nicht.« David legte sich die flache Hand auf den Bauch, als könnte er damit seinen hungrigen Magen milde stimmen.

Ich winkte ab. »Das mache ich gerne. Ich liebe es zu kochen. Es entspannt mich.«

Das schien David zu überzeugen. »Dann lass uns einkaufen!«

Eine Stunde später stand ich in Trudis Küche, filetierte vier junge Matjesheringe, und David assistierte mir. Das Fenster stand offen, und der Vorhang tanzte im Luftzug. Es herrschte eine friedliche Stimmung, und wir arbeiteten so perfekt zusammen, als ob wir seit Jahren ein eingespieltes Team wären. Während David die grünen Bohnen putzte, erzählte er mir über seine Kindheit, obwohl ich ihn dieses Mal nicht dazu aufgefordert hatte. Ob meine deutlichen Worte an Trudis Krankenbett diesen Wandel bewirkt hatten? Tatsächlich waren David und seine Schwester in recht ärmlichen Verhältnissen aufgewachsen. Die Rollenverteilung bei seinen Eltern war auch nach der Hochzeit gleich geblieben: Astrid war arbeiten gegangen, und ihr Mann hatte sich seinem künstlerischen Schaffen gewidmet. Das hätte aber auch den Vorteil gehabt, meinte David, dass sich permanent andere Kunstschaffende und gesellschaftliche Außenseiter in ihrer Wohnung aufgehalten hätten. Er war inmitten von Aschenbechern, Wodkagläsern und philosophischen Gesprächen großgeworden. Auch in Sachen Liebe hatte die Künstler-Gemeinschaft wohl recht lockere Einstellungen vertreten. In dieser Zeit hatte David zahlreiche Dinge gelernt, unter anderem, niemals selbst eine dieser stinkigen Zigaretten in die Hand zu nehmen. Oder dass er seine zukünftige Frau mit keinem anderen Typen teilen wollte und jede Regel erst einmal in Frage stellte, bevor er sie befolgte.

»Das war wahrscheinlich auch der Grund, weshalb ich mich mit sechzehn Jahren über das Kontaktverbot, das meine Mutter verhängt hatte, hinweggesetzt habe. Es wollte mir einfach nicht einleuchten, weshalb ich nicht wenigstens mit meiner Großmutter telefonieren durfte.«

»Trotzdem ist dir die Entscheidung sicherlich nicht leichtgefallen«, bemerkte ich, während ich in Trudis Bratpfanne die Butter schmelzen ließ und den feingewürfelten Speck und die Zwiebeln anbriet.

»Noch heute fühle ich mich hin- und hergerissen.« David gab die Bohnen zum Kochen in das Salzwasser. »Die gemeine und hinterlistige Trudi, die mir meine Mutter immer beschrieben hat, habe ich nie kennengelernt. Mir gegenüber war meine Großmutter stets offen, aufmerksam und sehr herzlich. Man könnte meinen, meine Mutter und ich würden nicht über dieselbe Person sprechen. Noch heute prophezeit sie mir bei jeder Gelegenheit, dass Trudi eines Tages meine Gefühle mit Füßen treten wird, genau wie sie es bei ihr gemacht hat.«

Ich stellte die fertige Speckstippe beiseite und testete mit einem Messer, ob die Pellkartoffeln gar waren. »Es war mutig von dir, deinem Herzen zu folgen. So viel innere Stärke hätten bestimmt nicht viele Teenager aufgebracht.«

Er seufzte auf. »Erzähl das mal meiner Schwester Conny. Sie ist natürlich auf der Seite meiner Mutter und hält Oma Trudi für die Ausgeburt des Teufels. In den Augen der beiden bin ich ein Verräter.« Er stieß einen tiefen Seufzer aus. »Aber das ist ja auch nicht überraschend, schließlich bin ich nur ein Mann, und der Apfel fällt nicht weit vom Stamm.«

Er hatte es scherzhaft dahingesagt, doch eine Prise Bitterkeit schwang in seinem Tonfall mit. Bisher hatte David kein schlechtes Wort über seinen Vater fallen lassen, trotzdem konnte ich mich des Eindrucks nicht erwehren, dass er ebenfalls keine hohe Meinung von Adam Novak hatte.

»Denkst du, Trudi und deine Mutter versöhnen sich eines Tages wieder?«

»Da müsste schon ein ziemlich großes Wunder geschehen«, antwortete er trocken und warf einen Blick auf die Bohnen, die in Salzwasser und Bohnenkraut köchelten. »Ich glaube, die sind fertig. Wie sieht es bei dir aus?«

Ich brauchte einen Moment, um meine Aufmerksamkeit wieder aufs Kochen zu lenken, doch dann nickte ich zustimmend. »Wir können servieren! Ich muss nur noch den Matjes wieder aus dem Kühlschrank holen.«

Wir nahmen unsere Teller mit auf Trudis schmalen Balkon und setzten uns auf die ausgeblichenen Campingstühle. Unser Abendessen schmeckte herrlich – genau das Richtige für einen lauen Sommerabend. Danach griff David nach meiner Hand, wir saßen in einvernehmlichem Schweigen nebeneinander und blickten auf den dunkler werdenden Abendhimmel. Nach dem heutigen Tag war uns beiden nicht mehr nach Reden zumute. Ich legte meinen Kopf auf Davids Schulter, wir hingen unseren Gedanken nach und ließen uns von den Alltagsgeräuschen der Nachbarn umspülen, die durch die geöffneten Fenster des Mehrfamilienhauses nach draußen drangen. Eine tiefe Ruhe und Zufriedenheit erfüllte mich. Als wäre ich an dem richtigen Ort zur richtigen Zeit mit genau der richtigen Person.

Ich war fast schon verärgert, als das Piepen meines Handys den Augenblick zerstörte. Allerdings hielt mein Unmut nur so lange an, bis ich die Nachricht meiner Schwester Jutta las. Sie bestand aus einem Wort: ›Danke!‹. Gleich darauf schickte sie ein Foto von ihrem perfekt eingeparkten Auto. Leonie saß hinter dem Steuer, lächelte voller Stolz und hielt beide Daumen in die Höhe. Offenbar war ich in Sachen interne Familienzusammenführung gar nicht so schlecht!

Da es auf dem Balkon zunehmend kühler wurde, gingen David und ich schließlich hinein und räumten gemeinsam die Küche auf. Als wir fertig waren, standen wir unschlüssig voreinander. Ich fühlte mich plötzlich so befangen wie ein fünfzehnjähriger Teenager.

»Ich glaube, ich geh dann mal heim.«

David hielt meinen Blick fest und nickte wortlos. Er ließ sich nicht anmerken, ob er auf einen anderen Ausgang des Abends gehofft hatte. Das letzte Mal, als wir allein gewesen waren, hatten wir uns fast die Kleider vom Leib gerissen, und jetzt befand sich nur wenige Meter von uns ein äußerst bequemes Bett. Doch ich hatte das Gefühl, dass jetzt nicht der richtige Zeitpunkt dafür war. Heute waren David und ich uns auf eine andere Weise nähergekommen – eine, die tiefer ging als körperliche Nähe oder Leidenschaft.

Er trat einen Schritt auf mich zu und schloss mich in die Arme. »Danke, Ariane!«

Völlig überrascht von dieser spontanen Umarmung, nuschelte ich in sein T-Shirt: »Für was denn?«

Sein männlicher Duft umfing mich, und ich spürte überdeutlich die Stellen, an denen sich unsere Körper berührten.

Davids Atem streifte mein Ohr, als er antwortete: »Fürs Kochen, fürs Zuhören und einfach nur Dasein.«

Ein verheißungsvolles Kribbeln durchlief mich. Mein Entschluss zu gehen geriet ins Wanken.

»Jederzeit wieder«, krächzte ich.

Ehe ich es mir anders überlegen konnte, ließ mich David auch schon los und brachte mich zur Haustür.

21. Kapitel

»Jule, jetzt mach endlich auf!« Ich trommelte mit den Fäusten gegen die Tür der Schlossbibliothek, in der Jule um diese Zeit immer am Schreibtisch saß und arbeitete. »Das ist doch lächerlich. Ich weiß genau, dass du da drin bist. Kevin hat es mir gesagt, außerdem steht dein Auto draußen auf dem Parkplatz.«

Es war Montagnachmittag, und ich war nicht in allerbester Stimmung. Seit Jule mir ihre Zweifel wegen der Hochzeit gestanden hatte, ignorierte sie all meine Kontaktversuche. Meine Geduld war endgültig aufgebraucht. Sobald ich meine Kundentermine im Wellnessbereich des Schlosshotels absolviert hatte, war ich sofort hierhergeeilt. Doch damit hatte meine Freundin wohl gerechnet. Denn sie hatte prophylaktisch die Tür abgeschlossen. War das zu fassen? Wir waren doch nicht im Kindergarten!

»Ich trete die Tür ein, wenn du nicht sofort aufschließt!«, drohte ich.

Ich besah mir die massive Flügeltür und das ziemlich robust wirkende Messingschloss. Die Sache mit dem Eintreten war wohl keine so gute Idee.

Also versuchte ich es mit einer anderen Taktik. »Hast du mal daran gedacht, dass ich deine Trauzeugin bin und wir noch unzählige Dinge wegen der Hochzeit besprechen müssen?«, rief ich. »Denn falls du es vergessen hast: Du heiratest in fünf Tagen, und übermorgen reisen schon die ersten Gäste an. Wir müssen unbedingt unsere Checklisten abgleichen!«

Keine Reaktion. Wenn Jule noch mit dem Gedanken spielte, die Hochzeit platzen zu lassen, kümmerte sie das wohl auch nicht sonderlich.

Himmel, was sollte ich jetzt nur tun? Wenn Markus herausbekam, dass ich von Jules Zweifeln gewusst und ihm nichts verraten hatte, würde er mich wahrscheinlich einen Kopf kürzer machen. Er liebte diese Frau über alles.

Kraftlos ließ ich meine Stirn an die verschlossene Tür sinken. »Bitte, Jule«, flehte ich. »Mach auf! Ich will Markus und dir doch nur helfen. Vielleicht finden wir gemeinsam eine Lösung?«

Jule machte keine Anstalten, mich hereinzulassen. Auf diese Weise kam ich anscheinend nicht weiter. Mir blieb nichts anderes übrig, als für heute aufzugeben.

»Morgen Abend ist dein Junggesellinnen-Abschied«, erinnerte ich sie. »Sei wenigstens den anderen Mädels gegenüber so fair und nimm daran teil! Du weißt, dass du uns allen am Herzen liegst.«

Jule hatte sich eigentlich gegen einen Junggesellinnen-Abschied ausgesprochen, doch wir hatten ihr den Kompromiss abgerungen, in der Dorfkneipe einen lustigen Abend unter Frauen zu verbringen.

»Ich hole dich um Punkt 19 Uhr ab!«

Frustriert und enttäuscht wandte ich mich zum Gehen. Zum ersten Mal hörte ich ein Geräusch aus dem Innern der Bibliothek. Es klang wie ein leises Schluchzen.

*

Der restliche Tag verlief leider nicht viel besser. Am späten Nachmittag hatte ich einen Termin bei meiner Bank wegen der Geschäftsaufgabe. Nun, da ich meinen Entschluss gefällt hatte, wollte ich die Sache nicht auf die lange Bank schieben. Ich hatte sogar meinen Vater gebeten, mich zu dem Gespräch zu begleiten. In seiner Gegenwart musste man keine Angst haben, dass man über den Tisch gezogen wurde. Er hielt Banker für die größten Verbrecher auf der Welt und hatte die Angewohnheit, in einen seltsamen Tierjargon zu verfallen, wenn er über sie sprach.

»Das sind alles falsche Schlangen«, sagte er, noch bevor wir die Bank betraten. »Da musst du aufpassen wie ein Luchs, Ariane! Wir sind für die nur kleine naive Lämmchen, die sie zum Frühstück verspeisen wollen. Stell dir den Typ als hungrigen Wolf vor!«

Das war keine leichte Aufgabe, denn vor uns saß ein blutjunger Mann, der sichtlich nervös war. Sein Adamsapfel hüpfte über dem zu engen Hemdkragen auf und ab, während er seine Unterlagen auf dem Tisch zwanghaft im rechten Winkel anordnete. Hätte er uns erzählt, dass er heute Vormittag noch die Schulbank gedrückt hatte, hätte ich es ihm sofort abgekauft.

Das beeindruckte meinen Vater jedoch nicht im Mindesten. Er nahm das Bübchen ohne Gnade in die Mangel. Dabei behielt er seine seltsamen Vergleiche bei und redete von Haien und kleinen Fischen oder alten Elefantenbullen, die selbst Löwen in Angst und Schrecken versetzen konnten. Ich nahm an, dass mit dem Elefant er selbst gemeint war. Keine Ahnung, ob sein besonderes Verhandlungsgeschick Wirkung zeigte, aber am Ende schlossen wir mit dem jungen Berater einen Vergleich. Schließlich hatte ich schon über ein Jahr zuverlässig meine Raten abgezahlt, und wenn es mir nun gelang, alles zu marktüblichen Preisen zu verkaufen, würden sich meine Restschulden auf eine überschaubare Summe reduzieren. Die Bank würde die Kreditraten sogar aussetzen, bis ich eine neue Anstellung gefunden hatte.

Im Grunde hätte ich erleichtert aufatmen können, trotzdem fühlte ich mich ausgelaugt und niedergeschlagen, als ich nach dem Termin in meinen Laden zurückkehrte. Erst durch das Gespräch war mir bewusst geworden, dass ich mir noch keine Gedanken über meine Zukunft gemacht hatte. Wenn ich meinen Laden aufgab, musste ich mich selbstverständlich nach einem neuen Broterwerb umsehen. Sollte ich vielleicht in das Hotel, in dem ich die ersten Jahre gearbeitet hatte, zurückkehren? Sie hatten mich dort nur ungern ziehen lassen, und wenn ich Glück hatte, war eine Stelle frei. Tatsächlich hatte die Vorstellung, eine feste Anstellung zu haben und sich keine Sorgen mehr um Kundenakquise oder die Buchhaltung machen zu müssen, auch etwas Verlockendes an sich. Andererseits hatte ich es geschätzt, meine eigene Herrin zu sein und mich nicht nach den Anweisungen anderer richten zu müssen.

Als die offizielle Öffnungszeit vorüber war, warf ich einen Blick auf meinen Terminkalender. Da keine Kundentermine für mein mobiles Kosmetikstudio eingetragen waren, schloss ich die Ladentüre ab, schaltete mein Handy aus und ging ins Hinterzimmer. Ich wollte noch ein wenig mit mir und meinen Gedanken allein sein. Schnell hatte ich alle Zutaten bereitgestellt, die ich für die Seifenherstellung benötigte. Meine Lieblingsbeschäftigung war jetzt das Einzige, das mir helfen konnte. Es gab nichts, das mich so sehr entspannte, meinen Kopf klärte und meine Seele beruhigte.

Bevor ich loslegte, öffnete ich das Fenster und schaltete den Ventilator an, denn die Dämpfe, die bei der Seifenherstellung entstanden, waren ätzend und durften nicht eingeatmet werden. Auch Schutzbrille und Handschuhe waren notwendig. Ich stellte die Lösung aus destilliertem Wasser und Ätznatron her und ließ die Lauge, die sich beim Zusammenrühren erhitzte, auskühlen. Währenddessen schmolz ich Kokosfett und Sheabutter in einem Topf, dann gab ich noch Olivenöl und goldgelbes Rapsöl hinzu. Wenn man auf Rügen lebte, gehörte Rapsöl allein aufgrund des regionalen Aspekts dazu. Mit einem Handmixer vermengte ich die Öle und die Lauge, bis die Masse eine puddingartige Konsistenz annahm. Zufrieden blickte ich auf meine Mischung. Nun kam der kreative Teil, denn jetzt wurden die ätherischen Öle hinzugefügt. Ich entschied mich, keine meiner üblichen Seifen herzustellen, sondern eine neue Duftmischung auszuprobieren. Sogar meine Liste, auf der miteinander harmonisierende Düfte aufgeführt waren, ließ ich heute im Schrank. Stattdessen ging ich allein nach meiner Nase vor.

Ich nahm ein paar Tropfen der zitrisch duftenden Bergamotte, da sie zuversichtlich stimmte. Dann gab ich einen Schuss des beruhigenden Lavendels und etwas Mandarine hinzu. Der letzte dieser Düfte rief unweigerlich Gedanken an Weihnachten in mir wach, obwohl es mitten im August war. Eine plötzliche Sehnsucht nach der Geborgenheit und Sorglosigkeit meiner Kindheit ließ mich aufseufzen. Ehe ich es mich versah, hatte ich meiner Mischung noch Zimtöl hinzugefügt. Das war eine ziemlich gewagte Kombination, und ich war schon auf das Ergebnis gespannt. Gut möglich, dass ich alle Seifen in die Mülltonne werfen konnte, weil der Duft zu unruhig geworden war. Manchmal konnte schon ein einziger Tropfen des falschen ätherischen Öls dafür sorgen, dass man einen Seifengeruch als unangenehm empfand. Ich wühlte in meinem Schrank die diversen Silikonformen durch, und weil ich momentan in einer gefühlsbetonten Stimmung war, entschied ich mich für eine Herzform. Die Masse, die ich angerührt hatte, reichte für zwei Dutzend Herzseifen, und zum Abschluss gab ich zur Dekoration noch ein paar Bernsteinbrocken hinzu. Zufrieden stemmte ich die Hände in die Taille und besah mir mein Werk. Nun folgte der schwierigste Teil, denn jetzt hieß es geduldig sein. Die Seifen mussten mindestens drei bis vier Wochen reifen, bis sie fertig waren.

Bis zum Ende dieses Abends hatte ich noch zwei weitere Seifensorten hergestellt. Schließlich fuhr ich müde, aber in zuversichtlicher Stimmung nach Hause. Egal, was die Zukunft bringen würde, ich würde das schon schaffen.

*

Am nächsten Abend kam ich eine halbe Stunde zu früh bei Jule an. Statt gleich zu meiner Freundin hochzugehen, blieb ich jedoch vor dem Schlosshotel im Wagen sitzen. Das lag weniger daran, dass ich höflich sein wollte, als vielmehr an David. Wegen des Junggesellinnen-Abschieds konnten wir uns den zweiten Tag in Folge nicht sehen, und wir kompensierten das, indem wir uns permanent Nachrichten schrieben. Dabei hatte eigentlich auch David einiges zu tun, denn es gab ein Problem mit seiner Citroën DS. Wenn er morgen zu Trudi in die Klinik fahren wollte, musste er den Schaden noch heute beheben. Solche kleineren Ausfälle kamen bei seinem Oldtimer offenbar recht häufig vor, denn er hatte das wichtigste Werkzeug vorsorglich im Wagen verstaut. Wie er berichtete, hatte ihm Elfriede gerade ein kühles Bierchen in den Hof gebracht, weil ›hart arbeitende Männer‹ schließlich eine kleine Erfrischung bräuchten.

David: *›Ich glaube, sie hat mir dabei zugezwinkert. Vielleicht hätte ich zum Arbeiten doch nicht meinen ölverschmierten Overall anziehen sollen? Auf manche Frauen scheine ich darin extrem anziehend zu wirken …‹*

Ich: ›*Willst du mich etwa eifersüchtig machen? Mit Elfriede???*‹

David: ›*Kommt drauf an. Wirkt es denn?*‹

Ich: ›*Kommt drauf an. Schick mal ein Selfie in deinem Arbeitsoutfit, dann sag ich es dir!*‹

David: ›*Würde ich ja gerne, aber im Fernsehen sagen sie immer wieder, man soll keine erotischen Fotos von sich selbst verschicken. Am Ende landen die Bilder noch im Internet.*‹

Ich schüttelte lachend den Kopf. ›*Ich verstehe dein Dilemma. Was schlägst du vor?*‹

David: ›*Komm doch einfach schnell vorbei! Dann kannst du meine prickelnde Automechaniker-Erotik hautnah erleben.*‹

Tatsächlich war das ein verlockender Gedanke. Immerhin hatte ich noch knapp zwanzig Minuten Zeit, und schon bei der bloßen Vorstellung, David wiederzusehen, begann mein Herz aufgeregt zu flattern. Ich biss mir auf die Unterlippe, sah von meinem Handy-Display auf und … blinzelte irritiert. Die Flügeltür des Schlosshotels hatte sich gerade geöffnet, und meine Freundin Jule streckte den Kopf heraus. Sie schien misstrauisch die Umgebung zu beäugen. Mein Wagen fiel ihr inmitten der Gäste-Autos offenbar nicht auf, denn ihr Blick glitt daran vorüber. Schließlich öffnete Jule die Tür und trat mit zwei Koffern nach draußen. Ich schnappte nach Luft. Sie hatte doch nicht etwa vor …?

Mit fliegenden Fingern schrieb ich an David: ›*Tut mir leid, hier scheint sich gerade eine Katastrophe anzubahnen. Hdl, Ariane*‹

Ich hatte die Nachricht schon abgeschickt, ehe mir mein Abschiedsgruß richtig bewusst wurde. Hatte ich David wirklich gerade geschrieben, dass ich ihn lieb hatte?

Ach, egal jetzt! Ich musste mich um die nahende Katastrophe kümmern.

Jules Koffer waren anscheinend recht schwer, denn sie hatte

Mühe, damit die Schlosstreppe hinunter zu ihrem Wagen zu gelangen. Das war meine Chance! Ich öffnete die Autotür, wollte einen Fuß hinaussetzen und wurde ruckartig in meinen Sitz zurückgezogen. In der Aufregung hatte ich vergessen, dass ich noch angeschnallt war. Kaum hatte ich mich befreit, sauste ich los und schlängelte mich zwischen den Autos hindurch. Aus Gewohnheit hatte ich meinen Wagen leider auf den Angestelltenparkplätzen in der hintersten Reihe abgestellt.

»Jule, was soll denn das?«, rief ich ihr schon von Weitem zu. »Bleib sofort stehen!«

Selbstverständlich bewirkte ich damit das genaue Gegenteil. Jule sah erschrocken auf und beschleunigte ihre Schritte. Schon war sie bei ihrem Wagen am Fuß der Schlosstreppe. Sie riss die Hintertür auf und pfefferte den ersten Koffer mit Schwung auf die Rückbank. Im zweiten befanden sich aber offenbar ihre Kosmetikartikel und Schuhe, denn sie konnte ihn trotz allergrößter Anstrengung nicht auf den Autositz hieven. Sie ächzte und merkte nicht einmal, dass ich sie inzwischen eingeholt hatte.

»Brauchst du vielleicht Hilfe beim Einladen?«, fragte ich mit eisiger Stimme.

Jule erstarrte und drehte sich zu mir um. Sie sah schrecklich aus. Als hätte sie seit Tagen nicht mehr richtig geschlafen. Tränen rannen über ihre Wangen, und ihre Augen hatten einen schwarz verschmierten Rand aus Wimperntusche, der an einen Pandabären erinnerte. Ihre Schultern sackten hinab.

»Ich kann nicht mehr, Ariane. Ich kann einfach nicht mehr.«

Ehe ich etwas erwidern konnte, fiel sie mir mit einem erstickten Laut um den Hals, und ihr zierlicher Körper wurde von Weinkrämpfen geschüttelt.

Meine Wut verpuffte. Ich legte meine Arme um sie und strich ihr tröstend über den Rücken.

»Schhhhh! Alles wird gut, Jule«, flüsterte ich immer wieder, obwohl ich keine Ahnung hatte, um was es überhaupt ging. »Wir kriegen das schon hin.«

Doch meine Worte schienen Jule kein bisschen zu beruhigen. Jetzt, nachdem ihr Widerstand gebrochen war, klammerte sie sich an mich wie eine Ertrinkende, und ihr Schluchzen hallte über den ganzen Vorplatz.

Aus den Augenwinkeln bemerkte ich, dass im ersten Stock ein Vorhang beiseitegeschoben wurde und zwei Gäste des Hotels neugierig aus dem Fenster spähten. Wir mussten hier verschwinden, aber wohin? Die Kneipe kam nun nicht mehr in Frage, oben im Schloss saß Markus mit dem Baby, und bei mir zu Hause waren meine Eltern.

Mir kam eine Idee. »Jule, steht deine alte Wohnung noch leer?«

Bevor Jule mit Markus zusammengekommen war, hatte sie als Hotelmanagerin in einer kleinen Wohnung im Erdgeschoss gelebt. Meine Freundin nickte wortlos, das Gesicht an meine Schulter gepresst.

»Vielleicht wäre es ganz gut, dorthin zu gehen«, sagte ich. »Hier stehen wir mitten auf dem Präsentierteller.«

Vorsichtig löste ich ihre Arme von meinem Hals und griff nach dem schweren Koffer. »Das Gepäck nehmen wir lieber wieder mit rein, okay?«

Mir fiel ein Stein vom Herzen, als sie erneut nickte und den zweiten Koffer von der Rückbank zog. Vorerst schien sie ihren Fluchtplan aufgegeben zu haben. Jule schwankte bedenklich, als sie neben mir die Treppe nach oben lief, und ich legte einen Arm um ihre Taille, um sie zu stützen. Als ich merkte, wie dünn sie geworden war, erschrak ich. Unter den Kleidern konnte ich ihre Knochen spüren.

Ich kam mir wie ein Einbrecher vor, als wir auf Zehenspitzen durch das Foyer des Hotels schlichen. Um diese Uhrzeit war die Rezeption zum Glück nicht mehr besetzt, und die Gäste konnten im Notfall über eine Sprechanlage mit Markus oder Jule Kontakt aufnehmen.

In Jules früherer Wohnung war die Luft abgestanden und so stickig, dass ich sofort ein Fenster öffnete. Jules persönliche Gegenstände waren zwar verschwunden, aber die Möbel standen immer noch auf ihrem alten Platz. Wie ein Häufchen Elend saß meine Freundin auf dem Sofa und hörte einfach nicht auf zu weinen. Was leider auch bedeutete, dass ich noch immer kein vernünftiges Wort aus ihr herausbringen konnte. Aus den Satzfetzen, die sie ab und zu hervorstieß, wurde ich jedenfalls nicht schlauer. Sie schluchzte, dass alles ihre Schuld wäre und Markus die völlig falsche Frau heiraten würde. Das Päckchen Taschentücher, das ich aus meiner Handtasche gefischt hatte, war im Nu aufgebraucht, und in der Wohnung fand ich als Ersatz lediglich eine Rolle Toilettenpapier. Doch das schien Jule nicht zu stören. Sie wickelte gleich mehrere Lagen ab und presste ihr tränennasses Gesicht hinein. Hilflos setzte ich mich neben sie und strich ihr über den Rücken. Was sollte ich jetzt nur tun? Auf alle Fälle musste ich den anderen Bescheid geben, die jetzt wahrscheinlich schon in der Kneipe ›Zum Wellenbrecher‹ auf uns warteten. Ich entschied mich für zwei getrennte Nachrichten: Als Erstes schrieb ich meiner Schwester Jutta, dass wir nicht kommen würden, weil sich Jule nicht gut fühlte.

Ich fand, damit hatte ich mich sogar an die Wahrheit gehalten. Man musste sich die schluchzende Jule mit dem Berg aus Toilettenpapier vor ihrem Gesicht nur mal ansehen! Die zweite Nachricht schickte ich an Sophie. Ich bat sie, so schnell wie möglich in Jules alte Wohnung zu kommen. Ich zögerte einen Moment, doch dann machte ich kurzerhand ein Handyfoto von uns beiden auf dem Sofa, um Sophie die Dramatik der Situation bewusst zu machen.

22. Kapitel

Eine Viertelstunde später hörte ich Geräusche im Flur und – was mich stutzig werden ließ – Stimmengemurmel. Ich war gerade vom Sofa aufgesprungen, als auch schon die Tür aufging und Sophie gefolgt von Jutta, Nane und Shanti-Gertrud hereinkamen. Jule blickte erschrocken auf und vergaß für einen Moment sogar das Weinen.

»Die Nachricht war nur für dich bestimmt!«, sagte ich mit vorwurfsvoller Miene zu Sophie. »Weshalb bist du denn nicht allein gekommen?«

Jules Schwester hob hilflos die Schultern. »Nane hat zufällig auf mein Handy gesehen, als das Foto von euch beiden ankam. Nachdem die anderen erfahren hatten, was los ist, waren sie nicht mehr davon abzuhalten, mitzukommen.«

»Es war unsere Pflicht, Sophie zu begleiten«, sagte Shanti-Gertrud ohne die Spur eines schlechten Gewissens. Sie drängte sich einfach an mir vorbei und nahm meinen Platz neben Jule auf dem Sofa ein. »Wir sind Freundinnen, das bedeutet, dass wir in guten wie in schlechten Zeiten zusammenhalten. Wir sind der harte Kern der UGLY-Frauengruppe.«

Nane nickte zustimmend. »Fehlt nur noch Trudi, dann wären wir komplett.«

Ich konnte nicht anders, als gerührt in die Runde zu schauen. Sechs Frauen komplett unterschiedlichen Alters, die bereit waren, gemeinsam durch dick und dünn zu gehen.

Meine Schwester stellte einen Korb auf den Tisch, in dem

sich drei Sektflaschen, Gläser und mindestens ein Dutzend Muffins mit Schokoladenglasur befanden.

»Das war eigentlich für den Junggesellinnen-Abschied gedacht«, erklärte sie. »Weil Hinnerk keinen Sekt in der Kneipe anbietet. Ich dachte, den Alkohol könnten wir vielleicht auch hier gebrauchen.«

Jule putzte sich geräuschvoll die Nase. »Ein Glas Sekt wäre nicht schlecht«, meinte sie schniefend.

Das wertete ich als Fortschritt, schließlich war es der erste verständliche Satz, den sie von sich gab. Doch ich hob mahnend den Zeigefinger. »Aber nur, wenn du vorher mindestens einen halben Muffin isst. Du bist so dünn, dass ich dich Huckepack die Treppe eines Leuchtturms hochtragen könnte.«

Meine Schwester warf einen betont skeptischen Blick auf meine Oberarme. »Ich möchte dir ja nicht zu nahe treten, aber das müsste schon ein ziemlich niedriger Leuchtturm sein. So ein winziger für Zwergpiraten oder so.«

Jule stieß einen Laut aus, der irgendwo zwischen Auflachen und Schluchzen lag.

»Ich probiere mal, ob ich ein paar Bissen herunterbekomme.« Sie griff nach einem Muffin und steckte sich ein winziges Stück in den Mund.

Während sie aß, suchten wir uns alle einen Sitzplatz. Da neben Jule und der etwas molligen Shanti-Gertrud nur noch Nane auf das Sofa passte, setzte Sophie sich auf die Lehne. Jutta und ich schnappten uns ein paar Kissen, verteilten sie auf dem Teppichboden und nahmen im Schneidersitz darauf Platz.

»Ich wollte auf der Fahrt zur Kirche meine Hochzeit platzen lassen«, ergriff Shanti-Gertrud das Wort. Anscheinend lag für sie auf der Hand, weshalb Jule zusammengebrochen war. Was vielleicht auch an den beiden großen Koffern lag, die jetzt neben der Tür standen. »Natürlich habe ich meinen Wilhelm geliebt, aber es gab schon damals Seiten an ihm, die mir einfach nicht gefielen. Plötzlich habe ich mich gefragt, ob das ein schlechtes Zeichen ist. Vielleicht würden die Dinge, die mich an ihm störten, mit jedem Jahr mehr werden?«

»Über welche Dinge reden wir denn da?«, wollte Jutta wissen. »Über gedankenverlorenes Nasepopeln beim Fernsehen? Einen kleinen Fetisch für Pornoliteratur? Oder Rülpsen nach dem Essen?«

»Nein.« Peinlich berührt kratzte sich Shanti-Gertrud am Hals. »Es war sein Lachen, das mir auf die Nerven ging. Mein Wilhelm war ein richtiges Mannsbild, aber er kicherte immer wie ein kleines Mädchen, und zwischendurch stieß er dabei so schnorchelnde Laute aus – wie eine aufgeregte Sau bei der Trüffelsuche.«

Ich musste mir auf die Zunge beißen, um nicht loszuprusten. Aber ich konnte nachvollziehen, dass Wilhelms Lachen auf die junge Gertrud wahrscheinlich nicht sonderlich attraktiv gewirkt hatte.

»Wisst ihr, was mein Vater damals vor der Hochzeit zu mir gesagt hat? Ich würde spinnen und solle mich nicht so anstellen. Also habe ich Wilhelm an diesem Tag wie geplant geheiratet, und meine Zweifel haben sich tatsächlich als unbegründet erwiesen. Ich habe mich da wohl nur in etwas reingesteigert. Dreimal dürft ihr raten, was mir seit Wilhelms Tod am meisten fehlt!« Sie seufzte traurig auf. »Ich würde alles dafür geben, sein schnorchelndes Lachen noch einmal hören zu können.«

»Ich hatte auch Zweifel vor meiner Hochzeit mit Mattes«, gestand Jutta.

»Du?« Überrascht wandte ich mich zu ihr um. Davon hatte ich nichts gewusst. »Aber weshalb denn?«

Sie wich meinem Blick aus, nahm ein Kissen und drückte es schützend an sich. »Zum einen waren wir sehr jung, und ›bis dass der Tod euch scheidet‹ ist eine ziemlich lange Zeit. Aber zum anderen heiratet man nicht nur den Mann, sondern auch seine Familie. Meine Schwiegereltern mochten mich zu diesem Zeitpunkt nicht besonders, und der Gedanke, mit ihnen zusammen auf dem Hof unter einem Dach zu leben, erfüllte mich regelrecht mit Panik.«

»Aber du hast Mattes trotzdem geheiratet«, stellte Sophie fest.

»Ja, das habe ich. Weil ich ihn liebe. Die erste Zeit mit meinen Schwiegereltern war tatsächlich nicht leicht, aber Mattes hat immer zu mir gehalten«, erzählte Jutta, und ein stolzes Lächeln huschte über ihr Gesicht. »Er hat seinen Eltern deutlich gezeigt, dass ich seine Nummer eins bin. Ich glaube, das war das Wichtigste. Deshalb haben mich meine Schwiegereltern irgendwann akzeptiert, und heute verstehen wir uns ganz gut.«

Meine Schwester warf einen besorgten Blick in die Runde. »Ihr müsst versprechen, Mattes nichts davon zu sagen. Ich habe ihm nie etwas von meinen Zweifeln vor der Hochzeit erzählt.«

Wir nickten alle und gelobten Schweigen.

»Aber ich habe keine Zweifel wegen Markus«, sagte Jule in diesem Moment. Sofort hatte sie unsere ungeteilte Aufmerksamkeit.

Bevor sie die Aussage näher erklärte, schnappte sie sich jedoch erst mal ein Glas Sekt und kippte es in einem Zug hinunter. Sie schüttelte sich, hustete und fuhr dann fort: »Im Gegenteil. Markus ist wunderbar. Intelligent, humorvoll, leidenschaftlich und ein Kämpfer, aber er kann auch Schwäche zeigen. Für mich ist er perfekt. Aber …«, erneut füllten sich ihre Augen mit Tränen, »… ich bin es nicht. Jedenfalls jetzt nicht mehr. Die Frau, in die er sich verliebt hat, existiert nicht mehr. Markus darf mich nicht heiraten!«

Wie bitte? Ich verstand kein Wort. Hilfesuchend sah ich zu Jutta, die jedoch ebenfalls ratlos dreinblickte.

»Jetzt mal schön der Reihe nach«, sagte Sophie und schenkte Jule Sekt nach. »Erklär uns doch bitte, was du damit meinst. Meiner Meinung nach siehst du noch genauso aus wie letzten Sommer. Nur etwas dünner.«

»Ich spreche doch nicht vom Aussehen«, antwortete Jule matt. »Es geht um mich. Meinen Charakter. Mein Selbstbild. Ich dachte, ich bin ebenfalls stark und eine Kämpferin. Eine ebenbürtige Partnerin für Markus.«

Wieder trank sie ihr Sektglas in einem Zug leer. »Ich habe geglaubt, dass es nichts gibt, mit dem ich nicht klarkomme. Doch ich sag euch was ...«

Sie streckte ihren Rücken und blickte in die Runde, wobei ihr Oberkörper etwas schwankte. Da sie immer noch stillte, war es bestimmt über ein Jahr her, seit sie den letzten Alkohol getrunken hatte. »Ich bin die letzte Lusche, Mädels! Völlig unfähig und auf ganzer Linie inkompetent. Ich komme nicht mal mit den einfachsten Dingen klar.«

Sie seufzte und starrte in ihr leeres Glas. »Als ich letztes Jahr nach Rügen gekommen bin, hatte ich eine unglückliche Beziehung hinter mir, an die ich mich nur so lange geklammert hatte, weil ich mir mit meinen fast vierzig Jahren sehnlichst einen Mann und Kinder gewünscht habe. Eine eigene Familie war mein großer Traum. Und ... und jetzt habe ich das alles, aber«, sie schlug die Augen nieder und rang nach Luft, »es fühlt sich an wie der reinste Albtraum. Das Problem ist ...« Sie stockte.

Es fiel Jule sichtlich schwer, darüber zu sprechen. Während

sie mit sich kämpfte, zog Sophie ihre Schwester wortlos an sich und streichelte ihren Oberarm.

Jule hob den Kopf und blickte zu ihrer Schwester auf. »Sie hasst mich, Sophie!«, wisperte sie mit erstickter Stimme. »Katharina hasst mich.«

Ihrer Kehle entrang sich ein lautes Schluchzen. »Dabei liebe ich meine Tochter über alles. Ich würde ohne zu zögern mein Leben für sie geben. Aber sobald sie in meiner Nähe ist, fängt sie an zu schreien. Stundenlang! Und ich kann sie mit nichts beruhigen. Seit Markus geschäftlich häufiger in Stralsund übernachten muss, ist es noch schlimmer geworden. Nacht für Nacht schreit sie und schreit und schreit …« Jule rang verzweifelt die Hände. »Sie hört nicht auf damit, und ich verstehe einfach nicht, was ich falsch mache! Am nächsten Tag muss ich dann im Hotel arbeiten, mich um die Gäste und das Büro kümmern, selbst wenn ich nur ein oder zwei Stunden Schlaf bekommen habe. Aber dafür habe ich nicht mehr länger die Kraft. Ich halte das einfach nicht aus …«

Sie sank in sich zusammen, während ihr die Tränen über die Wangen liefen. »Dabei schaffen das andere berufstätige Mütter doch auch, oder? Ich bin offenbar nicht die starke Kämpferin, für die Markus mich hält. Stellt euch vor, ich habe sogar schon Angst davor, mit meiner Tochter allein zu sein. Aber das Schlimmste ist, dass Katharina bei meiner Schwiegermutter schläft wie ein Engelchen, während ich arbeite. Bei diesem alten, unfreundlichen Hausdrachen fühlt sich meine Tochter wohler als bei mir.«

Es war verständlich, dass sie das irritierte. Adelheid von Kronlitz trug den Beinammen ›Hausdrache‹ nicht umsonst.

Sophie, die in einer Praxis arbeitete, versuchte prompt, eine medizinische Erklärung zu finden. »Wir sollten ein Schlaf-EEG machen lassen! Es gibt eine spezielle Form der Epilepsie, die bei Kindern in der Einschlafphase …«

»Ich habe schon alles durchchecken lassen«, unterbrach Jule sie. »Ich war bei einem Spezialisten in Stralsund. Der Arzt hat gesagt, sie ist gesund. Es fehlt ihr an nichts. Also kann es nur an mir liegen. Was bin ich nur für eine schreckliche Mutter? Mein … mein eigenes Kind kann mich nicht ausstehen.«

Jules herzzerreißendes Schluchzen traf mich mitten ins Herz. Offenbar ging es den anderen genauso, denn nun versuchten sie alle gleichzeitig, Jule zu trösten. Lautes Stimmengewirr brach im Zimmer aus. Nane, Gertrud, Jutta und Sophie riefen, dass Jule sich das alles nur einbildete, dass sie eine großartige Mutter sei und es eben leider Babys gäbe, die mehr schrien als andere.

Nur ich schwieg, denn mir kamen die Situationen in den Sinn, in denen ich Jule mit Katharina erlebt hatte. Zum Beispiel als ich vor dem UGLY-Frauenabend die Kleine innerhalb weniger Minuten beruhigt hatte, indem ich mit ihr gesprochen hatte. Dabei war ich fast eine Fremde für sie. Ich hasste mich selbst dafür, aber plötzlich kam mir Jules Verdacht nicht mehr so abwegig vor. Es würde ihr jedenfalls nicht helfen, wenn wir ihre Sorgen nicht ernst nahmen.

»Jule hat recht«, sagte ich daher mit lauter Stimme. »Bei mir oder Sophie war das Baby ruhig und völlig normal. Aber sobald Jule mit Katharina allein ist, schreit die Kleine wie am Spieß. Das bildet Jule sich nicht nur ein.«

Für einen Augenblick herrschte betroffene Stille. Sogar Jule blickte mich mit weit aufgerissenen Augen an.

Plötzlich kamen mir Zweifel, ob ich die Situation richtig eingeschätzt hatte. Vielleicht hatte sich Jule tatsächlich nur gewünscht, dass wir ihr inbrünstig widersprachen und ihre Befürchtungen zerstreuten? Aber jetzt gab es kein Zurück mehr.

»Also, ich … ich denke nur, dass …«, stammelte ich. »Es könnte doch sein, dass du etwas übertreibst, Jule. Wegen des Babys, meine ich. Ich habe manchmal den Eindruck, dass du … na ja, ziemlich überfürsorglich bist und total verkrampfst. Vielleicht spürt das Katharina.«

Oh Gott, ich redete mich um Kopf und Kragen! Noch immer starrten mich alle ungläubig an, und meine Schwester zwickte mich verstohlen in den Oberschenkel. Jutta wollte mir wohl signalisieren, dass ich die Klappe halten sollte, aber ich musste die Sache richtigstellen!

»Tut mir leid, das kam falsch rüber«, entschuldigte ich mich hastig. »Eigentlich will ich nur sagen, dass du vielleicht etwas lockerer werden solltest. Wenn ich nur daran denke, wie viel Zeug wir für Kati zum UGLY-Frauenabend mitschleppen mussten.« Mit einem schiefen Grinsen versuchte ich, die Situation aufzulockern. »Neunzig Prozent der Sachen waren doch völlig unnötig. Es hat nur noch gefehlt, dass du Kati vorsichtshalber gegen Malaria impfen lässt.«

Jule wurde blass. »Du hältst mich also ebenfalls für eine unfähige Mutter«, sagte sie mit heiserer Stimme. »Danke für deine Ehrlichkeit, Ariane! Somit hatte ich recht: Meine Anwesenheit ist weder für Markus noch für Katharina gut.«

Sie machte sich von ihrer Schwester los und sprang auf. »Ich liebe die beiden über alles, und deshalb ist es besser, ich verschwinde aus ihrem Leben. Markus hat eine bessere Frau als mich verdient.«

»Nein, Jule!« Ein mehrstimmiger Aufschrei ging durchs Zimmer.

»Bist du irre?«, zischte Jutta mir zu. »Wenn du selbst Kinder hättest, wüsstest du, dass Mutterschaft ein hochsensibles Thema ist. Besonders so kurz nach der Geburt und beim ersten Kind.

Da ist jede Frau verunsichert. Mit deinem Geschwafel hast du alles nur noch schlimmer gemacht.«

Das merkte ich selbst. Fassungslos musste ich mitansehen, wie Jule zur Tür rannte.

»Jetzt warte doch! Das kriegen wir alles wieder hin!«, rief Sophie und lief hinter ihr her. »Wir alle zusammen. Hast du denn schon mit Markus darüber gesprochen? Das wäre nämlich dringend notwendig.«

Zu meiner Erleichterung blieb Jule tatsächlich stehen und drehte sich wieder zu uns um.

»Kein Wort zu Markus!«, zischte sie. »Er soll nicht wissen, dass ich auf ganzer Linie versagt habe und als Mutter eine Witzfigur bin. Ihr seid meine Freundinnen, und ihr müsst den Mund halten. Wenn eine von euch mit Markus darüber spricht, ist sie für mich gestorben. Das ist mein voller Ernst. Ist das klar?«

Wir nickten reflexartig.

Jule warf uns einen letzten warnenden Blick zu, dann stürmte sie zur Tür hinaus. Sie machte sich nicht einmal mehr die Mühe, ihre Koffer mitzunehmen. Oh Gott, was hatte ich nur angerichtet? Dabei hatte ich es doch nur gut gemeint. Offenbar war dies einer jener Momente gewesen, in denen ich meine Meinung besser nicht offen ausgesprochen hätte.

Ich rannte mit den anderen hinter Jule her. Dafür, dass sie so klein geraten war, legte sie ein beachtliches Tempo vor. Alle redeten durcheinander, und man konnte kaum ein Wort verstehen. Shanti-Gertrud rief etwas von Walgesängen und Meditation zur Entspannung; Nane erzählte von einem Mutter-Kind-Urlaub, den die Tochter ihrer Nachbarin gemacht hatte; Jutta vom Burnout-Syndrom bei arbeitenden Müttern, und Sophie fuhr ihre Schwester wütend an, dass sie genau wie früher einfach abhauen würde, sobald es ernsthafte Probleme gab. Doch all das schien an Jule einfach abzuprallen, als sie in schnellen Schritten das Foyer durchquerte.

Mein schlechtes Gewissen zerriss mich innerlich. Ganz offensichtlich hatte ich unterschätzt, wie schlecht es Jule ging. Durch den Schlafentzug, die Hotelleitung, die Hochzeitsvorbereitungen und quälenden Selbstzweifel, mit denen sie sich schon seit Wochen plagte, stand sie wohl kurz vor einem Nervenzusammenbruch. Ich musste die Sache wieder zum Guten wenden! Nur wie? Mein Blick blieb an der herrschaftlichen Treppe hängen, die zu den oberen Etagen führte. Im dritten Stock befand sich gerade ein völlig ahnungsloser Markus, der auf Katharina aufpasste, damit seine zukünftige Frau einen unbeschwerten Junggesellinnen-Abschied feiern konnte.

Ich atmete einmal tief ein und aus. Die Lösung lag auf der Hand: Ich musste Markus einweihen! Allerdings hatte ich Jule versprochen, genau das nicht zu tun. Es war ein ungeschriebenes Gesetz unter Frauen, dass man seiner besten Freundin nicht in den Rücken fiel. Wenn man ein Geheimnis nicht für sich behalten konnte, dann war man die Freundschaft nicht wert. Gut möglich, dass ich Jule für immer verlor, wenn ich mein Versprechen jetzt brach. Aber ich hatte keine andere Wahl.

Ich nahm all meinen Mut zusammen und lief die Stufen hoch. Am ersten Treppenabsatz sah ich noch einmal zurück und fing Sophies Blick ein. Sie war an der offenen Tür stehen geblieben und nickte mir mit ernster Miene zu. Ich wusste, dass sie alles daran setzen würde, Jule aufzuhalten, bis ich mit Markus zurückkam.

*

»Macht Jule sich etwa wieder Sorgen wegen der Kleinen? Bist du deshalb hier?«, fragte Markus. Seine Haare waren zerzaust, hinter ihm auf dem Tisch lagen ein paar Aktenordner, und auf seinem schwarzen Hemd zeichnete sich das Resultat eines erfolgreichen Baby-Rülpsers ab.

Mit einem nachsichtigen Seufzen zückte er sein Smartphone und hielt mir das Display hin, auf dem das schlafende Baby zu sehen war. In der unteren Ecke wurden sogar die Herztöne angezeigt. »Siehst du, alles in bester Ordnung! Ich bin sehr wohl in der Lage, ein paar Stunden alleine auf meine Tochter aufzupassen. Sag Jule doch bitte, dass sie mir ein bisschen mehr vertrauen soll, ja?«

Atemlos stand ich vor ihm und wusste im ersten Moment nicht, wo ich anfangen sollte. Schließlich fasst ich in kurzen Zügen alles zusammen, doch ich sprach so schnell, dass ich keine Ahnung hatte, ob Markus überhaupt etwas verstehen konnte.

Er war mit jedem meiner Sätze blasser geworden. »Sie glaubt, dass Katharina sie hasst? Und dass sie nicht gut genug für mich ist?«, fragte er fassungslos. »Deswegen will sie jetzt die Hochzeit platzen lassen?«

»Jule wollte sich nichts anmerken lassen und hat niemandem davon erzählt. Sie schämt sich, weil sie denkt, sie sei eine schlechte Mutter und könnte sich nicht einmal um ihre eigene Tochter kümmern.«

Plötzlich kam mir Trudi wieder in den Sinn und das, was sie über sich und ihre Tochter erzählt hatte. Trudi hatte ihre Ängste unbewusst auf das Baby übertragen, und die Mutter-Kind-Beziehung war deshalb von Anfang an schwierig gewesen. Vielleicht hatte ich mich vorhin Jule gegenüber ungeschickt ausgedrückt, doch ich hatte das Gefühl, dass ich auf der richtigen Spur gewesen war.

»Jule ist Kati gegenüber angespannt und verkrampft, weil sie partout nichts falsch machen will. Ich glaube, deshalb ist Kati bei ihr unruhiger und nervöser als bei anderen. Da Jules Selbstzweifel mit jedem Schreikrampf größer geworden sind, hat Kati die steigende Anspannung ihrer Mutter auch immer stärker übernommen. Das hat sich zwischen beiden hochgeschaukelt, und alleine kommen sie aus diesem Teufelskreis nicht mehr raus. Markus, du musst Jule helfen!«

»Wo ist sie jetzt?«

»Bei ihrem Auto«, sagte ich und trat zur Seite.

Markus hastete an mir vorbei und lief zur Treppe. Auf dem Weg nach unten übersprang er immer wieder ein paar Stufen, und ich konnte beim besten Willen nicht mit seinem Tempo mithalten.

Als ich kurz nach Markus aus dem Schloss trat, bot sich mir ein kurioses Bild. Nane, Shanti-Gertrud und Jutta standen mit besorgter Miene auf dem Vorplatz und sahen zu Jules Auto.

»Gib mir sofort den Schlüssel!«, keifte Jule.

»Auf gar keinen Fall.«

Sophie, die einen ganzen Kopf größer als ihre Schwester war, hielt den Autoschlüssel über ihren Kopf, und Jule sprang immer wieder in die Höhe, um ihn ihr abzunehmen. Wenn der Anlass nicht so ernst gewesen wäre, hätte ich vermutlich gelacht.

»Jule?« Markus' warme Stimme durchbrach den Streit zwischen den beiden Schwestern.

Jule erstarrte wie vom Donner gerührt. Augenblicklich ließ sie von Sophie ab und drehte sich zu Markus um. Nur einen Atemzug später entdeckte sie mich hinter ihm und begriff, was geschehen war.

»Verräterin!« Mit eiskalter Stimme fügte sie hinzu: »Du bist für mich gestorben, Ariane.«

Ich ignorierte den Schmerz, den ihre Worte mir zufügten. Im Moment gab es Wichtigeres.

Markus ließ Jule nicht aus den Augen, als er langsam auf sie zuschlenderte. Nach außen hin wirkte er völlig ruhig und gelassen.

»Ich wusste, dass ich die sturste und dickköpfigste Frau auf ganz Rügen heiraten werde. Doch wie sich nun herausstellt, ist sie offenbar auch die dümmste.«

Jules Gesichtszüge entgleisten. »Die dümmste?«, wiederholte sie. »Hast du gerade gesagt, ich sei die dümmste Frau auf Rügen?«

»Mindestens«, bestätigte er trocken. »Man könnte den Umkreis aber auch aufs Festland ausdehnen, es würde bestimmt immer noch zutreffen.«

»Denkst du, ich weiß nicht, was du da tust?«, fragte Jule. Ihre Augen verengten sich. »Du willst mich provozieren, um mich abzulenken. Aber nicht heute, Markus! Es ist mir ernst.«

»Schade!« Er seufzte auf. »Es wird wohl ein bisschen dauern, bis ich eine neue Frau finde, mit der ich so schön streiten kann wie mit dir.«

Jule erbleichte. »Eine … eine neue Frau?«, stammelte sie.

»Aber wenn es dir so ernst ist und du tatsächlich abhauen willst, bitte!« Wie von Zauberhand hielt er plötzlich den Autoschlüssel in der Hand und streckte ihn Jule auffordernd hin. »Ich halte dich nicht auf.«

Hoffentlich musste ich nie als Zeugin vor Gericht aussagen! Ich hatte nämlich weder bemerkt, dass Sophie sich dezent von den beiden zurückgezogen hatte, noch dass Markus ihr dabei den Autoschlüssel abgeluchst hatte.

Jule presste die Lippen zusammen. Ihr innerer Kampf war ihr deutlich anzusehen.

Für einen Moment herrschte Totenstille, und ich hielt den Atem an. Schließlich hob Jule langsam die Hand und nahm Markus den Schlüssel ab, doch sie konnte ihm dabei nicht in die Augen sehen. Sie öffnete die Autotür, stieg ein und steckte den Schlüssel ins Schloss.

Markus zuckte nicht einmal mit der Wimper und stand so gelassen neben der geöffneten Autotür, dass ich ihn am liebsten an seinem Hemd gepackt und geschüttelt hätte.

Doch anstatt den Motor anzulassen, umfasste Jule mit beiden Händen so fest das Lenkrad, dass ihre Knöchel weiß hervortraten. Langsam drehte sie den Kopf zur Seite.

»Wieso?«, fragte sie leise.

Er zog die Augenbrauen in die Höhe. »Wieso – *was?*«

»Wieso bin ich die dümmste Frau auf Rügen?«

Markus trat einen Schritt näher und stützte seinen Ellbogen auf das Autodach. »Weil du denkst, dass ich dich für deine Stärke liebe«, sagte er mit warmer Stimme. »Aber ich liebe deine Schwächen mindestens genauso. Denn nur deine schwachen Momente erlauben es mir, für dich da zu sein und dir meine Liebe zu beweisen.«

Er hielt ihr die Hand hin, und Jule sah mit verkniffener Miene zu ihm auf. »Du würdest mich zu dem glücklichsten Menschen machen, wenn du hierbleibst und mir erlaubst, dein Fels in der Brandung zu sein. Bitte lass uns das gemeinsam durchstehen! Als Paar und als Familie.«

Jules Finger lösten sich vom Lenkrad, und sie rang zitternd nach Atem. Schließlich ergriff sie Markus' Hand und stieg wieder aus dem Auto. Er zog sie an sich und wischte ihr über die tränennassen Wangen.

Jule schluchzte auf. »Es tut mir so leid.«

Sie klammerte sich an ihn und vergrub ihr Gesicht an seiner Schulter. Dabei murmelte sie etwas, das ich nicht verstehen konnte, doch Markus strich ihr liebevoll über den Rücken und raunte ihr zu: »Ich weiß.«

Ich schniefte gerührt. Sophie ließ eine Packung Taschentücher herumgehen, und wir schnäuzten uns kollektiv die Nase.

»Ich glaube, es wird Zeit für uns zu gehen«, flüsterte Gertrud. »Unsere Arbeit ist hier getan, Mädels.«

23. Kapitel

Ich stürmte die Stufen nach oben, als würde mein Leben davon abhängen. Erst auf dem letzten Treppenabsatz, als ich David in der Tür stehen sah, drosselte ich mein Tempo. Sein Anblick zerstreute alle Zweifel, ob es klug gewesen war herzukommen. Meine Sehnsucht, mich in seine Arme zu werfen, wurde sogar noch größer.

David schien sofort zu merken, wie es um mich stand. »War die Katastrophe tatsächlich so schlimm?«, fragte er mitfühlend.

Seine Haare waren nass, und er trug nur ein T-Shirt und Boxershorts. Offenbar hatte er gerade erst geduscht. »Nach deiner letzten Nachricht habe ich mir Sorgen gemacht.«

Ich blieb direkt vor ihm stehen, und sein frischer Duft nach Seife und Kräutern umfing mich.

Ich nickte und rang zitternd nach Atem. »Ich glaube, ich habe gerade meine beste Freundin verloren. Jule hat gesagt, dass sie mich nie mehr wiedersehen will.«

Unsicher sah ich zu ihm auf. »Könntest du jetzt für mich da sein, David?«

Er nickte mit ernster Miene. »Immer und so lange du willst.«

Ich stürzte mich regelrecht in seine Umarmung und drückte mich an ihn. Es fühlte sich an wie ein Moment der Stille in einer sturmumtosten Nacht; ein Zufluchtsort, an dem ich geborgen war. Genau danach hatte ich mich mit jeder Faser meines Körpers gesehnt.

»Das ist ein Versprechen«, raunte David mir zu.

Ich hob den Kopf. Der Ausdruck in seinen Augen machte klar, dass er das nicht einfach dahingesagt hatte.

Eine knisternde Spannung lag zwischen uns in der Luft. Davids Blick hielt meinen gefangen, und meine Lippen teilten sich, da ich dem Verlangen, ihn zu küssen, kaum noch widerstehen konnte. Mein Herz schlug bis zum Hals. Als David endlich den Kopf senkte und seine Lippen meinen Mund streiften, entwich mir ein Seufzen. Wie war es nur möglich, dass diese leichte Berührung meinen ganzen Körper zum Vibrieren brachte? Die automatische Beleuchtung im Hausflur schaltete sich ab, und Dunkelheit umfing uns. David zog mich fester an sich, hinein in Trudis Wohnung. Seine Hand grub sich in mein Haar, und sein Kuss wurde verlangender, wilder. Ich stellte mich auf die Zehenspitzen und kam ihm entgegen, während sich meine Hände in sein T-Shirt krallten. Mein ganzer Körper schien in Flammen zu stehen. Noch nie hatte mich ein Mann auf diese Weise geküsst. Davids Zunge lockte mich, liebkoste mich und spielte mit mir. Diese Küsse waren ein Versprechen. Sie erzählten mir von den Vergnügungen, die mich in dieser Nacht erwarteten. Ich drängte mich noch enger an ihn, bereit, mich fallenzulassen und mich ihm hinzugeben. Doch dann machte er sich schwer atmend von mir los. »Nicht heute, Ariane!«

Widerwillig öffnete ich die Augen. Unsere Gesichter waren nur wenige Zentimeter voneinander entfernt, und ich konnte in seinem fiebrigen Blick die gleiche Lust entdecken, die auch ich empfand.

»Du bist durcheinander wegen Jule, und das will ich nicht ausnutzen.« Er umfasste meine Arme, um meine Hände sanft von sich zu lösen. »Ich kann dich auch auf andere Art und Weise trösten. Aber wenn wir jetzt weitermachen, kann ich mich vielleicht nicht mehr zurückhalten.«

Doch ich hatte es satt, auf den richtigen Augenblick zu warten.

»Aber ich will, dass du dich nicht mehr zurückhalten kannst.«

Ich fuhr mit meinen Lippen über sein Kinn und die leichten Stoppeln an seiner Wange. Mein Atem streifte sein Ohr und seinen Nacken. Mit Genugtuung registrierte ich, dass er erschauderte. »Ich will den Rebell, der die Regeln infrage stellt. Der mit mir zusammen im falschen Rhythmus tanzt, zu unserer eigenen Melodie.«

Ich blickte ihm in die Augen. David sagte nichts, doch hinter mir fiel die Wohnungstür mit einem Knall ins Schloss. David musste ihr mit dem Fuß einen Stoß versetzt haben. Als er mich wieder an sich zog, pochte mein Herz wie wild, und mein Atem ging stoßweise.

Ein Lächeln umspielte seine Lippen. »Du hast ja keine Ahnung, auf was du dich da einlässt.«

Davids Küsse ließen meine Knie weich werden. Seine Hände wanderten verlangend meinen Körper hinab, und ich hob ihm meine Hüfte entgegen. David entwich ein Stöhnen. Durch den Stoff seiner Boxershorts spürte ich seine Erregung, und das sehnsuchtsvolle Pochen zwischen meinen Schenkeln verstärkte sich. Unfähig voneinander abzulassen, taumelten wir den Flur entlang in Richtung Gästezimmer. Wir streiften die Wand, und ein Spiegel fiel klirrend zu Boden. Im Gästezimmer schloss David die Tür hinter uns und drängte mich dagegen. Er stützte sich mit den Händen neben meinem Kopf ab, sodass ich zwischen ihm und der Tür gefangen war. Sein hungriger Blick raubte mir den Atem.

»Ich werde dich jetzt ausziehen, Ariane, und ich werde mir dabei viel Zeit lassen. Weil ich jeden Zentimeter deines göttlichen Körpers bewundern möchte. Und besonders lange …«, er sah mich voller Begehren an und fuhr mit dem Daumen mein Dekolleté entlang, »… werde ich mich deinen wundervollen Brüsten widmen.«

Diese Worte genügten, um mich nach Luft schnappen zu lassen. Meine Brustwarzen zogen sich lustvoll zusammen, und meine Brüste wurden schwer vor Verlangen. David beugte sich hinab, um aufreizend sanft an der Stelle zu knabbern, an der sich meine Nippel unter dem Stoff abzeichneten. Mein Rücken bog sich ihm entgegen, und mir entwich ein Stöhnen. Ich wusste, dass es nicht das letzte Mal in dieser Nacht sein würde.

*

Sonnenstrahlen kitzelten mich an der Nase, und ich schlug die Augen auf. Ich spürte etwas Ungewohntes in meinem Gesicht. Etwas, mit dem ich üblicherweise nicht aufwachte. Es war ein Lächeln, das jetzt sogar noch breiter wurde, denn die Erinnerungen an vergangene Nacht kehrten zurück. Ich drehte mich auf die andere Seite, doch leider war ich allein im Bett. David musste schon aufgestanden sein. Ich hörte es aus der Küche rumoren, und ein verlockender Kaffeeduft wehte zu mir herein. Ich gähnte und streckte mich, bevor ich mich aus dem Bett schälte. David hätte zwar bestimmt nichts dagegen gehabt, wenn ich splitterfasernackt durch die Wohnung gelaufen wäre, doch ich zog trotzdem das T-Shirt über, das ich ihm gestern Abend vom Körper gezerrt hatte.

Schlaftrunken tapste ich in Richtung Küche, bis ich Davids gedämpfte Stimme hörte. »… Aber ich kann hier nicht so einfach weg, Conny! Unsere Großmutter wird morgen aus dem Krankenhaus entlassen.«

Ich blieb abrupt stehen, obwohl sich alles in mir dagegen sträubte zu lauschen. David telefonierte offenbar mit seiner Schwester.

»... Natürlich verstehe ich, dass es für dich eine Belastung ist, aber ich kann mich auch nicht in Stücke reißen ...

Nein, selbstverständlich ist mir das nicht gleichgültig!« David stieß einen tiefer Seufzer aus. »Hör zu, wir telefonieren später noch mal, okay? ... Ja, ich hab dich auch lieb, und grüß die anderen von mir!«

Für einen Augenblick wallte Eifersucht in mir auf. Denn es gab noch andere Menschen in Davids Leben, die ihn liebten und offenbar wollten, dass er Rügen – und damit auch mir – so bald wie möglich den Rücken kehrte.

Nachdem David das Gespräch beendet hatte, blieb ich noch einen Moment stehen und atmete tief durch, dann betrat ich mit einem Lächeln die Küche. David stand am Herd und briet eine große Portion Rührei an. Der Tisch war schon gedeckt, und frische Brötchen lagen in einem Korb.

»Guten Morgen!« Ich schnappte mir ein Stück gebratenen Speck vom Teller. »Mhm, das sieht aber lecker aus!«

David erwiderte mein Lächeln. »Morgen, meine Schöne! Gut geschlafen?«

»Von Schlaf kann man da eigentlich nicht reden«, sagte ich schmunzelnd. »Aber gut war die Nacht trotzdem.«

»Das hoffe ich doch!« Er stellte die Pfanne beiseite, zog mich an sich und machte eine Kopfbewegung in Richtung Frühstückstisch. »Ich dachte, du brauchst eine kleine Stärkung, damit du wieder zu Kräften kommst«, neckte er mich.

»Das finde ich zwar sehr fürsorglich von dir, aber mach dir mal um meine Kräfte keine Sorgen! Ich bin äußerst zäh und ausdauernd.«

»Das ist mir durchaus aufgefallen«, flüsterte er mir ins Ohr, und ein Prickeln rieselte meinen Rücken hinab.

David gab mir einen Kuss auf die Nasenspitze und seufzte bedauernd auf. »Leider habe ich nicht viel Zeit, denn ich habe gleich einen Termin mit dem ambulanten Pflegedienst. Du hast so friedlich geschlafen, dass ich es nicht übers Herz gebracht habe, dich aufzuwecken.«

»Wie schade!« Liebend gerne hätte ich mit David in aller Ruhe gefrühstückt und den Morgen mit ihm verbracht. Aber auch ich hatte Verpflichtungen. Zum Beispiel musste ich mich dringend um meinen Laden kümmern. Wäre ich ein vorausschauender Mensch gewesen, hätte ich mir für unsere erste gemeinsame Nacht bis zum Wochenende Zeit gelassen. Doch trotz dieses hektischen Starts in den Tag hätte ich die letzten Stunden um nichts in der Welt missen wollen.

»Wenn du nach Trudis Entlassung Hilfe brauchst, sag Bescheid! Ich springe gerne ein«, versicherte ich ihm.

»Lieb von dir, aber zusammen mit dem Pflegedienst sollte das zu schaffen sein.« David schaufelte das Rührei auf einen Teller und bot mir davon an, doch ich schüttelte den Kopf. »Die Schwierigkeit wird wohl eher darin bestehen, Trudi dazu zu bringen, sich nicht gleich zu übernehmen. Sie hat mir schon gestern erzählt, dass sie unbedingt die Fenster putzen muss, sobald sie wieder daheim ist.«

»Typisch!« Ich nahm mir einen weiteren Speckstreifen. »Ich fürchte, du wirst sie ans Bett ketten müssen, wenn sie sich zu einem Mittagsschläfchen hinlegen soll.«

Trudi behauptete immer, sie sei in ihrem Alter nur deshalb so fit, weil sie immer in Bewegung geblieben war und am Leben teilgenommen hatte. Ich war mir sicher, dass an ihrer Theorie etwas Wahres dran war, doch natürlich durfte sie sich nach ihrem Herzinfarkt auch nicht überanstrengen. Das würde eine Gratwanderung werden.

David setzte sich an den Tisch, um zu frühstücken. »Ist das mein T-Shirt, das du da trägst?«

»Vielleicht.« Ich klimperte unschuldig mit den Wimpern. »Soll ich es ausziehen? Ich wollte ohnehin gerade ins Badezimmer.«

Er grinste. »Das klingt zwar verlockend, aber ich verhungere fast. Bevor ich gehe, sollte ich wirklich schnell etwas …« Er brach ab, denn ich tänzelte mit wiegenden Hüften an ihm vorbei in Richtung Flur.

»Ich spring dann mal unter die Dusche«, informierte ich ihn und warf ihm einen kecken Blick über die Schulter zu.

In Davids Augen trat ein gefährliches Funkeln, das ich seit letzter Nacht nur allzu gut kannte. Er pfefferte die Gabel zurück auf den Teller. »Ach, was soll's! Dann verhungere ich eben.«

Er folgte mir ins Badezimmer. »Du solltest wissen, dass ich meine T-Shirts nur gegen eine horrende Gebühr an andere Leute verleihe.«

Ich biss mir auf die Unterlippe. »Oje! Jetzt habe ich dummerweise gar kein Geld bei mir. Du weißt doch, dass ich so gut wie pleite bin.«

Er grinste, fasste über meine Schulter hinweg und stellte die Dusche an. »Kein Problem, wir finden schon eine Lösung, wie du deine Schulden begleichen kannst!«

»Bestimmt«, sagte ich zuversichtlich und streifte das Shirt über den Kopf.

Damit hatte ich Davids ganze Aufmerksamkeit. Ich genoss es, wie sein Blick über mich wanderte, als wolle er sich jeden Zentimeter meines Körpers einprägen. In seiner Gegenwart fühlte ich mich schön und unglaublich sexy. Mit einem spielerischen Knurren hakte ich meinen Finger in Davids Hosenbund ein. Ich zog ihn an mich und flüsterte ihm ins Ohr: »Genug der Worte! Dieses Mal werde *ich* dich schön langsam ausziehen.«

Meine morgendliche Dusche dauerte erheblich länger als sonst. Am Ende musste David mit nassen Haaren und einem Brötchen als Wegzehrung aus der Wohnung hasten, um noch rechtzeitig zu seinem Termin zu kommen. Ich dagegen beschloss, mir ein bisschen Zeit zu lassen. Meine Arbeitseinstellung ließ ziemlich zu wünschen übrig, seit ich mich zur Schließung des Ladens durchgerungen hatte. Dass ich tatsächlich so gut wie pleite war und meine berufliche Zukunft im Dunkeln lag, verdrängte ich lieber schnell wieder aus meinen Gedanken. Darüber konnte ich mir auch noch später den Kopf zerbrechen, wenn mich die Realität wieder fest im Griff hatte. Doch jetzt wollte ich noch ein paar Minuten sorglos und glücklich auf meiner rosa Liebeswolke schweben. Als ich mich angezogen und meine Haare geföhnt hatte, ging ich in die Küche und entdeckte auf dem Tisch eine kurze Nachricht von David: *›Sehen wir uns heute Abend? HDL‹*

Ich grinste. Anscheinend war ihm der Abschiedsgruß in meiner letzten Nachricht sehr wohl aufgefallen.

Ich genoss das Frühstück, räumte die Küche auf und machte mich eine halbe Stunde später auf den Weg. Im Hausflur traf ich auf Elfriede, die schon in aller Frühe mit einem Lappen den Handlauf des Treppengeländers polierte. Sie trug eine Kittelschürze und hatte ihre Haare stilgerecht auf kleine Lockenwickler gedreht.

Als sie mich sah, stemmte sie die Hände in die Taille. »Ich weiß nicht, ob ich sauer sein oder dich beneiden soll, Ariane.«

Ich blieb irritiert stehen. »Weshalb denn?«

»Na wegen letzter Nacht.« Sie schüttelte mit vorwurfsvoller

Miene den Kopf. »Mädchen, ich bin so schwerhörig, dass ich Probleme habe, meine Türklingel zu hören. Aber heute Nacht musste ich mir Watte in die Ohren stopfen, um in Ruhe weiterschlafen zu können.«

»Oh.« Das Blut schoss mir in die Wangen, und mein Kopf fing an zu glühen. Gott, war das peinlich! Am liebsten hätte ich mich auf das polierte Treppengeländer geschwungen, um so schnell wie möglich nach unten zu rutschen.

»Entschuldige, das … das tut mir leid«, stammelte ich. »Ich wusste nicht, dass wir so laut … ähm …«

»Schon gut.« Elfriede winkte ab. »So schlimm war es auch wieder nicht. Ihr könnt ja nichts dafür, dass die Wände in diesem Haus so dünn sind. Und wir sind doch alle nur Menschen, oder? Offen gestanden«, sie kam etwas näher und senkte vertraulich die Stimme, »in solchen Momenten wünscht man sich, dass man auch noch mal jung wäre.«

Ich musste grinsen. »Wer weiß, vielleicht findest du noch jemanden, Elfriede? Für so etwas ist es doch nie zu spät.«

»Ach, du lieber Himmel!« Sie lachte auf und drückte sich den Putzlappen an die Brust. »Einen Mann könnte ich nicht mehr in meinem Leben brauchen. Sobald Männer die siebzig überschritten haben, machen sie nur noch Arbeit. Nein, nein, ich bin schon so zufrieden, wie es jetzt ist. Aber darf ich dir einen Rat geben?«

»Natürlich.«

Mit einem süffisanten Grinsen zwinkerte sie mir zu. »Nach allem, was ich letzte Nacht gehört habe, würde ich Trudis Enkel an deiner Stelle nicht mehr so schnell gehen lassen.«

»Das habe ich auch nicht vor«, erwiderte ich schmunzelnd.

24. Kapitel

Als ich in Sellin ankam, packte mich das schlechte Gewissen, denn eine Stammkundin wartete schon voller Ungeduld vor meiner Ladentür. Sie betrieb eine Pension in der Nähe von Binz und kaufte regelmäßig einen großen Karton meiner Seifen für ihre Gästezimmer. Angeblich liebten die Touristen die Seifen und nahmen die Reste sogar mit nach Hause. Als meine Kundin hörte, dass ich den Laden bald schließen würde, musste ich ihr hoch und heilig versprechen, sie beim Ausverkauf zu berücksichtigen, damit sie sich für ihre Gäste einen großen Vorrat anlegen konnte. Nur schade, dass ich nicht noch mehr solche Kunden hatte!

Als ich wieder allein im Laden war, musste ich mich wohl oder übel mit den weniger erfreulichen Dingen in meinem Leben beschäftigen. Ganz oben auf der Liste stand meine Freundin Jule und unsere gestrige Auseinandersetzung. Als ich endlich den Mut gefasst hatte, sie auf dem Handy anzurufen, nahm sie – oh, welch Überraschung! – nicht ab. Auch bei ihrem privaten Festnetzanschluss im Schloss ging niemand dran. Schließlich versuchte ich Sophie zu erreichen, um wenigstens mit ihr über den gestrigen Vorfall zu sprechen, doch sie hatte ihr Handy ausgeschaltet, und nur ihre Mailbox hatte ein offenes Ohr für mich. Sophie war wohl schon in der Praxis und musste sich um ihre Patienten kümmern. Es konnte eben nicht jeder so viel Leerlauf bei der Arbeit haben wie ich. In meiner Not rief ich schließlich Kevin, den jungen Rezeptionisten des Schlosshotels, an. Ich gab vor, mit ihm meine heutigen Kundentermine im Schloss absprechen zu wollen, doch bei dieser Gelegenheit erfuhr ich auch, dass Jule und Markus mit dem Baby heute in aller Frühe weggefahren waren.

»Weg?«, fragte ich stirnrunzelnd. »Wohin denn?«

»Keine Ahnung. Aber sie hatten ziemlich viel Gepäck dabei und konnten es kaum erwarten, wegzukommen.«

Das war untypisch für Jule. Normalerweise ließ sie das Hotel nie länger als drei Stunden am Stück allein. »Und wer kümmert sich jetzt um die Gäste?«

»Na, ich natürlich!« Stolz schwang in Kevins Stimme mit. »In den nächsten Tagen sind die Zimmer ohnehin hauptsächlich mit Hochzeitsgästen belegt. Der Chef meinte, da könnte ich nicht viel falsch machen.«

Erst als ich aufgelegt hatte, fiel mir auf, dass Kevin zum ersten Mal, seit ich ihn kannte, keinen unverständlichen Jugendslang benutzt hatte. Vielleicht tat ihm die Verantwortung, die Markus und Jule ihm übertragen hatten, tatsächlich gut.

Trotzdem überraschte es mich, dass die beiden sich einfach aus dem Staub gemacht hatten. Bedeutete das, dass die Hochzeit am Samstag ausfallen würde? Ehe ich die neuen Informationen richtig einordnen konnte, klingelte mein Handy. Es war Ole, der offenbar gerade Segelunterricht gab, denn im Hintergrund hörte ich die aufgeregten Manöverbefehle seiner Schüler.

»Na, da haben unsere Freunde uns aber eine Menge Arbeit aufs Auge gedrückt, was?«, meinte er fröhlich. »Hätte ich das vorher gewusst, hätte ich es mir zwei Mal überlegt, ob ich Markus' Trauzeuge werde.«

»Ole, ich brauche mehr Kontext«, verlangte ich. »Mit mir hat nämlich niemand gesprochen. Bisher weiß ich nur, dass es gestern Abend die längst überfällige Aussprache zwischen Markus und Jule gegeben hat und die beiden heute Morgen zusammen mit Kati weggefahren sind.«

»Die zwei brauchen dringend eine Auszeit«, erklärte er mir. »Sie wollen ein paar Tage für sich allein als Familie. Wenn du mich fragst, ist das eine hervorragende Idee. Bis Samstag sind sie jedenfalls von der Bildfläche verschwunden, und daher müssen wir beide den Job übernehmen, die Hochzeit vorzubereiten.«

Okay, also war die Hochzeit nicht abgesagt. Trotzdem hatte ich meine Zweifel, ob Ole tatsächlich über alles informiert war.

»Wir beide? Bist du dir sicher? Jule hat nämlich gesagt, dass sie mich nie mehr sehen will.« Ich stieß betrübt die Luft aus. »Ich schätze, das beinhaltet auch, dass ich ab sofort nicht mehr ihre Trauzeugin bin.«

»Papperlapapp! Das hat sie bestimmt nicht so gemeint. Markus hat ausdrücklich uns beide um Hilfe gebeten. Er war sogar besorgt, weil er wusste, dass du mit dem Laden und deinen Nebenjobs viel um die Ohren hast. Ich soll dich lieb grüßen und dir ausrichten, es tue ihnen leid, dass sie dir so viel Stress machen.«

»Tatsächlich?«, entgegnete ich erstaunt. »Aber du hast nur mit Markus gesprochen, oder? Jule sieht das womöglich ganz anders. Vielleicht wäre es besser, wenn Sophie meine Rolle als Trauzeugin übernimmt?«

»Erstens wird Sophie uns ohnehin helfen, wo sie nur kann, und zweitens solltest du nicht in Selbstzweifel versinken, nur weil Jule im Affekt Dinge gesagt hat, die sie wahrscheinlich gar nicht so gemeint hat. Was du getan hast, war richtig! Und zu dem Schluss wird auch Jule kommen, sobald es ihr besser geht. Gib eure Freundschaft nicht so schnell auf, Ariane!«

Das waren schlagende Argumente. »Schieß los, Ole! Was müssen wir alles machen?«

Wir verteilten grob die Aufgaben, und Ole schickte mir ein Foto der To-do-Liste, die Markus ihm vor seiner Abreise in aller Eile in die Hand gedrückt hatte. Sie reichte von »*Catering-Firma informieren, dass wir zehn Essen weniger brauchen*« bis zu »*Tante Edeltraud und Großonkel Karl unter allen Umständen voneinander fernhalten (Familienfehde)*«.

Den Rest des Tages hing ich permanent am Telefon. Doch mittlerweile war ich besser darin, Aufgaben zu delegieren. Zum Beispiel konnte ich meinen Schwager Mattes überreden, die Pavillons für die Hochzeit mit seinem Traktor in Bergen abzuholen. Ole informierte ich daraufhin, dass er sich den nächsten Abend bereithalten musste, um besagte Pavillons für die Feier im Schlosspark aufzustellen. Er stöhnte gequält auf und schwor, dass er nach dieser Hochzeit nie wieder einen verdammten Pavillon aufbauen würde.

Die Schneiderin davon zu überzeugen, mir Jules Brautkleid auszuhändigen, war schon schwieriger. Sie verdächtigte mich tatsächlich, eine eifersüchtige Ex-Freundin des Bräutigams zu sein, die der Braut aus gekränktem Stolz das Kleid stehlen wollte. Doch wozu hatte ich eine Mutter, die die halbe Insel kannte? Ich rief sie an, und wie sich herausstellte, war meine Mutter tatsächlich mit der Cousine der Schneiderin persönlich bekannt, sodass meine Identität zweifelsfrei bestätigt werden konnte.

Abends absolvierte ich noch Hausbesuche bei zwei Kundinnen, und danach half ich David, Trudis Wohnung ›seniorensicher‹ zu machen. Wir montierten Handläufe und Einstiegshilfen für die Badewanne, rutschfeste Matten vor der Spüle und Alarmknöpfe für Notfälle. Laut David waren unbefestigte Teppichläufer für ältere Menschen die reinste Todesfalle. Ich fand es rührend, wie sehr er sich um die Gesundheit seiner Großmutter sorgte. Als wir endlich mit Trudis Wohnung fertig waren, war es schon weit nach Mitternacht, und ich fiel hundemüde ins Bett.

*

Der nächste Tag verlief nicht weniger stressig. Zu allem Überfluss hatte ich mittags gleich drei Kundentermine im Schloss, obwohl zu dieser Zeit auch Jules Eltern ankommen sollten. Doch Sophie versprach, schnellstmöglich aus der Praxis zu kommen und die Begrüßung zu übernehmen – schließlich waren es auch ihre Eltern.

Witzigerweise war eine meiner heutigen Kundinnen Frau Hansen aus Bremen, eine der beiden Frauen, die normalerweise mit ihren Ehemännern in der Pension meiner Schwester Urlaub machten. Als ich mich als Juttas Schwester zu erkennen gab, gestand mir Frau Hansen fast unter Tränen, dass sie – trotz des schönen Ambientes im Schloss – die Familie Plümer und ihre Pension schmerzlich vermisste. Ihr Mann hatte ihr den romantischen Schlosshotel-Urlaub zum vierzigsten Hochzeitstag geschenkt, und ihre Freunde, das Ehepaar Kowalski, hatten sich notgedrungen angeschlossen. Doch im nächsten Jahr, so hatten sie sich alle vier geschworen, würden sie sich wieder in der Pension einquartieren.

»So ein Schloss mit Kronleuchter, Himmelbetten und Samtvorhängen ist nix für mich.« Sie schüttelte entschlossen den Kopf, sodass sich ein paar Brocken der Rügener Heilerde von ihrem Gesicht lösten. »Ich mag's bodenständig, einfach und gemütlich. Die Pension Plümer ist sozusagen unser zweites Zuhause. Das ist wie ein Urlaub bei der Familie.«

»Sie ahnen gar nicht, wie sehr sich meine Schwester freuen wird, das zu hören«, erwiderte ich seufzend.

Tja, so einfach konnten sich Dinge aufklären! Es hätte mir viel Ärger und Aufregung mit Jutta erspart, wenn Frau Hansen sofort nach ihrer Ankunft bei mir eine Kosmetikbehandlung gebucht hätte.

David hielt mich den ganzen Tag über auf dem Laufenden, wie Trudis Rückkehr nach Hause verlief. Die alte Dame war überglücklich, wieder daheim zu sein, und offenbar war es ihr Ernst gewesen, dass sie umgehend die Fenster putzen wollte. David hatte sie nur davon abhalten können, indem er selbst den Putzlappen in die Hand genommen und unter ihrer gestrengen Aufsicht die Fenster auf Hochglanz poliert hatte. Das hätte ich zu gerne gesehen! Als später die Schwester vom Pflegedienst bei den beiden reingeschaut hatte, um der Kranken zu helfen und sie zu unterstützen, hatte Trudi sich erst einmal in die Küche gestellt, um der jungen und schwer arbeitenden Frau einen Tee zu machen. Dass das nicht Sinn der Sache war, konnte David seiner Großmutter offenbar nur schwer begreiflich machen.

Ich versprach, ihm zur Seite zu stehen, sobald ich alles erledigt hatte. Obwohl ich immer mehr Punkte auf meiner To-do-Liste für die Hochzeit abhaken konnte, wurde ich das Gefühl nicht los, etwas Wichtiges vergessen zu haben. Irgendetwas, das ich hätte erledigen sollen. Viel Zeit zum Grübeln hatte ich allerdings nicht, da die Floristin sich kurzfristig mit mir treffen wollte. Die bestellten weißen Anthurien konnten nun doch nicht in dieser Menge geliefert werden, und ich musste für die Tischgestecke eine andere Variante aussuchen. Stolz präsentierte sie mir in ihrem Laden ein halbes Dutzend weiße Tischgestecke, die sie zur Auswahl vorbereitet hatte. Für mich sahen sie alle gleich aus. Daraufhin erklärte mir die Floristin eine halbe Stunde lang die Unterschiede, und ich traf schließlich meine Entscheidung. Ich nahm einfach die zweitgünstigste Variante.

Danach konnte ich mich endlich auf den Weg zu David machen. Ich kam fast um vor Sehnsucht nach ihm. Als ich unterwegs jedoch einen Anruf von Ole erhielt, ahnte ich schon, dass es Probleme geben würde.

»Das eine Teil ist kein Pavillon, sondern ein pompöses Festzelt, Ariane!«, beschwerte er sich. »Das besteht aus ungefähr einer Million Einzelteile, inklusive Holzboden.«

Das war nicht überraschend. Schließlich waren 150 Gäste eingeladen, und die ganzen Stühle und Tische passten nun mal nicht in einen kleinen Gartenpavillon.

Notgedrungen legte ich einen Zwischenstopp auf Schloss Neunwiek ein. Der Schlosspark breitete sich im Dämmerlicht in all seiner Pracht vor mir aus, die Hecken waren vom Gärtner in Form gebracht worden, und die Rosenbüsche standen in voller Blüte. Nur das Gewusel der Aufbauhelfer, das Chaos auf dem Rasen und die Baustellenscheinwerfer störten die romantische Abendstimmung.

»Ich weiß gar nicht, was du hast«, sagte ich zu Ole, nachdem ich mir einen kurzen Überblick verschafft hatte. »Die Pavillons fürs Catering und die Garderobe der Gäste stehen doch schon. Es fehlt nur noch das Festzelt.«

»Genau«, knurrte Ole. Er stand zwischen einem Berg Metallstangen und hielt eine schon ziemlich zerknitterte Aufbauanleitung in der Hand. »Das ist ungefähr so, als würdest du nach der Erschaffung der Erde behaupten, dass jetzt nur noch der Rest des Sonnensystems und das ganze Universum fehlen.«

»Dein Vergleich hinkt, denn das Universum war bestimmt schon vor der Erde da«, bemerkte ich kritisch. »Im Gegensatz zu diesem Festzelt.«

Ole warf mir einen genervten Blick zu. Es war wohl nicht der richtige Moment, die Besserwisserin zu mimen. Auch erwähnte ich lieber nicht, dass der Aufbau für zusätzliche zweihundert Euro vom Festzeltverleiher persönlich erledigt worden wäre. Jule und ich hatten allerdings schon vor Monaten beschlossen, dass das für die Männer in unserem Bekanntenkreis sicher keine große Herausforderung darstellte und durchaus zumutbar war. Schließlich musste man bei so einer großen Hochzeit auch irgendwo sparen, und Jules Brautschuhe waren verflixt teuer gewesen.

»Wie viele Stunden bleiben noch bis zum Beginn der Trauung?«, fragte Ole zwischen zusammengebissenen Zähnen, während er die Aufbauanleitung um neunzig Grad drehte. Womöglich hoffte er, im Querformat die rettende Einsicht zu erhalten.

»Nun ja, so neununddreißig Stunden«, schätzte ich.

»Das wird knapp werden.«

Meine Güte, der hatte aber schlechte Laune! Ich bemühte mich, Zuversicht auszustrahlen. »Keine Sorge, du schaffst das schon! Morgen früh wirst du aufwachen und zu dem Schluss kommen, dass der Aufbau eigentlich gar nicht so schlimm war.«

Ole ließ die Anleitung sinken. »Wie jetzt? Du gehst einfach und lässt mich allein?«

Sein vorwurfsvoller Blick sprach Bände. Ich war hin- und hergerissen zwischen meinem Pflichtgefühl und dem dringenden Wunsch, David zu sehen. Schon war ich dabei einzuknicken, da meldete sich mein Widerspruchsgeist. Eine Seite an mir, der ich neuerdings mehr Gehör verschaffte.

»Ole, es ist nicht so, dass ich den ganzen Tag untätig Däumchen gedreht hätte«, bemerkte ich. »Wir haben die Aufgaben verteilt, und die Mehrzahl ist an mir hängengeblieben. Das hier«, ich zeigte auf die vielen Metallstangen, »ist *dein* Trauzeugen-Job! Außerdem hast du wirklich genug Helfer, da macht meine Anwesenheit wohl kaum einen Unterschied.«

Ich deutete auf die knapp zwanzig Leute, die Zeltplanen herumschleiften oder miteinander diskutierten. Neben Sophie, ihren Eltern und einigen Männern aus dem Dorf hatte Ole sogar noch seinen derzeitigen Trupp Segelschüler für den Aufbau verpflichtet.

»Entschuldige, du hast natürlich recht«, lenkte Ole zu meiner Überraschung sofort ein. »Ich bin einfach etwas gestresst. Aber ich weiß selbstverständlich, dass du den Hauptteil der Verantwortung trägst.«

Nun brachte er sogar ein Lächeln zustande. »Ich hoffe, dass Jule sich wieder mit dir versöhnt. Sie kann sich glücklich schätzen, eine Freundin wie dich zu haben.«

»Danke.« Ich blickte zu Boden. Die Ungewissheit, wie Jule mittlerweile zu mir stand, nagte mit jedem Tag stärker an mir.

»Geh heim und ruh dich aus!«, befahl Ole und wedelte mit der Aufbauanleitung in Richtung meines Autos. »Morgen hast du bestimmt wieder einen Haufen Arbeit zu erledigen.«

Das ließ ich mir nicht zweimal sagen.

»Danke! Und viel Glück mit dem Festzelt!«, wünschte ich ihm und winkte Sophie von Weitem zum Abschied zu.

Ich hatte gerade meine Autotür geöffnet, als ich hinter mir eine männliche Stimme hörte. »Ariane? Hast du mal einen Moment?«

Ich drehte mich um. »Hallo, Oliver! Ich habe gar nicht gesehen, dass du auch hier bist.«

Mein Ex-Freund steckte die Hände in seine beigefarbenen Shorts. »Ole hat im Dorf rumgefragt, wer ihm helfen könnte, und da bin ich gekommen. Auch weil …«, er machte eine kurze Pause und räusperte sich, »… ich gehofft habe, dich hier zu treffen. In letzter Zeit bist du offenbar viel unterwegs. Hast du meine Blumen bekommen?«

In den vergangenen Tagen war ich nur kurz daheim gewesen, um meine Kleider zu wechseln. Dabei war ich weder meinen Eltern begegnet, noch war mir ein Blumenstrauß ins Auge gefallen. Mir schwante Übles. Männer verschenkten meist keine Blumen aus reiner Nächstenliebe.

Oliver wartete meine Antwort gar nicht erst ab, sondern fuhr fort: »Vielleicht hat dich diese Geste etwas überrascht, aber ich habe mich in letzter Zeit viel mit deiner Mutter unterhalten. Dabei ist mir so einiges klar geworden.«

Mir sackte das Herz in die Hose. Hatte meine Mutter ihre idiotischen Verkupplungsversuche etwa immer noch nicht aufgegeben? Ihr musste doch aufgefallen sein, dass ich mittlerweile jede freie Minute mit David verbrachte und die letzten Nächte nicht zu Hause in meinem Bett geschlafen hatte.

Oliver machte eine ausholende Handbewegung. »Du weißt schon, über das große Ganze, mein Leben, was ich damit anstellen will, wonach ich mich sehne. Und ich glaube, dass sich meine Wünsche für die Zukunft mit deinen decken.«

»Meine Wünsche für die Zukunft?«

Ich verstand überhaupt nichts mehr. Jedenfalls ging ich nicht davon aus, dass er sich für seine Zukunft ebenfalls eine feste Beziehung mit David vorstellen konnte.

»Ich meine die Dinge, die du auf dem Polterabend gesagt hast«, erklärte er. »Dass du dir einen Mann fürs Leben wünschst, mit allem Drum und Dran. Das zwischen uns ist vielleicht nicht die große Liebe, Ariane, aber im Prinzip haben wir doch gut miteinander harmoniert. Deine Mutter meint auch, dass das oft eine stabilere Grundlage für eine langjährige Beziehung ist.«

»Ach ja? Meine Mutter hat das gesagt?«, fragte ich gereizt.

Jetzt reichte es mir! Hatte ich nicht eindeutig klargestellt, dass ich mich nicht mehr für Oliver interessierte? Doch das schien meine Mutter überhaupt nicht zu kümmern. Der Mann, der gerade vor mir stand, war in ihren Augen der Richtige für mich – das genügte ihr!

Oliver schien meinen Stimmungswechsel nicht zu bemerken, denn er nickte lächelnd. »Du hast wirklich großes Glück, so eine verständnisvolle, gütige und lebenserfahrene Frau an deiner Seite zu haben. Es ist mir ein Rätsel, weshalb du dich während unserer Beziehung immer wieder über sie beschwert hast. Ich wünschte, ich könnte mit meiner Mutter derart gute Gespräche führen.«

Olivers Menschenkenntnis ließ offenbar zu wünschen übrig. Meine Mutter hatte ihm eine kräftige Gehirnwäsche verpasst, und der arme Kerl bemerkte es nicht einmal. Er tat mir richtiggehend leid.

Das ahnungslose Opfer rückte mir nun allerdings ziemlich dicht auf die Pelle. Ich wollte einen Schritt zurückweichen, doch ich stieß mit dem Rücken gegen mein Auto. Oliver benutzte offenbar ein neues Rasierwasser, das mir unangenehm die Nase stieg. Es roch, als hätte ein Moschus-Hirsch einen Furz gelassen und danach eine Flasche Febreze versprüht.

Oliver ergriff in einer feierlichen Geste meine Hand. Ach du meine Güte, was hatte er denn jetzt vor?

»Ariane, ich bin bereit, mich zu bessern«, gelobte er. »Vielleicht sollten wir uns beiden noch mal eine Chance geben und …«

Er kam nicht weiter, denn in diesem Augenblick klingelte mein Handy. Vor Erleichterung kamen mir fast die Tränen. Selbst wenn es das Finanzamt sein sollte, das mir mitteilte, mich würde morgen früh um acht Uhr eine Steuerprüfung erwarten, würde ich mich für den Anruf überschwänglich bedanken.

Hastig entzog ich Oliver meine Hand und holte das Smartphone aus meiner Tasche. »Entschuldige, Oliver, ich muss da unbedingt drangehen!«

Ich entfernte mich ein paar Schritte und nahm ab.

Es war David. »Ariane, könntest du eine Pizza mitbringen, wenn du kommst? Aber bitte nur, wenn es dir keine Umstände macht! Trudi kriegt ›Essen auf Rädern‹ geliefert, und ich bin heute viel zu erledigt, um mir etwas zu kochen. Ich glaube, ich habe einen Tennisarm vom Fensterputzen.«

Ich drehte mich absichtlich zur Seite, sodass Oliver mich sehen konnte, und nickte nachdrücklich. »Ja, natürlich! Unter diesen Umständen komme ich selbstverständlich sofort.«, sagte ich mit todernster Stimme.

»So eilig ist es auch wieder nicht«, entgegnete David verblüfft. »Ich halte es schon noch eine Zeit lang aus. Bitte mach dir keinen Stress.«

Es wäre schön gewesen, wenn Oliver den Wink mit dem Zaunpfahl verstanden und sich nun diskret zurückgezogen hätte. Doch leider stand er immer noch neben meinem Auto und lauschte interessiert dem Gespräch.

Ich bemühte mich um eine höchst sorgenvolle Miene. »Mit so etwas ist nicht zu spaßen! Daran sind schon Leute gestorben.«

Wie gewünscht legte sich Olivers Stirn in Falten, während David am anderen Ende der Leitung ungläubig entgegnete: »Echt? Wie denn das?«

»An einer … äh … nekrotischen Muskelinsuffizienz aufgrund starker Überlastung. Beweg dich nicht vom Fleck! Ich komme, so schnell ich kann.«

Ich konnte nur hoffen, dass David mein konfuses Geplapper nicht allzu ernst nahm. Nachdem ich aufgelegt hatte, lächelte ich Oliver entschuldigend an. »Du hast es ja gehört, ich muss leider sofort los.«

»Soll ich mitkommen? Das klang ziemlich dramatisch.«

»Nein, nicht nötig. Ich schaff das schon.«

Er ließ enttäuscht die Schultern hängen, trat beiseite und ließ mich einsteigen. Obwohl meine Mutter für diesen ganzen Schlamassel verantwortlich war und Oliver lediglich eine rein zweckorientierte Beziehung ohne tiefere Gefühle vorschwebte, tat es mir nun doch leid, ihn einfach stehenzulassen.

Ich lehnte mich aus dem geöffneten Fenster und zwang mich zu einem Lächeln. »Lass uns doch zu einem anderen Zeitpunkt weiterreden, ganz in Ruhe. Am besten nach der Hochzeit. Okay?«

Allerdings ging ich davon aus, dass sich bis dahin die Sache geklärt hatte. Denn ich würde meiner Mutter klarmachen, dass sie *sofort* mit Oliver reden musste! Ich sah überhaupt nicht ein, diesen unangenehmen Part für sie zu übernehmen. Oliver sollte ruhig merken, was für ein gemeines Spiel sie mit ihm getrieben hatte.

Sein Gesicht hellte sich auf. »Okay, reden wir nach der Hochzeit, Ariane.«

Ich gab Gas und brauste über die Schlosseinfahrt davon, in der Hoffnung bei David zu sein, ehe er wegen seines Tennisarms den Notarzt anrief.

25. Kapitel

Während ich bei unserem Dorf-Italiener auf die Familienpizza wartete, die ich zum Mitnehmen bestellt hatte, rief ich bei meiner Mutter an. Um mir Mut zu machen, hatte ich vorher noch ein Gläschen Sanddornlikör getrunken.

Kaum hatte sie abgenommen, wurde ich auch schon mit Vorwürfen überschüttet. »Warum rufst du mich denn nicht zurück, Ariane? Seit Tagen lässt du dich nicht mehr bei uns blicken, dabei hat Oliver dir einen wundervollen Blumenstrauß geschickt. Außerdem hast du jetzt bestimmt wieder zugenommen, weil du dich unterwegs mit ungesundem Zeug vollgestopft hast.«

Ich knirschte mit den Zähnen und gab Matteo hinter dem Tresen ein Zeichen, mir noch einen Sanddorn-Likör zu bringen. Einatmen. Ausatmen. Gar nicht erst auf ihre Vorwürfe eingehen, ermahnte ich mich in Gedanken.

»Gerade hatte ich ein ziemlich unerfreuliches Gespräch mit Oliver. Kann es sein, dass du ihm Hoffnungen gemacht hast, er und ich könnten wieder zusammenkommen?«

Für einen Moment herrschte Stille.

»Ich habe Oliver womöglich etwas ermuntert«, gab meine Mutter zu. »Ihn in die richtige Richtung geschubst. Schließlich passt ihr perfekt zusammen, und da ihr euch schon einmal ineinander verliebt habt, harmonieren auch eure Pherotone. Ich habe gelesen, dass das ungemein wichtig ist für die gegenseitige Anziehung.«

»Pheromone«, korrigierte ich sie reflexartig. »Es heißt Pheromone, Mama.«

»Wie auch immer«, gab sie in gereiztem Tonfall zurück.

Matteo stellte den Likör vor mich, und ich kippte ihn in einem Zug herunter. »Aber ich habe dir klar und deutlich gesagt, dass ich nicht an Oliver interessiert bin.«

»Das denkst du jetzt vielleicht«, entgegnete sie. »Weil dir Trudis Enkel im Kopf herumspukt. Aber das ist nur eine vorübergehende Sache, Kindchen. Mit Oliver kannst du jedoch bis ans Ende deiner Tage glücklich werden.«

Gereizt trommelte ich mit den Fingern auf die Theke. »Woher willst du das denn wissen? Kannst du neuerdings in die Zukunft sehen?«

»Das liegt doch auf der Hand, Schätzchen. David wird schon bald wieder nach Usedom zurückgehen. Wie stellst du dir denn eine Beziehung mit ihm vor, wenn ihr auf zwei verschiedenen Inseln lebt?«

Ein flaues Gefühl machte sich in meiner Magengegend breit. Sofort dachte ich an Davids Telefonat mit seiner Schwester, das ich belauscht hatte.

»Das kann auch ganz anders kommen«, behauptete ich trotzig. »Als Schriftsteller kann David seinen Beruf überall ausüben. Es wäre kein Problem für ihn, den Wohnort zu wechseln. Er hat keinen Zweifel daran gelassen, dass ich ihm wichtig bin.«

Doch meine Mutter war mal wieder besser informiert, als ich geahnt hatte. »So wichtig wie seine Familie auf Usedom?«, entgegnete sie zweifelnd. »Deine Schwester hat mir erzählt, dass er dir nicht einmal Details über sein Leben dort berichtet, weil er befürchtet, du könntest die Einzelheiten umgehend an Trudi weitergeben. Da muss man sich nicht lange fragen, wem seine Loyalität gilt.«

Ich schluckte schwer. Mit einem Schlag verpuffte die Wut auf meine Mutter, und vergessen war mein Vorsatz, ihr wegen Oliver Vorhaltungen zu machen. Ich spürte nur noch diesen Stachel in meinem Herzen. Ich fuhr mir über die Lippen, die vom Likör süß und klebrig waren.

»Das zwischen David und mir ist etwas Besonderes.« Selbst ich hörte die Zweifel in meiner Stimme. »Das kannst du nicht schlechtreden.«

»Sag mal, weshalb soll Trudi eigentlich nicht über Astrid erfahren?«, wechselte sie einfach das Thema. »Kennst du die Details?«

Diese Frage würde ich garantiert nicht beantworten, schließlich hatte ich Trudi mein Wort gegeben.

»Ich muss jetzt Schluss machen, Mama.« Aus den Augenwinkeln sah ich, wie Matteo mit dem Pizzakarton auf mich zusteuerte. »Ich erwarte, dass du so schnell wie möglich mit Oliver redest. Mach ihm klar, dass das mit uns nichts wird! Nur wegen deiner idiotischen Verkupplungsversuche macht sich der arme Kerl völlig umsonst Hoffnungen.«

Ohne auf eine Antwort zu warten, legte ich auf und zahlte. Bis zu Trudis Wohnung waren es nur zwei Minuten mit dem Auto, doch ich ließ meinen Wagen stehen und machte mich zu Fuß auf den Weg. So schnell würde die Pizza nicht kalt werden, und nach dem Gespräch mit meiner Mutter brauchte ich dringend frische Luft. Im Vorbeilaufen konnte ich zwischen den Häuserzeilen einen Blick auf die Strandpromenade erhaschen. Leider fungierte die Hochwasserschutzdüne als perfekter Sichtschutz, sodass sich nicht einmal ein kleines Stück der Ostsee erkennen ließ. Wohl gerade deshalb überkam mich eine unbändige Sehnsucht nach dem Meer. Der salzige Geruch lockte mich ebenso wie die leise Melodie der Wellen. Am liebsten wäre ich ihr gefolgt, hätte meine Füße in den fast weißen Sand vergraben und auf den Mond gewartet, bis er sein silbriges Licht aufs Meer warf. *Silberwellen*, schoss mir das Wort durch den Kopf, das allein David und mir gehörte. Genauso wie es mich zum Meer meiner Kindheit zog, zog es mich auch zu ihm.

Ich klammerte mich an den Pizzakarton wie an einen Rettungsring und beschleunigte meine Schritte, bis ich endlich das Mehrfamilienhaus erreichte. Ich wurde schon erwartet, denn David lehnte mit verschränkten Armen unten am Hauseingang.

»Nekrotische Muskelinsuffizienz aufgrund starker Überlastung?«, fragte er grinsend.

Das Funkeln, das bei meinem Anblick in seinen Augen aufblitzte, ließ mich die unheilvollen Worte meiner Mutter sofort vergessen. »Tut mir leid. Ich hoffe, du bist nicht hier unten, um auf den Notarzt zu warten?«

»Selbstverständlich nicht!« David nahm mir die Pizza ab und zog mich an sich. Er gab mir einen leidenschaftlichen Begrüßungskuss, der meine Knie weich werden ließ. Oh ja, er hatte mich vermisst! Als wir uns voneinander lösten, brauchte ich einen Moment, um wieder zu Atem zu kommen.

David zwinkerte mir zu. »Natürlich bin ich hier, weil ich sehnlichst auf die Pizzalieferung gewartet habe.«

Ich knuffte ihn in die Seite. »Das dachte ich mir schon.«

Als er den Deckel anhob, verzog er für den Bruchteil einer Sekunde das Gesicht. Doch dann lächelte er mir zu. »Lieben Dank, du bist ein Schatz!«

»Stimmt mit der Pizza etwas nicht?«, hakte ich nach.

»Nein, alles bestens.«

Ich sah ihn mit hochgezogenen Augenbrauen so lange an, bis David schließlich zugab: »Ich mag keine schwarze Oliven. Wirklich überhaupt nicht. Damit kannst du mich jagen.«

Ich verkniff mir ein Grinsen und entgegnete empört: »Wie kann man denn keine schwarzen Oliven mögen? Die sind doch das Beste!«

»Das Beste?«, wiederholte er ungläubig und zeigte mir die Pizza. »Guck mal, wie die Oliven das schöne Essen verunstalten! Als ob ein Karnickel über die Pizza gehüpft wäre und dabei seine Kötel hinterlassen hat.«

Er blickte so bedauernd auf die Pizza hinab, dass ich lachen musste. Tja, so etwas passiert eben in der Anfangszeit einer Beziehung, wenn man die Vorlieben des anderen noch nicht kennt. In diesem Fall war das jedoch nicht dramatisch.

»Du hast Glück, denn ich liebe Oliven«, sagte ich und schob mich an ihm vorbei. »Ich erkläre mich gerne bereit, die Karnickel-Hinterlassenschaften zu essen.«

Wir gingen nach oben, und endlich konnte ich Trudi wieder in ihren eigenen vier Wänden in die Arme schließen. Sie saß in ihrem Morgenmantel im Fernsehsessel, schaute sich eine Folge ihrer Lieblingskrimiserie ›Inspector Barnaby‹ an und hatte neben sich eine dampfende Tasse Kamillentee stehen. Meine Sorge, dass sie der erste Tag zu Hause überanstrengt hatte, schien unbegründet zu sein. Sie sah bemerkenswert fit aus und zwinkerte mir zu, als sie fragte: »Bestimmt hat dich nur die Sorge um meine Gesundheit zu dieser späten Stunde hergeführt, oder?«

»Natürlich! Mir würde spontan jedenfalls kein anderer Grund einfallen«, behauptete ich und blickte grinsend zu David.

»Magst du Tee, Kindchen?«

Ich setzte mich und schüttelte den Kopf. »Nein, danke, mach dir bitte keine Mühe!«

»Ich wollte dir auch keinen Tee machen, sondern dir *meinen* anbieten.« Trudi hielt mir auffordernd die Tasse hin. »Da trinke ich schon seit Jahrzehnten jeden Abend ein schönes Bierchen vor dem Schlafengehen, doch mein Herr Enkel setzt mir stattdessen diese Blüten-Plörre vor.«

Sie schaute David vorwurfsvoll an, der sich gerade mit zwei Tellern, einem Weißwein und zwei Gläsern neben mich gesetzt hatte.

»Da siehst du, mit was für einer störrischen Patientin ich mich schon den ganzen Tag herumschlagen muss«, beschwerte er sich bei mir. »Sie will einfach nicht einsehen, dass Alkohol vorerst tabu ist.«

Beide blickten mich erwartungsvoll an und warteten wohl auf meinen Richterspruch, doch ich hob abwehrend die Hände. »Ich mische mich da lieber nicht ein.«

Die nächste halbe Stunde plauderten wir miteinander, David und ich teilten uns die Pizza und tranken dazu Wein.

Kurze Zeit später war Trudi eingeschlafen. Ihr Kopf lag auf der Seite, und sie schnarchte leise, während Inspector Barnaby sich gerade über eine Leiche beugte.

David fühlte sich dadurch wohl inspiriert, denn er beugte sich wiederum mit einem jungenhaften Grinsen zu mir, hakte seinen Finger in den Ausschnitt meiner Bluse und lugte interessiert hinein.

»Suchst du mich nach einer Schusswunde ab?«, fragte ich mit hochgezogenen Augenbrauen. »Wir können heute Nacht doch ohnehin nicht …« Ich ließ den Satz unvollendet und deutete stattdessen vielsagend auf Trudi.

»Ich will nur wissen, was mir entgeht.« Mit einem sehnsüchtigen Seufzen ließ er meinen Ausschnitt los. »Leider ist der Ausblick genauso schön, wie ich ihn in Erinnerung hatte.«

»Immerhin hast du jetzt etwas, von was du träumen kannst.«

Ich kuschelte mich in seinen Arm, und der Stress des Tages fiel von mir ab. Wir saßen auf dem Sofa, hatten Pizza vom Italiener gegessen, sahen fern und würden aller Voraussicht nach auch keinen Sex mehr haben, außer wir würden dabei sehr, sehr leise sein. Ein durch und durch unspektakulärer Abend. Trotzdem fühlte ich mich pudelwohl, entspannt und glücklich.

»Ich wünschte, es könnte immer so sein wie jetzt«, entfuhr es mir, ehe ich mir auf die Zunge beißen konnte.

Ich spürte, wie David sich neben mir versteifte. Für einen Moment herrschte Stille, ehe er antwortete: »Ja, das wäre schön.«

Er räusperte sich, zog den Arm weg und beugte sich vor, um uns Wein nachzuschenken. »Ich finde, wir sollten auf Trudis Entlassung anstoßen«, meinte er. »Als ich sie nach der OP zum ersten Mal gesehen habe, hätte ich nicht für möglich gehalten, dass es ihr schon so bald wieder besser geht. Dass sie jetzt hier ist, haben wir nur deiner schnellen Hilfe und deinem beherzten Eingreifen zu verdanken.«

Er reichte mir das Glas, und ich zwang mich zu einem Lächeln. »Das war doch selbstverständlich! Aber auf Trudi und ihre Gesundheit stoße ich gerne an.«

Vielleicht hatte ich mir Davids seltsames Verhalten gerade eben auch nur eingebildet? Doch dieses Mal war es nicht die Stimme meiner Mutter, sondern meine eigene, die mir dunkle Wolken am Liebeshimmel prophezeite. Und diese Stimme ließ sich deutlich schwieriger zum Schweigen bringen.

»Dann auf Trudi!« Er prostete mir zu und trank einen Schluck. »Übrigens hat mich heute mein Lektor angerufen und mir erzählt, dass morgen mein nächster Roman von der Druckerei ausgeliefert wird. Ab sofort darf ich mir also vor Nervosität die Haare raufen und mir Sorgen machen, ob meine Leser das Buch mögen werden.«

»Das werden sie bestimmt.« Ich prostete ihm erneut zu. »Herzlichen Glückwunsch!«

Das Wort ›Druckerei‹ schoss in meinem Kopf wie eine Flipperkugel hin und her. Ein Kribbeln lief meinen Nacken hinauf, und ich zog scharf die Luft ein. »Verdammter Mist!«

Abrupt stellte ich mein Glas ab. »Ich habe vergessen, noch einmal die Druckerei wegen der falsch gedruckten Tischkarten anzurufen. Jetzt werden sie bestimmt nicht mehr rechtzeitig geliefert. Oh Gott!« Ich sah David ratlos an. »Was soll ich jetzt bloß tun?«

26. Kapitel

Die weißen Chiffontücher, die zu beiden Seiten des offenen Festzelts angebracht waren, schwangen in der Sommerbrise sanft hin und her. Mit dem Sitzplan in der Hand kontrollierte ich noch einmal die Tischkarten. Meine Freundinnen hatten mir das Leben gerettet und mir gestern beim Herstellen der neuen Tischkarten geholfen. Shanti-Gertrud, Nane, Sophie und Oles Tochter Emma hatten den ganzen Tag den Strand nach angespülten Muscheln und Treibholzstücken abgesucht. Abends hatten wir uns dann in Gertruds Kate zusammen an einen Tisch gesetzt und gebastelt. Mit Brandmalkolben hatten wir die Namen der Gäste auf das zurechtgesägte Treibholz geschrieben und mit der Heißklebepistole kleine Muscheln und getrocknete Blüten angebracht.

Ich beugte mich über den festlich gedeckten Tisch und nahm eines unserer maritimen Tischkärtchen in die Hand. Vielleicht war ich nicht ganz objektiv, aber ich fand, sie waren richtig toll geworden. Viel besser als aus der Druckerei. Hoffentlich sahen Markus und Jule das genauso!

Ich warf einen Blick auf die Uhr und erschrak. Himmel, es war nur noch ein halbe Stunde bis zum Beginn der Trauung!

Eiligen Schrittes verließ ich das Festzelt und ging in Richtung Anlegestelle am Jasmunder Bodden. Auf dem Rasen vor dem Steg war für 150 Gäste bestuhlt, und die meisten von ihnen hatten sich schon eingefunden. Fröhliches Stimmengewirr lag in der Luft, der Himmel war strahlendblau und eine Böe aus

Richtung Bodden sorgte für etwas Abkühlung. Meine Anspannung wuchs mit jeder Minute. Wo blieben nur Markus und Jule?

Ein Mann in einem schlecht sitzenden Anzug und einer blankpolierten Glatze stellte sich mir in den Weg. »Sie sind doch hier die Verantwortliche, oder?«, fragte er in leicht genervtem Tonfall. »Wo ist denn das Brautpaar? Ich möchte ihnen nämlich persönlich mein Geschenk überreichen.« Er deutete auf das Paket in seiner Armbeuge.

Ich stöhnte innerlich auf. Er war nicht der Erste, der mich nach Markus und Jule fragte.

»Wir haben im Frühstücksraum im Schlosshotel extra einen großen Tisch für die Hochzeitsgeschenke bereitgestellt«, erklärte ich mit einem höflichen Lächeln. »Stellen Sie Ihres einfach dazu.«

»Das möchte ich aber nicht.« Er legte schützend seine Hand auf das Paket. »Da lungert so ein junger Typ herum und beobachtet den Tisch. Bestimmt klaut er die besten Sachen.«

»Das ist Kevin, der Rezeptionist des Hotels. Er ist dazu eingeteilt, auf die Geschenke aufzupassen. Warten Sie, ich bringe Sie hin!« Ehe er widersprechen konnte, packte ich ihn am Arm und führte ihn mit sanfter Gewalt zum Schloss.

Bis ich wieder zurück an die Anlegestelle kam, waren weitere zwanzig Minuten vergangen, doch vom Brautpaar fehlte immer noch jede Spur. Alle Gäste hatten sich inzwischen auf ihren Plätzen eingefunden, und das Streichquartett stimmte schon die Instrumente. Ich gab mir Mühe, entspannt zu wirken, obwohl mir so langsam der Angstschweiß ausbrach. Wo blieben sie denn nur?

Ich besah mir noch einmal den Torbogen, der sich über den Steg spannte und unter dem die Zeremonie stattfinden sollte.

Die roten Rosen, mit denen der Bogen geschmückt war, sahen trotz der Hitze noch ganz passabel aus.

Der Pfarrer tippte mir von hinten auf die Schulter. »Frau Hildebrandt, was machen wir denn jetzt? Soll ich den Gästen sagen, dass es zu ungeplanten Verzögerungen kommt?«

»Nein, auf keinen Fall!« Ich schüttelte den Kopf. »Wir warten ab und sagen erst einmal gar nichts. Bestimmt werden die beiden jeden Augenblick auftauchen!«

Zweifelnd blickte mich der Pfarrer an. »Ich habe zwar schon erlebt, dass einer der beiden Beteiligten nicht zur Hochzeit erschienen ist, aber dass Braut *und* Bräutigam der Trauung fernblieben, ist mir noch nie zu Ohren gekommen.«

Mein Blick blieb an David hängen, der in der letzten Reihe Platz genommen hatte und mir aufmunternd zunickte. Als er nach Rügen aufgebrochen war, hatte er natürlich nicht mit einer Hochzeitseinladung gerechnet und somit auch keine festliche Garderobe eingepackt. Doch Ole war so nett gewesen, ihm einen Anzug zu leihen, da die beiden Männer die gleiche Größe hatten. Zwar war David für einen eigenbrötlerischen Autor jetzt ungewohnt schick, aber ich fand, dass ihm der Anzug ausgesprochen gut stand.

Mein Handy klingelte und zeigte Oles Nummer an. »Der Adler ist gelandet«, sagte er in trockenem Tonfall.

»Gott sei Dank!«

So schnell mich meine nagelneuen Sommersandalen trugen, sauste ich zurück in Richtung Schloss. Leider behinderte mich dabei der enge Rock meines Etui-Kleides, und ich gab wohl keinen besonders eleganten Anblick ab. Ole erwartete mich bereits auf der Schlosstreppe und deutete auf das Auto des Brautpaars. Markus suchte gerade verzweifelt einen freien Parkplatz, doch bei dem hier herrschenden Chaos schätzte ich seine Chancen eher gering ein. Schließlich parkte er einfach auf dem perfekt gepflegten Rasen, was ich in Anbetracht des Zeitdrucks durchaus begrüßte.

»Ich hab doch gesagt, dass sie rechtzeitig kommen werden«, sagte Ole zufrieden.

Ich verbiss mir die Bemerkung, dass er trotz dieser Überzeugung in der letzten halben Stunde sichtlich nervös geworden war. Markus und Jule stiegen aus und strahlten uns an.

»Na, alles bereit?«, fragte Markus.

Nervös knetete ich meine Finger. Ich versuchte, Jules Blick einzufangen, und suchte in ihrer Miene nach Anzeichen von Wut. Doch schon tauchte sie wieder im Inneren des Wagens ab, um Kati aus dem Autositz zu holen.

Ich fasste mir ein Herz und ging auf sie zu. Dass Jule mir den Rücken zuwandte, machte es mir sogar ein wenig leichter. Ich räusperte mich. »Nach allem, was geschehen ist, bin ich nicht sicher, ob ich weiterhin deine Trauzeugin sein soll. Wenn du es nicht möchtest, würde Sophie einspringen. Ich habe schon mit ihr gesprochen.«

Jule richtete sich ruckartig auf, sodass sie mit dem Kopf an den Türrahmen stieß. Mit dem Baby im Arm tauchte meine Freundin aus dem Auto auf. »Bist du verrückt geworden?« Mit der freien Hand rieb sie sich den Hinterkopf. »Wieso das denn?«

»Du hast gesagt, dass du mich nie mehr sehen willst.«

Jule wandte sich an Markus. »Kümmerst du dich mal um die Kleine?«

Schon ganz der dienstbereite Ehemann spurtete Markus um das Auto herum und nahm ihr Katharina ab.

»Es tut mir von Herzen leid, was ich zu dir gesagt habe.« Jule griff nach meinen Händen und hielt sie fest. »Ich bin dir nämlich unendlich dankbar, Ariane! Ohne dich hätte ich den größten Fehler meines Lebens gemacht. Mein Vater hat mal gesagt, dass ich sturer bin, als mir selbst guttut. Du hast mich genau im richtigen Moment eingebremst. Markus und ich haben die letzten Tage endlich offen miteinander geredet, und ich konnte alles loswerden, was mich belastet hat. Du kannst dir gar nicht vorstellen, wie gut mir das getan hat! Und kaum war ich entspannter, hat Kati in meiner Gegenwart deutlich weniger geschrien.«

Tatsächlich sah Jule besser aus. Natürlich war sie immer noch viel zu dünn, und die kräftezehrenden letzten Wochen konnten durch ein paar freie Tage nicht wettgemacht werden, aber das temperamentvolle Funkeln war in ihre Augen zurückgekehrt, und ihre Wangen waren leicht gerötet.

Mir fiel ein Stein vom Herzen. Zwischen Markus und ihr schien somit wieder alles in Ordnung zu sein, genau wie zwischen uns beiden.

»Ich möchte mehr denn je, dass du meine Trauzeugin bist, Ariane«, sagte Jule mit bewegter Stimme.

»Gerne!«, schniefte ich und setzte ein schiefes Grinsen auf. »Ich finde, diesen Posten habe ich mir auch verdient. Die letzten Tage waren der reinste Horror!«

Sie schloss mich in ihre Arme. »Tut mir leid, dass wir Ole und dich mit allem alleingelassen haben.«

»Ich möchte mich ebenfalls bei euch entschuldigen«, schaltete sich Markus ein und sah von mir zu Ole. »Wir können euch gar nicht genug danken.«

»Ach, Quatsch!«, brummte Ole und zupfte verlegen an seiner Fliege herum. »Wozu sind Freunde denn da?«

Ich klatschte voller Tatendrang in die Hände. »Los, Leute! Wir sollten reingehen, damit ihr euch schnell umziehen könnt. Wenn wir noch länger warten, sagt der Pfarrer nämlich die Trauung ab.«

Markus und Jule wechselten einen verschwörerischen Blick. »Nicht nötig, wir bleiben, wie wir sind«, verkündete der Bräutigam. »Uns ist in den letzten Tagen klar geworden, worauf es bei einer Hochzeit wirklich ankommt. Deshalb wollen wir heute wie zwei ganz normale Menschen heiraten, ohne uns in schicke Klamotten oder pompöse Kleider zu werfen. Es soll allein das zählen, was wir tun – nämlich vor unseren Familien und Freunden den Entschluss zu verkünden, den Rest unseres Lebens miteinander zu verbringen.«

»Wie bitte?«, ächzte ich. »Aber das schöne Brautkleid und der teure Hochzeitssmoking …«

Zum ersten Mal betrachtete ich mir die Aufmachung der beiden genauer. Jule trug ein cremefarbenes Maxi-Sommerkleid mit einer aufwendig gehäkelten Brustpartie. Zugegeben, es sah sommerlich und romantisch aus, aber eben auch ein wenig schlicht. Sie hatte die Haare offen gelassen und sich als Schmuck lediglich eine weiße Hibiskus-Blüte hinters Ohr gesteckt. Markus hatte sich für eine beigefarbene Leinenhose und ein legeres weißes Hemd entschieden. Ich hätte mir die beiden in diesem Outfit gut an einer Strandbar auf Hawaii vorstellen können.

»Moment, ich bin noch nicht ganz fertig.« Jule trat auf den Rasen und zog ihre Schuhe aus. »Et voilà!«

»Du willst barfuß heiraten?«, fragte ich ungläubig. »Ausgerechnet du?«

»Und wieso, bitteschön, musste ich mir dann diesen sauteuren Smoking kaufen?«, meckerte Ole.

Markus klopfte ihm kameradschaftlich auf die Schulter. »Damit du deine Ehefrau mit deinem guten Aussehen beeindrucken kannst.«

»Dafür brauche ich keinen Smoking.« Er grinste. »Oder irgendwelche anderen Klamotten.«

»Igitt!« Jule steckte sich demonstrativ die Finger in die Ohren. »Zu viel Information! Du sprichst immerhin von meiner Schwester.«

Markus ging zu ihr und hielt ihr galant seinen freien Arm hin. »Erweisen Sie mir die Ehre, Sie zu ehelichen, Frau Seidel?«

Jule sah zu ihm auf. »Gerne, Herr von Kronlitz.«

Mit einem glücklichen Lächeln im Gesicht und zwischen sich ihre kleine Tochter schritten sie über den Rasen in Richtung der wartenden Hochzeitsgäste, um den Bund fürs Leben zu schließen.

*

Es war eine wunderschöne Trauung. Alles klappte wie am Schnürchen: Der Pfarrer hielt eine bewegende Ansprache, Ole hatte die Ringe sofort griffbereit, das Streichquartett setzte rechtzeitig ein, und niemand landete versehentlich im Bodden. Am Ende tupften sich viele der Anwesenden gerührt die feuchten Augenwinkel. Shanti-Gertrud schluchzte sogar ungehemmt und murmelte dauernd etwas davon, dass sich bei der Zeremonie die Auren der beiden ineinander verschlungen hätten und sie noch nie etwas derart Schönes gesehen hatte.

Nachdem das Brautpaar die Gratulationen entgegengenommen hatte, gab es einen Sektempfang, und später versammelten wir uns zu Kaffee und Kuchen im Festzelt. Obwohl ich die Trauzeugin war, hatte Jule dafür Verständnis, dass ich lieber zusammen mit David am Tisch meiner Familie sitzen wollte. Meine Mutter nahm Davids Anwesenheit in unserer Mitte mit frostigem Schweigen zur Kenntnis. Wahrscheinlich machte auch der Rest meiner Familie keinen allzu guten Eindruck: Meine Schwester Jutta und Mattes diskutierten ausgerechnet heute vehement über das Pro und Contra eines wöchentlichen Bingo-Abends in der Pension, meine Nichte Leonie starrte ununterbrochen auf ihr Handy, und der kleine Jonas quengelte ohne Unterlass, weil er kein drittes Kuchenstück bekam. Am normalsten wirkte noch mein Vater, doch der überschüttete David geradezu mit Informationen über das Angeln, die Herstellung eigener Köder und die – seiner Meinung nach – immer noch viel zu hohe Fangquote für den Ostsee-Dorsch. Wenn es um sein Lieblingshobby ging, war mein Vater nicht mehr zu stoppen. Zum Glück schien David sich ebenfalls fürs Angeln zu interessieren, denn er stellte einige passende Zwischenfragen und sah auch nicht so aus, als ob er sich vor Langeweile die Kuchengabel ins Auge rammen wollte. Aber egal, was er von der Konfrontation mit der gesamten Familie Hildebrandt auch halten mochte, es waren nun mal meine nächsten Verwandten, und auch wenn wir nicht perfekt waren, so gehörten wir doch zusammen.

Die Zeit bis zum Abendessen verging wie im Flug, da auf meiner Checkliste noch allerlei Hochzeitsaktivitäten wie ein Fingerabdruckbild der Gäste, ein Brautleute-Quiz und das Steigenlassen von Herzluftballons auf dem Programm standen. Ich entspannte mich erst wieder, als abends das Fünf-Gänge-Menü vorüber war und ein Hochzeits-DJ zum zwanglosen Teil der Feier überleitete. Über dem Schlosspark funkelten schon die ersten Sterne, die Beleuchtung im Festzelt wurde gedimmt und auf den Tischen bunte Windlichter verteilt. Wir schoben die Tische in der vordersten Reihe zusammen, sodass eine freie Fläche entstand, auf der schon bald die Gäste tanzten. Wie beim Polterabend gaben David und ich unseren ganz eigenen Tanzstil zum Besten. Es machte riesigen Spaß, und zum ersten Mal an diesem Tag konnte ich mich amüsieren und befreit lachen. Meinen anderen Tanzpartnern erging es leider weniger gut. Obwohl ich den Bräutigam mehrmals warnte, war Markus nicht davon abzubringen, mit der ›besten Trauzeugin auf Rügen‹ ein Tänzchen zu wagen. Danach humpelte er mit Tränen in den Augen zu Jule zurück. Mein Ex-Freund Oliver forderte mich sogar mehrfach auf, und ich bewunderte seinen Mut. Aber vielleicht hatte er sich auch in weiser Voraussicht Schuhe mit Stahlkappen angezogen? Immerhin waren wir beide so darauf konzentriert, einen gemeinsamen Takt zu finden, dass für eine Unterhaltung keine Zeit blieb. Was mir sehr recht war. Denn aus der ausweichenden Antwort meiner Mutter hatte ich geschlossen, dass sie ihm immer noch nicht die Wahrheit gebeichtet hatte. Offenbar war ihr ihr hinterlistiges Ränkespiel nun doch peinlich.

Aber davon wollte ich mir den Abend nicht verderben lassen. Die viele Arbeit der letzten Tage hatte sich wirklich gelohnt, und jetzt wollte ich den Moment genießen! Sogar David schien sich wohlzufühlen und sich zu amüsieren.

Irgendwann legten David und ich eine kurze Pause ein, verließen das Zelt und liefen im Schein der Parklaternen über den Kiesweg. Schon bald umhüllte uns nächtliche Stille, die Feier war nur noch eine entfernte Geräuschkulisse. David und ich plauderten über die Hochzeit und Trudi. Ihre Nachbarin Elfriede und die Schwester vom Pflegedienst hatten heute die Betreuung übernommen, und bei Davids letztem Telefonat hatte Elfriede sich beschwert, dass man bei einer Achtundneunzigjährigen nach so einer OP doch wohl erwarten könnte, dass sie wenigstens so *tat*, als wäre sie gebrechlich und schwerfällig.

Wir erreichten den großen Brunnen vor dem Schloss, den Jule und Markus diesen Sommer hatten restaurieren lassen. Scheinwerfer beleuchteten eine pummelige Jungenfigur, die auf einem Seerosenblatt stand, unter dem mehrere Wasserfontänen hervorplätscherten. Jule behauptete steif und fest, dass die Figur Amor darstellte. Ich ging jedoch davon aus, dass diese Deutung einfach besser zu ihrem romantischen Konzept des Schlosshotels passte.

Ich setzte mich auf den Rand des Brunnens und ließ meine Hand durch das angenehm kühle Wasser gleiten, während David neben mir stehen blieb und mit brütendem Blick ins Dunkel starrte. Irgendetwas schien ihn zu beschäftigen.

»Was hast du denn? Hat dir meine Familie etwa so zugesetzt?«, fragte ich halb im Scherz, halb besorgt.

»Wie bitte?« David sah mich einen Augenblick lang verwirrt an. »Ach so, nein, natürlich nicht. Deine Familie ist nett, besonders dein Vater.«

Er stieß einen Seufzer aus. »Nur deine Mutter mag mich wohl nicht besonders. Als ich sie vorhin gebeten habe, mir die Wasserflasche zu reichen, hat sie ein Gesicht gemacht, als würde sie mich damit am liebsten erschlagen.«

»Bitte nimm das nicht persönlich! Sie glaubt, dass das mit uns keine Zukunft hat, weil wir auf unterschiedlichen Inseln leben und du schon bald wieder nach Usedom zurückkehren wirst.«

Obwohl sein Gesicht im Halbschatten lag, konnte ich erkennen, dass David seine Lippen zusammenpresste.

Er setzte sich neben mich. »Ariane, genau darüber muss ich mit dir reden. Leider hat deine Mutter nicht ganz unrecht, denn ich muss tatsächlich wieder zurück nach Usedom. Es hat sich …«, er stockte und suchte nach den richtigen Worten, »… *etwas ergeben*, und meine Anwesenheit ist erforderlich.«

Seine Ankündigung traf mich wie ein Schlag. Ich hatte nicht erwartet, dass der Moment, vor dem ich mich die letzten Tage immer stärker gefürchtet hatte, so schnell kommen würde. Nervös knetete ich meine Finger. »Wann wirst du fahren?«

»Morgen oder übermorgen.« Er beugte sich vor, stützte die Ellbogen auf die Knie und fuhr sich mit beiden Händen durch die Haare. »Ich wäre wirklich gerne länger geblieben, schon allein wegen meiner Großmutter. Aber die Schwester vom Pflegedienst kümmert sich gut um sie, und eben auf der Feier habe ich mit Oles Mutter gesprochen. Nane hat mir versichert, dass ihr alle ein Auge auf Trudi haben werdet und ich mir keine Sorgen machen muss.«

David würde Rügen tatsächlich verlassen. Meine Kehle fühlte sich an wie zugeschnürt, und das Atmen fiel mir schwer. »Und was bedeutet das für uns? War es das jetzt? Schließlich haben wir vereinbart, dass dies nur eine lockere Affäre sein soll.«

Er griff nach meiner Hand und drückte sie sanft. »Ariane, bitte schau mich an!«

Es kostete mich Überwindung, den Kopf zu heben und seinen Blick zu erwidern. Ich wollte nicht, dass er die Angst in meinen Augen sah. Für mich war das schon lange keine lockere Affäre mehr. David Novak hatte mein Herz im Sturm erobert.

»Eine richtige Beziehung ist nach wie vor schwierig für mich. Aber wenn du willst, muss sich nichts zwischen uns ändern«, versicherte er mir mit einem warmen Lächeln. »Als ich dir versprochen habe, immer für dich da zu sein, habe ich das ernst gemeint. Du bist mir wichtig, Ariane! Sehr wichtig sogar. Ich werde zurück nach Rügen kommen, sobald sich zu Hause alles beruhigt hat. In ein paar Wochen sehen wir uns wieder, und dann machen wir genau dort weiter, wo wir aufgehört haben. Wie findest du das?«

Er hob mein Kinn an und gab mir einen zärtlichen Kuss. »Schon jetzt sehne ich den Moment herbei, in dem ich dich wieder in meine Arme schließen kann«, sagte er und schmunzelte. »Dabei bin ich noch gar nicht losgefahren. Wie schlimm wird es erst sein, wenn ich tatsächlich von dir getrennt bin?« Sein Daumen strich sanft über meine Kinnpartie und meine Wangen. »Ich möchte nicht, dass das zwischen uns zu Ende geht, Ariane.«

Ich wollte sein Lächeln erwidern, doch es gelang mir nicht. Seine Zuversicht und die liebevollen Worte hätten mir Mut machen sollen, doch etwas störte mich. Die Sache war nicht so einfach, wie David es mich glauben lassen wollte.

»Wenn du zurückkommst, werden wir eine wunderschöne Zeit haben – bis zu dem Moment, in dem du Rügen dann erneut ganz plötzlich verlassen musst, richtig? Du wirst immer wieder ohne Erklärung verschwinden.«

Ich hatte einen wunden Punkt getroffen. Sein Lächeln erlosch, und er zog seine Hand zurück.

»Wahrscheinlich. Ich will dir keine Versprechungen machen, die ich nicht halten kann.«

Ich runzelte die Stirn. »Du erwartest von mir, dass ich das einfach hinnehme? Was soll denn das für eine Beziehung sein?«

»Ich habe Verpflichtungen, Ariane«, entfuhr es ihm in gereiztem Tonfall. »Meinst du etwa, mir gefällt das? Ich tue wirklich alles, was in meiner Macht steht, aber ich kann mich nicht zerreißen. Bitte versteh das doch!«

Ich holte tief Luft. »Nein, das verstehe ich nicht! Denn ich weiß nichts über dein Leben auf Usedom, doch das ist ein wesentlicher Teil von dir. Ein Teil, den du mir nicht anvertrauen willst, obwohl ich dir angeblich so wichtig bin.« Ich sprang auf und funkelte ihn entschlossen an. »Ich will endlich die Wahrheit wissen!«

»Glaub mir, ich würde es dir gerne sagen, aber ich kann

nicht.« Er stand ebenfalls auf und stellte sich so dicht vor mich, dass ich den Kopf in den Nacken legen musste, um zu ihm aufzusehen.

»Seit wir uns begegnet sind, hat sich mein ganzes Leben verändert, Ariane. Du hast es verändert. Es fühlt sich an, als würde plötzlich alles einen Sinn ergeben. Ich weiß, dass ich viel von dir verlange, aber bitte hab einfach ein bisschen Vertrauen! Vielleicht finden wir ein Lösung.«

Sein verführerischer Duft hüllte mich ein, und seine Nähe bewirkte, dass ich mich schwindelig fühlte. Ich schloss die Augen, doch David blieb allgegenwärtig. Vergangene Bilder erschienen vor meinem inneren Auge: unsere erste Begegnung im Krankenhaus, die erste Fahrt in seinem Oldtimer, das Picknick am Strand, unsere vielen Gespräche, der Polterabend, unser Lachen und all die vielen Augenblicke, die sich einfach nur perfekt angefühlt hatten, weil er in meiner Nähe war. Die letzten Wochen waren die glücklichsten meines Lebens gewesen. Ich schlug die Augen wieder auf. Genau deshalb konnte ich nicht auf seinen Kompromiss eingehen.

»Es geht nicht, David«, wisperte ich. »Ich will dich ganz. Nicht nur zur Hälfte. Denn dafür bist *du* mir zu wichtig geworden.«

In seinen Augen lag ein stummes Flehen, doch ich konnte mich nicht mehr bremsen. »Entweder du sagst mir jetzt, weshalb du so dringend nach Hause musst, oder …«, ich holte zitternd Luft, »… das war es mit uns. Bitte, lass mich in dein Leben! Nimm mich mit nach Usedom!«

Einen quälenden Augenblick lang sagte niemand von uns etwas. Nur das Plätschern des Brunnens war zu hören.

David ließ langsam die Arme sinken und trat von mir zurück. »Tut mir leid, aber ich kann nicht.«

Seine Antwort versetzte mir einen tiefen, schmerzhaften Stich.

»Dann ist es also zu Ende«, sagte ich leise.

Es fühlte sich an, als hätte mir jemand den Boden unter den Füßen weggezogen. Ich ahnte, dass ich meine Fassung nicht mehr lange aufrechterhalten konnte. Da es ohnehin nichts mehr zu sagen gab, wandte ich mich zum Gehen.

»Ich habe noch eine letzte Bitte«, hielt David mich zurück.

Ich blieb stehen und blickte über meine Schulter. »Ja?«

»Darf ich über dich schreiben?«

Ich blinzelte überrascht. »Wie bitte?«

Er trat einen Schritt auf mich zu. »Ich möchte über den Schwung deiner Wimpern schreiben, wenn du die Augen niederschlägst. Wie dich deine Finger verraten, wenn du nervös wirst. Ich will mit Worten die Konturen deines Gesichts nachzeichnen und mir dabei vorstellen, wie ich es mit meinen Fingerspitzen berühre. Ich möchte davon schreiben, wie glücklich mich dein Lachen macht. Wie du allen Menschen mit Liebe und Offenheit begegnest. Ich möchte von deiner Stärke erzählen, die du selbst nicht erkennen kannst. So wie ich dich sehe, werden dich meine Leser sehen, und ich weiß, dass sie genauso von dir bezaubert sein werden wie ich. Vielleicht wird dir das helfen, dich selbst in einem besseren Licht zu sehen.«

Ich schluckte schwer, dann nickte ich ihm knapp zu. »Von mir aus.«

Hastig wandte ich mich ab, damit er nicht sah, wie sich meine Augen mit Tränen füllten. Selbst wenn ich eine Schriftstellerin gewesen wäre, hätte ich für den Schmerz, der mein Herz gerade in Stücke brechen ließ, wahrscheinlich keine Worte gefunden.

27. Kapitel

Als ich wieder ins Festzelt trat, plärrte in voller Lautstärke ›The Time Warp‹ aus den Lautsprechern. Viele Gäste hatten schon den Heimweg angetreten, doch die restlichen Anwesenden feierten ausgelassen. Ein Grüppchen hatte sich vorne auf der Tanzfläche zusammengefunden, um die besungene Choreografie aus der ›Rocky Horror Picture Show‹ umzusetzen. Anscheinend war dies in stark alkoholisiertem Zustand gar nicht so einfach.

Am liebsten wäre ich sofort nach Hause gefahren, doch als Trauzeugin konnte ich mich nicht einfach aus dem Staub machen, ohne mich zu verabschieden. Ich fuhr mir noch einmal über das Gesicht, um die letzten verräterischen Tränen wegzuwischen. Zum Glück war das Licht im hinteren Bereich des Festzelts so stark gedimmt, dass die Tische im Halbdunkel lagen und mein verschmiertes Make-up vorerst niemand auffallen würde.

Meine Mutter saß allein an unserem Tisch und starrte feindselig auf eine Käseplatte, die jemand vor ihr abgestellt hatte. Der Mitternachtsimbiss stellte sie offenbar auf eine harte Probe. Sie liebte französischen Weichkäse, rührte ihn jedoch wegen der horrenden Kalorienanzahl nicht an.

Ich setzte mich neben sie. »Wo ist denn Papa?«

»Der steht draußen bei Hubert«, antwortete meine Mutter, ohne den Käse aus den Augen zu lassen. »Der hat doch gerade diesen neuen Laden für Anglerzubehör in Binz aufgemacht.«

»Und Jutta?«

»Deine Schwester und ihr Mann sind schon vor einer dreiviertel Stunde aufgebrochen. Jonas war reif fürs Bett und weinerlich.«

Anscheinend war ich länger weg gewesen, als mir bewusst gewesen war. Nach dem Gespräch mit David war ich eine Zeitlang ziellos im Schlosspark herumgelaufen, um meine Gedanken und Gefühle zu ordnen. Leider war mir das nicht besonders gut gelungen.

Ich sah mich um und erstarrte, als ich David in der Nähe der Tanzfläche entdeckte. Er stand bei Jule und Markus und verabschiedete sich offenbar gerade vom Brautpaar. Markus schüttelte seine Hand und klopfte ihm dabei freundschaftlich auf die Schulter. Es war David nicht anzumerken, was gerade in ihm vorging. Groß und breitschultrig stand er da mit diesem schiefen Lächeln, das ich so liebgewonnen hatte. Mein Herz zog sich schmerzhaft zusammen. Wie konnte ich diesen Mann nur gehen lassen? War ich eigentlich verrückt geworden?

Hastig wandte ich mich ab, schenkte mir ein Glas Wein ein und kippte es in einem Zug hinunter, während meine Mutter einen sehnsüchtigen Seufzer in Richtung Weichkäse ausstieß.

»Himmel, Mama, jetzt gönn dir doch mal was!«, fuhr ich sie an. »Ich kann es nicht mehr mit ansehen, wie du dich selbst kasteist. Papa wird dich bestimmt nicht weniger lieben, nur weil du ein paar Happen Camembert isst.« Nachdrücklich fügte ich hinzu: »Im Gegenteil!«

»Meinst du?«, fragte sie unschlüssig.

Zaghaft streckte sie ihre Hand in Richtung Käseplatte aus, als die Musik im Zelt schlagartig abbrach. Eine männliche Stimme lallte über die Anlage: »Ariane? Ariaaaane? Bis' du hier irgendwo?«

Ach, du lieber Himmel! Ich stand so zackig auf, dass mein Stuhl polternd nach hinten fiel. »Oliver?«, keuchte ich.

Mein Ex-Freund stand vorne am Mikro, sah in meine Richtung und kniff die Augen zusammen. »Bis' du das, Schätzchen? D's is' so verflixt dunkel dahinten.«

Oliver winkte mir zu, was ihn umgehend aus dem Gleichgewicht brachte. Er stützte sich hastig an einer der Boxen ab, um nicht hinzufallen.

Meine Mutter war ebenfalls aufgestanden. »Was hat er denn vor?«

»Keine Ahnung!«, zischte ich. »Ich wünschte nur, er würde damit aufhören.«

Unruhe kam unter den Gästen auf, und ein Mann in der Nähe rief, dass jemand diesem Besoffenen das Mikrofon wegnehmen sollte.

Oliver legte seinen Zeigefinger an die Lippen. »Pscht! Pscht! Seid mal alle ruhig, ver'ammte Scheiße! Isch mach jetzt nämlich 'nen Heiratsantrag.« Er legte eine Pause ein, um aufzustoßen. »Ariane Hildebrandt, wills' du meine Frau werden?«

Oh. Mein. Gott. Mir klappte die Kinnlade herab. Das konnte doch nicht sein Ernst sein!

Meine Mutter quiekte begeistert auf. »Endlich!«

Im Festzelt herrschte angespannte Stille, und erst jetzt wurde mir klar, dass alle auf meine Antwort warteten. Aber wie lehnte man höflich einen Heiratsantrag ab? Auf die Schnelle fiel mir jedenfalls keine nettere Antwort ein als ein glasklares Nein. Ich öffnete den Mund, holte tief Luft und …

»Ja, ich will!«

Mein Kopf fuhr zu meiner Mutter herum. War sie denn von allen guten Geistern verlassen?

Augenblicklich brandete Jubel und Applaus im Festzelt auf.

Offenbar schien durch die schummrige Beleuchtung niemand bemerkt zu haben, dass nicht ich selbst dem Heiratsantrag zugestimmt hatte.

»Nein«, rief ich. »Nein, ich will überhaupt nicht!«

Aber meine Stimme ging im allgemeinen Getöse unter. Sofort war ich umringt von unzähligen Leuten, die meine Hand ergriffen und mir gratulierten. Andere umarmten mich und versicherten mir, dass sie sich unglaublich für mich freuten. Wie erstarrt ließ ich alles über mich ergehen, bis der Ansturm endlich nachließ und mein Ex-Freund vor mir stand, blass und schwankend.

»Oliver, ich muss unbedingt etwas klarstellen«, zischte ich. »Das ist ein ganz großes Missverständnis.«

»Ariaaaane!«, grölte er und packte mich an den Schultern. Zuerst glaubte ich, dass er sich an mir abstützen musste, weil er so betrunken war, aber dann kam sein Gesicht immer näher. Seine feuchten Lippen streiften unkontrolliert über meine Wange, bis sie schließlich auf meinen Lippen landeten. Igitt! Ich presste meine Hände an seine Brust und schob ihn von mir weg.

Entschlossen sah ich ihm in die Augen. »Oliver, tut mir leid, aber ich möchte dich wirklich absolut nicht …«

»Oh Scheiße!«, fiel er mir ins Wort.

Er beugte sich vor und erbrach sich auf den Boden direkt neben meine neuen Sommersandalen.

Ich sprang zurück, und mir wurde schwindlig. Es war einfach alles zu viel. Meine Geschäftsauflösung, der Stress mit der Hochzeit, der Streit mit David und nun auch noch Olivers Antrag. Der Geruch von Erbrochenem stieg mir in die Nase, und ich spürte, wie mir das Blut aus dem Kopf wich. Wahrscheinlich war ich gerade so weiß wie ein Leintuch.

Warme Finger griffen nach meinem Handgelenk. »Zeit, die

Flucht zu ergreifen!«, sagte Jule und zog mich mit sich durch die Menge.

»Ich kann noch nicht gehen«, protestierte ich. »David! Ich muss mit David …«

Meine Knie wurden weich. Unbeholfen stolperte ich hinter meiner Freundin her. »Hat er den Antrag mitbekommen?«, fragte ich mit rasendem Herzen.

Jule sah über die Schulter zu mir, presste die Lippen zusammen und nickte.

Ich blieb wie angewurzelt stehen und blickte zu der Stelle, an der ich David zuletzt gesehen hatte.

Jule legte ihre Hand um meine Taille und drückte mich an sich. »Er ist gegangen, Ariane. David ist weg.«

*

Alles, was danach geschah, zog wie in einem Film an mir vorbei. Ich sank in meinem Etuikleid auf den Rasen und weinte mich an der Schulter meiner Freundin aus. Da Jule mit ihren eigenen Problemen beschäftigt gewesen war, hatte ich ihr in den letzten Wochen nur wenig über mein Leben berichtet, doch einmal in Fahrt gekommen, sprudelte alles aus mir heraus. Ich schilderte ihr, wie David und ich uns kennengelernt hatten, wir immer mehr Zeit miteinander verbracht hatten und uns nach und nach nähergekommen waren. Jule gegenüber konnte ich mir auch endlich eingestehen, dass ich mich bis über beide Ohren in diesen Mann verliebt hatte. Doch offenbar war kein Happy End für diese Liebe vorgesehen, genau wie für das Paar in Davids letztem Roman. Dass in Wahrheit meine Mutter Olivers Antrag angenommen hatte, setzte dem Ganzen noch die Krone auf. Damit war sie endgültig zu weit gegangen!

Da Jule eine Frau der Tat war, bot sie sofort an, mich zu Trudi zu fahren, damit ich mit David sprechen und das Missverständnis aufklären konnte. Ich war ernsthaft in Versuchung, ihr Angebot anzunehmen, bis ich mir eingestehen musste, dass es sinnlos gewesen wäre. Es hätte nichts an den Tatsachen geändert: David und ich hatten schon vor Olivers Antrag einen Schlussstrich gezogen, und unsere Lebenswege würden von nun an getrennt verlaufen.

Irgendwann in der Nacht brachten Jule und Markus mich ins Schloss und überredeten mich dazu, in Jules früherer Wohnung zu übernachten. Ich war so leergeweint und erschöpft, dass ich ins Bett fiel und entgegen meiner Erwartungen sofort einschlief.

Die Sonne stand schon hoch am Himmel, als ich wieder die Augen aufschlug. Sofort wollte ich aus dem Bett springen, doch dann wurde mir klar, dass es Sonntag war und es nichts gab, was ich heute zu erledigen hatte. Ich musste nicht in den Laden, es gab keine Hochzeit mehr zu organisieren und keinen David, in dessen Arme ich mich flüchten konnte.

David … Allein der Gedanke an ihn schmerzte so sehr, dass mir wieder die Tränen in die Augen schossen. Wie hatte alles nur so schrecklich schieflaufen können?

Mein Glück lag in Scherben, und ich suchte verzweifelt nach dem Fehler, den ich gemacht hatte. Doch ich wollte nun mal keine Teilzeit-Freundin auf Rügen sein! Ärgerlich wischte ich mit dem Handrücken eine Träne von meiner Wange. Zu einer Beziehung gehörte Vertrauen, und es war ganz offensichtlich, dass David mir kein bisschen vertraute. Dabei hatte ich ihm kein einziges Mal Anlass dazu gegeben, an meiner Loyalität zu zweifeln. Aber hatte David nicht auch von mir verlangt, dass ich ihm vertrauen sollte? Vielleicht hätte er wirklich eine Lösung für alles gefunden? Womöglich hatte er sogar schon einen konkreten Plan gefasst!

Ruckartig richtete ich mich auf. Obwohl ich in der Nacht noch der Überzeugung gewesen war, es würde nichts bringen, mit David zu reden, stand ich hastig auf, machte mich notdürftig in Jules altem Badezimmer zurecht und fuhr ins Dorf. Ich nahm mir nicht einmal die Zeit, mich daheim umzuziehen, sondern tauchte in meinem grasbefleckten Etuikleid vor Trudis Tür auf. Die Schwester vom Pflegedienst machte mir auf, und mit einem flüchtigen Gruß huschte ich an ihr vorbei zu Trudi in die Küche.

Als sie mich sah, setzte sie eine bekümmerte Miene auf. »Bist du wegen David gekommen?«

»Ich muss unbedingt mit ihm sprechen. Ist er da?«

Sie schüttelte den Kopf. »Er ist heute Morgen in aller Frühe nach Usedom gefahren. Ich hatte gehofft, er bleibt noch ein oder zwei Tage, aber er hatte es plötzlich eilig.«

Mein Herz setzte einen Schlag lang aus. »David ist schon weg?«

Kraftlos ließ ich mich neben sie auf den Stuhl fallen. Ich war zu spät gekommen. Doch wahrscheinlich war ich ohnehin einer falschen Hoffnung hinterhergejagt. Hätte David eine Lösung für unser Problem gehabt, hätte er mir gestern gleich davon erzählt. Eigentlich war ich nur hergekommen, weil ich ihn entgegen aller Vernunft noch einmal hatte sehen wollen. »Hat er mir etwas dagelassen? Einen Zettel oder einen Brief?«

Trudi schüttelte erneut den Kopf, und ich lachte bitter auf. »Natürlich nicht! Genau wie in seinem Roman.«

Ich stützte die Ellbogen auf den Tisch und vergrub mein Gesicht in den Händen. »Tut mir leid, Trudi. Es ist meine Schuld, dass er so schnell die Flucht ergriffen hat.«

»Ist es nicht«, widersprach sie scharf. »Ich bin diejenige, die sich entschuldigen muss.« Tiefe Traurigkeit überschattete ihr Gesicht. »Niemals hätte ich gedacht, dass ich mit meinem Fehler sogar die übernächste Generation ins Unglück stürze.«

»Aber es ist doch gar nicht gesagt, dass die Beziehung zwischen David und mir wegen dieser alten Geschichte …«

Trudi fiel mir resolut ins Wort: »Doch, alles hängt in dieser Familie damit zusammen, Ariane. Absolut alles!«

Sie erhob sich schwerfällig. »Ich mach uns mal einen Tee. Vielleicht sieht die Welt danach schon ein bisschen besser aus?«

Doch leider konnte auch der Tee keine Wunder bewirken. Irgendwann kam Elfriede vorbei, danach Nane, und später sah erneut die Krankenschwester nach dem Rechten. Ich blieb einfach auf meinem Stuhl in der Küche sitzen, sprach kaum etwas und starrte ins Leere. Schließlich strich Trudi mir liebevoll über den Rücken und schlug vor, dass ich nach Hause fahren und mich umziehen sollte – danach könnte ich gerne wiederkommen.

Benommen nickte ich, stand auf und fuhr quer durchs Dorf. Allerdings nicht zu meinen Eltern, sondern zu Oliver. Zwar war mir ein Gespräch mit David verwehrt geblieben, doch wenigstens die Sache mit Oliver konnte ich klären.

Die Villa seiner Eltern thronte eindrucksvoll am Rande des Kiefernwalds. Rundherum war das Anwesen von einer Mauer umgeben, und das schmiedeeiserne Eingangstor öffnete sich erst, wenn man sich angemeldet hatte. Ich parkte mein Auto neben dem Porsche seiner Mutter, doch statt zum Haupteingang zu gehen, wandte ich mich zur Seite, um den Weg zu Olivers Einliegerwohnung zu nehmen. Von hier aus konnte man direkt auf den Pool sehen, in dem Olivers Vater jeden Morgen hundert Bahnen schwamm – selbstverständlich nur im Sommer und bei gutem Wetter. Insgeheim vermutete ich, dass er auch bei der Anzahl der Bahnen gewaltig übertrieb. Nichtsdestotrotz war der Pool mit dem künstlichen Wasserfall und dem mediterran gestalteten Außenbereich hübsch anzusehen. Doch im Gegensatz zu meiner Mutter beeindruckte mich das nur wenig. Für mich zählten andere Dinge im Leben.

Oliver öffnete mir. Schon der erste Blick auf ihn genügte, um mich wissen zu lassen, dass es ihm wirklich dreckig ging. Wie ein Zombie schlurfte er zurück in sein Wohnzimmer mit dem Marmorfußboden und der schneeweißen Rolf-Benz-Couch.

»Gut, dass du kommst«, hauchte er. »Ich habe gehört, dass ich dir gestern auf der Hochzeit einen Heiratsantrag gemacht haben soll.«

»Du erinnerst dich nicht mehr?« Ich konnte die Freude in meiner Stimme nicht ganz verbergen. Schließlich hatte ich befürchtet, dass er mit seinen Eltern schon über den Hochzeitstermin und eine passende Location nachgrübelte. Offenbar lagen die Dinge jedoch anders.

»Ne, sorry.« Oliver schüttelte den Kopf, woraufhin er sich sofort mit einem gequälten Stöhnen an die Schläfe fasste. »Filmriss. Ganz übel.«

Plötzlich kam ihm wohl in den Sinn, dass seine Worte ziemlich unhöflich waren, denn er fügte hastig hinzu: »Aber wenn ich dir einen Antrag gemacht habe und du jetzt heiraten willst, stehe ich natürlich dazu. Immerhin hat das halbe Dorf zugehört. Ein Mann, ein Wort. Das sagt Dad jedenfalls immer.«

»Nein, keine Sorge!« Ich tätschelte ihm den Oberschenkel. »Ich will nicht heiraten.«

Er ließ sich erleichtert zurücksinken. »Ein Glück.«

Dieses Gespräch verlief weitaus besser, als ich erwartet hatte. Am besten ich kam gleich zum Punkt.

»Wir vergessen das alles ganz schnell wieder, okay?«, schlug ich vor. »Auch halte ich es für keine gute Idee, wenn wir unsere Beziehung wieder aufwärmen. Das hätte ohnehin zu nichts geführt.«

Nun wirkte Oliver doch etwas enttäuscht. »Bist du sicher?«

Ich nickte nachdrücklich. »Bin ich. Wir beide sind nicht füreinander geschaffen, Oliver. Aber da draußen gibt es bestimmt eine tolle Frau, die nur auf dich wartet.«

»Natürlich gibt es genug Mädels, die auf mich stehen«, stimmte er mir unbescheiden zu. »Aber du warst die Einzige, bei der ich mir immer sicher war, dass sie nicht mit mir zusammen ist, weil meine Familie viel Geld hat. Für dich hat das nie eine Rolle gespielt.«

»Es gibt auch andere Frauen wie mich«, versicherte ich ihm.

Er zog einen Flunsch. »Schade. Du hast immer so gut gekocht.«

Oliver dachte einen Moment nach, dann trat ein Funkeln in seine blutunterlaufenen Augen. »Aber bis ich die besagte Frau finde, könnten wir doch noch ein paar nette Stunden miteinander verbringen?« Er begrabschte meinen Oberschenkel und grinste anzüglich. »Weißt du noch, was für eine schöne Zeit wir auf diesem Sofa hatten?«

Ich schlug ihm kräftig auf die Finger, und er zog hastig die Hand zurück. Dieser Mann war und blieb ein Vollpfosten!

»Nichts dergleichen wird sich hier noch einmal abspielen, Oliver. Ich hole dir jetzt Aspirin aus der Küche, und dann gehe ich. Wir sind einfach nur Freunde, kapiert?«

Er machte das gleiche enttäuschte Gesicht, das die meisten Männer machten, wenn ihnen klar wurde, dass es keinen Sex geben würde. »Na schön.«

Alles in allem nahm er meine Abfuhr aber erfreulich gelassen hin. Die Gehirnwäsche meiner Mutter war offenbar nur halbwegs erfolgreich gewesen. Die Idee, dass wir das perfekte Paar abgaben, war jedenfalls nicht bis in sein Gefühlszentrum vorgedrungen. Sicherlich war es für mich auch von Vorteil, dass er diesen gewaltigen Kater hatte. Ich bezweifelte, dass er es in diesem Zustand überhaupt geschafft hätte, Sex zu haben.

Ich brachte Oliver wie versprochen die Kopfschmerztabletten, verabschiedete mich und fuhr nach Hause. Das Zusammentreffen mit meiner Mutter würde bestimmt nicht so glimpflich ablaufen. Als ich die Haustür aufschloss, empfing mich Grabesstille. Nach wenigen Sekunden kam meine Mutter aus der Küche und stellte sich mir im Flur in den Weg. Sie knetete nervös ihre Finger und traute sich kaum, mir in die Augen zu sehen.

»Ariane, es tut mir sehr leid, was ich getan habe«, sagte sie mit leiser Stimme. Sie sah über die Schulter zu meinem Vater, der mit verschränkten Armen an der Küchentür stand und ihr auffordernd zunickte. Offenbar hatten die beiden ein ernstes Gespräch miteinander geführt.

Meine Mutter wandte sich wieder an mich. »Ich hätte mich nicht einmischen und Olivers Heiratsantrag an deiner Stelle annehmen dürfen. Ich hatte Panik, dass du ablehnst und dein Glück damit in den Wind schlägst. Da hat sich mein Mund irgendwie von ganz allein bewegt, und schon war es passiert. Aber bitte glaub mir, dass ich nur dein Bestes wollte!«

»Dummerweise passt das nie mit dem zusammen, was ich will«, entgegnete ich frostig.

Sie nickte hastig. »Wie gesagt, ich weiß, das war ein Fehler. In Zukunft werde ich mich zusammenreißen und mich nicht mehr in dein Liebesleben einmischen, okay? Das habe ich schon deinem Vater versprochen.« Sie warf mir einen bittenden Blick zu. »Kannst du mir noch einmal verzeihen?«

Ich schwieg einen Moment. Dann stieß ich langsam die Luft aus und … schüttelte den Kopf. »Nein, Mama, tut mir leid, das kann ich nicht. Schon viel zu lange habe ich zugelassen, dass du in meinem Leben herumpfuschst. Schon viel zu lange habe ich mich verbogen, um dir und deinen Ansprüchen zu genügen. Aber damit ist jetzt Schluss! Ich suche mir so bald wie möglich einen neuen Job, und dann ziehe ich aus.«

Allein der Gedanke ließ mich sofort freier atmen. Vielleicht hatte mein berufliches Scheitern auch seine positiven Seiten? Mit einem festen Gehalt bekam ich endlich wieder mein Leben als Erwachsene zurück. Natürlich war ich meinen Eltern dankbar, dass sie mich aufgenommen hatten, doch unserer Beziehung hatte das Zusammenleben alles andere als gutgetan.

»Aber wir haben dich gerne bei uns, Ariane!«, beteuerte meine Mutter. »Du musst wirklich nicht …«

»Oh doch«, fiel ich ihr ins Wort. »Der gestrige Abend hat eindeutig gezeigt, wie sehr ich das muss.«

Damit ließ ich sie stehen und verschwand in meinem Zimmer. Immerhin knallte ich nicht auf Teenagerart die Tür hinter mir zu. Dazu fehlte mir einfach die Energie. Meine Kraftreserven hatten gerade noch dazu ausgereicht, mich mit Oliver auszusprechen und die Begegnung mit meiner Mutter zu überstehen. Nun sank ich an meiner geschlossenen Zimmertür herunter zu Boden, schlang die Arme um meine Beine und presste die Stirn an meine Knie.

David war weg, und ich hatte keine Ahnung, wie ich damit umgehen sollte. Ob es irgendwann weniger wehtun würde?

Schließlich konnte ich mich aufraffen, vom Boden aufzustehen und mich ins Bett zu legen, obwohl ich immer noch das Kleid von der Hochzeit trug. Die Sonne ging unter, die Geräusche des Tages verklangen, und durch das geöffnete Fenster hörte ich das entfernte Rauschen der Ostsee. Die Nacht tastete sich wie die Flut in mein Zimmer hinein und brandete an mein Bett. Die Dunkelheit schien sich zu verflüssigen, und ich tauchte ein in ein Meer aus Verzweiflung. Der Schmerz in meiner Brust raubte mir den Atem, und mein Herz, schwer wie Blei, zog mich immer tiefer Richtung Grund.

28. Kapitel

Die nächsten Tage zogen an mir vorbei, als wäre ich lediglich eine Beobachterin, die mein Leben aus der Ferne betrachtete. Roboterhaft erledigte ich meine Pflichten, ging zur Arbeit, half Jule beim Auspacken und Zuordnen der Hochzeitsgeschenke, besuchte Trudi und nahm am wöchentlichen UGLY-Frauenabend teil. Mein junger Bankberater hatte es tatsächlich geschafft, einen Interessenten an Land zu ziehen, der meinen Laden mitsamt einem Großteil der Einrichtung übernehmen wollte und sogar bereit war, einen vernünftigen Preis dafür zu zahlen. Obwohl das ein Geschenk des Himmels war, fiel es mir schwer, mich darüber zu freuen. Zu groß war die Leere in meinem Inneren.

Zu Hause vermied ich den Kontakt mit meiner Mutter und verschwand umgehend in meinem Zimmer, wenn ich heimkam. Von David hörte ich nichts – keinen Anruf, keine E-Mail und keine Text-Nachricht. Als ich mich bei Jule darüber beschwerte, entfuhr ihr die sarkastische Bemerkung, man könne von David ja wohl wenigstens erwarten, dass er mir zu meiner Verlobung gratulieren würde. Sie hatte natürlich recht. Schon mehrmals hatte ich eine Nachricht an ihn verfasst, in der ich ihm erklärte, dass nicht ich, sondern meine Mutter Oliver das Ja-Wort gegeben hatte. Doch jedes Mal, wenn ich diesen Satz auf dem Display vor mir sah, kam er mir wie eine lächerliche Ausrede oder eine grausig schlechte Lüge vor. Ich hätte es an seiner Stelle jedenfalls nicht geglaubt. So etwas konnte man einfach nicht als WhatsApp-Nachricht verschicken.

»Schreib ihm doch einen Brief!«, schlug meine Schwester Jutta vor.

»Bist du irre?«, entgegnete ich. »Ich schreibe einem Schriftsteller doch keinen Brief! Ich brauche schon zehn Minuten, um David eine simple Text-Nachricht zu schreiben. Weil ich Angst habe, ich könnte einen Rechtschreib- oder Grammatikfehler übersehen. Für einen ganzen Brief bräuchte ich wahrscheinlich Monate.« Ich seufzte betrübt auf. »Außerdem habe ich mit ihm Schluss gemacht, schon vergessen? Nach allem, was passiert ist, würde David mir einen Brief wahrscheinlich korrigiert zurückschicken, ohne auf den Inhalt einzugehen.«

»Oje! Dir scheint wirklich viel an ihm zu liegen«, stellte Jutta unnötigerweise fest.

Meine Hoffnung, dass sich der Schmerz mit der Zeit legen würde, hatte sich leider als Trugschluss herausgestellt. Ich vermisste David mit jedem Tag mehr. Wenn ich in meiner freien Zeit nicht wusste, wohin mit mir, ging ich ans Meer und starrte auf den Horizont. Wenn die Wolken tief am Himmel hingen, als würde eine schwere Last sie in Richtung Meer drücken, fühlte ich mich verstanden. Wenn eine Ostseebrise meine Haare umherwirbelte und die Tränen auf meinen Wangen trocknete, fühlte ich mich getröstet. Manchmal flüsterte ich dem Meer meine Gedanken zu, als könnte der Wind meine Worte auf die nächste Insel tragen und David ins Ohr wispern.

Eines Abends, als ich gerade so tief gesunken war, dass ich auf meinem Bett saß und ›All By Myself‹ von Celine Dion hörte, klopfte es an die Tür, und mein Vater kam herein.

»Hast du kurz Zeit für mich, Schätzchen?«

Ich stellte die Musik ab. »Tut mir leid, Paps, aber du kommst umsonst.«

»Du weißt, weshalb ich hier bin?«

»Du willst zwischen Mama und mir vermitteln, schätze ich.«

Dieses Mal setzte er sich nicht neben mich aufs Bett, sondern nahm auf meinem Schreibtischstuhl mir gegenüber Platz. »Ich weiß, du bist sauer auf deine Mutter, und das ist auch dein gutes Recht. Trotzdem denke ich, dass du sie nicht im richtigen Licht siehst. Ihr beide habt eine schwierige Beziehung, aber deine Mutter liebt dich wirklich.«

»Ah ja?« Ich zog skeptisch meine Augenbrauen in die Höhe.

»Wir haben uns damals mit unserem Ersparten an deinem Laden beteiligt, Ariane. Damit du dir deinen Traum erfüllen kannst.«

Ich hatte Mühe, dem plötzlichen Themenwechsel zu folgen. Weshalb fing er denn jetzt damit an?

»Ich weiß, Paps. Aber der Bankberater hat gesagt, dass es mit dem Verkauf des Ladens gut aussieht. Dann zahle ich euch das Geld natürlich zurück.«

Er nickte, als hätte er nichts anderes von mir erwartet. »Was ich eigentlich damit sagen will ...« Er räusperte sich. »Wir hatten das Geld gespart, um endlich das vermaledeite Dach reparieren zu lassen. Schon seit Jahren ist es undicht, und es bringt einfach nichts mehr, die Löcher provisorisch abzudichten.« Er deutete vielsagend auf den Wasserfleck über meinem Bett. »Bei jedem Sturm haben wir Angst, dass am nächsten Morgen das Dach weg ist. Aber trotzdem hat deine Mutter darauf bestanden, dir das Geld zu geben. Sie meinte, deine Zukunft wäre wichtiger als unser Haus und wir würden auch noch ein paar Jahre ohne das neue Dach überstehen.«

Ich formte mit den Lippen ein stummes ›O‹. Das hatte ich nicht gewusst. Wie selbstverständlich war ich davon ausgegangen, dass mein Vater die treibende Kraft gewesen war und meine Mutter notgedrungen zugestimmt hatte.

Er erhob sich und ging zur Tür. »Ich dachte nur, das solltest du wissen.«

Trotz dieser neuen Informationen konnte ich auch in den nächsten Tagen nicht über meinen Schatten springen und mich mit meiner Mutter versöhnen. Was sie getan hatte, blieb für mich unverzeihlich. Stattdessen stürzte ich mich in die Arbeit, begann mit dem Ausverkauf meiner Bestände und übernahm mehr Kundentermine im Schlosshotel, um meine Finanzen aufzubessern. Es kostete mich zwar Überwindung, doch ich rief tatsächlich bei meiner früheren Arbeitsstelle an und fragte, ob sie einen freien Job für mich hätten. Meine frühere Chefin und Ausbilderin freute sich so sehr, von mir zu hören, dass mir sofort leichter ums Herz wurde. Am Ende unseres netten Gesprächs stellte sie mir allerdings nur eine Halbtagsstelle in Aussicht. Zuerst war ich darüber enttäuscht, doch dann wurde mir klar, dass ich es eigentlich nicht besser hätte treffen können. Auf diese Weise konnte ich weiterhin bei Jule im Hotel arbeiten und meine Kunden mit dem mobilen Kosmetikstudio betreuen. Vielleicht würde ich auch ab und an in Juttas Pension vorbeischauen, um im Saunaraum ein paar willigen Pensionskunden eine Kräuterstempelmassage zu verabreichen. Im Grunde war es ein perfekter Kompromiss zwischen der Sicherheit eines Angestelltengehalts und der Selbstständigkeit. Zwar konnte ich in Zukunft nicht mehr meine heißgeliebten Seifen herstellen, aber ich blieb wenigstens zum Teil meine eigene Chefin.

Trotzdem würde mein Gehalt wohl nicht ausreichen, um meine restlichen Schulden abzuzahlen *und* eine eigene Wohnung zu mieten. Selbst ein WG-Zimmer war schon hart an der Grenze. Seit immer mehr Touristen nach Rügen strömten, hatten die Mietpreise deutlich angezogen, und auch die Kosten für den Lebensunterhalt waren gestiegen. Die einzige Sache, die mir seit Davids Abreise Energie verliehen und mich vorangetrieben hatte, rückte damit in weite Ferne. Mit diesem Wissen wurde das Leben bei meinen Eltern zur Qual. Jedes Mal, wenn ich die Haustür öffnete, hörte ich wieder, wie meine Mutter Olivers Heiratsantrag annahm, und ich bekam prompt das Gefühl, in diesem Haus zu ersticken. Auch bei meiner Mutter schien der Frust größer zu werden. Wenn wir im Haus zufällig aufeinandertrafen, warf sie mir jedes Mal weidwunde und beleidigte Blick zu.

Als ich eines Abends in die Küche kam und meine Mutter zufällig am Tisch saß, um sich die Nägel zu lackieren, kam es zum großen Knall. Ich holte mir gerade eine Ein-Liter-Packung Schokoladeneis aus der Tiefkühltruhe, um meinen Liebeskummer erträglicher zu machen, als mir die missbilligende Miene meiner Mutter auffiel.

Sofort ging ich zum Angriff über. »Meine Figur ist mir im Moment so was von egal, das kannst du dir gar nicht vorstellen!«

»Ich habe doch gar nichts gesagt«, widersprach sie lahm und tunkte den Pinsel in ihr Nagellackfläschchen.

»Das musst du auch gar nicht. Schon an deinem Gesichtsausdruck kann ich erkennen, dass du mir das Eis am liebsten verbieten würdest.«

Sie seufzte. »Na schön, ich finde es tatsächlich nicht gut, dass du dich mit Schokoladeneis vollstopfst. Aber ich habe nur dein Bestes im Sinn, Ariane.«

»Himmel, ich kann es nicht mehr hören!« Wütend knallte ich das Eis auf den Tisch, und meine Mutter rutschte beim Lackieren von ihrem Fingernagel ab.

»Jetzt sieh, was du angerichtet hast!«, sagte sie vorwurfsvoll.

Doch die rote Nagellackfarbe, die sich über ihren Finger

zog, interessierte mich herzlich wenig. »Sag mal, liebst du mich überhaupt, Mama?«

Sie rollte entnervt die Augen. »Natürlich tue ich das. Ich bin deine Mutter, Herrgott noch mal!«

Entschlossen baute ich mich vor ihr auf. »Nein, liebst du mich wirklich? So wie ich bin. Auch wenn ich wieder zwanzig Kilo zunehmen würde? Oder wenn ich plötzlich in einem Kaftan herumlaufen würde – wie Shanti-Gertrud. Denn ich habe mich nie von dir geliebt gefühlt. Andauernd hast du an mir etwas auszusetzen.«

»Jetzt übertreib mal nicht, Ariane!«, entgegnete sie scharf und stand auf, um sich mit einem Küchentuch den bemalten Finger abzuwischen.

»Ah ja? Ich übertreibe?« Ich stieß ein bitteres Lachen aus. »Du bist ja nicht mal mit meiner Partnerwahl einverstanden. Bei Jutta war das alles nie ein Problem, nur ich war dir nicht gut genug. Ich war deine fette Tochter, für die du dich geschämt hast.«

Allmählich schien meiner Mutter zu dämmern, dass ich es ernst meinte.

»Aber das stimmt doch nicht, Ariane. Ich habe mich noch nie für dich geschämt.« Mit bedrückter Miene ließ sie sich zurück auf ihren Stuhl sinken. »Wie kommst du denn auf so etwas?«

Ich rang die Hände. »Wo soll ich da anfangen? Vielleicht mit den unzähligen Diäten, zu denen du mich als Kind genötigt hast?«

»Ich wollte dir doch nur helfen. Du hast so unglücklich gewirkt.«

»Weil du mich nur beachtet hast, wenn es etwas an mir zu kritisieren gab«, platzte es aus mir heraus. Ich wollte mich zusammenreißen, doch meine Stimme begann verdächtig zu zittern. »Wieso war ich dir nie gut genug? Kannst du mir das sagen?«

Meine Mutter schüttelte wortlos den Kopf und presste die Lippen zusammen. Schließlich griff sie wieder nach der Nagellackflasche und lackierte sich weiter die Nägel, als wäre nichts geschehen.

Grenzenlose Enttäuschung machte sich in mir breit.

»Genau deswegen kann ich dir auch nicht verzeihen, was du auf Jules Hochzeit getan hast«, sagte ich traurig. »Denn kaum würde ich dir die Hand reichen, wäre wieder alles beim Alten. Aber ich kann nicht mehr, Mama.«

Die Hand, in der sie den kleinen Pinsel hielt, zitterte unmerklich. »Was willst du damit sagen?«

Für einen kurzen Moment haderte ich mit mir. Immerhin war sie meine Mutter, und natürlich liebte ich sie, trotz unserer Schwierigkeiten. Doch ich musste mich endlich von ihr abnabeln und an mich denken. »Meine ständigen Versuche, dich zufriedenzustellen, machen mich kaputt. Und wie man sieht, willst du nicht einmal mit mir darüber reden. Es ist besser, wenn wir uns weiterhin aus dem Weg gehen und so wenig wie möglich miteinander zu tun haben.«

Meine Mutter legte sich eine Hand auf die Brust, als könnte sie dadurch die Wucht meiner Worte dämpfen. Doch sie hatten trotzdem ihr Ziel getroffen, das sah ich an dem schmerzlichen Ausdruck, der jetzt in den Augen meiner Mutter aufflackerte.

Ich ließ das Eis einfach stehen und verließ mit gesenktem Kopf die Küche. Als ich die Tür erreicht hatte, hörte ich meine Mutter hinter mir leise sagen: »Schon als kleines Kind warst du anders als Jutta. Man hat gleich gemerkt, dass du nach deinem Vater kommst.«

Ich wandte mich wieder zu ihr um.

»Du hast unendlich viele Fragen gestellt und warst an allem interessiert.« Meine Mutter lächelte traurig. »Bei einem Mann finde ich Intelligenz attraktiv, aber bei der eigenen Tochter …«, ihre Stimme brach, und sie blinzelte heftig, »… hat es mir Angst gemacht.«

Sie hob in einer müden Geste die Hände an. »Alles, was ich dir beibringen konnte, hatte im Grunde mit Äußerlichkeiten zu tun. Ist das nicht traurig?« Sie sah mich mit wässrigen Augen an. »Wenn man nichts zu geben hat außer Oberflächlichkeiten? Ich kann ja noch nicht einmal richtig Englisch.«

Ich ließ mich neben sie auf einen Stuhl sinken. Nie im Leben wäre mir in den Sinn gekommen, dass meine Mutter sich für ungebildet hielt. »Das ist doch nicht deine Schuld. Du hattest damals in der Schule eben noch keinen Englischunterricht.«

Mein Einwand schien sie nicht zu trösten. »Die anderen haben es doch auch geschafft, sich ein bisschen was beizubringen, Ariane. Nur ich nicht. Aber es ist typisch für dich, dass du mich aufmuntern willst.«

Sie holte zitternd Luft. »Schon in der Schule warst du zu allen liebenswürdig und hilfsbereit. Ich dachte, das läge daran, weil du so moppelig bist und Angst hast, sonst keine Freunde zu haben. Deshalb wollte ich, dass du Diät hältst und dein Normalgewicht erreichst.« Sie ballte kämpferisch die Faust. »Damit du endlich du selbst sein kannst und dich nicht mehr verstellen musst! Doch dann hast du als Teenagerin von selbst abgenommen und dich trotz der verlorenen Pfunde nicht verändert. Du hast tatsächlich ein so gutes Herz und bist gleichzeitig auch noch intelligent.« Sie griff nach meiner Hand und beugte sich zu mir. »Wie könnte ich so eine Tochter denn nicht lieben, Ariane?«

Ich schluckte schwer. Meine Kehle fühlte sich an wie zugeschnürt. Zum ersten Mal ließ mich meine Mutter einen Blick hinter ihre Fassade werfen – und das tat mir im Herzen weh. Denn schon jetzt mochte ich diesen Menschen sehr viel mehr als die taffe, stets disziplinierte Mutter, die sie normalerweise mimte.

»Deshalb war es mein Ziel, dass du es mal besser hast als ich und etwas aus dir machst«, fuhr sie fort. »Ich war sogar froh, dass du die Allergie bekommen hast, als du in meinem Friseursalon mit der Ausbildung angefangen hast.«

»Moment mal …« Ich runzelte die Stirn und dachte an diese Zeit zurück. »Warst du deshalb immer so schroff zu mir?«

»Womöglich«, räumte sie ein. »Das war einfach nicht der richtige Ort für dich, Ariane. Doch ich hatte keine Ahnung, wie ich dir das klarmachen sollte. Außerdem hat dir eine wichtige Voraussetzung für den Job gefehlt.«

Ich sah sie fragend an.

»Na, die Begeisterung für Dorftratsch!«

Ich schüttelte den Kopf. Damals hatte ich geglaubt, dass sie immer so schlechte Laune hatte, weil sie mich nicht in ihrer Nähe haben wollte.

»Ich wusste, dass du das Potential hast, hier herauszukommen und etwas aus deinem Leben zu machen. Deshalb habe ich deinen Vater auch dazu überredet, dich bei deinem Studium in Berlin zu unterstützen.« Sie lachte leise auf. »Wusstest du, dass er dich eigentlich nicht gehen lassen wollte? Er hängt so an dir und konnte den Gedanken nicht ertragen, dich ganz alleine in die Großstadt ziehen zu lassen.«

Wieder ein Punkt, in dem ich mich getäuscht hatte – genau wie bei den Ersparnissen meiner Eltern, die sie mir für meine Geschäftsgründung gegeben hatten. Meine Mutter hatte sich um mich gesorgt und mich unterstützt, ohne dass ich etwas davon mitbekommen hatte. Dafür hatte sie noch nicht einmal eine Gegenleistung oder Liebe von mir erwartet.

»Ich will überhaupt nicht von Rügen weg oder Karriere machen«, erklärte ich ihr. »Dieses Dorf ist mein Zuhause. Natürlich wäre es schön gewesen, wenn ich mit meinem Laden Erfolg gehabt hätte, aber ...«, ich verzog unglücklich die Mundwinkel, »... jeder scheitert mal im Leben, oder? Damit muss ich jetzt wohl klarkommen. Mir reicht es jedenfalls, wenn ich gesund, zufrieden und hier bei meiner Familie und meinen Freunden bin.«

»Ich bin mit deinem Vater und unserem Leben ebenfalls glücklich, Ariane. Nur hatten wir nie viel Geld und mussten immer auf unsere Ausgaben achten. Das waren oft schwere Zeiten, und diese Erfahrung wollte ich dir ersparen.«

Meine Mutter stand auf, holte zwei Löffel und stellte das Eis zwischen uns. Ich riss fassungslos die Augen auf, als sie sich einen voll beladenen Löffel genüsslich in den Mund steckte. Jetzt war sie mir wirklich nicht mehr geheuer. »Wer sind Sie, und was haben Sie mit meiner Mutter gemacht?«

Sie kicherte. »Ich kann auch mal sündigen! Aber natürlich in Maßen. Schließlich will ich deinem Vater noch gefallen.«

Ich rollte mit den Augen. Sie würde wohl nie begreifen, dass das Glück ihrer Ehe nicht von ihrem Aussehen abhing. Zum ersten Mal erkannte ich jedoch, dass diese Angst nicht von Eitelkeit, sondern von Unsicherheit geschürt wurde.

»Ich habe wirklich geglaubt, dass du mit Oliver glücklich werden kannst«, sagte sie gedankenverloren. »Bist du dir sicher, dass das mit euch nichts mehr wird?«

Ich steckte mir ebenfalls einen Löffel Schokoladeneis in den Mund. »Ja, Mama. Mein Herz gehört einem anderen. Leider.«

»Okay.« Sie nickte, ließ das Eis auf ihrer Zunge zergehen und warf mir einen vorsichtigen Blick zu. »Aber was ist denn nun mit David und dir?«

Intuitiv scheute ich davor zurück, sie in alles einzuweihen. Sie wieder so nah an mich und mein Leben heranzulassen. Gleichzeitig hatte ich das Gefühl, dass wir gerade einen wichtigen Schritt gemacht hatten, und ich wollte diese Chance nicht vertun. Also gab ich mir einen Ruck und erzählte ihr alles, was zwischen David und mir passiert war.

»Soll ich zu ihm nach Usedom fahren?«, bot meine Mutter sofort an, nachdem ich geendet hatte. »In ein paar Tagen habe ich ihn bestimmt so weit, dass er dir auch einen Hochzeitsantrag macht. Ich bin gut in so etwas.«

Ich konnte nicht anders und lachte amüsiert auf. »Ich weiß, Mama. Aber nein, vielen Dank. Ich schätze, da ist nichts mehr zu machen.«

»Wirklich?« Zweifelnd schüttelte sie den Kopf. »Weißt du, welcher Spruch mir immer geholfen hat?«

Ehe ich antworten konnte, zitierte sie schon: *»Gott, gib mir die Gelassenheit, Dinge hinzunehmen, die ich nicht ändern kann; den Mut, Dinge zu ändern, die ich ändern kann; und die Weisheit, das eine vom anderen zu unterscheiden.«* Sie deutete auf das Holzbrett über der Küchenanrichte, auf dem genau dieser Spruch stand. »Das rufe ich mir in schwierigen Situationen immer ins Gedächtnis. Bist du dir denn hundertprozentig sicher, dass sich zwischen David und dir nichts mehr richten lässt?«

Ich ließ mir Zeit mit meiner Antwort und fühlte in mich hinein. Was sagte mir mein Herz?

»Nein, eigentlich nicht«, gab ich schließlich zu. »Es fühlt sich noch nicht fertig an. Denn dass es zwischen uns nicht geklappt hat, lag nicht an uns beiden oder unseren Gefühlen, sondern an den Problemen der Familie. Jedenfalls meint das Trudi. Vielleicht bin ich eine gnadenlose Optimistin, aber ich glaube, dass sich solche äußeren Einflüsse auch ändern lassen.«

Meine Mutter legte den Löffel beiseite und sah mich mit ernster Miene an. »Dann würde ich an deiner Stelle noch nicht die Flinte ins Korn werfen.«

Mehr kam nicht? Nur ein schlichter Ratschlag? Kein ›Ariane, du musst …‹ oder ›Du solltest …‹. Meine Mutter schien es mit dem Versprechen, das sie meinem Vater gegeben hatte, ernst zu sein.

»Äh … okay.«

Ehe ich den Löffel noch mal ins Schokoladeneis tunken konnte, zog sie mir den Eisbecher unter der Nase weg und packte ihn wieder ins Tiefkühlfach. »Für heute haben wir uns genug Kalorien gegönnt.«

Nun gut, so grundlegend war ihre Veränderung dann auch wieder nicht! Das war fast schon beruhigend.

»Ich habe eine Idee, was wir jetzt machen«, sagte sie mit einem begeisterten Funkeln in den Augen. »Ich schminke dich und stecke dir die Haare hoch, sodass du aussiehst wie eine Prinzessin. So wie wir es früher gemacht haben, als du noch klein warst. Erinnerst du dich?«

Schon wollte ich erwidern, dass ich dafür wirklich zu alt war, doch dann begriff ich, dass das nun mal die Art meiner Mutter war, ihre Liebe zu zeigen.

»Gerne.« Ich grinste. »Aber nur, wenn du den pinkfarbenen Glitzerlidschatten nimmst!«

Ich stand ebenfalls auf, steckte unsere Löffel in die Spülmaschine und drehte mich zu ihr um. »Du täuschst dich übrigens, Mama. Du hast mir viel mehr beigebracht als nur oberflächliche Dinge.«

»Ah ja?« Gespannt sah sie mich an.

»Hätte Papa nicht die Notbremse gezogen, hätte ich mit meinem Laden wahrscheinlich ewig so weitergemacht. Denn du hast mir beigebracht, zu kämpfen und niemals aufzugeben, so lange es noch eine winzige Chance gibt. Ich bin niemand, der so einfach die Flinte ins Korn wirft – und dafür bin ich dir dankbar!«

Genau deswegen war es auch an der Zeit, mir zu überlegen, wie ich die Sache zwischen David und mir wieder ins Lot bringen konnte.

Meine Mutter schluckte gerührt. »Du ahnst nicht, wie viel mir das bedeutet, Ariane.«

29. Kapitel

Es war Freitagnachmittag, und in exakt einer Stunde konnte ich meinen Laden schließen. Ich trommelte ungeduldig mit den Fingerspitzen auf den Tresen und beobachtete die Uhr an der Wand. Der Sekundenzeiger bewegte sich provozierend langsam vorwärts. Sobald ich Feierabend hatte, würde ich es tun: Ich würde nach Usedom fahren – und zwar ohne David vorzuwarnen. Leider hatte ich mit meinem Trip nach Usedom bis heute warten müssen, weil ich noch einen wichtigen Termin mit meinem Bankberater und dem Kaufinteressenten gehabt hatte. In meinem Kofferraum lag schon die Reisetasche, in die ich Klamotten fürs Wochenende und meine Zahnbürste eingepackt hatte. Obwohl ich meine Chancen für eine Übernachtung eher gering einschätzte, wollte ich vorbereitet sein.

Noch eine halbe Stunde! Ich wollte nicht frühzeitig schließen, denn aufgrund des Ausverkaufs kamen recht viele Kunden in den Laden, und ich durfte keine Gelegenheit verpassen, noch etwas Geld zu verdienen. Seit ich vom kaputten Dach meiner Eltern erfahren hatte, wollte ich ihnen ihre Ersparnisse so schnell wie möglich zurückzahlen. Meine Stammkundin mit der Pension hatte ihr Versprechen wahrgemacht und mir fast alle Seifen abgekauft, Jule hatte meinen kompletten Bestand des Stutenmilch-Shampoos übernommen, und meine Freundin Nisha besaß nun für mindestens ein Jahr ihre Heilerde-Gesichtscreme. Die geringen Preise hatten zum ersten Mal sogar Leute aus der Nachbarschaft angelockt.

Die Türklingel bimmelte, und eine Kundin trat ein. Sie kam mir bekannt vor, doch es dauerte einen Moment, ehe ich sie als die Frau mit dem schlimmen Sonnenbrand identifizieren konnte, die sich von Nisha einen Haufen Produkte hatte aufschwatzen lassen.

»Schön, sie wiederzusehen!«, begrüßte ich sie. »Sie sind immer noch auf Rügen?«

Sie nickte mir lächelnd zu. Ohne den Sonnenbrand sah sie bedeutend frischer und entspannter aus. »Wir bleiben immer die kompletten Sommerferien über«, erzählte sie. »Was soll ich sagen – wir lieben Rügen einfach! Aber morgen geht es wieder zurück in Richtung Heimat. Deshalb wollte ich unbedingt noch einige Ihrer tollen Rügen-Seifen kaufen. Für uns selbst und als Mitbringsel für die Verwandtschaft. Ihre Seifen duften so himmlisch, und die Pflege ist unübertroffen. Sehen Sie sich mal meine Haut an …« Sie streckte ihre rechte Hand aus und fuhr sich mit dem linken Zeigefinger über die Haut. »Zart wie ein Babypopo! Davon brauche ich unbedingt noch mehr.«

Ich warf ihr einen bedauernden Blick zu. »Wegen meines Ausverkaufs habe ich leider nicht mehr viele Seifen. Das hier ist der Rest.« Ich deutete auf einen Korb auf dem Tresen.

»Das ist alles?«

Die Frau wirkte so enttäuscht, dass ich anbot: »Ich schaue noch mal hinten in meinem Lager nach, okay?«

»Das wäre sehr nett von Ihnen!«

Alles, was ich fand, waren jedoch die frischen Seifen, die ich hergestellt hatte, als David noch auf Rügen und ich glücklich gewesen war. Ich nahm sie dennoch mit nach vorn und reichte der Kundin ein Stück.

»Hier habe ich einige Seifen mit einer ganz neuen Duftrichtung. Doch eigentlich müssen sie noch eine Woche reifen.«

»Oh Gott, die riechen ja göttlich!«, rief sie begeistert und sog tief den Duft ein. »Sogar noch besser als die anderen. Die muss ich unbedingt haben! Kann ich sie denn übers Internet bestellen, sobald sie fertig gereift sind?«

Damit erwischte sie mich auf dem falschen Fuß. »Ähm … nein, tut mir leid. Ich habe keinen Internetshop.«

»Nicht?« Irritiert sah sie mich an. »Entschuldigen Sie, wenn ich das so offen sage, aber das müssen Sie unbedingt nachholen. Ihre Zielgruppe sind doch Touristen, oder nicht? Aber die sind den Hauptteil des Jahres nun mal nicht auf der Insel. Internet-Shopping wäre die perfekte Möglichkeit, sich die Wartezeit bis zum nächsten Rügen-Urlaub zu verkürzen und sich schon mal mit Produkten von hier einzudecken.«

Ich starrte sie mit großen Augen an. Himmel, sie hatte recht! Wieso war ich nicht schon früher auf diese Idee gekommen? Ich war so auf die Touristen vor Ort fixiert gewesen, dass mir das Internet überhaupt nicht in den Sinn gekommen war.

In meinem Gehirn begann es fieberhaft zu arbeiten. Im Grunde war das die Lösung! Heutzutage war es ein Kinderspiel, eine eigene Webseite zu erstellen, somit wären die Investitionskosten minimal. Ich könnte weiterhin meine geliebten Seifen herstellen, sie übers Internet anbieten und in aller Ruhe abwarten, wie die Sache lief. Ohne jegliches Risiko. Im Grunde wäre das von Anfang an die klügere Strategie gewesen, anstatt mit meinem geringen Startkapital einen Laden in einer abgelegenen Nebenstraße zu eröffnen. Wenn es klappte, konnte ich auf lange Sicht auch wieder die anderen Rügen-Produkte ins Sortiment aufnehmen und damit die regionalen Hersteller unterstützen. Das musste ich unbedingt im Hinterkopf behalten!

Mit der netten Kundin vereinbarte ich, dass ich ihr die Seifen per Post zuschicken würde, wofür sie sich überschwänglich bei mir bedankte. Nachdem sie gegangen war, wollte ich gerade den Laden abschließen, als Trudi mit einem kleinen Koffer in der Hand auf dem Gehsteig auftauchte.

»Trudi? Was machst du denn hier?«

Waren wir etwa verabredet gewesen, und ich hatte den Termin im Eifer des Gefechts vergessen?

Trudi stellte den Koffer ab. »Nane war so nett, mich herzubringen. Du hast mir schließlich erzählt, dass du heute nach Ladenschluss zu David fährst.« Sie breitete die Arme aus. »Und hier bin ich!«

Trudi hatte sich schick gemacht und trug ihr dunkelblaues Kostüm, das sie eigentlich für Hochzeiten und Beerdigungen reserviert hatte. Ansonsten war sie wieder ganz die Alte und hatte sogar daran gedacht, sich zum Schutz gegen kühle Windböen die rosa Watte in die Ohren zu stopfen.

»Das sehe ich. Aber warum bist du hier?«

Sie strich sich über den groben Wollstoff ihres Blazers. »Weil ich ebenfalls etwas Wichtiges auf Usedom zu klären habe. Deine Ankündigung war ja quasi eine Kampfansage. Das konnte ich natürlich nicht auf mir sitzen lassen.«

Ich steckte den Ladenschlüssel ein und trat zu ihr auf den Gehsteig. »Würdest du bitte nicht in Rätseln sprechen! Weshalb ist es denn eine Kampfansage, wenn ich zu David fahren will, um mich mit ihm auszusprechen?«

»Weil ich mich ebenfalls aussprechen muss. Nämlich mit meiner Tochter.« Sie reckte trotzig ihr Kinn in die Höhe, was nichts daran änderte, dass sie mir nur bis zur Brust reichte. »Ich meine, du bist quasi noch ein Kind und grün hinter den Ohren. Wenn du den Mumm dazu aufbringst, dann werde ich das in meinem reifen Alter doch wohl auch schaffen.«

Natürlich konnte ich ihren Entschluss nachvollziehen. Trotzdem war ich nicht gerade glücklich darüber, dass Trudi mich begleiten wollte. Wenn man davon ausging, dass Familie Novak schon auf meine Person nicht besonders erfreut reagieren würde, dann war Trudi auf Usedom ungefähr so willkommen wie Godzilla.

»Ist das nicht zu anstrengend für dich?«, warf ich ein.

»Ich schaffe das schon, keine Sorge!«, versicherte sie mir. »Selbst die Krankenschwester ist zufrieden mit mir und hatte gegen eine kurze Reise nichts einzuwenden.«

Trudi kam näher und legte mir mit ernster Miene die Hand auf den Arm. »Ariane, das Leben kann viel schneller zu Ende sein, als man glaubt. Das hat mir dieser Herzinfarkt gezeigt. Ich kann mir keine Zeit mehr damit lassen, mich mit meiner Tochter zu versöhnen.« Sie seufzte auf. »Ich hatte gehofft, dass Davids Auftauchen ein gutes Zeichen ist. Aber wie sich gezeigt hat, kann selbst er nichts gegen die verhärteten Fronten zwischen Astrid und mir ausrichten. Ich muss das selbst in die Hand nehmen. Bitte, Ariane, lass mich mitfahren!«

Ich hätte schon ein Herz aus Stein haben müssen, um ihre Bitte abzulehnen. »Also schön«, gab ich nach. »Aber nur unter der Bedingung, dass du dich an meine Spielregeln hältst, okay? Du tust, was ich sage, und du darfst dich nicht aufregen, hat Doktor Bloch gesagt!«

Trudi nickte gehorsam. »Sei mal nicht so verkrampft! Kümmt allens so, as' t kamen mutt.«

Es würde alles so kommen, wie es kommen musste? Das war eine recht fatalistische Einstellung, und dummerweise hatte ich seit fünf Minuten das ungute Gefühl, dass das alles in einer Katastrophe enden würde.

★

Trudi saß neben mir auf dem Beifahrersitz, und ungute Erinnerungen an den Tag ihres Herzinfarkts kamen in mir auf.

»Nimmst du die F 96 nach Stralsund über die Rügenbrücke?«, fragte sie.

»*B*«, korrigierte ich sie. »Du meinst die B 96.«

Sie winkte ab. »Mir egal! Als ich damals noch Auto gefahren bin, hieß die Straße F 96.«

Ich widersprach nicht, obwohl ich wusste, dass sie das Autofahren erst viele Jahre nach der Wende aufgegeben hatte. Damals war Trudi noch mit ihrem Trabi unterwegs gewesen, doch nachdem er einen Totalschaden gehabt hatte, wollte sie sich kein neues Auto mehr kaufen. Was vielleicht auch an ihrem Unfall gelegen haben mochte. Sie war nämlich auf der Deutschen Allee unterwegs gewesen, als ihr urplötzlich ein Baum vom Straßenrand direkt vors Auto gesprungen war. Das hatte Trudi jedenfalls der Polizei gegenüber behauptet. Und wer wollte schon mit einem motorisierten Gefährt in einer Gegend unterwegs sein, in der einem die Flora so übel mitspielte?

»Ich möchte die Autofähre nach Stahlbrode nehmen«, sagte ich. »Ist kürzer nach Usedom.«

Trudi verzog das Gesicht. »Ich mag keine Autofähren. Das kommt mir widersinnig vor. Man fährt mit einem Fortbewegungsmittel auf ein anderes Fortbewegungsmittel, das einen dann übers Wasser bringt. Was machst du denn, wenn die Fähre sinkt? Fährst du dann mit dem Auto auf dem Grund weiter?«

»Trudi, zu meinen Bedingungen!«, ermahnte ich sie. »Wir nehmen die Fähre, basta! Außerdem dauert die Fahrt nur zehn Minuten, und im Notfall könnte ich dich schwimmend an Land bringen.«

»Ich werde dich daran erinnern, wenn dir das Wasser bis zum Hals steht«, prophezeite sie düster.

Entgegen ihrer Unkenrufe überstanden wir die Überfahrt ohne Probleme, und unser Road-Trip konnte weitergehen. Obwohl mein Navi die Fahrtzeit nach Wolgast mit nur knapp fünfzig Minuten berechnete, zog sich die Strecke endlos dahin. Je näher wir unserem Ziel kamen, umso angespannter wurden Trudi und ich. Wir redeten kaum miteinander und hingen stattdessen unseren Gedanken nach.

»Wieso fährst du eigentlich zu David?«, fragte Trudi irgendwann. »Willst du ihn dir zurückholen?«

Ich schüttelte den Kopf. »In erster Linie will ich, dass wir uns aussprechen und David die Wahrheit über Olivers Antrag erfährt. Wir sind keine Figuren aus einem seiner Romane, die einfach verschwinden und Geheimnisse zurücklassen. Wir sind real, und ich sehe nicht ein, mich derartig bescheuert zu verhalten! Ich möchte wissen, weshalb der Mann, den ich liebe, mir sein Herz nur zu Hälfte geben will. Wenn ich Leid und Schmerz ertragen soll, dann möchte ich auch den wahren Grund dafür erfahren.«

»Aber wenn ihr euch ausgesprochen habt, krallst du ihn dir, oder?«, hakte Trudi nach. Ich rümpfte die Nase und starrte auf das Auto vor mir. »Ja. Vielleicht.«

Ich konnte nicht abstreiten, dass ein Funken Hoffnung in mir glomm und ich mir mit jeder Faser meines Herzens wünschte, dass mein heutiger Besuch in einem Happy End gipfelte.

Als wir die blaue Peenebrücke nach Usedom erreichten, war uns das Glück hold, denn sie war gerade nicht für die Schifffahrt geöffnet. Unter Umständen musste man an der Klappbrücke nämlich bis zu einer halben Stunde warten.

»Das ist eine wirklich läppische Brücke«, brummte Trudi. »Usedom klebt ja fast am Festland. Wenn du mich fragst, ist das gar keine richtige Insel.«

»Genau«, stimmte ich als echte Rügenerin umgehend zu.

Bis nach Heringsdorf waren es nur noch dreißig Kilometer, doch der Verkehr war die Hölle. In quälender Langsamkeit passierten wir malerische Dörfer wie Zinnowitz, Loddin und Ückeritz. Dazwischen gab es weite Felder, Wald und Sommerwiesen.

»Ist doch ganz hübsch hier, oder?«, meinte ich irgendwann. »Ziemlich ländlich und mit viel Natur. Im Grunde sind unsere Inseln gar nicht so unterschiedlich.«

Trudi warf mir einen entrüsteten Blick zu, als würde sie mir zu Strafe am liebsten ein einwöchiges Einreiseverbot nach Rügen erteilen.

»Was denn? Es gibt sogar einen Ort auf Usedom, der ebenfalls Sellin heißt«, verteidigte ich mich. »Und hast du in Zinnowitz die Werbung am Straßenrand gesehen? Die haben dort eine Tauchgondel, genau wie bei uns in Sellin.« In diesem Moment fiel mir ein Straßenschild ins Auge. »Ach, guck mal, einen Erdbeerhof haben sie auch. Genau wie wir.«

Trudi verschränkte die Arme vor der Brust. »Das ist doch für Touristen. Da geh ich nicht hin. Auch nicht auf Rügen.«

»Das solltest du aber«, beharrte ich. »Die Erdbeer-Maracuja-Marmelade dort ist unglaublich lecker!«

»Weißt du, was in Erdbeer-Marmelade gehört? Erdbeeren! Und sonst nix. So hat sie schon meine Urgroßmutter gemacht. Wir Rügener mögen es nun mal einfach, praktisch und unkompliziert.«

Ich gab es auf. Für Trudi war Rügen nun mal die beste Insel auf der Welt.

Wir fuhren weiter in Richtung der Kaiserbäder, zu denen neben Heringsdorf auch Ahlbeck und Bansin zählten. Alle drei Orte waren durch eine Strandpromenade miteinander verbunden. Ich wusste, dass Heringsdorf als das schönste Kaiserbad galt, da es aufwendig restauriert worden war und die zahlreichen Prunk-Villen nun in ihrer früheren Pracht erstrahlten. Bis wir in Heringsdorf ankamen, dämmerte es bereits. Einladende Restaurants säumten unseren Weg. Doch wir waren leider nicht gekommen, um essen zu gehen und Sightseeing zu machen.

Mitten in Heringsdorf mussten wir rechts abbiegen, und ehe wir es uns versahen, lagen die hellerleuchteten Häuser hinter uns und wir befanden uns in einem stockfinsteren Wald. Auch die Straße war mit einem Mal sehr viel schlechter und bestand nur noch aus geflickten Schlaglöchern.

»Bist du sicher, dass wir hier richtig sind?«, fragte Trudi mit kritischer Miene.

Kurz besah ich mir unsere Umgebung, doch dann musste ich mich wieder auf die Straße konzentrieren. »David hat erzählt, dass sie etwas außerhalb wohnen. Passt doch, oder? Außerdem sagt das Navi, dass wir auf dem richtigen Weg sind, wenn wir zu der Adresse wollen, die ich im Telefonbuch gefunden habe.«

»Vielleicht hat Astrid für den Fall, dass ich herkommen will, offiziell eine falsche Adresse angegeben?«, gab Trudi zu bedenken. »Eine, die direkt in ein abgrundtiefes Loch führt?«

»Du bist wirklich eine aufmunternde Reisebegleitung«, murrte ich. »Könntest du mal aufhören, uns einen baldigen Tod vorherzusagen? Das ist nur ein verdammt einsamer, verflixt düsterer Wald.«

Ich befand mich offenbar mitten in ›Hänsel und Gretel‹, nur dass ich Hänsel verloren hatte und die Hexe schon neben mir im Auto saß. Natürlich verspeiste Trudi keine Kinder und hatte das Herz auf dem rechten Fleck, aber ihre düsteren Prophezeiungen setzten mir so langsam wirklich zu.

Endlich erreichten wir ein winziges Dorf, das lediglich aus ein paar Häusern und Höfen bestand. Mein Vorderreifen pflügte durch einen Haufen Pferdeäpfel, der – wahrscheinlich extra für auswärtige Besucher – stilecht auf der Hauptstraße drapiert worden war. Am Ende des Dorfs verkündete das Navi, dass wir unser Ziel erreicht hatten. Ich hielt vor einem kleinen Hof mit einem gepflegten Vorgarten, in dem alte Obstbäume und ein Klettergerüst mit einer Kinderschaukel standen. Auf der anderen Seite des Gartens befand sich ein schöner Freisitz mit zahlreichen Blumenkübeln und einer gemütlichen Sitzgruppe.

»Wir sind da.« Ich schaltete den Motor ab und sah zu Trudi hinüber. »Zeit, unseren Schlachtplan abzusprechen!«

30. Kapitel

Ich öffnete das weiße Gartentor und lief über einen Plattenweg zur Haustür, die ebenfalls weiß gestrichen war und an der ein geschmückter Mooskranz hing. Auf der Fußmatte stand in geschwungenen Buchstaben ›Herzlich Willkommen‹. Na, das wagte ich zu bezweifeln! Jedenfalls was mich betraf. Mit einem mulmigen Gefühl im Magen drückte ich auf die Klingel. Gleich würde ich David wiedersehen! Mein Herzschlag beschleunigte sich.

Während ich wartete, warf ich noch einmal einen Blick über die Schulter zu meinem Auto. Durch die einsetzende Dunkelheit war Trudi von hier aus nicht zu erkennen. Sehr gut! Es hatte mich all meine Überredungskunst gekostet, sie dazu zu bringen, im Auto zu warten. Gleich im Doppelpack aufzutauchen war meiner Meinung nach keine gute Idee. Erst wenn Familie Novak den Schock über meinen Besuch verwunden hatte, würde ich Trudi nachholen.

Allerdings öffnete mir immer noch niemand. Ich klingelte erneut und rief: »Hallo? Jemand zu Hause?«

»Moment, bitte!«, hörte ich von drinnen eine weibliche Stimme.

Hinter der Haustür rumpelte es, dann ertönte ein elektrischer Summer, und die Tür schwang wie von Geisterhand auf. Eine ältere Frau um die sechzig mit braungrau melierten Haaren und einem sonnengelben Bademantel tauchte vor mir auf.

»Guten Abend!«, sagte sie mit einem freundlichen Lächeln.

»Entschuldigen Sie bitte, dass es so lange gedauert hat. Aber Sie sehen ja, dass es etwas mühsam für mich ist, zur Tür zu kommen. Was kann ich für Sie tun?«

Völlig erstarrt stand ich da, unfähig, ein Wort hervorzubringen. Die Frau war Trudis Tochter, daran zweifelte ich keine Sekunde. Natürlich war Astrid nicht mehr die junge Frau von den Fotos aus dem Familienalbum, aber die Gesichtszüge waren unverkennbar die gleichen. Etwas anderes hatte sich jedoch definitiv geändert: Astrid saß mittlerweile im Rollstuhl. Es war ihr anzusehen, dass sie gesundheitlich angeschlagen war: Dunkle Ringe lagen unter ihren Augen, die Wangenknochen zeichneten sich scharf in ihrem Gesicht ab, und ihr zerbrechlicher Körper schien ihr Schmerzen zu bereiten, denn sie vermied jede unnötige Bewegung. Astrid kniff die Augen zusammen, als hätte sie Schwierigkeiten, mich zu sehen, obwohl ich direkt vor ihr unter der Außenlaterne stand.

»Wir kennen uns nicht, oder?«, fragte sie unsicher. »Leider habe ich ein Problem mit den Augen.«

Endlich riss ich mich zusammen. Himmel, wie lange hatte ich sie nun schon wortlos angestarrt? Astrid musste mich für die Unhöflichkeit in Person halten.

»Entschuldigung.« Ich räusperte mich. »Nein, wir kennen uns nicht. Ich bin eine … Bekannte von David. Ist er zufällig hier?«

»Tut mir leid, er ist mit seiner Schwester und den Kindern unterwegs. Sie waren im Kino und wollten anschließend etwas essen, aber sie müssten jeden Moment zurück sein.«

Plötzlich kam ich mir unglaublich töricht vor. Was machte ich hier eigentlich? Wie ich von David wusste, hatte diese Frau ein hartes, arbeitsreiches Leben hinter sich, und nun litt sie auch noch an irgendeiner schweren Krankheit. Kein Wunder, dass

David allein zu Trudi ins Krankenhaus gekommen war! Alles, was Astrid sich offensichtlich wünschte, war Ruhe und Frieden, doch ich platzte einfach rücksichtslos in ihr Leben hinein. Ich hatte kein Recht, hier zu sein.

»Okay.« Verlegen machte ich einen Schritt rückwärts. Und gleich darauf noch einen. »Dann gehe ich mal wieder. Entschuldigen Sie bitte die Störung, Frau Novak!«

»Soll ich David etwas ausrichten?«

Ich blieb kurz stehen, doch dann schüttelte ich den Kopf. »Nein, danke! Es wäre wahrscheinlich besser, wenn Sie ihm nichts von meinem Besuch erzählen.«

Ich drehte mich um, um den restlichen Weg bis zum Gartentor im Spurt zurückzulegen. Trudi und ich mussten so schnell wie möglich verschwinden, bevor David tatsächlich zurückkam. Mir wurde abwechselnd heiß und kalt. Oh Gott, an Trudi hatte ich überhaupt nicht mehr gedacht! Ob sie ihre Tochter vom Auto aus gesehen hatte?

»Moment!«, hielt Astrid mich zurück. »Könnten Sie noch einmal zurückkommen?«

Ihr Tonfall klang deutlich schärfer als bisher, doch ich brachte es nicht über mich, ihre Bitte abzulehnen. Obwohl meine Hand schon auf dem Gartentor lag, wandte ich mich um und ging zu ihr zurück. Beklommen knetete ich meine Finger. »Ist noch was?«

Ein leichtes Ächzen entrang sich ihrer Kehle, als sie sich im Rollstuhl vorbeugte, um mich mit zusammengekniffenen Augen zu mustern.

»Ungefähr Mitte dreißig«, murmelte sie. »Blonde lange Haare und eine Figur wie Marilyn Monroe. Nur das bezaubernde Lächeln kann ich im Moment nicht erkennen.«

Hatte David mich seiner Mutter so etwa geschildert? Obwohl es völlig unpassend war, machte mein Herz vor Freude einen kleinen Hüpfer. Ich war ihm immerhin noch so wichtig, dass er seiner Familie von mir berichtet hatte. Aber wahrscheinlich hatte er dann auch erwähnt, dass ich eine halbe Stunde, nachdem wir uns getrennt hatten, den Heiratsantrag eines anderen Mannes angenommen hatte. Das warf wohl ein weniger gutes Licht auf mich.

»Sie sind Ariane, oder?«, fragte Astrid. Ihr freundliches Lächeln war wie weggewischt.

»Ja, die bin ich«, bestätigte ich. »Ich bin hergekommen, weil ich mit David reden und ein Missverständnis aufklären wollte. Aber jetzt sehe ich, dass das ein Fehler war. Bitte verzeihen Sie mir!«

Erneut wollte ich mich zum Gehen wenden, doch Astrid befahl knapp: »Stehen bleiben!«

Ach herrje, dieser Befehlston war noch schlimmer als bei Trudi! Der Apfel fiel nicht weit vom Stamm.

»Sie sind gut mit meiner Mutter befreundet, wie ich erfahren habe, Ariane.«

War das eine Frage oder eine Feststellung? Auf alle Fälle schien Astrid darüber nicht erfreut zu sein, denn sie schnaubte abfällig. Als wäre es für sie undenkbar, dass jemand mit Trudi befreundet sein konnte. Gehörte ich in dieser Familienfehde damit offiziell dem Feindeslager an?

Astrid lehnte sich wieder zurück und verfiel in brütendes Schweigen.

Etwas verloren stand ich auf der Fußmatte herum. Über mir schwirrte ein Falter im Lichtkreis der Außenlaterne. Immer wieder flatterte er zielstrebig auf die Glühbirne zu und prallte unsanft gegen das Glas. Bestimmt hatte er schon eine schwere Gehirnerschütterung, doch das hielt ihn nicht davon ab, es wieder und wieder zu versuchen. Er wusste einfach nicht, wann man es gut sein lassen musste. Genau wie ich. Wäre ich doch nur nie hergefahren!

Schließlich stieß Astrid einen Seufzer aus und nickte mir zu. »Kommen Sie mit! Wir sollten miteinander reden.«

Sie fuhr über die Türschwelle zu mir nach draußen und betätigte einen Schalter, den ich bisher nicht bemerkt hatte. Wieder ertönte ein elektrischer Summer, und die Haustür schwang ins Schloss. Alles schien auf Astrids Handicap abgestimmt zu sein. Deshalb wunderte es mich, dass sie keinen elektrischen Rollstuhl besaß. Es bereitete ihr sichtlich Mühe, bis zu dem Freisitz im Garten zu fahren, und jedes Mal, wenn sie mit den Händen den Rädern einen Stoß versetzte, presste sie mit schmerzverzerrter Miene die Lippen zusammen.

»Soll ich helfen und den Rollstuhl schieben?«, bot ich an.

»Ich brauch keine Hilfe«, fuhr sie mich so scharf an, dass ich zurückschreckte. »Ich schaffe das allein.«

»Entschuldigung.« Offenbar war ich ihr mit meiner Frage zu nahe getreten.

Ich lief langsam hinter ihr her und fixierte starr die Sitzgruppe vor uns, weil ich es nicht mitansehen konnte, wie Davids Mutter sich quälte. Als wir endlich den Freisitz erreichten, war Astrid außer Atem und brauchte einen Moment, um sich wieder zu sammeln. Im Schein der Solarlichter, die hier angebracht waren, konnte ich auf ihrer Stirn Schweißperlen glitzern sehen.

»Tut mir leid, dass ich Sie gerade so angefahren habe«, sagte sie schließlich. »Ich habe momentan einen neuen Schub, der mir ziemlich zu schaffen macht.«

Ich saß auf der äußersten Kante eines Rattan-Sessels und fühlte mich extrem unwohl in meiner Haut. Doch da Astrid mich zu einem Gespräch gebeten hatte, gab ich mir einen Ruck. »Darf ich fragen, was Sie …«

»MS«, fiel sie mir ins Wort. »Multiple Sklerose. Man nennt es auch die Krankheit mit den vielen Gesichtern, weil sie bei jedem auf andere Weise verläuft und sich unterschiedliche Symptome zeigen. Kennen Sie sich mit MS aus, Ariane?«

»Um ehrlich zu sein, nein. Natürlich habe ich schon davon gehört, aber ich bin nicht mit den Details vertraut.«

»Es ist eine Erkrankung des zentralen Nervensystems, bei der es zu Entzündungen im Gehirn und Rückenmark kommt. Ich hatte noch Glück, weil ich nach der Diagnose über ein Jahrzehnt so gut wie beschwerdefrei war. Doch dann haben die Sehstörungen angefangen, und es kamen die ersten Schübe mit Empfindungsstörungen und Lähmungen dazu.«

»Das klingt schrecklich. Es war bestimmt keine einfache Zeit für Sie.«

Sie nickte. »Am Anfang sind die Symptome wenigstens nur episodisch. Das bedeutet, dass sie nach den Schüben wieder abklingen und man im Grunde wie ein gesunder Mensch weiterleben kann. Irgendwann geht es jedoch in einen fortschreitenden Verlauf über.«

Ich runzelte die Stirn. »Sie meinen, nach den Schüben verbessert sich der Zustand nicht mehr?«

»Genau.« Sie tippte mit dem Zeigefinger auf die Lehne ihres Rollstuhls. »Oder er bessert sich nur noch geringfügig. Vor drei Wochen konnte ich jedenfalls noch problemlos selbst mit dem Rollstuhl fahren. Natürlich hoffen wir alle, dass diese Mobilität wiederkommen wird.«

Deshalb hatte Astrid derart gereizt reagiert, als ich angeboten hatte, sie zu schieben.

»Das tut mir leid. Kann man denn nichts dagegen machen?«

Astrid stieß einen tiefen Seufzer aus. »Leider nein. Aber die Medikamente bewirken immerhin, dass die Schübe in größeren Abständen kommen. Doch momentan hat es mich ziemlich schwer erwischt.«

Das war wohl auch der Grund gewesen, weshalb David wieder zurück nach Usedom musste. Constanze war mit der Pflege ihrer kranken Mutter wahrscheinlich überfordert gewesen.

»Sie sehen, dass meine Kinder und ich kein einfaches Leben haben, Ariane. Ich habe die Hoffnung, dass Sie so viel Anstand und Ehre besitzen, mir einen Wunsch zu erfüllen.« Sie schaute mich erwartungsvoll an.

»Natürlich!«, versicherte ich ihr. »Wenn ich kann, gerne, Frau Novak.«

Trudis Tochter fixierte mich mit stechendem Blick. »Sie dürfen meiner Mutter nichts von der Krankheit erzählen!«

Oh. Beim Gedanken daran, dass Trudi nur wenige Meter von uns entfernt im Auto saß und ihre Tochter im Rollstuhl wahrscheinlich längst gesehen hatte, wurde mir übel. Bestimmt hatte Astrid von David das gleiche Versprechen eingefordert – nur mit dem Unterschied, dass er wenigstens eine Chance gehabt hatte, es einzuhalten. Ich hatte da weniger gute Karten.

»Aber aus welchem Grund?«, hakte ich vorsichtig nach. »Ich verstehe nicht, wieso Trudi nichts von Ihrer Erkrankung wissen soll.«

Astrid verzog missbilligend die Mundwinkel. »Nun, wahrscheinlich erwarte ich zu viel von Ihnen, wenn ich einfach nur sage, dass mir das wichtig ist, oder?«

Der Vorwurf, der in ihren Worten mitschwang, war unüberhörbar. Als wäre ich ein unartiges Kind, das eine wichtige Aufgabe nicht wunschgemäß erfüllt hat. Auch wurde ich das Gefühl nicht los, dass Astrids Bitte der einzige Grund gewesen war, wieso sie sich überhaupt auf ein Gespräch mit mir eingelassen hatte. Ich fand es bezeichnend, dass sie mich trotz der fortgeschrittenen Abendstunde nicht einmal ins Haus gebeten hatte und wir hier draußen im Garten unser Gespräch führten. Oder reagierte ich vielleicht zu empfindlich? Trotzdem sah ich nicht ein, mich ohne weitere Erklärung abspeisen zu lassen.

»Wenn Sie von jemandem verlangen, dass er für Sie lügt, ist es doch wohl das Mindeste, diesen Wunsch zu begründen, oder nicht?«

Die Ablehnung und Wut, die schon die ganze Zeit unter Astrids Oberfläche gebrodelt hatten, brachen nun aus ihr heraus. »Ich möchte nicht, dass meine Mutter von all dem erfährt«, entfuhr es ihr. »Weil ich den Gedanken nicht ertragen kann, dass sie es dann weiß.«

»Was würde sie dann wissen?«, fragte ich verwirrt.

»Dass sie recht hatte!«, stieß Astrid zwischen den Zähnen hervor. »Mit allem. Von Anfang an. Ich habe damals nicht auf sie gehört, und im Endeffekt war mein Leben eine einzige Katastrophe. Das einzig Gute, das mir widerfahren ist, sind meine Kinder.« Sie ballte ihre Hand zur Faust. »Ich hätte Paul niemals heiraten dürfen. Dieser Mann hat mich nur unglücklich gemacht, genau wie meine Mutter es mir prophezeit hat.«

Geduldig wartete ich, bis sie weitersprach. Intuitiv spürte ich, dass nicht der richtige Zeitpunkt für Fragen oder Kommentare war.

»Während unserer Ehe hat Paul nicht einen Finger krumm gemacht«, fuhr sie fort. »Er war schließlich Künstler und zu Höherem berufen. Nicht einmal um den Haushalt oder die Kinder hat er sich gekümmert, während ich arbeiten war. Abends musste ich noch mit David und Conny Hausaufgaben machen, ihnen etwas Anständiges kochen und sie waschen, während unsere

Wohnung permanent von einem Haufen Möchtegern-Künstler belagert wurde, die rauchten und Wodka soffen.« Sie wollte verärgert abwinken, doch der körperliche Schmerz ließ Astrid zusammenzucken. »Aber das war gar nicht das Schlimmste.«

In ihrer Stimme lagen Scham und Leid, als sie mir gestand: »Während unserer ganzen Ehe hat er mich betrogen. Mit irgendwelchen dahergelaufenen Flittchen, sogar in unserem Ehebett. Kannst du dir das vorstellen? Wie kann man denn so skrupellos sein?«

Hilflos zuckte ich mit den Schultern.

»In seiner Künstler-Kommune predigten sie dauernd etwas von freier Liebe und den Fesseln der Gesellschaft, von denen man sich befreien musste. Aber ich …«, sie seufzte tief auf, »… war im Herzen immer noch das Mädchen, das in einem kleinen Dorf auf Rügen aufgewachsen ist. Ich bin mit anderen Idealen aufgewachsen. Konservativen und altmodischen Idealen, nach Pauls Meinung. Nur weil ich meinen Ehemann nicht mit anderen Frauen teilen wollte.«

Die Frage brannte mir auf den Lippen, wieso sie die Beziehung nicht beendet und Paul einfach verlassen hatte. Allerdings war es für einen Außenstehenden immer leicht, eine fremde Partnerschaft für gescheitert zu erklären – besonders im Nachhinein.

Astrid verzog die Mundwinkel. »Bestimmt fragst du dich, warum ich ihn nicht verlassen habe, oder?«

Offenbar standen mir meine Gedanken auf die Stirn geschrieben. Erst jetzt fiel mir auf, dass Astrid während ihrer Erzählung zum ›Du‹ übergegangen war. Das wertete ich mal als Fortschritt.

»Weil wir auch schöne Momente hatten«, beantwortete sie meine unausgesprochene Frage. »Es waren nicht viele, aber sie waren dafür umso glücklicher. Wenn Paul tatsächlich mal eines seiner Bilder verkauft hatte oder wenn er wie berauscht war von einer kreativen Idee, dann war er ein anderer Mensch. In solchen Momenten nahm er mich und die Kinder wahr, überschüttete uns mit Liebe und versprach uns den Himmel auf Erden. Und ich habe ihm allzu gern geglaubt. Wenn er vor Energie und Lebensfreude sprühte, wirkte Paul auf mich wie ein Magnet, dem ich mich einfach nicht entziehen konnte.«

Mir kam wieder der Falter in den Sinn. Auch auf ihn hatte das Licht eine unwiderstehliche Anziehungskraft ausgeübt, obwohl es nicht gut für ihn gewesen war.

»Natürlich riet mir mein Verstand, dass ich Pauls Lügen keinen Glauben schenken soll, aber das hier …«, sie tippte sich auf ihr Herz, »konnte einfach nicht aufhören, allein für ihn zu schlagen. Was machst du, wenn du die Liebe deines Lebens gefunden hast, aber sie dich nur selten glücklich macht, Ariane? Ziehst du einen Schlussstrich und verzichtest komplett auf die Liebe? Oder lebst du lieber für diese wenigen kostbaren Momente des Glücks?«

»Ich weiß es nicht«, gab ich zu. »Ich bin immer davon ausgegangen, dass die Liebe automatisch weniger wird, wenn man von seinem Partner verletzt und betrogen wird.«

Astrid schüttelte den Kopf. »Nicht diese Art von Liebe.«

Ich dachte an David. Obwohl ich mich nach seiner Abreise wirklich bemüht hatte, war es mir nicht gelungen, ihn zu vergessen, weil mir mein Leben ohne ihn leer und sinnlos erschienen war. Trotzdem konnte ich mir nicht vorstellen, dass ich bereit wäre, für die Liebe so viel Leid auf mich zu nehmen wie Astrid.

»Jahrelang habe ich gehofft, dass Paul im Alter ruhiger, zuverlässiger und treu werden würde. Dass es wieder so wird wie am Anfang unserer Beziehung, als er mich auf Händen getragen hat.« Sie lachte freudlos. »Aber das ist natürlich nicht geschehen. Im Gegenteil.« Sie blickte mich fragend an. »Kannst du dir vorstellen, was passiert ist?«

Ich runzelte die Stirn und dachte einen Moment lang nach, doch dann lag die Lösung für mich auf der Hand. Sie war so schockierend, dass ich mich kaum traute, sie laut auszusprechen. »Paul hat dich verlassen, als deine Krankheit schlimmer wurde, oder?«

Sie nickte bestätigend. »Tja, außer mir hat das wohl niemanden überrascht. Ich habe für Paul alles gegeben, doch als ich meinen Ehemann einmal gebraucht hätte, hat er sich aus dem Staub gemacht.«

»So ein Mistkerl!«, entfuhr es mir. Kein Wunder, dass David kein gutes Wort über seinen Vater hatte fallen lassen.

»Zum Glück war Conny so nett, mich bei sich aufzunehmen. Später ist auch David zu uns gestoßen.«

Zum ersten Mal zeigte sich ein liebevolles Lächeln auf ihrem hageren Gesicht. »Die beiden kümmern sich rührend um mich und versuchen, meinen Alltag so leicht wie möglich zu gestalten. Obwohl ich ganz gewiss keine einfache Patientin bin und zuweilen etwas stur sein kann.«

»Mhm.« Dickköpfige ältere Patientinnen, die sich nicht an ärztliche Vorschriften halten wollten, waren mir durchaus bekannt. Erst kürzlich war ich von einer dazu genötigt worden, sie mit nach Usedom zu nehmen.

Astrid beugte sich vor und griff nach meiner Hand. »Ariane, das alles darf meine Mutter niemals erfahren.« Ihre Augenbrauen zogen sich zusammen, und ihr Griff um meine Finger verstärkte sich. »Du weißt, was sie Paul und mir damals angetan hat, um uns auseinanderzubringen?«

»Sie hat es mir erzählt.«

Eigentlich wollte ich noch etwas hinzufügen, um für Trudi in die Bresche zu springen. Dass sie ihre Tat unglaublich bereute und die Schuld sie fast erdrückte, doch Astrid fuhr schon voller Bitterkeit fort: »Ich kenne meine Mutter nur zu gut. Eher würde sie ersticken, als sich die Bemerkung zu verkneifen, dass sie mir genau das von Anfang an prophezeit hat. Dass alles anders gekommen wäre, wenn ich nur auf sie gehört hätte. Wahrscheinlich würde sie all mein Leid nachträglich als Rechtfertigung für ihre schreckliche Tat nutzen. Aber diese Genugtuung gönne ich ihr nicht! Das ist mein Leben, und sie hat kein Recht, darüber zu urteilen.«

»Nein, das habe ich tatsächlich nicht«, sagte in diesem Moment eine brüchige Stimme.

Trudi trat aus dem Dunkel in den schwachen Schein der Laternen. Ich erschrak über ihr plötzliches Auftauchen fast noch mehr als Astrid, obwohl ich damit hätte rechnen müssen. Wie hatte Trudi es nur geschafft, sich völlig unbemerkt anzuschleichen? Oder war sie uns schon gefolgt, als ich mit Astrid zum Freisitz gegangen war? Es wäre tatsächlich typisch Trudi gewesen, wenn sie trotz meiner Bitte schon sechzig Sekunden nach mir das Auto verlassen hätte.

Ihre Schritte waren unsicher, und selbst im Halbdunkel konnte ich erkennen, dass ihr Gesicht wieder so blass und fahl war wie kurz nach der Bypass-OP.

»Ich schwöre dir beim Grab meiner Eltern, dass ich niemals auch nur ein Wort in diese Richtung verlieren werde, Astrid!«

»Mama«, wisperte ihre Tochter. Neben grenzenloser Überraschung glaubte ich noch etwas anderes in ihrer Miene zu erkennen. Vielleicht wünschte ich es mir nur, aber ich hielt es für Hoffnung.

Trudi kam zaghaft näher, als hätte sie Angst, ihre Tochter zu verjagen. »Es tut mir leid, was ich dir angetan habe. Diese Anzeige war der größte Fehler meines Lebens. Da gibt es überhaupt nichts zu beschönigen oder zu rechtfertigen. Bis eben dachte ich, meine Schuld könnte gar nicht mehr schwerer wiegen. Doch ich habe mich getäuscht.«

Sie blieb vor Astrid stehen, die schweigend zu ihrer Mutter aufschaute. Der Blick, mit dem Trudi ihre schwerkranke Tochter betrachtete, zerriss mir fast das Herz.

»Ich wollte dich immer nur beschützen, meine Kleine. Schon in dem Moment, als ich merkte, dass ich mit dir schwanger bin. Dich zu beschützen war mein Lebenszweck. Aber ich habe versagt.« Trudis Stimme brach, und sie brauchte einen Augenblick, um sich wieder zu fangen. »Du hast so viel Schlimmes durchgemacht, und … und ich war einfach nicht für dich da. Dabei hätte ich dir helfen und eine Stütze für dich sein müssen. Nur weil ich es nicht ertragen konnte, dass du diesen Mann heiratest, habe ich dich in der schwersten Zeit deines Lebens deiner Mutter beraubt.«

Trudi griff mit bewegter Miene nach den Händen ihrer Tochter. »Du warst unglaublich tapfer und stark. Ich bewundere, wie du dein Leben trotz allem gemeistert hast, und ich bin wahnsinnig stolz auf dich.«

Astrid sah sie fassungslos an, als könnte sie nicht glauben, was ihre Mutter gerade gesagt hatte. »Du bist stolz auf mich?«

»Natürlich bin ich das.« Trudi nickte nachdrücklich. »Und bitte glaub mir, dass ich meine Tat zutiefst bereue!«

Umständlich und ächzend ging sie vor ihrer Tochter auf die Knie. »Ich bitte dich um Verzeihung, Astrid! Lass mich etwas von meiner Schuld wiedergutmachen! Ich will wenigstens jetzt für dich da sein können.«

Das Herz schlug mir bis zum Hals, und ich hielt den Atem

an. Ich versuchte in Astrids Gesicht zu erkennen, was gerade in ihr vorging, doch ihre Miene war unergründlich.

Eine Träne tropfte von Trudis Wange hinunter auf Astrids Hand. Am liebsten hätte ich mich wie meine Mutter auf der Hochzeit als Souffleuse eingeschaltet: *»Ich verzeihe dir, Mama.«* Doch ich konnte mir gerade noch rechtzeitig auf die Zunge beißen.

Schließlich hob Astrid ihre Hand und strich ihrer Mutter über die faltige Wange.

»Okay«, sagte sie mit heiserer Stimme. »Versuchen wir es. Aber ich kann für nichts garantieren.«

»Mehr erwarte ich auch gar nicht. Ich habe nicht zu hoffen gewagt, dass du mir überhaupt eine Chance gibst. Danke, Astrid!«

Ihre Wangen röteten sich, und Astrid flüchtete sich in ein sarkastisches Schnauben. »Ich bin ja kein Unmensch«, murmelte sie. »Nach ein paar Jahrzehnten kann man schon mal in Erwägung ziehen, jemandem zu verzeihen, wenn er vor einem kniet und um Entschuldigung bittet, oder?« Sie hob mahnend einen Zeigefinger in die Höhe. »Aber eines muss klar sein: Du hältst dich zurück und lässt uns unser Leben leben! Sieh dich als unbeteiligte Außenstehende.«

»Ich lass euch eure Fehler machen«, gelobte Trudi.

Ich atmete auf und hätte vor Rührung am liebsten geweint.

Trudi stöhnte, ruckelte unbeholfen auf dem Boden herum und hielt vergeblich nach etwas Ausschau, an dem sie sich abstützen konnte.

»Ariane, hilfst du mir mal bitte? Ich komme nicht mehr hoch.«

Mit einem tadelnden Seufzen beugte ich mich nach unten, packte die alte Dame unter den Armen und zog sie in die Höhe.

»Du bist ganz schön alt geworden, Mama«, bemerkte Astrid spitz. »Dem Tod bist du ja auch gerade erst von der Schippe gesprungen, wie ich gehört habe.«

»Wenigstens sitze ich nicht im Rollstuhl«, blaffte Trudi zurück.

Ich schnappte nach Luft. Ach, du lieber Himmel! Wie konnte sie nur so etwas sagen? Nachdem die beiden gerade erst ein Friedensabkommen geschlossen hatten.

Doch nach einem Moment der Stille legten die beiden den Kopf in den Nacken und fingen lauthals an zu lachen. Sie gackerten wie zwei Hühner, während ich verständnislos von einer zur anderen blickte.

»Das habe ich vermisst«, meinte Astrid, nachdem sie sich wieder beruhigt hatten. »Bei bissigen Wortgefechten kann dir keiner das Wasser reichen.«

»Leider bin ich etwas eingerostet.« Trudi strich sich ein verwelktes Blütenblatt von ihrem Rock und setzte sich auf das Rattansofa. »Es ist schwer, würdige Gegner zu finden.«

»Nun hast du mich wieder, Mama.« Astrid streckte ihrer Mutter die Hand hin, die Trudi mit einem glücklichen Lächeln ergriff.

31. Kapitel

Ich hatte erwartet, dass die beiden Frauen nun ein langes Gespräch beginnen und sich alles erzählen würden, was in den vergangenen Jahren geschehen war. Doch die zwei saßen nur schweigend nebeneinander und hielten sich an den Händen, als wäre schon längst alles gesagt.

Ich ließ mich in den Sessel zurücksinken, und ein Teil meiner Anspannung fiel von mir ab. Das Zirpen der Grillen erfüllte die Nachtluft, und irgendwo im Dorf bellte ein Hund. Waren eigentlich alle Mutter-Tochter-Beziehungen so kompliziert? Astrid und Trudi, Jule und Kati, meine Mutter und ich – wir alle hatten auf die ein oder andere Weise miteinander zu kämpfen. Vielleicht lag es daran, dass von beiden Seiten zu viel Liebe im Spiel war. Gekoppelt mit der Unfähigkeit, einander loszulassen. Insgeheim hoffte ich, dass ich mal einen Jungen bekam. Das würde sicherlich eine einfachere Beziehung werden.

»Wie wäre es mit einem kühlen Bierchen?«, fragte Astrid in diesem Moment. »Zur Feier des Tages sollten wir anstoßen. Der Arzt hat es mir zwar verboten, aber ich trinke abends gerne mal ein Gläschen.«

Trudi war sichtlich begeistert. »Ich genauso! Diese Ärzte haben doch keine Ahnung.«

Schon öffnete ich den Mund, um die beiden zu tadeln, doch dann ließ ich es bleiben. Die beiden waren schließlich erwachsen.

»Ariane, holst du uns Bier und Gläser aus der Küche?«, bat

mich Astrid. »Im Flur die erste Tür rechts. Wenn du etwas anderes trinken möchtest, bediene dich ruhig!«

Nun wurde ich also doch ins Haus gebeten. Allerdings nur, um die beiden zu bewirten. Da ich jedoch neugierig auf Davids Zuhause war, ergab ich mich ohne zu murren meinem Schicksal.

Im Flur erwarteten mich ein heller Dielenboden, weiß getünchte Wände und Möbel aus Kiefernholz. Neben der normalen Garderobe gab es auch noch eine für Kinder, an der ein ›Cinderella‹-Schulranzen und eine Kindergartentasche mit ›Ernie & Bert‹-Foto hingen. Ich fand es beruhigend, dass die Sesamstraße auch heutzutage noch die Herzen der Kinder erobern konnte.

In der Küche im Landhausstil war die Einrichtung ebenfalls geschmackvoll und ohne unnötigen Schnickschnack. Den Kühlschrank, der mit knallbunten Kinderzeichnungen bepflastert war, fand ich ohne Probleme, doch bei den Gläsern und dem Flaschenöffner wurde es schon schwieriger. Wohl oder übel riss ich unzählige Schubladen und Schränke auf, ehe ich das Gesuchte fand. Dabei erhielt ich wertvolle Erkenntnisse. Dieser Familie waren Äußerlichkeiten wie teures und perfekt aufeinander abgestimmtes Geschirr absolut nicht wichtig. Das fand ich sympathisch! In einem Hängeschrank – und somit für Kinderhände unerreichbar – wurden die Süßigkeiten und Kekse aufbewahrt, doch zwei Tüten salzige Lakritze lagen wiederum für alle sichtbar auf dem Tisch herum. Kein Wunder, wer mochte dieses Zeug auch schon?

Gerade als ich die Bierflaschen öffnete, drangen Stimmen von draußen durch das gekippte Küchenfenster. David, Conny und die Kinder waren gekommen! Sofort kehrte meine Anspannung zurück, und mein Herzschlag beschleunigte sich.

Das Stimmengewirr im Garten wurde lauter. Offenbar waren David und Conny soeben auf Astrid und Trudi gestoßen. Ich konnte mir ihre Überraschung über diesen unerwarteten Anblick gut vorstellen. Unschlüssig stand ich in der Küche herum. Zwar konnte ich es kaum erwarten, David wiederzusehen, doch ich wollte auch nicht in dieses denkwürdige Familientreffen hineinplatzen. Constanze und ihre Kinder hatten Trudi schließlich noch nie zu Gesicht bekommen, dabei war sie ihre Großmutter und Urgroßmutter. Sollte ich trotzdem zu ihnen hinausgehen?

Die Entscheidung wurde mir abgenommen, denn schon hörte ich schwere Schritte, die sich vom Flur aus näherten. Keine Sekunde später stand David in der Küche. Er trug ein weißes Hemd und hatte die Hände in den Taschen seiner tiefsitzenden Jeans vergraben. Seit seiner Abreise hatte er sich offenbar nicht mehr rasiert, denn sein Bart war ziemlich gewachsen. Doch es waren seine warmen braunen Augen, in denen ich sofort rettungslos versank.

»David!« Ich rannte auf ihn zu und schlang ihm die Arme um den Hals.

Überglücklich klammerte ich mich an ihn und sog seinen herrlich männlichen Duft ein. Die Schmetterlinge in meinem Bauch schlugen Purzelbäume, und es dauerte einen Moment, bis mir auffiel, dass etwas nicht stimmte. Davids Körper versteifte sich unter meiner Berührung, und seine Hände steckten nach wir vor in den Taschen der Jeans. Siedend heiß fiel mir ein, dass ich ihm unbedingt noch etwas erklären musste.

Ich lehnte mich zurück, sodass ich zu ihm aufsehen konnte. »David, ich habe diesen Heiratsantrag nicht angenommen. Das war meine Mutter.«

»Ach, wirklich?« Seine Lippen verzogen sich höhnisch.

Also war ich ihm wohl doch nicht ganz gleichgültig. Bevor er etwas erwidern konnte, redete ich schnell weiter.

In aller Kürze erzählte ich ihm, was geschehen war, und ließ auch die Ereignisse des heutigen Abends nicht aus.

»Deine Mutter und Trudi haben tatsächlich Frieden miteinander geschlossen«, kam ich freudestrahlend zum Schluss. »Ist das nicht fantastisch? Nun steht nichts mehr zwischen uns.«

Schweigend löste er meine Hände von seinem Hals und sah mich mit ernster Miene an.

»Du hättest nicht herkommen sollen, Ariane.«

Mit einem Schlag waren die Schmetterlinge in meinem Bauch verschwunden. Genauso gut hätte David mir einen Eimer Wasser über den Kopf schütten können.

»Dann … dann freust du dich nicht, dass ich hier bin?« Ich erkannte meine eigene Stimme kaum wieder, weil sie so erbärmlich dünn und unsicher klang.

»Nein, das tue ich nicht«, sagte er kalt.

Er drehte sich um und ließ mich allein in der Küche zurück.

*

Wie betäubt ging ich zurück in den Garten, doch dem Gespräch zwischen Conny, Trudi und Astrid folgte ich nur mit halbem Ohr. Den Rest des Abends ließ David sich nicht mehr blicken. Als Conny ihre Kinder schließlich ins Bett brachte, stand ich ebenfalls auf und verkündete, dass ich jetzt zurück nach Rügen fahren würde. Damit waren Astrid und Trudi jedoch nicht einverstanden. Obwohl ich anbot, Trudi hierzulassen und sie am nächsten oder übernächsten Tag abzuholen, drängte mich Astrid dazu, über Nacht zu bleiben. So fand ich mich kurze Zeit später zusammen mit Trudi im Gästezimmer der Familie

Novak wieder. Wir mussten uns ein Doppelbett teilen, das zwar erfreulich groß war, aber trotzdem fehlte mir die Privatsphäre. In Trudis Gegenwart konnte ich mir schlecht ein Kissen aufs Gesicht drücken und mich hemmungslos in den Schlaf weinen. Doch mit dem Schlaf sollte es ohnehin nichts werden, denn schon eine halbe Stunde später schnarchte Trudi so laut, dass die Matratze unter mir vibrierte.

Also lag ich den Großteil der Nacht wach, dachte an David und verfiel in alte Verhaltensmuster. Ich wollte unbedingt eine halbwegs positive Erklärung für sein Benehmen finden. Daher suchte ich die Schuld bei mir: Vielleicht hatte er sich von meinem plötzlichen Auftauchen überfahren gefühlt? Oder war er sauer, weil ich seiner Großmutter die Anreise und die Aufregung zugemutet hatte? Und damit auch seiner kranken Mutter?

Kurz vor Morgengrauen überkam mich die hässliche Erkenntnis, die ich die ganze Zeit nicht hatte sehen wollen: David war ein Vollarsch. Das war die einzig plausible Erklärung. Er hatte mich nur ausgenutzt und nie vorgehabt, eine ernsthafte Beziehung mit mir zu führen. Wahrscheinlich hatte er mir vorgeschlagen, seine Teilzeit-Freundin zu werden, weil wir im Bett überraschend gut harmonierten. Dass ich ihm jedoch liebeskrank nach Usedom hinterherfuhr, war nicht in seinem Sinn gewesen. Wie hatte ich nur so blind und naiv sein können? All die Komplimente und schönen Worte hatte ich David geglaubt, ohne auch nur eine Sekunde an ihm zu zweifeln. Doch damit war jetzt Schluss!

Ich fasste den Entschluss, mich sofort bei Sonnenaufgang ins Auto zu setzen und zurückzufahren. Diesem Mistkerl wollte ich nicht noch einmal begegnen! Im Grunde hatte ich mich überhaupt nicht in David Novak verliebt, sondern nur in den Mann, den er mir vorgespielt hatte. Doch der hatte nie existiert.

Ungeduldig lag ich im Bett neben der schnarchenden Trudi. Doch als sich die Dunkelheit endlich in fahles Morgenlicht verwandelte, wurden meine Augenlider immer schwerer, und der Schlaf übermannte mich. Erst gegen halb elf schlug ich wieder die Augen auf. Mit einem Schlag war ich hellwach, und alles war sofort wieder präsent. Inklusive der klaffenden Wunde in meiner Brust, die ich David zu verdanken hatte.

Hastig packte ich meine Sachen zusammen, machte das Bett und ging hinunter in die Küche. Auf Zehenspitzen, damit ich unbemerkt die Flucht ergreifen konnte, falls David meinen Weg kreuzen sollte. Eine weitere Demütigung wollte ich mir und meinem angeknacksten Selbstwertgefühl ersparen. Außerdem konnte ich nicht garantieren, dass ich mich beim Anblick dieses verlogenen Kerls nicht zu einer gewalttätigen Geste wie einer Ohrfeige hinreißen ließ.

Meine Sorge war allerdings unbegründet, denn im Erdgeschoss stieß ich auf keine Menschenseele, sodass ich schließlich mit meiner Reisetasche nach draußen trat.

Wie gestern saßen Astrid und Trudi nebeneinander im Garten. Der Tisch war noch zum Frühstück gedeckt, und die beiden unterhielten sich leise. Die Versöhnung schien ihnen gutgetan zu haben, denn sowohl Mutter als auch Tochter wirkten heute Morgen agiler.

Ich trat zu ihnen und räusperte mich. »Ich fahre dann mal.«

Die beiden sahen zu mir auf.

»Aber nicht ohne etwas im Magen«, widersprach Astrid.

Ich schüttelte den Kopf. »Danke, aber ich habe wirklich keinen Hunger.«

Trudi stand auf und zwang mich mit der Resolutheit einer Achtundneunzigjährigen, Platz zu nehmen. Sie schenkte mir eine Tasse Tee ein.

»Du siehst richtig scheiße aus«, meinte sie trocken. »Hättest in der Nacht mal nicht so viel weinen sollen.«

Das hatte sie mitbekommen? Während sie gleichzeitig geschnarcht hatte? In dieser Familie wurde man offenbar von jedem hintergangen.

»Probleme mit meinem Sohn?«, fragte Astrid ohne Scheu.

Angestrengt blinzelte ich in meine Tasse. »David hat gesagt, dass er sich nicht freut, mich zu sehen, und dann ist er ohne ein weiteres Wort verschwunden.« Ich stieß ein bitteres Lachen aus. »Ich schätze, von *Problemen* kann man da nicht reden. Zwischen uns gibt es nichts mehr, was man lösen könnte.«

Ich trank pflichtschuldig einen Schluck und erhob mich. »Herzlichen Dank für die Gastfreundschaft! Trudi, du meldest dich, wenn ich dich abholen soll, okay?«

Astrid blickte mich nachdenklich an. »Kannst du mir noch einen Gefallen tun, bevor du fährst?«

Ich nickte stumm.

»Fahr mit der Hand doch bitte einmal die Unterseite meiner Armlehne entlang, bis du einen runden Knopf findest.«

Ich beugte mich über den Rollstuhl und tat wie geheißen. »Gefunden. Und jetzt?«

»Drücken«, befahl sie.

Keine Sekunde später ertönte aus dem Inneren des Hauses ein ohrenbetäubendes Geräusch. Wie die Sirene eines amerikanischen Polizeiautos schwoll der Alarm auf und ab. Erschrocken zog ich meine Hand zurück. »War ich das etwa?«

Schon kam David in den Garten herausgestürmt und eilte mit besorgter Miene auf uns zu. »Mutter, was ist los? Geht es dir gut?«

Als er Astrid putzmunter und entspannt im Rollstuhl sitzen sah, zogen sich seine Augenbrauen verärgert zusammen. Er drückte auf dem Display seines Handys herum, und der Lärm erstarb. Mir entging nicht, dass David genauso übernächtigt und mitgenommen aussah, wie ich mich fühlte.

»Ich habe den Alarmknopf für Notfälle angebracht, Mutter. Damit du Hilfe holen kannst, falls du in ernsten Schwierigkeiten steckst.«

»Ich habe ihn gar nicht gedrückt«, entgegnete Astrid schulterzuckend und deutete auf mich. »Das war sie.«

Fassungslos blickte ich sie an. Wie gesagt, in dieser Familie wurde man von jedem hintergangen.

»Ich wusste nicht, dass das passieren wird«, erklärte ich und ergänzte beißend: »Mein Bedürfnis, dich zu sehen, hält sich in Grenzen, das kannst du mir glauben!«

»Aber es ist ganz gut, dass du hier bist, David«, meinte Astrid unbeschwert, als würden ihr die Spannungen, die in der Luft lagen, überhaupt nicht auffallen. »Erinnerst du dich daran, dass du mir mit vierzehn Jahren einmal gesagt hast, dein Vater wäre ein gefühlloses Arschloch?«

»Natürlich erinnere ich mich«, brummte er. »Vor allen Dingen an die Ohrfeige, die du mir dafür verpasst hast.«

»Weil man über seinen Vater nicht in diesem Tonfall spricht.« Sie holte tief Luft. »David, ich möchte dir nicht sagen, was du zu tun hast, denn das steht mir nicht zu«, sie machte eine kurze Pause und blickte vielsagend zu ihrer eigenen Mutter, »aber du verhältst dich dieser netten jungen Frau gegenüber gerade genauso unsensibel und herzlos wie dein Vater. Dabei dachte ich, du wärst eine völlig andere Art von Mann. Oder täusche ich mich in diesem Punkt etwa?«

»Ich bin ganz und gar nicht wie er, das weißt du genau!« David funkelte seine Mutter wütend an. Dann machte er auf dem Absatz kehrt und verschwand wieder im Haus.

Astrid schaute ihm bedauernd hinterher. »Tut mir leid! Ich dachte, ich könnte ihn damit aus der Reserve locken.«

Ich winkte kraftlos ab. »Schon gut. Das hat mich in meinem Urteil nur noch einmal bestätigt.«

Ich verabschiedete mich von den beiden und ging zu meinem Auto. Erst heute bei Tageslicht bemerkte ich, dass das Grundstück direkt an einen idyllischen See grenzte. Ich wäre jede Wette eingegangen, dass Davids Schreibtisch an einem Fenster mit Ausblick zum See stand und er grüblerisch nach draußen blickte, wenn er an einem seiner Romane arbeitete. Aber wieso verschwendete ich an diesen Mann überhaupt noch einen Gedanken? Am liebsten hätte ich ihn für immer aus meinem Kopf verbannt. In Zukunft würde ich vorsichtiger sein, wem ich mein Herz schenkte.

Ich wandte mich zu meinem Auto, als ich Constanze und ihre Kinder bemerkte, die mir auf der Dorfstraße entgegenkamen. Davids Schwester winkte mir zu, sodass ich stehen blieb und auf sie wartete. Conny hatte ihre schulterlangen braunen Haare im Nacken zusammengebunden und trug mein Lieblingsfreizeitoutfit: Jeans, Sneakers und T-Shirt. Sie hatte ein zartes, feminin geschnittenes Gesicht und die gleichen großen braunen Augen wie David.

»Guten Morgen«, begrüßte sie mich. Obwohl sie mich freundlich anlächelte, umgab sie eine Aura der Melancholie. Ich erinnerte mich daran, dass ihr Mann vor einigen Jahren gestorben war.

»Du fährst schon?«

Ich nickte. »Ich muss zurück nach Rügen.«

»Wie schade! Bei all der Aufregung gestern Abend sind wir uns gar nicht richtig vorgestellt wurden. Ich bin Constanze, aber alle nennen mich Conny.«

»Ariane.« Ich ergriff ihre ausgestreckte Hand. »Freut mich!«

»Und ich bin Hanna«, schaltete sich ihre etwa achtjährige Tochter ein und reichte mir ebenfalls die Hand. »Ich will mal Astronautin werden.«

Zum ersten Mal an diesem Morgen spürte ich, wie sich ein ehrliches Lächeln auf meinem Gesicht ausbreitete. »Hallo, Hanna! Es ist mir eine Ehre, eine zukünftige Astronautin kennenzulernen.«

»Ich bin Tom«, krähte ihr kleiner Bruder, der nun ebenfalls beachtet werden wollte. »Guck mal! Den habe ich für meine neue Uroma gepflückt.«

Er hielt mir stolz einen Strauß zerrupfter Butterblumen hin. Ich nickte anerkennend. »Da wird Trudi sich bestimmt unglaublich freuen. Am besten bringst du ihr den Strauß gleich, bevor die Blumen verwelken.«

Er sah zu seiner Mutter. »Darf ich?«

»Los, lauft schon!«, sagte sie. Tom und Hanna sausten johlend davon.

»Du hast tolle Kinder, Conny.«

»Vielen Dank.«

Sie legte mir eine Hand auf den Arm. »Ariane, ich möchte dir für dieses kleine Wunder danken, das du vollbracht hast.« Sie machte eine Kopfbewegung in Trudis und Astrids Richtung. »Niemals hätte ich für möglich gehalten, dass die beiden sich versöhnen. Wir sind dir alle etwas schuldig!«

»Quatsch!«, sagte ich und winkte ab. »Eigentlich habe ich gar nichts gemacht.«

Ich musterte sie mitfühlend. »Das ist bestimmt eine ziemlich seltsame Situation, Trudi nach all den Jahren kennenzulernen, oder?«

Sie nickte. »Ich bin mit der Vorstellung aufgewachsen, meine

Großmutter sei eine Art Monster. David und ich haben uns kaum getraut, das Thema anzusprechen, weil meine Mutter jedes Mal wütend geworden ist. Doch jetzt, nachdem ich mit Trudi gesprochen habe, finde ich sie eigentlich sehr sympathisch.«

»Ihr alle braucht Zeit, um euch an die neue Situation zu gewöhnen«, meinte ich. »Allerdings solltest du wissen, dass Trudi tatsächlich kein einfacher Mensch ist. Sie kann sehr direkt sein und ziemlich stur.«

»Ach, du lieber Gott! Genau wie meine Mutter. Dann sind es schon zwei von der Sorte.« Conny stöhnte auf, doch sie grinste gleichzeitig. »Danke für die Warnung! Und auch für alles andere.«

Zu meiner Überraschung schloss sie mich in die Arme. »Ich wünsche dir eine gute Fahrt, Ariane! Wahrscheinlich werden wir ab jetzt öfter auf Rügen sein, um Trudi zu besuchen. Meine Mutter vermisst ihre alte Heimat schrecklich. Vielleicht sehen wir uns dort mal?«

Ich nickte ihr lächelnd zu. »Gerne.«

Constanze folgte ihren Kindern in den Garten, und endlich konnte ich meine Tasche im Kofferraum verstauen. Nichts wie weg!

»Ariane, kann ich bitte mit dir sprechen?«

Davids Stimme hinter mir ließ mich erstarren. Ich atmete tief ein. Währenddessen wiederholte ich in Gedanken mein nächtliches Mantra, um auf keinen Fall wieder schwach zu werden: *›Vollidiot, Mistkerl, Armleuchter!‹*.

Entschlossen schlug ich den Kofferraumdeckel zu und wandte mich zu ihm um. »Jetzt auf einmal möchtest du reden? Tut mir leid, ich bin schon so gut wie weg. Du hast recht deutlich gemacht, dass ich hier nicht erwünscht bin.«

Er blickte mich mit zerknirschter Miene an. »Meine Mutter hat recht. Ich habe mich dir gegenüber wie der letzte Idiot verhalten. Das war absolut nicht in Ordnung. Deshalb möchte ich mich bei dir entschuldigen.«

Eigentlich war ich immer dafür, ehrlich gemeinte Entschuldigungen anzunehmen, doch so leicht wollte ich es David nicht machen. »Mhm«, gab ich wortkarg zurück.

»Ich weiß, ich habe dich verletzt, obwohl das eigentlich das Letzte ist, was ich will. Aber ich würde dir gerne erklären, wie das alles zusammenhängt. Ariane, bitte hör mir einfach zu! Mehr will ich gar nicht.«

Gerne hätte ich seine Bitte eiskalt abgelehnt, aber dummerweise wollte ich wirklich wissen, weshalb David sich so abweisend verhielt. Selbst wenn er mir sagte, dass er mich nur benutzt hatte, würde ich dann wenigstens die Wahrheit kennen. Das würde es für mich einfacher machen, mit allem abzuschließen.

»Also gut, reden wir!«

»Aber nicht hier, wo uns meine Familie jederzeit stören kann.« Er deutete auf sein Auto. »Lass uns woanders hinfahren, okay?«

32. Kapitel

Auf der Fahrt nach Heringsdorf war David sichtlich bemüht, ein Gespräch in Gang zu bringen. Aber ich sah überhaupt nicht ein, es ihm leicht zu machen.

»Warst du nicht sauer auf deine Mutter, weil sie den Heiratsantrag für dich angenommen hat?«

Ich blickte angestrengt aus dem Beifahrerfenster. »Doch.«

»Hat sie sich wenigstens dafür entschuldigt?«

»Ja.«

»Und wie ich dich kenne, hast du ihr sofort verziehen?«

»Nein. Nicht sofort.«

Ich verschränkte die Arme vor der Brust. Das konnte ich einfach nicht auf mir sitzen lassen. »Bevor ich ihr verziehen habe, haben wir uns ausgesprochen«, fügte ich deshalb hinzu. »Ich meine, *richtig* ausgesprochen. Zum ersten Mal haben wir über unsere Beziehung geredet, und wir konnten einige Dinge zwischen uns klären.«

»Wirklich?« David klang ehrlich erfreut. »Das ist eine gute Nachricht.«

Einige Sekunden lang herrschte Schweigen. Der Wald, der sich zwischen dem Dorf und der Stadt erstreckte, wirkte bei Tageslicht immer noch verwunschen, aber weitaus freundlicher.

»Ich habe schon vermutet, dass es sich bei der Verlobung um ein Missverständnis gehandelt hat«, erzählte David. »Aber im ersten Moment, als ich dachte, dass du den Antrag dieses besoffenen Kerls tatsächlich angenommen hast, war ich stinksauer.«

Er machte eine kurze Pause und presste die Lippen fest zusammen. Ein Muskel in seinem Kiefer zuckte, während David offenbar an diesen Abend zurückdachte. »Natürlich hatte ich im Grunde kein Recht dazu, sauer zu werden. Aber allein die Vorstellung, dass dieser Idiot dich anfasst und den Rest seines Lebens mit dir verbringen darf, hat mich fast verrückt gemacht. Am liebsten hätte ich ihm eine reingehauen. Deshalb bin ich so schnell wie möglich verschwunden. Doch schon am nächsten Tag, als ich auf dem Heimweg war, wurde mir klar, dass da etwas nicht stimmen konnte. Du würdest so etwas nicht tun. Nicht, nachdem wir uns gerade erst getrennt hatten. So bist du einfach nicht.«

Es ging mir gegen den Strich, dass er mich derart gut zu kennen glaubte. Allerdings konnte ich ihm schlecht widersprechen.

Wir parkten die Citroën DS in einem Parkhaus in der Stadtmitte, doch nachdem David den Motor abgestellt hatte, blieb er sitzen und wandte sich mir zu. Die Enge des Wagens schaffte eine Nähe zwischen uns, die ich kaum ertrug.

Nun griff er auch noch nach meiner Hand. »Was du gestern für meine Familie getan hast, war unglaublich, Ariane. Du ahnst gar nicht, wie uns das alle belastet hat. Du hast uns von einer Art Familienfluch erlöst. Dafür möchte ich dir von Herzen dank…«

»Das hat deine Schwester schon getan«, fiel ich ihm ins Wort und entzog ihm unwirsch meine Hand. Wollte er mich eigentlich absichtlich quälen, indem er mich berührte?

»Aber ihr müsst mir wirklich nicht danken. Ich habe Trudi nur im Auto mitgenommen, das war alles.«

Der gestrige Abend hätte genauso gut in einem Desaster enden können. Im schlimmsten Fall wäre Astrid ausgerastet, und Trudi hätte vor Aufregung einen zweiten Herzinfarkt bekommen. Dann wäre ich jetzt die Schuldige. Ich hatte lediglich Glück gehabt.

»Dann möchte ich Connys Dank wiederholen«, entgegnete David unbeirrt. »Ohne deine Hilfe wäre diese Versöhnung niemals möglich gewesen. Wenn Conny oder ich es versucht hätten, wäre die Sache von vornherein zum Scheitern verurteilt gewesen.«

Wie von selbst blieb mein Blick an seinen Lippen hängen. Das Verlangen, ihn zu küssen, war so stark, dass es mir fast körperliche Schmerzen bereitete. Plötzlich lag zwischen uns wieder dieses Kribbeln in der Luft. Beim letzten Mal hatten wir dieser funkensprühenden Energie nachgegeben und eine unglaubliche Nacht miteinander verbracht. Doch mittlerweile hatte sich alles geändert.

Ich wandte mich hastig ab und öffnete die Autotür. »Was ist nun? Gehen wir jetzt in die Stadt?«

Bereitwillig führte David mich durch Heringsdorf, zeigte mir die prächtigen Bädervillen und erzählte mir ein bisschen was zur Geschichte. Besonders gut gefiel mir die Villa Oechsler. Das neoklassizistische Gebäude besaß einen eleganten Säuleneingang, eine reichverzierte sonnengelbe Fassade und ein wunderschönes Glasmosaik unter dem Dreiecksgiebel. Ein venezianischer Künstler hatte hier vor fast 140 Jahren badende Grazien verewigt.

Zwar war ich von der Schönheit des Seebads fasziniert, doch mir fiel auf, dass David sich ungewöhnlich viel Zeit dafür nahm, mich herumzuführen. Wollte er den Moment unserer Aussprache etwa hinauszögern?

Wir liefen über eine schön angelegte Piazza, die von Geschäften und Cafés umgeben war, und blieben vor dem größten Strandkorb der Welt stehen.

»Das sollte ich mir unbedingt ansehen?« Ich warf David einen skeptischen Blick zu. »Meinst du nicht, wir sollten so langsam mal reden?«

Er fuhr sich seufzend durch die Haare. »Du hast natürlich recht. Gehen wir an den Strand. Am Meer lassen sich solche Gespräche leichter führen.«

Tatsächlich war die Ostsee nur wenige Schritte entfernt. Neben uns ragte die Seebrücke auf, die 1995 entstanden war und mich nicht gerade in Verzückung versetzte. Nichts war hier vom alten Charme der Ostseebäder zu spüren, denn die moderne Seebrücke ähnelte eher einer Flaniermeile mit Restaurants und Souvenirshops. Immerhin war sie überdacht, was bei schlechtem Wetter durchaus praktisch war.

David mietete einen Strandkorb, da die Sonne mittlerweile hinter den Wolken verschwunden war und Nieselregen eingesetzt hatte. Doch das konnte einen eingefleischten Inselbewohner nicht vom Strand vertreiben.

Kaum hatte ich Platz genommen, fühlte ich mich in meine Kindheit zurückversetzt. Im Strandkorb umgab uns der Geruch des Sommers – der salzige Duft des Meeres vermischte sich mit Sonnencreme und wettergegerbtem Holz.

David starrte mit brütendem Blick auf das Meer hinaus. Es kostete mich Mühe, ihn nicht zu drängen, sondern geduldig auf seine Erklärung zu warten. Am Horizont zogen sich dramatische Wolkenberge zusammen, und der Regen hatte die meisten Touristen vom Strand vertrieben.

Schließlich beugte David sich vor und stütze die Ellbogen auf die Knie. »Ich habe meiner Mutter und meiner Schwester versprochen, auf Rügen keine Details über unser Leben zu berichten. Trudi sollte nichts von alldem erfahren. Aber die Wahrheit ist, dass ich ganz froh darüber war, dass ich dir nichts erzählen durfte. Als du gestern Abend plötzlich hier aufgetaucht bist und alles herausgefunden hast, war das für mich wie ein Schlag ins Gesicht.«

»Was meinst du denn damit?«, fragte ich stirnrunzelnd.

Endlich wandte er den Blick vom Meer ab und sah mich an. »Zum Beispiel die Krankheit meiner Mutter. Ich wollte nicht, dass du davon erfährst und ich dir erzählen muss, wie viel Kraft es meine Schwester und mich kostet, sie zu pflegen. Selbst wenn sie mal keinen Schub hat und es ihr relativ gut geht, ist es anstrengend. Aber da gibt es noch so viel mehr.«

Sorge wallte in mir auf. »Ist die Krankheit denn erblich?«

»Nein, zum Glück nicht.« Er schüttelte den Kopf. »Aber meine Schwester hat den Tod ihres Mannes immer noch nicht überwunden. Es gibt Phasen, da ist sie regelrecht depressiv. Die Kinder bekommen das selbstverständlich mit, dabei haben sie ohnehin damit zu kämpfen, dass sie ohne Vater aufwachsen. Natürlich versuche ich alles, um diese Lücke zu füllen, aber es ist trotzdem nicht dasselbe. Tom bekommt im Kindergarten ständig Schwierigkeiten, weil er Auseinandersetzungen mit den Fäusten regelt.«

David stieß einen tiefen Seufzer aus. »Meine Familie ist völlig kaputt, Ariane. Wir essen immer zu sechst zu Abend: Mutter, Conny, die Kinder, ich und der große Sack Tabuthemen, die auf keinen Fall angesprochen werden dürfen. Für den ist ein Extrastuhl zwischen uns reserviert. Da wäre zum Beispiel mein Vater, der meine Mutter ausgenutzt und verlassen hat. Das nächste große Tabuthema ist der Unfalltod meines Schwagers, und auf Platz drei steht die Krankheit meiner Mutter. Bis gestern Abend kam gleich danach Trudi.«

»Immerhin könnt ihr das jetzt streichen. Das ist doch ein Fortschritt, oder nicht?«, versuchte ich, ihm Mut zu machen.

»Schon, aber Trudi ist achtundneunzig Jahre alt. Wie lange, denkst du, wird sie so fit bleiben? Es ist absehbar, dass wir schon bald zwei pflegebedürftige Familienmitglieder versorgen müssen.«

Ich schluckte schwer. Seine Befürchtung war nicht von der Hand zu weisen.

»Meine Familie ist schwierig, mein Leben ist schwierig, und ich bin für alle der Fels in der Brandung. Deshalb wollte ich auch von Anfang an keine feste Beziehung. Es kommt für mich nicht in Frage, eine Frau mit all dem zu belasten.«

Er wandte sich mir zu. In seinen Augen lag so viel Gefühl, dass es mir die Kehle zuschnürte. »Ich möchte dich da nicht hineinziehen, Ariane. Deswegen wollte ich nicht, dass du nach Usedom kommst. Das kann ich dir nicht antun.«

Eine Meeresbrise spielte mit einer Haarsträhne an seiner Stirn. »Du bist so ein lebensfroher, mitfühlender Mensch und würdest alles geben, um anderen zu helfen. Aber an meiner Familie würdest du kaputtgehen. Selbst ich habe Momente, in denen mir alles zu viel wird und ich am liebsten davonlaufen würde. Unter solchen Umständen kann keine Beziehung funktionieren.«

Davids Worte trafen mich völlig unvorbereitet, und ich schwieg einen Moment. »Versteh ich das richtig, dass du mich von Usedom und deiner Familie fernhalten wolltest, um mich zu schützen?«, hakte ich schließlich nach.

Er nickte. »Du hast mein Herz im Sturm erobert, und ich liebe dich genauso, wie du bist, Ariane. Doch es gehört nun mal nicht zu deinen Stärken, dich durchzusetzen. Ich habe selbst erlebt, dass du Probleme hast, für dich und deine Bedürfnisse einzustehen.«

»Was meinst du denn damit?«, fragte ich gereizt.

David warf mir einen schnellen Blick zu. »Darf ich dich an die Geschichte mit deiner Schwester und ihrer Idee vom Wellnessraum in der Pension erinnern?«

Ich schnaubte auf. Das war doch etwas völlig anderes! Na schön, ich hatte mich Jutta gegenüber tatsächlich nicht rechtzeitig durchgesetzt, und David hatte deshalb geglaubt, dass er die Situation für mich klären musste. Aber ich hätte das auch sicherlich ohne ihn geschafft. Irgendwann, wenn ich dazu bereit gewesen wäre, hätte ich selbst mit Jutta gesprochen und ... Oh Mann! Ich ließ die Schultern sinken, als ich der bitteren Wahrheit ins Gesicht sah. Auf David musste ich tatsächlich den Eindruck gemacht haben, dass ich mich von den Menschen, die ich liebte, gnadenlos ausnutzen ließ.

»Wenn ich dir auf Rügen von meinem Leben, meinen Sorgen und der täglichen Belastung erzählt hätte«, fuhr er fort, »dann hättest du doch sofort behauptet, dass das alles kein Problem für dich ist. Du hättest dich ohne zu zögern in dieses Leben gestürzt. Das durfte ich nicht zulassen.« Er hob die Hand und strich mir zärtlich über die Wange. »Denn ich will, dass du glücklich bist. Weil ich dich liebe.«

Ich sah ihn schweigend an, ohne mich zu regen. Offensichtlich hatte ich mich bei meinen Überlegungen heute Nacht getäuscht. Es gab noch eine andere Erklärung für Davids Verhalten, auf die ich nie im Leben gekommen wäre. Die neuen Informationen wirbelten in meinem Kopf umher, aber dafür herrschte an einer anderen Stelle absolute Klarheit: in meinem Herzen.

David griff nach meiner Hand. »Könntest du bitte etwas sagen?«

Ich stieß langsam die Luft aus und zog eine Grimasse. »Offen gestanden klingt das schon ziemlich abschreckend. Bei all dem, was du am Hals hast, würde wohl jede Frau die Flucht ergreifen. Es ist wirklich besser, wenn wir ab sofort getrennte Wege gehen.«

Ein schmerzerfüllter Ausdruck huschte über sein Gesicht. Er wich meinem Blick aus und starrte auf die unruhige Ostsee, deren Wellen mit weißen Schaumkronen geschmückt waren. »Genau zu diesem Schluss bin ich auch gekommen.«

Ich kniff die Augen zusammen und versetzte ihm mit der Faust einen Stoß gegen den Oberarm. »Spinnst du eigentlich?«, fuhr ich ihn an. »Du hast einfach über meinen Kopf hinweg entschieden, dass ein Leben ohne dich für mich besser wäre? Wenn deine Mutter nicht gewesen wäre, wüsste ich jetzt noch nicht einmal etwas davon. Was fällt dir ein, mich nicht selbst diese Entscheidung treffen zu lassen?«

David schaute mich völlig perplex an. »Aber ich wollte doch nur … Ich dachte …«

»Aha, du *dachtest.*« Ich zog spöttisch eine Augenbraue in die Höhe. Doch dann wurde ich wieder ernst. »In den vergangenen Wochen hat sich mein ganzes Leben auf den Kopf gestellt, David. Und ich habe Dinge getan, die ich vorher nicht für möglich gehalten hätte. Ich habe mich gegen meine beste Freundin Jule gestellt, weil es der einzige Weg war, ihre Ehe zu retten«, begann ich aufzuzählen. »Obwohl mein Laden mein großer Traum war, habe ich der Realität ins Gesicht gesehen und mich rechtzeitig zur Geschäftsauflösung entschlossen. Ich habe mich sogar mit meiner Mutter ausgesprochen, Himmel nochmal! Und ja, du hast recht, ich hätte meine Schwester früher bremsen müssen. Aber das war ein Fehler, aus dem ich gelernt habe, David! Denn Fehler können auch zu etwas gut sein, wenn man daraus eine Lehre zieht.« Ich holte tief Luft. »Zu guter Letzt habe ich mich gestern ins Auto gesetzt, um nach Usedom zu einem Mann zu fahren, den ich einfach nicht vergessen kann. Denn ich habe mich entschieden für mein Glück zu kämpfen. Klingt das für dich nach einer Frau, die sich nicht durchsetzen kann?«

Er rieb sich nachdenklich über das Kinn. »Nein, offen gestanden klingt das nach einer ziemlich starken Frau«, gab er zu.

Zufrieden mit seiner Antwort nickte ich. »Ich bin nicht so naiv zu glauben, dass allein durch die Kraft der Liebe alles gut und wunderbar wird, David. Natürlich ist deine Situation schwierig, aber meine Familie hat ebenfalls ihre Probleme, und mit denen musst *du* klarkommen. Vielleicht erreichen wir irgendwann den Punkt, an dem wir uns eingestehen müssen, dass eine Beziehung unter diesen Umständen zu kompliziert ist und nicht funktioniert. Aber sollten wir es nicht wenigstens versuchen? Ich will jedenfalls kein Mensch sein, der zu feige ist, der Liebe eine Chance zu geben.«

Zweifel und Ungläubigkeit zeichneten sich auf seinem Gesicht ab. »Bist du dir wirklich sicher?«

Entschlossen nickte ich. »Das bin ich. Hundertprozentig.«

Ich hob die Hand und fing seine Haarsträhne ein, die immer noch vom Wind herumgewirbelt wurde, und strich sie zurück. »Selbst wenn du für deine Familie der Fels in der Brandung bist, brauchst auch du jemanden für die schweren Momente. Es wäre leichter für dich, wenn du nicht alles alleine tragen musst. Wenn du jemanden hättest, der dir eine Stütze ist. Und dieser jemand wäre ich gerne. Weil ich dich nämlich ebenfalls liebe, du Dösbaddel.«

Er fing meine Hand ein, schloss seine Finger um meine und gab mir einen Kuss auf den Handrücken. »Du bist unglaublich, weißt du das? Schon als ich dich das erste Mal gesehen habe, wusste ich, dass du eine außergewöhnliche Frau bist. Du bist schön, klug, liebenswert und besitzt eine ganz eigene Art der Stärke.«

Vielleicht hatte er recht. Die Stärke meiner Freundin Jule erkannte man sofort, weil sie sich nichts gefallen ließ und jedem lautstark widersprach, der nicht ihrer Meinung war. Mich jedoch machten meine Ausdauer, mein Mut und meine Beharrlichkeit stark. Das waren doch die besten Voraussetzungen, um sich in ein Leben mit Familie Novak zu stürzen, oder nicht?

»Aber du musst mir eines versprechen, Ariane«, bat er. »Sag Nein, wenn dir etwas zu viel wird! Gib mir nicht mehr, als du kannst und willst.«

»Hey, im Neinsagen bin ich bedeutend besser geworden. Mach dir nicht so viele Sorgen!« Ich hob lehrerhaft den Zeigefinger. »Wenn ich mal einen bekannten Schriftsteller zitieren darf: *Lass uns gemeinsam herausfinden, wohin das führen kann!*«

Ein Schmunzeln zuckte um seine Mundwinkel. »Kenne ich den Autor vielleicht? Er scheint ein kluger Mann zu sein.«

Ich wiegte den Kopf hin und her. »Es geht so. Manchmal verhält er sich nicht so clever. Aber du weißt ja: Hinter einem klugen Mann steht eine Frau, die noch klüger ist.«

David lachte auf. »Das kenne ich aber anders.«

Er zog mich an sich. Ein wohliges Gefühl breitete sich in meiner Magengegend aus, und ich lehnte mich an ihn. Am Strand war kaum noch jemand zu sehen, und der Regen hatte den Sand dunkel gefärbt. Doch in unserem Strandkorb blieben wir trocken, und ich fühlte mich herrlich beschützt und geborgen.

David beugte sich zu mir. »Dann darf ich dich jetzt endlich wieder küssen?« Seine Lippen streiften sacht über meine Wange. »Ich bin fast umgekommen, weil ich solche Sehnsucht nach dir hatte.«

»Das Gefühl kenne ich.« Mein Herzschlag beschleunigte sich. Wie von selbst fanden sich unsere Lippen und verschmolzen zu einem leidenschaftlichen Kuss. Der Kuss schmeckte nach Liebe, Zärtlichkeit, Hoffnung und einer Prise Schmerz, weil wir beide wussten, dass wir den anderen beinahe verloren hätten.

»Moment noch!« Atemlos machte ich mich von David los. »Eins muss ich noch wissen: Wer von euch isst salzige Lakritze?«

»Nur ich«, gab David stirnrunzelnd zurück. »Das ist meine Nervennahrung, wenn ich an einem Roman schreibe. Der Rest der Familie findet salzige Lakritze eklig.«

»Völlig zurecht.« Ich nickte nachdrücklich. »Das bringt mich nun ehrlich ins Zweifeln. Ich weiß nicht, ob ich mir eine Beziehung mit einem Mann vorstellen kann, der so etwas gerne isst. Das lässt doch tief blicken, oder nicht?«

»Ich würde in diese Vorliebe nicht zu viel hineininterpretieren«, versicherte David. Ohne Vorwarnung packte er mich an den Hüften und zog mich über sich, sodass ich mit gespreizten Beinen auf ihm saß. »Aber ich kann der Lakritze auch abschwören und in Zukunft ausschließlich an dir herumknabbern.«

David fuhr mit den Lippen meinen Nacken entlang und verteilte darauf hauchzarte Küsse. Noch nie hatte ich mich so lebendig gefühlt wie in den Armen dieses Mannes.

Epilog

Dicke Schneeflocken sanken im Licht der Autoscheinwerfer zu Boden, und ich konnte nur wenige Meter weit sehen. Obwohl ich die Strecke durch den verwunschenen Wald mittlerweile unzählige Mal gefahren war und jede Kurve kannte, drosselte ich das Tempo und ließ das Auto vorsichtig weiterrollen.

Trudi saß neben mir, auf ihrem Schoß befand sich ein großes Geschenk mit einer roten Schleife. »Astrid fand es immer doof, so kurz vor Weihnachten Geburtstag zu haben«, erzählte sie vergnügt. »Sie war der Überzeugung, dass Kinder, die im Dezember geboren worden sind, im Durchschnitt weniger Geschenke bekommen als andere.«

»Da könnte etwas Wahres dran sein«, murmelte ich zerstreut, weil ich mich in erster Linie aufs Fahren konzentrierte. Ich liebte den Winter, allerdings war es mir lieber, die idyllische Schneelandschaft aus dem Inneren einer gut geheizten Wohnung heraus anzusehen.

»Am Telefon hat sie übrigens angedeutet, dass David und sie heute eine Überraschung für uns haben«, berichtete Trudi und legte ihre Stirn in Falten. »Seither zerbreche ich mir den Kopf darüber, was das wohl sein könnte.«

»Eine Überraschung?«, wiederholte ich erstaunt. »Davon hat David gar nichts erwähnt.«

Allerdings schrieb mein Freund gerade an einem neuen Roman und war ziemlich verzettelt. Oft starrte er mit brütendem Blick Löcher in die Luft oder verlegte Dinge an den unmöglichsten Orten. Erst letztes Wochenende hatte ich mein Festnetztelefon neben der Butter im Kühlschrank gefunden, und ich hatte es bestimmt nicht dort deponiert. Da ich David als einen Mann mit einer messerscharfen Beobachtungsgabe kennengelernt hatte, war mir dieses Verhalten zu Anfang ziemlich befremdlich vorgekommen, aber mittlerweile hatte ich mich daran gewöhnt. Außerdem hatte David mir versichert, dass er nur zu Beginn eines Romans derart gedankenverloren war, und damit konnte ich nun wirklich leben.

»Hast du auch ein Geschenk für Astrid?«, fragte Trudi neugierig.

»Natürlich, wofür hältst du mich denn? Ich komme doch nicht mit leeren Händen zu einer Geburtstagsfeier. Es ist hinten im Kofferraum.«

Ich hatte Astrid einen Geschenkkorb zusammengestellt mit meinen selbstgemachten Weihnachtsseifen und den Zutaten für einen leckeren alkoholfreien Sanddornpunsch, der wegen seines hohen Vitamin-C-Gehalts perfekt für die Winterzeit war. Hoffentlich freute sie sich darüber! Einen ähnlichen Korb bot ich seit Beginn der Vorweihnachtszeit auch in meinem neuen Online-Shop an, und er kam bei den Kunden richtig gut an. Insgesamt war ich recht zufrieden mit den Verkaufszahlen, sodass mich der Verlust meines Ladens mittlerweile nicht mehr allzu sehr schmerzte. Zwar hatte ich immer noch ein paar Schulden abzustottern, aber wenigstens hatte ich meinen Eltern schon das Geld für die Dachreparatur zurückzahlen können. Mit meinem Halbtagsjob und meinen Kunden im Schlosshotel verdiente ich immerhin so viel, dass ich mir jetzt auch ein paar Schuhe kaufen konnte, ohne monatelang darauf sparen zu müssen.

Meine Wohnungssituation hatte sich ebenfalls verbessert,

denn ich hatte endlich bei meinen Eltern ausziehen können. Meine Freundin Jule hatte mir angeboten, ihre ehemalige Wohnung im Schloss zu übernehmen. Mietfrei, da sie ohnehin leerstehen würde, wie Jule meinte. Nachdem ich meiner Freundin erklärt hatte, dass ich dieses Angebot unmöglich annehmen konnte, hatten wir uns schließlich auf einen fairen Preis und ein paar Gratis-Kosmetikbehandlungen pro Monat geeinigt. Mit dieser Lösung konnte ich gut leben, auch weil sie nur vorübergehend war. Markus hatte nämlich durchgesetzt, dass zu Jules Entlastung eine weitere Hotelkraft eingestellt werden würde, die dann in die Wohnung ziehen sollte. Manchmal fiel Jule noch in alte Verhaltensmuster zurück, lastete sich zu viel Arbeit auf oder wurde wieder zur überfürsorglichen Helikopter-Mutter. Aber da wir nun alle ein Auge auf sie hatten, gelang es uns stets, Jule rechtzeitig zu bremsen. Shanti-Gertrud hatte sie sogar zu einem wöchentlichen Yoga-Kurs überreden können.

Alles in allem hatte sich mein Leben äußerst positiv entwickelt. Nur das dauernde Pendeln zwischen Rügen und Usedom trübte mein Glück. David und ich konnten uns nur an den Wochenenden sehen, und selbst das gelang uns nicht immer.

Im dichten Schneegestöber tauchte vor uns endlich das hell erleuchtete Haus der Familie Novak auf. »Wir sind da!«, entfuhr es mir erleichtert.

»Ja, ein Weihnachtswunder«, bemerkte Trudi spitz. »Bei dem lahmen Tempo, mit dem du hergefahren bist, hätte es mich nicht gewundert, wenn das Auto wegen des mangelnden Fahrtwindes eingeschneit worden wäre.«

»Bei diesem Wetter hätten es die meisten Menschen für klüger gehalten, überhaupt nicht zu fahren«, gab ich gereizt zurück.

Ich legte mir die Hand auf den Bauch und atmete sehr tief ein und danach sehr tief auf. Eine Kurz-Mediation, die ich in einem Entspannungs-Ratgeber entdeckt hatte. Ich hatte ihn mir gekauft, weil ich durch meine Beziehung zu David so viel Zeit mit Trudi und Astrid verbringen musste. Die beiden konnten einem den letzten Nerv rauben.

Trudi beobachtete mich misstrauisch. »Wieso legst du dir denn so komisch die Hand auf den Bauch? Bist du schwanger?«

»Garantiert nicht«, versicherte ich ihr. »So weit sind David und ich noch lange nicht. Wir genießen die Zeit, die wir zu zweit haben.«

Trudi wirkte nicht überzeugt. »Das sagen alle, die schwanger sind, aber es nicht zugeben wollen. Du hast auch ein bisschen zugenommen, kann das sein?«

Das lag nur an den leckeren Plätzchen, die meine Schwester gebacken hatte. Aber in der Weihnachtszeit nahm doch wohl jeder ein wenig zu, oder? Kein Grund, panisch zu werden! Im Frühling würde ich einfach öfter joggen gehen. Mittlerweile sah ich das viel entspannter.

Eine weitere Diskussion mit Trudi blieb mir erspart, denn die Haustür ging auf, und David trat heraus. Seine Miene hellte sich bei unserem Anblick schlagartig auf. Sofort verflog mein Ärger auf Trudi wieder, denn David wirkte auf mich und meinen Gefühlshaushalt hundert Mal besser als jede Kurz-Meditation.

Wir stiegen aus, und David schloss mich in die Arme. »Ich habe mir schon Sorgen um euch gemacht. Schön, dich zu sehen!«

Er gab mir einen langen leidenschaftlichen Kuss, während die Schneeflocken uns lautlos umtanzten. Hanna und Tom kamen aus dem Haus gerannt und begrüßten uns begeistert.

Zuerst mussten wir ausgiebig ihren Schneemann im Garten bewundern, und dann wollte Tom seiner Uroma unbedingt den Wunschzettel zeigen, den er mithilfe seiner Mutter heute an den Weihnachtsmann geschrieben hatte.

»Astrid, weißt du schon das Neuste?«, rief Trudi lauthals, kaum dass sie die Schwelle überschritten hatte. »Ariane ist schwanger, aber sie will es nicht zugeben.«

Ich stöhnte auf, und David blickte mich fragend an. »Willst du mir etwas sagen, Schatz?«

»Ich bin *nicht* schwanger«, stellte ich klar.

Er gab mir einen Kuss auf die Nasenspitze. »Schade.«

Mit diesem Kommentar brachte er mich derart aus der Fassung, dass ich ungeschickt hinter ihm herstolperte, als er mich mit sich ins weihnachtlich geschmückte Haus zog.

Trudi und ich begrüßten das Geburtstagskind und überreichten Astrid unsere Geschenke. Am meisten freute sie sich über einen einfachen Umschlag, den Trudi ihr zum Abschluss mit den folgenden Worten überreichte: »Hier ist ein Extrageschenk für dich, meine Kleine.«

Es war eine handgeschriebene Fassung ihres hochgeheimen ›Gestowte Wruken‹-Rezepts, das in ihrer Familie immer von der Mutter an die Tochter vererbt wurde. Astrid war so gerührt, dass sie Tränen in den Augen hatte und sich überschwänglich bedankte.

Nach dem Essen versammelten wir uns im Wohnzimmer, und es gab Sekt für alle. Für Hanna, Tom, Astrid und Trudi natürlich die alkoholfreie Variante – sehr zum Leidwesen der älteren Damen.

Astrid hob ihr Glas und blickte Trudi und mich mit feierlicher Miene an. »Wir haben euch heute etwas mitzuteilen, das euch wahrscheinlich freuen wird. In letzter Zeit hatten wir in der Familie einige Krisensitzungen, doch nun ist der Entschluss endlich gefällt.« Sie holte tief Luft und verkündete: »Wir werden unser Haus verkaufen und nächstes Jahr nach Rügen ziehen. Ich komme endlich wieder heim, Mama.«

Trudi fasste sich an die Brust. »Dass ich das noch erleben darf!«

Freudestrahlend fiel sie ihrer Tochter um den Hals.

Ich brauchte einen Moment, um die Neuigkeit zu verdauen. Mir entging nicht, dass Constanze einen weniger glücklichen Eindruck machte. Sie saß mit hängenden Schultern auf dem Sofa und verzog keine Miene. Offenbar war sie von dem Umzug nach Rügen nicht sonderlich begeistert.

David nahm mir mein Sektglas ab und zog mich an sich. »Ich hoffe, du hast nichts dagegen, dass wir bald zusammen in einem Dorf leben werden?«

Ich tippte mir nachdenklich an die Lippen. »Dadurch wird unsere Beziehung natürlich auf eine schwere Probe gestellt. Wir Dörfler reagieren auf Zugezogene ja grundsätzlich äußerst skeptisch und zurückhaltend. Ich werde dich eine Zeitlang von der anderen Straßenseite aus misstrauisch beobachten müssen, ehe ich überhaupt ein Wort mit dir wechsle.«

Er grinste. »Das schreckt mich nicht ab. Ich habe dein Herz schon einmal für mich gewonnen, und ich werde alles daransetzen, es wieder zu tun. Ich werde um dich kämpfen, bis du mir wieder mit Haut und Haaren verfallen bist.«

»O-ho!«, sagte ich lachend. »Da wäre ich mir an deiner Stelle aber nicht so sicher.«

Er wurde ernst. »Ich gebe zu, dass wir lange auf meine Schwester einreden mussten, bis sie endlich zugestimmt hat. Aber diese permanente Fahrerei ertrage ich nicht länger. Ich möchte in deiner Nähe sein und dich jeden Tag um mich haben. Du bist zu meiner Mitte geworden und zu meinem Fels in der Brandung. In Wahrheit bin ich derjenige, der dir mit Haut und Haaren verfallen ist.« Er küsste mich sanft. »Ich liebe dich, Ariane.«

Ich schlang meine Hände um seinen Nacken und sah ihm in die Augen, die verheißungsvoll leuchteten. Eine Woge des Glücks erfasste mich. »Und ich liebe dich.«